历史真相探索文学
这本书里所讲的故事都曾真实地在历史上发生过

九曲流沙 (下)

杜建辉　著

河南大学出版社
·郑州·

目 录

第 十 八 章	365
第 十 九 章	393
第 二 十 章	419
第二十一章	441
第二十二章	457
第二十三章	481
第二十四章	497
第二十五章	515
第二十六章	539
第二十七章	559
第二十八章	585
第二十九章	609
第 三 十 章	629
第三十一章	653
第三十二章	675
第三十三章	701

1890年,日本内阁总理大臣山县有朋向明治天皇上奏《外交政略论》:

国家独立自卫之途有二:一曰防守主权线,不容他人侵害;二曰保护利益线,不失形胜地位。何谓主权线,国家之疆土是也;何谓利益线,同我主权线安全紧密相关之区域是也。

……仅仅防守主权线已经不足以维护国家之独立,必须进而保护利益线,经常立足于形胜之地位。

第十八章

初秋某日。

郑州一马路华阳春饭店。

一阵阵鞭炮声夹杂着弥漫的白烟,伴随着数十辆人力车队,一路飞奔,向一马路华阳春饭店驰来。

旅店大门外整齐地排列着身着淡青色绸褂、黑绸布灯笼裤,一色白色裤腿绑带,穿黑色圆口布鞋的大汉。华阳春饭店是当时郑州市唯一一家有电梯的四层楼高档旅馆,集吃、住、玩为一体,是黑白两道汇集的场所。由于华阳春的客人多,带动了周边澡堂、烟馆、赌场等服务设施的建设,一马路很快便成为郑州二三十年代最繁华的地段。

这天,非年非节却热闹异常,为的是郑州青帮杭三帮大佬生日聚会,使得整条大街挤满了前来祝寿的人群。

随着鞭炮声一阵紧似一阵,远远可见一辆镶黄镀白的豪华人力车,缓缓迈上了华阳春饭店的红绒地毯,车上坐的陈敬礼是郑州青帮杭三帮二十二通字辈的帮主。

陈敬礼早年闯荡江湖,在上海拜理门公所青帮二十一大字辈帮主邱现仁为师,进门入帮。不久郑州开埠,陈敬礼便把生意做到了郑州,并奉师傅之托在郑州开山收徒。陈敬礼生性耿直,为人公道,轻财仗义,江湖上素有"义老大"的美称。他五十多岁,身材魁梧,高个儿大头,圆眼、圆鼻、厚唇,面色较黑,戴顶礼帽,穿一身白绸宽身衣裤,脚蹬圆口黑色布鞋。

那豪华人力车停下后,陈敬礼下车,抱拳举过头顶,四下施礼,毕,被众多徒子徒孙前呼后拥迎到旅店楼后的宴会大厅。他登台坐定后,黑着脸在人群中环视了几圈,回头悄声问一直跟在身后的牛紫龙:"那些人来了吗?"

牛紫龙急忙凑近说:"恁只当他们没来就行了,面上可不敢有啥流露,把这场戏演砸了。"

黄河决口后,日军被迫放弃先占平汉线,再一路南下进攻武汉的计划,转而由徐州南下,经蚌埠、合肥过淮河,沿长江北上进取武汉,这才使得大半个河南有了喘息的机会。

随着战事减少,军统豫站撤回了派出的随军小组,开始把搜集整理日军战略性情报和反渗透派遣、摧毁日伪政权作为主要任务。牛紫龙利用日军新进开封、日伪组织急于招募人员之机,先后派出三拨人员打入敌后,不知为何效果奇差,多人被捕被杀,只有少数几人得以逃回,甚至还有几人音讯全无。为了一探究竟,牛紫龙策划利用杭三帮大佬生日的机会,摸清日军派遣的渠道,如有可能变敌来路为去路,趁机打进去是此次计划的重中之重。今天是整个方案的第一步。

众人一番热闹后,开始了生日祝寿大礼,按照帮规序辈先由二十三辈开始,所有进门入帮者率领自己所收的徒子徒孙,逐个向陈敬礼行跪拜礼。大厅里三四百号人秩序井然,一批批地来到陈敬礼座前磕头。只听得司仪喊"一叩首",众人磕下第一个头时,陈敬礼大声还礼道"祖师爷灵光";"二叩首",陈敬礼又道"家礼义气";"三叩首",陈敬礼举起双手道"贵前人慈悲,弟兄们请起"。

行礼毕,帮会同辈便按照事先安排好的宴会座次入座。

接着又是二十四学字辈行礼,牛紫龙果然见赵本亮身后站着十几个人排在队列之中。唤到赵本亮等人行跪拜礼时,行列里明显有两人对这套三跪九拜的大礼施拜动作有些手忙脚乱,勉强跟在众人后施完了这套礼数。

祝寿大礼整整进行了一个多小时方才完毕。

众人在餐桌边坐定后,陈敬礼站起身黑着脸道:"今儿是俺的生日,原本是件喜事,只是国势倾危,河山残破,前不久日军又炸开黄河大堤,浊流所过房倒屋塌,苟活下来的民众流离颠沛,死亡枕藉,无不望之惊心,郑州虽能偷生一隅,然郑州之外战火连天,每天殉国将士又不知几多!"

他从袖口里掏出手绢擦了擦眼角,突然提高声调,道:"有人说我辈百姓,不论何人当政,只要完粮纳税,可保安然度日;还有人说这次日军入关如同清朝初年满人南下,降服华夏是早晚的事,若非要争出个国人的国家至少也得等二百年以后!这些屁话都是无国家、无祖宗、无父母的胡说八道。本帮成立之初即立志反清复明,至今已历二十余辈,翁、钱、潘三位祖师之所以建帮立规,皆出于国家之思想,民族之兴昌。顾亭林曾说:天下兴亡,匹夫有责。天下百姓旦有此一国,必不可以不爱国!国家无论强弱,有国家终比无国家强。可惜我炎黄子孙,受异族压迫二百多年,未能跟世界潮流同步进上,举步维艰,世道不幸。新近又遭日寇侵华变乱迭生,当此乱世,民不聊生,虽说人各有志,屈优奔走,不少人事虽出无心,诚非得已,但本帮弟兄必看清脚下之道,不可做出为人所不齿的事,好自为之。"

他环顾一遍同帮众人,短短二十多年时间竟发展出这么多人,远远超出了他开山时的本愿,其中许多人连面都没见过。他本想再说几句,但一想到帮里已是鱼龙混杂,众人只是假帮谋利,顿时心绪一沉,再也没了行侠的豪气。只是摆摆手,补充道:"今儿祝寿所收礼金一律捐给黄河决口受灾乡亲,今日所备薄酒都是饭店公会所置,俺已代众人谢过,大家尽可开怀畅饮,敬酒答谢之事就由他们代替了。"他用手指了指牛紫龙站的方向,转身走下礼台。

牛紫龙端着杯子在吆五喝六、熙熙攘攘的喧闹声中来到赵本亮及其弟子用餐的桌子。

"有缘有缘!"赵本亮起身拱手,白胖脸上已是从额顶红到了脖子根,笑眯眯地说,"咱们可是早就通过盘道啦!来认识一下徒儿。"

牛紫龙依仗着三分醉意,故意瞪大眼愣怔了片刻,慌忙道:"哎哟,恁看俺这记性,真是天转地转人不转呀!"他突然压低声调,"在牢里俺就知道咱们迟早要见面。"又扫了一眼众人,示意张道成倒酒,又凑近赵本亮道,"还干老本行?"

赵本亮低头笑笑道:"听说恁也干那一行?"

牛紫龙举起杯子轻轻一碰,会意地笑道:"三教九流十八行,俺是随波逐流,漂到哪儿算哪儿。"

赵本亮也会意地笑了几声,招手让同桌的一个年轻人走近前来,牛紫龙假意辨认一番,意味深长地点点头说:"原来……上次……恁就是那个虎落草泽……未能照顾好,抱歉抱歉。"

程小六放下酒杯扑地就拜,牛紫龙急忙扶起,赵本亮在一旁圆场道:"大恩不言谢,恁要想找回以往的生意就得靠这后生啦!"说着拉着三人碰了杯子。

牛紫龙仰脖喝下酒,问道:"可是那边……"

赵本亮故作正经地说:"那边照样可以安社稷、卫国家,凡利于同胞的事皆可维持。"

说着他拉起牛紫龙逐一给桌上碰酒,待走到日本人川岛、岗田面前,赵本亮吊诡地笑笑,介绍道:"这两位是南方朋友,川岛、岗田。"

川岛、岗田并不答语,只是很认真地碰了杯子,挺身喝了下去。川岛、岗田一高一低,年龄都是三十岁左右,高个儿川岛脸上有一道长长的伤痕,矮个儿岗田则是一脸络腮胡。

牛紫龙心中暗喜,仰脖一口喝完酒,一语双关道:"代师父谢过,来这边做生意有用得着俺的地方,俺一定照顾好。"

川岛、岗田都穿一身灰白中式对襟平布衣裤,扎着绑腿,故意显得胡子拉碴,参加场面活动从不开口,很少沾酒,以笑代言,见牛紫龙喝完酒放下杯子拱了拱手。

转了一圈,赵本亮凑近牛紫龙小声说:"想好到那边,可跟这俩人联系,联络办法都在这里。"说罢,往牛紫龙手里塞了个纸条,神秘地笑笑。

转完整个宴会厅,牛紫龙勉强坚持到了楼上,两腿发软,意识还算清醒。他跌跌撞撞地冲进厕所,用手指向喉咙眼里压了压,"哗"的一声,一肚子苦酒全吐了出来,一时间两眼直冒金星,胸腔里涌出翻江倒海般的恶心。

他咬了咬牙,直起腰对跟在一边的张道成说:"快,让张剩带个人盯着上次咱们在开封救的那小子,如果那小子不出郑州不要动他,务必弄清楚他在郑州的落脚地!"

张道成转身离开后,牛紫龙强忍着一阵阵恶心,从内衣口袋里掏出赵本亮塞给他的纸条,见上面写着开封徐府街、草市街和南关几个地址和人名,忽然又有些迟疑,这是他们的来路呢,还是挖好的陷阱?不论是什么,下一步就是如何过去的问题了。

"七七"卢沟桥事变后,日军快速推进,不足一年时间,侵占了华北、华中大片地域,但也暴露了日本人战略谋划的缺陷,贪心不足,总也脱不掉攻城略地的土财主思路,上百万大军杀入中国就像泼进沙堆里的水,速战的结果没能速决,双方一时陷入了僵局。

日军攻陷武汉后,从河南周边的态势看,桂军还钉在豫鄂交界的大别山,山西的晋军大部分没有离境,傅作义仍率部坚守在绥远,中共八路军更是挺进北方各地,整个华北成了犬牙交错的局面,日军不得不采用"以华制华"的策略。

日军攻占开封后,最早用的是王道和宋之万两人,然而无论他俩如何卖力,依然改变不了门可罗雀的局面,于是日军又弄来了一个叫萧瑞臣的人出面组织伪省政府。

萧瑞臣,天津人,战前与日本黑道勾结,销售日本红丸,经常往来安阳、天津之间。后做事不密被安阳警方捕获,押于安阳县监狱。日军侵华打到河北时,官方释放囚犯,萧瑞臣始得放出。未几,日军攻安阳,萧瑞臣为内应,组织十数地痞无赖打着日本国旗欢迎日军。日军见状很是欣喜,立马委任他为安阳县长。没想到萧瑞臣得陇望蜀,认为自己劳苦功高,极力鼓动日军成立豫北伪省政府,日军不明就里,不知道省县的区别,马马虎虎同意了萧瑞臣的建议。

1938年6月日军攻陷开封,萧瑞臣又鼓动日本人迁署开封,恰好这段时间日军也看到王道等人根本成不了事,便取消了招抚使的牌位,换上了萧瑞臣为日伪统治时期的第一任伪省长。萧瑞臣原本就是街头混混,四十岁出头,面如锅底,猴眼鹰鼻,一嘴哨牙,张口就流白沫,还五短身体,耸肩驼背,就是会几句日本骂人话,见人要么哈腰,要么瞪眼,最大的特点是见钱不要命。与日本人勾连上后,他越发意气飞扬,不知道自己是老几,常常会管不住自己的嘴胡吹瞎扯。

一次,他喝完酒一拍脑袋就免去了开封全城东洋车夫的月捐,高兴得车夫们拉着他在开封城转悠了好几天,谁知日本顾问不同意,把他叫到日本顾问办公地,劈头盖脸就是一顿拳脚,打掉了他两颗哨牙,他立马改口不认账了。

俗话说,江山易改,本性难移。萧瑞臣任伪省长原本就是为了捞名贪利,所以每天挖空心思想的就是如何捞钱。恰好他到开封不久,有一笔一百五十万之多的赈灾款打到了伪省政府的账上,他便与伪政府秘书长胡光荣思谋着分了算了,可偏偏伪政府内有一邓姓科长不愿参与,萧、胡二人三番五次做工作,还把一份钱送到邓科长的寓所,没想到那科长又把钱给送了回来。这下可把萧、胡二人气得够呛,干脆一不做二不休,二人商定贿买伪省政府卫队数人,大白天闯进邓家杀人。当时,邓科长正和两友作竹戏,猛然闯进几名枪手乱射一通,将三人全部打倒,大摇大摆地回伪省政府去了。谁知被杀的三人中有一人竟活了下来。此事惊动了日军特务机关,经过一番查办,知道枪杀事件系伪省政府卫队所为,先撤了萧瑞臣的职,又捕了胡光荣,最后枪毙了两名卫队人员了事。

当然,这种见钱就捞的毛病其实是日本人带的头,伪职人员只不过是比葫芦画瓢,毕竟他们叛国附敌的根本动力就是谋取名利,日本人也知道,对此类事情不能太认真,真要认真起来伪政府连个人影都留不住。

抗战期间担任伪职者多是为了名利,真正主动附敌和被迫为糊口计者都是少数,如上面提到的那位伪省政府邓姓科长,原本皖籍商人,日军进陷汴城后,因道路梗阻未能返乡,为糊口不得已当了伪省府科长,实非本意。还有日军占领开封后的第一任商会会长宋海亭,原是南乐县署队勇,生就一副豪杰气象,直性脾气,平时为人热心仗义,然诺重信,又心细如发,工于算计。在南乐县署警队干到了队长,遇事帮人排忧解难,事摆得平,钱没少收,不几年就多有积蓄,便辞职在开封开了家上档次的饭庄梁苑春,集豫菜大成,价廉物美,很快便在商界博得大名。日军陷汴,宋海亭顾惜家业,留在城中,被众人举为会长,出面应付日军勒索。日军第一次到商会,开口便要银元60万助军,宋会长颇有胆识,当场拒绝,道:"兵乱之后民鲜盖藏,我在省城开有头牌饭庄,罄其所有也不足千元之数,一般商户能出多少?"并领着日军到自家翻箱倒柜掀了个底朝天,确也没翻出几件值钱的东西,终使日军不得不稍作让步。宋海亭任会长不足一年,应付日伪花销甚巨,破产后被迫去职,临走前对人说:"奶奶的!俺在当会长期间吃了3颗枪子,挨了471巴掌,每次挨打俺都刻在家里的墙上,下台后俺数了数共471道,这遭遇可以告无罪于商界同胞。"不久宋海亭便去了许昌。

伪职人员中甘心主动附敌者尽管不多,为害着实匪浅。日军成立伪政权的目的除了帮助镇压管制百姓,就是敲诈盘剥占领区物资以供战争所用。这些伪职人员办起事来比日本人还日本人,如伪开封警备司令部刚一成立便提出调查房产,验契换证,不但把绝大多数撤退后方的人的房产没收充公,还把留下来的人狠狠地敲了一把。尤其是利用日方供应的大烟毒品公开销售敛财,并向国统区贩卖作为策反中国政府军政人员、瓦解国统区经济的主要手段和渠道,确实干尽了伤天害理的事。

牛紫龙集中一段时间把开封伪政权头目及骨干的情况摸了一遍,根据伪职人员状况提出了三种对应的策略建议。第一,对不由己而附敌的人只要不办坏事就要抓紧策反,争取为我所用。第二,对多数计较于眼前利益或是被日军吓破了胆,或是对原来环境有某些不满,为改变处境甘心附敌的伪职人员也要抓紧利诱,争取向我背敌。眼前的现实利益特别是名利,是吸引大多数伪职人员投敌的主要原因,从了解到的情况看,日军给一般伪职人员的薪水大致与日本军队里的干部相同,高出日军普通士兵两到三倍,也超过了国民政府职员的待遇标准,还很少拖欠工资。待遇方面也基本相同,上层伪职厅级人员统一配备汽车,只是司机需由日本人担任,科级人员配备自行车。利诱这类伪职人员以以敌养伪、为我所用为上策,即使不能为我所用,至少也要让他们少办坏事。第三,对少数甘心附敌,其作用又有日军所不能者则应坚持惩处。

此外,牛紫龙还了解了日伪对整个社会实现多层面特务统治的情况,日军特务机关是唯一管控一切伪政府机关和单位的枢纽。对社会面上的控制则是通过伪公安局和日本宪兵队具体实施。为了使日军的管控更有效,日军又成立了名为"河南庄"的情报机构,负责对全省军事情报和各种动态进行收集分析。无论是特务机关、宪兵队,还是"河南庄",都有各自独立的情报收集系统,活动的基本方式也是以人力情报为主、普遍撒网的办法,由机构内部人员发展下线情报员,土话称"情报腿",多由在社会上稍有地位的人充任,如记者、小商店主、店员、旅馆经理甚至妓院老鸨等。日军对这一层次情报人员的管理十分严格,原则上须日日有报,薪水也高。由情报腿再发展的情报人员官方称下下线,老百姓则称"情报狗腿",而由下下线情报狗腿发展的人员成分就杂了,俗称"臭鱼烂虾",三教九流、五花八门,什么人都有,所报情报可信度更差了。日本人从考究情报来源上分为"头报"、"二报"、"三报"等,代表着系统分层发展的情报人员层次,在情报汇总处理上也采取区别对待的办法。

日军侵华,造成社会秩序大乱,开商店、办旅馆,哪怕挎个篮卖点烟卷火柴也免不了招惹是非,受到敲诈。于是,不少人便勾结一两个日伪情报人员,或引入店中狐假虎威,互相利用以牟暴利;或买个日伪情报证,在背街小巷租间陋室,持照吓人,笼络几个小偷小摸、混混土棍到处偷抢撞骗,回来坐地分赃;更有甚者是一旦攀上日特机关,便公开干起了土匪的勾当,栽赃陷害,敲诈勒索,上街随便抓人,藏匿其屋再通知家人备价来赎。如若被抓之人实在榨不出啥油水,便诬一罪名起解到宪兵队,摇身一变成了黑白通吃的黑道老大。而日本各情报机关也乐见这帮人胡作非为,只管印刷不断变换花样的情报执照批发零售,聚敛钱财。发展到最后,一般市井小混混无不买了这吓人工具,不但免去了青年训练强拉壮丁劳役等一应官差,就连结伙打架、哄抢摊贩老农、明火执仗、包娼包赌等各种无法无天之事都敢胆大妄为,偶遇警察盘问,立马亮出情报执照,再叽里咕噜地胡溜几句日语,那警察转身就走,无人敢问。

驻汴日军的特务情报机关不论什么系统,最终都归华北派遣军"华北五省特务机关总部"节制,该总部对外挂牌"仁义社",是专门为华北日军作战略谋划的单位。当然,该机构不同于一般情报机关,它的主要任务是拉拢并利用华人军政上层、文化艺术名流、山林英雄、草莽豪杰等,主要是根据一定时期华北派遣军的主要任务,针对工作对象设立工作小组,不择手段开展工作,如针对青帮组织就专设了一个工作小组,通过青帮组织接攀中国军政要员。

日军特务机关还根据中国的特点独创了一套情报工作的方法,工作目标就是力争掌握对手的用人权,派人打入中国政军机构内部,策反顶层人士。如不能策反"当用反间",或从中挑拨,使"上下相扰",以利动之,多方罗致,把不能为日军所用的人千方百计排挤去位,然后换上日军选定的人选。华北五省特务机关总部搜集的情报包括整个华北地区的名人及其后裔的名单,他们抗战的意识,各部队的兵员、战力,以及这些上层人士对形势的分析看法等都一一列入了该总部的研究课目;然后再通过不同课目的研究来掌握时局的变化,提出有利于日军的政策或战略方针。

华北五省特务机关总部驻徐府街陕甘会馆,机关长官阶为整个开封驻军最高阶——少将,而此时主持整个机关的是位叫吉川贞佐的人,此人平时深居简出,无论是日本人还是中国人,很少有人能准确地说出他的模样,然而,了解内情的人只要听到他的名字就会不寒而栗。

整整一个夏天,牛紫龙都在研究这个挂着"仁义社"招牌的特务机关,令人不安的是,无论是开封陷落前军统安排的潜伏人员,还是以后陆续派去打入的人员,都没有多少有价值的反馈信息。

一段时间以来,牛紫龙天天失眠,虽然他对那个"仁义社"了解不多,但他相信,从相互可以印证的情报看,他的小传恐怕已经摆在了那个叫吉川的人办公桌上了。

一个月后。
开封鹁鸽市商务印书馆日军驻汴宪兵队。
此时的开封,整座城市色调灰暗,有一种难言的伤痛。
牛紫龙走到开封城门前,果然见川岛和岗田并排站在一旁,两人穿着新的深黄色军装,在众多日伪军中显得格外突出。牛紫龙知道日本人绝不会利用他们的权力让他免受检查,他把接受检查的要领又回忆了一遍,便大步走近城门。

他鞠过躬后,伸直双手让两个伪军搜完身,主岗的日本兵则直勾勾地盯着牛紫龙,丝毫没有放行的意思。

那日本兵大概没有看到牛紫龙的笑容,提枪冲了过来,正要发作,被身后的川岛喝止住了,两人走近牛紫龙,冷冷地近前敬礼后,把他带进了城门。

战争以及与战争相关的事情被日本人很精确地设计成了一连串的规范动作。牛紫龙进城后被安置在河南大旅社住下,仅给了四十分钟时间让他写小传,在剩下来的时间里,特意给他安排四个小时观看宪兵队审讯人犯,并在一天之内办完了所有的身份证件。

日军宪兵队初期驻地设在河道衙门,不久,搬迁到了商务印书馆。日本宪兵队审讯人犯是较为典型的有问必答式,除了姓名、性别、年龄等必问的项目外,所有询问模式都是有罪推论,如果不答或不承认审问人员指控的问题,立马就用刑。

日军宪兵队的一般刑罚分五个层次,分别是电刑,针刺指甲缝,灌煤油、灌辣椒水(口鼻并灌),刺鞭刑和烧红铁器的炮烙刑。五种刑罚用完,犯人早已是皮开肉绽,七窍出血,超过一半人会死在行刑台上。如若按程序全部用完这五种刑罚,仍未得到宪兵们所需的口供时,宪兵队便会发明一系列别具一格、富有创意的逼供方法和手段,如在隆冬季节裸体置于宪兵队特制的木桶里,那木桶直径二尺,高五尺,顶盖加有利刃,满贮四尺凉水,将人放在其中,再盖上桶盖,使人欲立则利刃刺顶,俯下身则水灌七窍,再坚强的人最多也只能坚持一天,即便放出也无法存活。

牛紫龙当然清楚日方安排他观看审讯的用意,他曾经研究过民间一种自扼锁喉窒息死亡的方法,这一方法并不需要太多的气力,只要有意志和抬手的机会就能做到。而此时,他一直琢磨的是什么样的教育才能把这些日军变得如此残忍强暴。

驻汴日军宪兵队审讯室原是商务印书馆一普通职工宿舍,从外面看与一般住家的房子没什么区别,进去则完全是人间地狱。审讯室是个打通三间的大屋,屋内除了桌椅刑具外,精明的日本人用砖把所有窗户全部砌上了,还在四墙厚厚地糊上了一层黄泥,地面砌修了水泥,便于清洗冲刷,整个屋子充满了一种烟熏火燎的血腥味。

当天宪兵队审讯的人犯有两个：一个是日本逃兵，粗通汉语，案情十分简单，该日本兵突然闯进一家中国商店，逼着一个店员脱下衣服自己穿在身上，出门向东跑去，途中还劫得一副理发挑子作掩饰，易服化装混出宋门，一日后被从兰封县城抓回开封；一个中国居民，案情更简单，在其为主人看守的院子里发现有一支步枪和数十发子弹。

冈田把被审人员的案情翻译给牛紫龙后，挥手示意审讯开始。

日军侵华部队的士兵分义务兵和义勇兵两种。义务兵多是征召的农民、商人，月饷十三块五；义勇兵是临时动员来参军的人，成分以学生为主，月饷仅八元五角。当时日军逃兵中义勇兵较多，那天被审讯的逃兵就是一副学生模样，还戴着一副眼镜。

逃兵被押进审讯室刚刚站稳，主审宪兵便吼叫一声，冲到那逃兵面前，点头施礼后，一把抓下逃兵的军帽。那逃兵反应迅速，急忙摘下眼镜，叉腿站好，便听见"噼里啪啦"一通耳光，转眼间那逃兵满鼻满嘴都飞溅着鲜血。

牛紫龙站起身走出门，身后川岛、冈田追了出来，冈田用很生硬的中国话说："对不起，您不能离开。"

牛紫龙点点头，露出一副不忍的样子，摇摇头道："我也遭受过类似的殴打，所以不忍心再看到这种场面。"

冈田龇牙笑笑，双眼仍旧是冷冷地盯着牛紫龙，说："您的这段经历我们知道，请您务必按规定要求把审问观摩完。"

牛紫龙明白在这样的"考验"中，自己既要做出少许胆小怕事的样子，又不能把破绽露得太大。他双手一摊，说："我认为你们采用这样的审讯方式完全没有必要，也看不出能达到什么目的。"

"他是逃兵，他必须认罪，必须受到惩处。"

"可你们上来就打，只能增强他们逃跑的愿望，人性都是相通的，谁都不愿意待在经常遭受殴打的地方。我认为应当问清楚他为什么要逃跑，查到原因才能以儆效尤……"牛紫龙还想多说几句，但看到川岛、冈田两人铁青的脸，只得作罢。

其实，日军出现逃兵的原因多数军官都很清楚，烧杀抢掠那些事他们只会在别的国家干，只是他们信奉狭隘的民族主义，本身就是套颠倒黑白侵略有理的理论，不干坏事从军规上是不能允许的，但总会有人良心发现不愿意再干那些事,所以逃兵现象就不可避免。

三人回到审讯室时,那逃兵正在诵读《日本皇家陆军野战勤务法规》:为了不辜负父老乡亲对你的期望,你必须努力再努力,始终提醒自己记得身上的荣誉。如果活着,决不能做战俘让世人耻笑;如果死了,不要因为做错了事而在身后留下骂名……

冈田还没翻译完,川岛便站起身对审问的宪兵道:"对不起,中国的牛先生需要问几个问题。"

牛紫龙一怔,他的确没有料到川岛会来这么一下,站起身稍一迟疑,问道:"我不太清楚贵军的战勤条例对逃兵是怎么界定的,依我本人的判断,从部队逃脱应该有多种原因,比如家里老人生病,或是已经找好心爱之人,或是务农经商期间有必办之事需要回去料理等,当然也不排除士兵个人生性怯弱、胆小怕死,又因为军队特殊的环境采取不告而别的办法离开部队。总之,对这些士兵是否都要定性为逃兵?有些情况严格讲不应按逃兵定性,只能叫擅自离队。"

"您错了。"主审宪兵站起身后厉声道,"他自称持反战立场!"

牛紫龙斜睨一眼身旁正在翻译的冈田,说:"这是政治问题,应归于思想认识范畴,因思想看法不同离队更应当按擅自离队处理,逃兵是战场上的行为,只要不在战场上,发生这类问题都不应按逃兵处理。"

"您错了。"主审宪兵恶狠狠地盯着牛紫龙,他简直在叫,"我们大日本皇军里面没有思想问题,只有精神问题,离队就是精神逃兵!丧失了战斗意志就是违法的行为!"

牛紫龙很认真地点点头,他知道为这个议题再争下去已经很危险了,便故意表示出有新领悟的模样坐了下来。

日本军队建军的目标就是要建立一个没有思想的军队,在军队里推行的主要是尊神、忠君、爱国和武士道精神,目的是使部队达到服从、勇敢、坚忍不拔和崇尚武力的效果。

那个逃兵在被押走前从兜里掏出眼镜用衣襟擦擦,戴上后很认真地看了看牛紫龙,转身出了审讯室。

那个中国人被带进审讯室后,川岛、冈田代替了主、副审宪兵,亲自上场,摆出一副"亲善"的模样。经过一番和气诱导后,那人供叙姓陈,本地人,正升商号的店员,店主在日军进城前已经西逃,留下他看门。至于店里挖出步枪一支、子弹若干发,他根本就不知道咋回事。

"你的老板离开开封前没给你说过看守院子的职责吗?"岗田问。

"咋没说呀!咦——商量多少回。"

"商量的内容不包括家里埋有枪支弹药吗?"岗田又问。

"咦——这事他咋会给俺说?没说过。"

"没说过这杆枪怎么来的?"岗田有些不耐烦了,慢慢晃到那陈姓店员面前,盯着他的眼睛问道。

"咦——俺咋着①?!俺要着还会在这儿?"那店员一脸委屈道。

岗田诡异地回头笑笑,凑近那店员反问道:"你为什么不能在这儿呢?你很聪明,很会变戏法,把事实变成了不知道。你是不是在店里?店里是不是挖出了枪支弹药?你还敢当堂撒谎!来人上刑!"

"咦——俺撒谎?哪个龟孙说半句……"那店员话还没说完,便被三四个行刑打手架到了电椅上,一条宽宽的黑皮带勒住了嘴,不由分说推上了电闸,只见那店员浑身一阵战栗,连连惨叫。

牛紫龙站起身再次走向门外。

"牛先生,您要问话吗?"岗田追了出来,问。

牛紫龙点点头转身进屋,看了一眼川岛,走近那店员问:"你当过兵吗?你会打枪吗?"

那店员刚刚松开嘴上的绑带,大口大口地喘着粗气答道:"俺哪儿当过兵哪,俺从来没使唤过那玩意,俺要那弄啥?就是给俺俺也勾不响呀!"

"那枪肯定不是他的!"牛紫龙转身走到川岛跟前说,"世界上没有人会去埋一个对自己没用、还会带来杀身之祸的东西。"

岗田在一旁问道:"牛先生这么肯定不是他的,可枪明明摆在这儿,应当如何解释呢?"

"按照正常的逻辑推理,谁挖出来的应当由谁解释!"

川岛和岗田对视一眼,冷冷地反问道:"这支枪是在他住的院子里挖出来的,他怎能脱得了干系呢?"

---

① 开封地方方言,知道的意思。

"这就是中日之间认知的差别了。贵国人相信实证,我国人相信事实,还要有一个求是的过程;贵国人相信逻辑推理,我国人除了相信逻辑推理外,还有一个思辨的程序和过程;贵国人是在事情未被证明是假的之前都信以为真,而我们是在事情被证明是之前皆怀疑其中有假。"

川岛、岗田相视无言,岗田转身踱到那店员身边,俯下身问:"这枪是谁在你家挖出来的?"

"咦——那不是街长领着啥警备司令部的人去挖的吗?!事先那街长找过俺,说俺看的院子里埋有财宝,挖出来俺俩一人一半,俺着俺那东家不是多有钱的人,就是有财宝,他能不带走啊?俺也不敢惹那街长,就说中,俺要说不中也不中啊!人家不是街长吗?他来院里翻腾一晌,谁着挖出来个鳖孙枪,他把铁锹一撂,跟俺说:'你可别离地儿啊,看好了,俺去报个信,一会儿就回来。'说罢,他跟兔子样立马跑到警备司令部了,满共只有两根烟工夫,他领了几个兵来,一进门就吆喝开了:'这是谁的鳖孙枪,你藏这枪弄啥?'说着就把俺给捆起来了。俺说:'这鳖孙枪碍俺啥事儿?俺只是看门的。'那几个当兵的说:'有事没事你去宪兵队说清楚不中吗?'就这把俺送来了。"

"你的意思是街长和警备司令部考虑问题不够严谨,冤枉你这个好人?"川岛挤出一脸笑纹,只是那条长疤使他的笑显得更加狰狞。

"咦——谁着他们严谨不严谨呀!俺只着俺是真冤枉。"

"啪"的一声,川岛挥手一巴掌狠狠地打在那店员脸上,大声问:"你说不清他们严谨不严谨,你为什么喊冤枉?!不是你埋的又是谁埋的?你不诚实!来上刑!"

打手们一拥而上,用夹板将那店员的手夹住,固定在了行刑椅上……

"我可以问个问题吗?"牛紫龙实在不忍,看了看川岛阴森的表情,不待他点头便问那店员,"街长为什么偏偏到你看门的院子挖财宝呢?其他家没去过吗?挖到东西了吗?"

"咦——咋没去呀,俺那条街他挖过来了,要问挖住啥没有俺不着,反正不论谁家他不捞摸点不会拉倒。"那店员道。

牛紫龙走近川岛低声道:"看来油水大了,这事不是一杆枪这么简单,你最好找那街长当面对质才行,像这位看门的先生根本没有藏枪的可能。"

川岛沉思片刻,那条伤疤泛着红光,他用眼光征询过岗田的意思后重重地点点头。

牛紫龙望着天花板，那斑斑点点的霉迹反复把他拉回到行刑室的记忆，他身不由己地战栗一番，人能够记住什么东西不容易，遗忘掉则更难。自从看过宪兵队审犯人后，至今已经四五天了，日本人并没有做任何安排，川岛、岗田也像是失踪了一般了无踪影。他每天在街上溜达，无所事事，为应付"尾巴"还不得不表现出对吃喝玩乐的兴趣，流连于酒店、戏楼之类的地方，其实已经多日无眠了。

日军攻陷开封前，军统在城内部署安插潜伏站点都是经牛紫龙报同意安排的，其中还有一家配有电台。然而，日军占领开封后，首先引起牛紫龙警惕的是在一定时期内，这些潜伏站点提供的情报都大致相同，即便有些内容也多是马后炮，失去了利用价值，有些甚至用马路消息敷衍了事。因此豫站不得不暂时放弃改为重新派遣，可派遣人员又接二连三地失手，或被捕或失踪或逃回，没有一个站得住脚，逼得牛紫龙等人只能在现有伪职人员中想办法搞策反。当然，这项工作的风险比前两种形式都要大，成本也高，并且一时半会儿很难奏效。

当然无论运用什么形式，前提条件是必须查清楚以往失败的原因，否则根本无法摆脱接二连三失手的局面。

鉴于以往的教训，牛紫龙筹划这次行动对上对下都没说，对站里只说把行动队拉到新黄河边进行实战集训，时间一两个月，并且事先还编造好了每天上报的日志，交代部下按日送到站部。

到白沙住下后，他当天就安排各小组的训练任务，从中抽出几个队员秘密返回郑州，对杭三帮和赵本亮贩毒网络进行密查；自己则化装进了城，进城前只给程小六打了个招呼，言明自己此行的目的只是"到老地方走走，看看还能不能瞅点生意"。他料定程小六这个网络还没有在军统等部门备案，通过杭三帮的渠道安排他进来能避开内部人，却没想到进城后会被日本人盯这么紧。

他环顾一周旅店的房间，除了一张床、一个洗脸盆架和两把椅子外，四处都显得空空荡荡，唯独墙上挂的一幅瓷画熠熠发光，那画上一古装女子站在岸边正在向乘船的郎君挥手告别，两边披柳嵌红衬托着依依惜别的意境，让人醒悟到平凡生活的美好，画上还书着刘禹锡的《柳枝词》：春江一曲柳千条，二十年前旧板桥。曾与美人桥上别，恨无消息到今朝。

这幅画他已观望有日,只是每次都能感悟出不同的滋味,想到那心向往之的地方……

他收回漫无边际的思绪,把白天的行动再次回想了一遍,没有想起来什么漏洞。

两天前,他尝试着建立新的通联渠道,想到了开封陷落前碰到的警察四黑,便在当天下午甩掉"尾巴",提前回到了旅店,进门时利用擦鞋的机会,丢给门旁乞丐一块银元,让他给四黑捎话,有人要见他。

那乞丐木讷讷地盯着手里的大洋,慢慢抬起头打量了一番牛紫龙,嘟囔问道:"啥友人哪?四黑是谁呀?"

"就说是他父亲去世前的同事,他父亲去世俺没能表达哀悼之情,心里一直惦着这事。告诉他,如果方便的话就见见面。"

那乞丐并没有再说什么,把银元往怀里一揣,徜徉着走了。

昨天早晨,牛紫龙出门时发现那乞丐双手捧个脏兮兮的碗,碗里放了一张空无一字的白纸。牛紫龙便在那乞丐的碗里丢了张写有几个开封地址的纸币,他知道这些即使"尾巴"看在眼里也发现不了什么。

那么这段时间川岛和岗田会干什么呢?当然会再次核实自己的身份,自己这套身份可以追溯到抗战前日本派遣郑州山口情报组提供的情报。如果日本人再往前追问会不会有什么纰漏呢?

他正思考间,突然听到有人敲门,起身开门见川岛冷冷地站在门外,用例行公事般的口气通知牛紫龙:有人有兴趣要见见你。说完,不等牛紫龙表态便把他带上了早已停在门外的汽车。

汽车缓缓地拐进了徐府街。

牛紫龙意识到将要去的地方是他无数次谋划较量的地点,最终的考验似乎马上就要开始了,他反复思量过这个日本人可能考虑的问题,自己的对答也必须真真假假,避免落得两相极端的印象。

他表面上还要做出一脸疑惑的样子,望了一眼川岛,而川岛下意识地挺直了腰板,帽檐下几颗豆大的汗珠缓缓地滚落了下来。

汽车在山陕会馆停了下来。

开封山陕会馆是中原地区为数不多的保存完好的明清建筑群落之一。会馆占地不多,却十分精致典雅,中轴的照壁、戏楼、牌楼、大殿从南到北排列,东西附属厢房建筑与中轴主要建筑之间有檐廊串联,使整个建筑群整齐紧凑。山陕会馆建于清乾隆年间,是山陕两省在汴富户为保护自身利益、筹结同乡会而建,后来又加入了甘肃籍的商人,故而又名山陕甘会馆。会馆独立成院,院内建筑以"砖、木、石"三雕为特色,取材广泛,包含了三教九流的诸多轶闻典故,木雕技法精湛,石雕栩栩如生,砖雕绚丽多彩,整个建筑群驳杂变换,金碧辉煌。

日军攻陷开封后,即将山陕会馆据为己有,并将华北五省特务机关总部安在此处。此时,山陕会馆前院驻有日军一个小队专司警戒站岗,后院便是特务机关总部职员宿办合一的场所。

川岛向门岗出示了一本深蓝色特别通行证,另一名哨兵则将牛紫龙身上搜了一遍,确认没带武器后,才示意川岛带着牛紫龙进了会馆。二人穿过戏楼、牌楼,绕过大殿来到了后院东侧的厢房。川岛边走边下意识地整了整军服,来到一间贯通的大房门外时用日语喊了声"报告"。

房间里迟迟没有任何声响,一会儿西厢房警卫室的警卫跑步来到房门前,再次验证了川岛的证件后,推开了吉川的办公室。

吉川的办公室是三间相通的大屋,进门迎面是一排挂着军服、武器的衣帽架,左边有一张面向门的宽大的办公桌,桌后面的墙上挂着一张大大的东亚地图,办公室左右两边有两排高高的靠背椅,靠北一侧还有一个偏门,而坐在办公桌后面的是一位穿着蓝底白线条和服、露着秃顶的人。

牛紫龙和川岛进屋后,那人连头也没抬,仍旧全神贯注地审阅着一桌的文稿。川岛鞠躬走进,凑着那人的耳边嘀咕了几句后,吉川从抽屉里拿出本蓝色的文件夹,打开审视片刻后才抬起了头。

吉川留有少量稀疏灰白的短发,约五十岁年纪,圆脸大眼,肤色白皙,鼻子挺直,嘴唇棱角分明,眼神冰冷,开口说话用的汉语还带有不少东北口音,问:"你当过教师?"

牛紫龙从吉川和服敞开胸襟处看到一片红黑肌肤,一副宽宽大大的肩膀,显得他体格格外健壮。吉川来到这里其实就是要干两件事,即很精心地选择杀掉有思想的中国人,烧光能使这个民族站起来的图书。牛紫龙想到了门口悬挂着的两把武士刀,回答说:"是。师范毕业,毕业以后就当老师。"

"教师是个受人尊敬的职业,中国最有影响的人物就是教师。"吉川略微发黄的眸子专注地盯着牛紫龙，像是寻找什么，透露出的尽是疑问。

"您说的是孔夫子吧？孔子在中国被尊为大成至圣先师，他受到尊重是因他创立了儒学，确立了'天地君亲师'的秩序，远远超出了在中国作为老师的意义。"

"嗯，包括我们大日本，整个东亚，孔夫子的观点都受到了尊拜，孔夫子是东亚文化的奠基先哲之一，建立东亚共荣圈应当有一个类似孔夫子的思想。"

牛紫龙故作不解地反问一句："贵国自明治以后已经脱亚入欧了，难道还会尊崇东亚的思想家？"他知道德日信奉的是一种类似社会达尔文主义的种族优越论思想，而英美则相信了亚当·斯密《国富论》的学说，这一学说从源头上讲应当包括中国先贤的一些论述。

亚当·斯密的《国富论》千言万语其实可以用一句话概括：合作比不合作好，通过贸易交往就可以创造财富。而德日两国仍旧停留在靠掠夺发财致富的思维层次，他们鼓吹的不是靠内在禀赋去增加社会财富，而是通过一系列哲学理论上的论述，把对外掠夺、扩大生存空间说得合理合法。他们不可能真正理解中国文化的内涵。

吉川很坚定地摇摇头，生硬地说："不！我们大日本最受尊重的不是教师，而是武士，受社会尊敬的人应当是能带领社会选择发展方向的力量。在中国就找不到这种力量，所以中国才有了如此多的弱点，懦弱，还自以为是，诸如此类。从清朝开始，贵国便一次又一次地革命，换了一批又一批的首脑，但没有一个能说服这个国家选择正确的方向，整个世界都怀疑中国有没有自变能力，或者说把目前乱糟糟的状况变得稍微好一些。不幸的是，人们看到的是越变越糟，这才有了我们大日本皇军帮助贵国进行改造的计划。"吉川在滔滔不绝地发表这番论述时，两眼始终冷冷地盯着牛紫龙。窥探他人内心是吉川长期从事对华特务工作的拿手戏，他对了解中国人的人性非常自信。

瞎球扯！牛紫龙想，侵占了别国，还美其名曰帮助改造，千方百计地从中寻找被侵占国家的内部原因，这老贼咋不说说自明治以来日本"大陆方针"对中国内乱的影响和操纵呢？！中国一次次革命，背后也一次次地闪现日本的鬼影。日本在中国内争中开始选择支持弱者，以后索性选择支持双方，目的就是要延长中国的内战。这次日军侵华，目的还是要阻击中国的现代化进程。

"先生，您可以反对一个国家，但最好不要误解这个国家的人民。在中国，教师授业解惑,人民尊师重教,如果没有外来的干扰,人民自然会用文明的方式选择社会发展方向。可惜,中国自秦汉以来树立了'以吏为师'的榜样,这使人们丧失了思考能力,把教化民众的职责交给了官府,而官府的教化更多倚仗的是一种武力权势。以后,'以吏为师'又发展成了官本位,将神明与官位挂钩谋威,颁发诏令,把上天神明的品级地位套上人间官制系统,让民间信仰和官府权势统一建构,使衙门官吏成了统管阴阳两界的体制,还巧妙地借助了孔夫子'三纲五常'的学说,使官本位成了一种制度文化,最终扩大到无所不包、无远弗届、无所不在的境地,各级官吏自然也就有了统盖天地的能力。如此体制若遇新朝伊始,明君能臣,风清气正,局面尚能维持,但时间不会长久,因为权力扩张自然有它内在的逻辑,继续扩张下去达到了一定程度,不免会引起不满和动荡,如此周期性循环应当是积贫积弱的主要根源。"

吉川意味深长地"嗯"了一声,慢慢地挤出少许笑容,只是他那冷峻的眼神显示出他内心一直在做着另一番考量。

牛紫龙清楚,吉川苦思冥想的就是如何能让中国永久地积贫积弱下去。

吉川当然也明白,日本的工业化道路不同于英美老牌资本主义国家以贸易立国的道路,而是以制造业、军火生产为主要支撑和收入来源,这种工业化的模式能够出口的除了女人就是战争,无法像英美等老牌帝国主义国家那样靠商业支撑国家的崛起,日本工业没有国际市场上的牟利能力,不但军工生产的原始积累无法提供,即便是生产所需要的资源也没有着落。如此残酷的现实使日本外交始终以仇视俄国、蚕食中国为重点,日本的国家目标只能是对外掠夺、扩张等一系列带有中古时代味道的野蛮行为。几十年来,日本虽然屡战屡胜,但日本人内心明白,他们在国际上不会有真正的朋友,有的只是敌人和仇恨,日本必须一口一口地去侵吞别的国家,整个过程就是绝不能让这些被侵略的国家恢复元气。

吉川双手用力地相互搓揉着,关节断断续续地发出响声,沉思几分钟后,他像是回过神来,急忙道:"说下去,说下去,还有什么原因让中国这么疲乱不堪?"

"缺少科学和民主,也是中国衰落的原因之一。科学需要'为学而学',而中国的科考制度只能让人'为己而学',如此就很难达到科学的境界;还有民主,民主需要提倡个人主义,这与中国孝文化的家族观念相悖。"

牛紫龙知道吉川研究过不少国内外论述中国的文章,这些原因他不可能不清楚。他发现吉川的眼睛尽管还盯着自己，却失去了专注，只留下一片茫然，他在想什么呢？

"不不不！中国正是过早地走上了民主科学的道路，才成了目前的局面，中国与我们大日本当然有许多不同，但我们大日本每次维新改革之前总要先树权威，开展尊王复古运动，人们有了崇拜，明白了神道，才会有内心的服从，有了服从才有统一，国家才能团结发展。而贵国每次革命都要打倒权威，推翻朝廷，这不能不令人诧异。没有权威，贵国怎么能团结民众进行维新革命？！这是贵国一连串失败的终极原因！"

"这肯定是场灾难！"牛紫龙想。按照吉川的逻辑，中国会再次被带到专制的境地。他知道对吉川这番话不能表示明确的反对，便作出有所领悟状地点点头，道："权威在西方眼里可以是人，也可以是一个主义、思想、学说，也可以是一种宗教、信念、理想；在东方人看来……"

吉川突然哈哈大笑一番，很认真地说："这是西方白人的胡编乱造，他们认为只有他们才是人类，只有他们才有文化信念，只有他们才配有宗教，才配有上帝的保佑，满脑子都是白种人的优越感。我们大日本臣民才真正是太阳女神的传人，他们崇拜的只有金钱，不顾一切谋取私利，这就是他们衰败的标志，所以在白人那里你只能相信实力，不能相信他们讲的道理。"

"日本人对西方白人的那一套学得比谁都快，模仿得比任何人都认真。日本并不是要改变种族歧视的立场，而是要改变自己在世界等级中的地位。"这些想法牛紫龙没说出来，还故意做出一副不屑白人的样子点了点头。

"这个世界有没有公理？"吉川忽地站了起来。这时牛紫龙才看清，与硕大的脑袋相比，吉川的个子并不高，矮墩墩的，很健壮。他叉开双腿踱着步子，双手用力搓着手上的每一个关节，自言自语地向牛紫龙走了过来，道："公理应当反映一种自然社会的发展规律，给强者更多的发展文明的机会和空间，白人曾经有过许多机会和空间，现在已经走下坡路了，应当轮到我们大日本有这样的机会，难道这不是公理吗？"

吉川的这些观点早已不流行了，在他们眼里没有对错是非，有的只是强弱诡恶。牛紫龙心想，吉川是要用这些观点试探他。牛紫龙点点头，一语双关地附和道："当然，这是公理，不过还有一种解释认为公理应当包括一些有价值的共识。"

吉川抬起头紧紧地盯着牛紫龙,微微凸出的眸子里充满了疑惑的神色,周围分布着细细的血丝。

"你很聪明,如你这样的才干在我们大日本军队可以当参谋,换算到中国军队就是在参谋后面加个'长'字。"吉川顾自笑笑,又说,"中国部队里有句话,'参谋不带长,放屁都不响',这很能印证你刚才说的'官本位'。"

吉川说完这番话略一迟疑,最后盯着牛紫龙鞠了个躬。

牛紫龙知道,这种礼节是确认对手或是送客的一种表示,故意露出些笨拙迟疑,慌忙还过鞠躬礼,转身跟着川岛出了吉川的办公室。

第二天,川岛、岗田一早赶到河南大旅社,郑重其事地交给他一张任命书,牛紫龙展开,见日本人委任他为豫州自卫军第三路军参谋长。

牛紫龙远远地跟在那个乞丐背后,来到了一个胡同口的茶馆,三间敞开门面房里竟没有一个人,正对门的墙上挂着一根竹竿,拴了一个葫芦。牛紫龙挑了一张冲门的桌子坐了下来。

细雨飘过,天气阴冷阴冷,街面上几乎看不到人影,偶见有一两个人路过也是行色匆匆。

他正欲喊茶,便见四黑瞪着大眼,坐在了牛紫龙的对面。

"弄啥?这时候来不怕掉脑袋?"四黑屁股还没落座就急忙问道。

"这儿说话安全吗?"牛紫龙答非所问,边向后院望了望。

几天前,牛紫龙被任命为豫州自卫军第三路军参谋长,这个职务实际上是个空架子。日军侵华初期,组建伪军一般先物色有一定社会地位、名声的绅士豪族,或名流军阀,给予其一定经费和番号,再由这些人出面去收编散兵流勇、民团枪会等民间武装,凑成一定规模后再由日军清点造册,核定枪支经费。

有了掩护身份,牛紫龙首先考虑的是把新的通联渠道建立起来。

两天前,牛紫龙发现自进城后一直盯梢的"尾巴"不见了,这似乎意味着对他的"考察"也告一段落了。于是,找到了那个乞丐,给了他几个馍。乞丐摇了摇头,往怀里一揣,又伸出了那双脏兮兮的手。牛紫龙只得又给了那乞丐一块银元,那乞丐才说了句:"跟俺来吧。"

乞丐是人类社会发展到一定阶段的必然产物。有人群就有不同的阶层、不同的文化、不同的传说，中国传统社会阶层共分十等：一官、二吏、三僧、四道、五医、六工、七匠、八娼、九儒、十丐。乞丐是中国传统市民阶层的最底层。

在传统社会里，乞丐是江湖上资格最古老、由各个历史时期因各种原因被社会所边缘化的人群构成的行业，如同商人盟会、江湖结帮等。乞丐又称"穷教行"，土话称"叫花子"、"要饭的"。考究这一行的起始恐怕是很难的事情了，乞丐行自己的传说至少可以上溯到我国春秋战国时期。相传与孔子同一时代的丐帮首领范丹是乞丐的鼻祖，如同商人敬关公、泥瓦匠尊鲁班、说书人敬丘处机、唱戏的拜唐明皇、盲人敬三皇一样，范丹老祖是乞丐行的精神信念。

传统社会的乞丐并非一味地伸手要钱，而是分门别类发展出不少"流派"，从大处可分为文、武两类，从流派讲又可分为诗丐、艺丐、技丐、响丐、奇丐、叫丐等不同门类。

诗丐，以读文书法为乞讨手段，俗称"文丐"、"哑丐"，多由有秀才之才、无秀才之命的落魄文人充任。乞讨方式很单纯，即于集市、庙会或显要的城垣等人多杂处之地，在地面上书写诗词、谜语或是软硬笔书法，乞讨之人站在一旁静候施舍，甚至还有人代写文字家信，挣几个糊口钱。

艺丐是乞丐中最常见的一种，艺丐名目繁多，如拉琴、卖唱、吹竹筒、"鼻翁"、说快板、敲骨板等。"鼻翁"即洗净刮薄的鸡尿泡，卷一小铁板，塞于鼻孔，乞讨时以鼻发音，吟唱各种小调戏曲，音质类似唢呐的声调，很适合吟唱易水壮士凄凉悲壮的心声；"骨板"系牛胯骨制作，上扁下圆，两块一副，穿孔打眼饰以彩丝铜铃，击打可发出咔咔咔的撞击声，伴以哗啦啦的铃声，能演奏出类似摇滚马步舞的感觉，乞讨之人依照快慢节奏，吟诵着数来宝、顺口溜，语言诙谐，节奏明快，响器独特，清口道白，常能道出一时一地百姓最为关心的话题，如灾情物价、响马兵行、官府新政、民间祸福等，传颂些标题新闻、逸闻趣事，很受施主们的欢迎；快板书，过去称"七巧板"，行乞者非博闻强记、脑敏口利者很难胜任，打快板乞讨是边走边唱、边打边要，以七言律句为主，平仄相适，合辙押韵，内容主要围绕施主长相福分、经营物品、商号人品、家道兴隆等展开，想象力丰富，夸张诙谐，生动活泼，天南海北，兼顾浓厚的地方特色。这类乞丐往往在大街小巷、商户旅店中乞讨，每到一处先打一番快板花样，待人多渐集，便率众挨门讨要，当然传唱内容兼备广告效用，"见啥唱啥"，和敬百家，颇受商家欢迎，乞丐们也能讨要不少。

技丐,主要采取耍猴、弄蛇、变戏法、对拳、卖艺等多种形式,也是择人员稠密处,用粉笔、石灰等物在地上划出或圆或方的一块场所,人和动物演绎出一些高难度、惊险离奇、滑稽可笑的动作,借此向观众讨钱。

武丐,又有响丐、拉头丐等不同形式,这类讨要方式通过摧残自己,博取同情,以达到行乞的目的。响丐,又称叫街丐,往往利用闹市、通衢、集市庙会,不论春夏秋冬皆赤膊上阵,跪坐人多杂处之地,嘶声施讨,呼一声或数声后,即用鞋帮或砖头照自己当胸一击,被打处红黑青肿,其状惨极。奇丐又称拉头丐,这一乞讨方式更是武道,乞讨者往往剃光刮净头发,乞讨时赤膊光头,龇牙咧嘴,故作状恶貌丑态,一手持刀,一手拿着巨大容器,每到一家往往是先吼一声:"丐帮来也!"吼罢,便举手到头顶,问:"拉不拉?不给俺可拉啦!"还不停地用剃刀在头上比划。若喊几声仍得不到回答,那乞丐会夹刀顺手一拉,顿时头破血流,再用手一呼啦,便会满脸是血,让人惊心动魄,提心吊胆。其实拉头丐只是用手的大拇指、食指和中指夹紧刀刃,无名指和中指垫托在头皮之上,刀拉头皮无论如何只是点到为止,出血也仅仅是头皮浅层,练就此等功夫绝非朝夕之功,而拉头丐正是利用人们逢年过节不忍见血,或是认为见血不吉利的心理,往往是听到喊叫便将施舍的东西送将出来。

乞丐帮和传统社会其他行业一样,采取拜师收徒、拉帮结派的古老形式授业传道,延绵着千年的丐行。若要加入丐帮队伍,必须有两人以上介绍,帮内称文武先生,帮派内的老师又称"大当家",所收徒弟一律称二,诸如张二、王二等。如有重姓的徒弟,老师根据拜师时间先后或年龄大小,在二前加大或小呼之。收徒举行入帮仪式,除了老师和文武先生外,还有"壶客"到场,所谓"壶客"就是帮内总管之类的人物,又称"二当家"。

入帮仪式与简单的婚庆差不多,拈香、磕头拜"范丹老祖"和老师,然后把大家讨要来的东西凑在一起,再凑钱打几斤散酒,弄几个凉菜,师徒几人大吃一顿,一醉方休,把各自的铺盖卷拼在一起,睡在一处便可,或许也能找到一点家的感觉。

拜过师后,乞丐每天讨来的东西要分类上交,馍放在指定的大篮里,钱交师傅,师傅收管银钱,绝不会乱花,既然拉帮结派,总要有人从大伙的长远利益考虑。攒下来要之不易的钱,一可预备风雪连天、无法上街乞讨时,咬咬牙买些食品救急;二来可以应付帮内人众三灾六难、生老病死等不得已的开销。

行有行矩，帮有帮规，丐帮也不例外，除了入帮的规矩外，还有代代传下来的"三不留"、"四不准"等众多的帮规和赏罚措施，每一个丐帮甚至还有一套自己的暗语行话系统，如：回家不留，当兵不留，离帮谋生不留；不准偷摸绺窃，不准要赖讹诈，不准打架斗殴，不准流氓鬼混等。如有人违反这些不成文的规矩，自然有一整套的惩罚措施。这些规矩是乞丐们见容于这个社会的底线，他们生活在传统社会的最底层，同样受到社会伦理的约束。

　　乞丐结伙以后，无论新老徒弟都没有出师的年限规定，往往成为一种终生的职业，啥时候徒弟也到了收徒的年龄，师傅便会给徒弟买口锅，算是"送礼出帮"，令他另起炉灶去也。

　　开封市作为千年古城，原本就有一个连绵不绝的丐帮社会，1938年6月黄河决口后，乞丐数量猛增，尤其是入冬后，大街小巷、商店、饭铺乞丐川流不息，商家住家到了应付不了的地步。为此，伪商会还专门发明了一种用以施舍的假币，只做了一种中指指盖大小的铁片，在上面砸上"二厘五"的字样，四片才能兑换一分钱，用这种"假币"应付如潮的乞丐。

　　四黑咧嘴笑道："这一片除了乞丐连个正经人家都没了，就是有也被乞丐们要跑了。伪警察更不会来，地面榨不出三两油，来这儿弄啥？"

　　牛紫龙端详着四黑端上的两个豁豁丫丫的茶杯，问道："老人的事办完了？"

　　"算是送走了，眼下兵荒马乱，活着还不够操心呢。俺家老人一辈子没离开过烟酒。下葬头晚上，俺买了几斤上好烟叶，卷了一捆烟，还备下了一坛子好酒，烟放他左手，酒搁他右手，这年头也算是厚葬了。对了，你写到纸币上的地址早就换人了，那几家的老人让开封警备司令部给抓走了！"

　　果然不出所料，牛紫龙虽在进城之前就有所准备，可还是暗暗吃了一惊。

　　"知道啥时间的事吗？"

　　"包府坑那两家，日本人进城没几天就被抓了，不过人抓走了店还开着呢！"四黑抓了一把乞丐们捡来的烟头，一个个撕开，抖出黑乎乎的烟丝排在一张报纸上，很熟练地卷成了一头粗一头细的纸烟，放嘴边抹了口唾沫咬在了嘴里。

　　牛紫龙想到，那两家是自己一手安排潜伏下来的，一家临时盘下来一片小店卖百货烟酒；一家扮作逃难的教师，之所以将两家安置相距不远就是考虑到他们可以相互有个照应，也便于相互监视。安排这两家除了租房，置办家具、服装外，每家还留足了两年的薪水和潜伏专款，离开封沦陷还有大半年时间就安置好了，不可能有什么破绽啊！安排潜伏下来后自己只给他们办了简单的手续，所有文字材料都隐去了他们的真实姓名和具体潜伏住地，包括军统站里也没人知道，是哪个环节出漏洞了呢？如果这两家出事，另外两家显然也无法独善其身，其中一家还架设了电台，是通联的唯一出口，怎么会出这种情况呢？特别是出事后这些潜伏站点仍然是店开大门，显然是放鱼咬钩的，看来这个对手还真有耐性，行事风格比日本宪兵队还要奸诈阴险。

"顺城街那两家发现什么了吗？"牛紫龙还是有些想不通。

四黑划着火柴狠狠吸了一口，浓浓的烟雾一丝不留地从嘴进去，片刻后又倒进鼻孔里，最后从嘴里冒出来的只剩下淡淡几丝白烟。他伸脖眨巴眨巴眼，回答道："恁交代俺办这事后，俺就让要饭的徒弟们昼夜看住这两家，倒没发现啥动静，就是隔不两天就有一个专人到那个济众药房去一趟，回回都到后院转一圈，没见他买啥药。为这俺疑心了，让人盯他两次，最后才弄清楚，还是鳖孙警备司令部的人，去药房的人穿便衣，回去就换上黄皮了。"

这一户必须列入除奸的任务范围，牛紫龙心想，行动不仅要快，而且还要打准打狠，刹刹日伪当前的疯狂劲。

自1939年下半年以来，日伪特务机关几乎天天抓人杀人，据伪警务厅内部透露的不完全统计，半年时间，仅开封一地就抓捕中共嫌疑人员466人，国民党派遣人员105人，其中军统豫站三次派遣就损失干员十多名，这还不算已经抓捕又放出当诱饵的人。牛紫龙想起吉川那张写字台上摞着的高高的文案和他那双冷峻的猫眼，怎么也没想到吉川竟在一天之内就批准坑杀了220多个中国人。

牛紫龙搓了搓双手上的汗，问："恁手下的乞丐能出城吗？能过河吗？"牛紫龙用眼神向西瞟了瞟，河就是指1938年以后形成的介于开封、郑州之间的黄泛区。

四黑把烟抽得一丝不剩，吐出贴在嘴上的剩报纸，答道："咋不中呀？去年夏天日本人说是要传播啥鳖孙'虎疫'①，城里城外人不能出不能进，有人冒险爬城墙还让打死不少，后来俺们丐帮摸清几处日本兵查寻不到又不高的城墙，领人进出方便得很。"

牛紫龙掏出两张写好的纸条，递给四黑后正色道："找个有点文化的人，按

---

① 英文cholera的简称，汉语称霍乱。

这上面的地址先到郑州,再去许昌,记住不用回来了,在第三个地址那儿等俺。"

"咋弄?现在就走?"四黑见牛紫龙站起身,追问一句。

"明儿天黑前俺再来。"牛紫龙说完起身匆匆离去。

四黑又点了根烟,片刻后,扬扬手叫来个跑堂小二,说:"去,把北街那个文丐蔺成章给俺找来。"

第十八章

大凡用计者，非一计之可孤行，必有数计以勤之也。以数计勤一计，由千百计炼数计，数计熟则法法生。若间中者偶也，适胜者遇也。故善用兵者，行计务实施，运巧必防损，立谋虑中变，命将杜违制。此策阻而彼策生，一端致而数端起，前未行而后复具，百计叠出，算无遗策，虽智将强敌，可立制也。

——《兵经百言》

第十九章

开封伪豫州自卫军总部。

牛紫龙起身向窗口走去,其间,他不停地向陆续走进会议室的伪军官们点着头。

去过包府坑吗?……应当是去过!但自己的确没见过这些潜伏下来的人,自己亲手安置的隐蔽人员怎么这么快就暴露了?……记忆应当有规律可循,那么自己是为什么去的呢?是不是与开封……对了,还是去找刘兴舟,他不是缉私大队长?他是原开封军警界老人,长期兼任缉私大队队长。应当还是为了潜伏的事,对,是包府坑这两家刚刚安顿下来便受到缉私队的敲诈,愣说他们挟带毒品,自己为摆平此事专门请当时郑州警局缉私队队长崔方坪出面捞人,崔方坪也在开封警局缉私队干过,难道他们之间……当时,自己看见崔方坪拉着一个小个子、穿一身黑色警服的人走了过来,对,那人小头、小脸、白白的,单眼皮、肉眼泡、厚嘴,满脸都是细细密密的皱纹,约摸有四十多岁,大模大样地叼着烟卷。没等牛紫龙说完,就写了个放人的条子,整个过程只有几分钟。对,他一直在跟崔方坪嘻嘻哈哈,临走时才投过匆忙的一瞥,应该不会记住自己的模样。事后崔方坪还告诉自己:"刘兴舟的大哥刘艺舟,就是刚刚调走的军统站长,人家是省城横着走的人物,没有办不成的事。"

想起这些,牛紫龙长出一口气,盘算着这里面错综复杂的关系,如果刘兴舟真心投敌,无论如何也要把他作为首选目标,不仅因为他是伪开封警备司令部司令,更重要的是他对开封一带的情况太熟悉,祸害太大。

除掉刘兴舟,所有的技术条件都好准备,唯有刘兴舟的活动无法掌握,平时刘在用人上十分谨慎,身边人几乎全是知根知底的同乡本家,没有一个外人、新人,临时找内线肯定是来不及了;还要考虑到他在开封乃至全省军警、特界厮混多年,死党故旧渗入到各个层面,织出无形的大网,稍有不慎,碰到哪根丝线就会惊起刘兴舟的警惕,那就不单单是失手的损失了。军统的几个联络点被刘兴舟破获后,抓起来的人员连宪兵队都没送,人就不见了踪影,而且还张网以待,足见他心机深沉，非一般对手。

牛紫龙透过窗子看到外面阴冷灰暗的天际，整个院子本来就是青砖灰瓦，在黑沉沉的乌云笼罩下更显得阴森瘆人。牛紫龙被任命为豫州自卫军三路军参谋长后就搬到了这里。

这儿原来是所小学，前面临街的一栋两层小楼现已改作自卫军的司令部。楼后是操场，操场边对面并排着六座平房小院，原来是学校教室，现已改作自卫军军官宿舍，整个院落四周被砖泥混建的围墙围了起来，围墙边上还稀稀拉拉种着一圈柏树。

牛紫龙一直盯着大门外流动哨来回踱步的节奏，计算着前、后门哨兵相遇的时间。

伪豫州自卫军是日军占领河南东部后组建的一个区域性治安军，与伪开封警备司令部旗鼓相当，是日军在河南建立的两大伪军组织之一，只是二者职责分工不同。

伪开封警备司令部主要负责开封市及周边地区的治安，除各街办的警察税警外，警备司令部还收编了一支溃散的原国民政府宪兵部队，在这支宪兵队基础上成立了治安总队。这支部队是日军在开封建立起来的人数最多的正规伪军，颇受日本特务机关的重视，所有装备也与日军相同，而且每个班都配备一名日军士官任督导，采用的是与日军完全一样的训练方式，只是没有火炮、坦克等重型装备。也正是这支治安总队的存在，才使得伪开封警备司令部在日军眼里被高看一等。

伪豫州自卫军按照日军建立之初的设想，不仅是豫鲁皖边界地区的治安力量，还担负着向黄河以西广大地区进行渗透的职责，只是自成立以后，虽然架子摆得不小，胃口也张得挺大，按豫北、豫东、豫西、豫南分区设立编制了四路军，到处招摇撞骗、招兵买马，两年时间才勉强把十几个人的领导班子凑出来，下面部队连拉带扯满共才整出来两个连。至于分散在各地临时挂靠到豫州自卫军名下的杂牌部队，动不动就报人数成千上万，可稍有风吹草动就哗变反水，还时不时地枪杀几个日本人，每遇此类事件，日军特务机关就拿豫州自卫军出气，里里外外都知道跟伪开封警备司令部相比，伪豫州自卫军最多只能算得上是"后娘养的"。

突然，牛紫龙听到背后有人大喊一声："徐司令到！"

牛紫龙转过身,见伪豫州自卫军司令徐立中、参谋长朱云以及两名副官大步走进会议室,众人踢踢踏踏地走到预定的座位上。

徐立中祖居开封,其父为前清长随,跟过几任外放的县长、知州在地方为吏,积有不少钱财。徐自幼无所事事,混迹江湖,在赵倜督豫期间通过关系买了个省府科长的闲差,开始混迹官场,无师自通地琢磨了一套溜须拍马、两面三刀的伎俩,尤擅长落井下石、构陷陷害,在民国初年换官跟走马灯似的衙门里居然成了"不倒翁"。其实他也就那两手:一手提钱一手拍砖,谁在台上立马把钱送上,一旦下台立马反戈一击。反正官场只有一个潜规则,凡事都是只管做不能说,再下三滥的事,再不齿的活尽管大胆去办,撑死胆大的饿死胆小的。如此这般,上面的官吏是换了一茬又一茬,徐中立稳坐衙门,反成了谁来都离不了的人物,还登上了处长的位置。渐渐地亲朋故交成群结队,相互攀附,狼狈为奸,俨然成了一股把持地方的势力。

日军进城前,徐立中抱定"国人治国、豫人治豫"的信念,认为不管谁来照样离不了他,别人都远撤到了西北西南,他却安坐在家等日本人来请。果不出所料,仅仅在家等了两个月,先是日本驻汴特务机关长矢野大佐登门造访,后有华北五省特务机关长吉川少将再请出山。美中不足的是,省政府的要员提名升迁权掌握在北京日军华北派遣军首脑手里,开封日军最高的封赏也只能给个番号和经费,人马还得自己去招。徐立中思前想后,要了个豫州自卫军司令的名号,好在得到吉川少将的格外关照,给了很多方便和特权,还亲自为他物色骨干。仰仗着这个后台的支持,徐立中开始在拉队伍树山头方面下了些工夫,但并不如意。

徐立中五十岁出头,中等个儿,脸如银盘,柳眉大眼,悬鼻薄唇,肤色白里透红,毛发微黄,相貌温文,体态适中,举止尔雅,谁见谁都说他有子房①之相,却谁都没想到他一肚子坏水,所办的事没一件不男盗女娼,真是可惜了老天爷给他一副人样。

一次,他喝完酒召开军官会议,借着酒兴讲了一番自己的心得体会。

"咱们豫州自治军最大的问题你们猜是啥?有人说咱只有官没有兵,有牌

---

① 子房,汉代开国功臣张良的字。

子没队伍;还有人说咱有枪没子弹。这些都没说到点子上。俺苦思冥想废寝忘食,上面说的咱们都能办,唯一缺的是思路和手段!"

他见众人皆缄口不言,笑笑,露出两排整齐的白牙,两腮还微微显现出两个浅浅的酒窝,说道:"过去咱们总在招兵买马上绕圈子,思路错了!你们想呀,人们提起当兵都知道是保国家安社稷,咱们还打着老掉牙的口号谁信呀?!都知道咱们是帮助大日本皇军打仗的,跟国家社稷一点边儿都不沾,谁会来咱这儿当兵呀?所以,咱们的思路必须调整到有钱能使鬼推磨上来,咱们先挣钱,挣了钱再去招兵买马,重赏之下必有勇夫嘛!今后咱们的方针就是围绕一个'钱'字转,咋能让钱来得又多又快呢?"

徐立中故意顿了顿,继之谄媚一笑,说:"俺问过几个坐过大牢、闯过码头的江湖老大,如果说偷盗是一分利的话,抢劫就是十分利,贩毒可能有二十分利,吃大户绑票是四十分利,俺想起来的办法就是一百分利!俺想这办法古时候汉武帝也搞过,就是'告缗法',让住家、商户们相互揭短,偷税也好,私自留客也好,总之只要沾点不法的边儿咱就依法办了他,咱还能吃了这头吃那头,两头得利。"

果真,徐立中在日本主子默许下,在开封掀起了一场声势浩大的敲诈勒索运动,凡是房产买卖、银行钱庄、黄金珠宝商场、文物字画等商家,只要能榨出油的人几乎被自卫军抓完了,明码标价,见钱放人,不给钱的事主立马能变成"华军探子",或是"通共通匪",几个"钉子户"也熬不住坐牢的滋味,纷纷从家里掘出银元、元宝送给了徐立中。不过好景不长,很快招惹来不少是非。一些有钱人家开始投靠其他军政要员,个别的还巴结上了日本人,由怨声载道到四处告状,还躲在暗处打黑枪。徐立中也渐渐发现自己反成了被勒索的对象,几次哭诉到日军吉川少将那里,又被吉川没鼻子没脸来了几个"东洋鬈"①,逼得徐立中不得不再次"转变思路"。今天豫州自卫军总部的例会就是专为研究出路而开的。

徐立中一进门又献媚似的笑着点了一圈头,一一跟在座的打过招呼,挥手示意让参谋长朱云先讲话。

朱云也有五十岁了,中等个儿,微微发胖,黄脸小眼,屠夫眼神,短鼻大嘴。

---

① 伪军行话,指头上挨了拳头。

他生性刁钻,沉默寡言,一天到晚阴沉着脸,只有见日本人才云开雾散,喜笑颜开,众人背后皆称他是"阴阳脸"。朱云早年曾留学东洋,回国后在一所学校教授日语。日本侵华后,学校西迁,他独独留了下来,自认日本人属文明之邦、亚洲楷模,到处散布抗战死伤的惨状,坚称照这么打下去中国早晚要亡,是真正被日军的赫赫战功给吓住了,完全丧失了正常人的感情和判断。

日本攻陷开封后,他主动跑去给日军当翻译,工作完全是一种忘我投入状态,任劳任怨、兢兢业业,领着众多日军官兵吃喝嫖赌,享尽皇道乐土的风光,那种敬业精神连日本人都很感动。朱云在省城原只是个教师,根本不通军事,日本人愣是把他提携至豫州自卫军参谋长的位置,也算用其所长,毕竟策划自卫军出路的是日本人,需要的是不折不扣贯彻日本军意图的人,如此看整个开封选他再合适不过了。

朱云踮脚伸脖站了起来,双眼充满激情地望着会议室墙上挂的日本旗和华北自治会的五色旗,深深地鞠了个躬,仰头痛心道:"大日本皇军华北五省特务机关吉川贞佐少将对我豫州自卫军十分不满,昨天对徐司令近期工作进行了训斥。吉川少将认为自卫军久不成军,管理混乱,贪腐成风,还打着皇军旗号招惹是非,更不能容忍的是安阳、新乡、商丘等地接连发生多起反水事件,杀害日军顾问,携带枪弹投靠华军。吉川贞佐少将提请各位注意,不要再走前省长萧瑞臣的老路,限我们尽快拿出改观对策,务必在三个月内见到成效。"说完,斜着眼望了望坐在会议室尽头的徐立中,坐了下来。

徐立中半边脸隐隐约约还有些红肿,略显尴尬地笑了两声,说:"鞭策,鞭策,这是对本司令最大的爱护和鞭策!"

徐立中强作欢颜,说话有些语无伦次,显然有些思维混乱,环视一周后,冷不丁地又冒了句:"萧瑞臣?不可能呀!噢——大家说,大家说。"

会场上,众人你看看我,我看看你,一时都不知从何谈起。表面上个个做出知耻而后勇的状态,内心都感觉打得轻,盼望着下次吉川能用刀子。

牛紫龙发现除了六七位所谓的几路军司令和参谋长外,平常与徐、朱二人形影不离的日军顾问岗上青树和自卫军高参宋文修并没有参加今天的会议。

所谓高参,其实就是专门负责评估决策自卫军重大活动,确定重要工作对象的人,可以说事无巨细无所不管,他俩不来什么事都决定不了。

牛紫龙一直在想,顾问和高参实际上是自卫军的幕后核心人物,作用明摆着比徐立中、朱云还大,他俩同时缺席会议肯定有重要行动,这一行动怎么连一点风都没有,他们会去哪儿呢?

徐立中一个一个盯着在座的各位。自卫军名义上分了四路,其实都是空架子,除了一个手枪连、一个步兵连外,各路只有司令和参谋长等很少几个人,这些人还是日本人从各地搜罗来的军阀流寇或豪强地痞,推荐给徐立中任命的。无论是阅历还是能力,都不是徐立中这样的文官所能驾驭的。在徐立中眼里,这些人要么是来监控自己的,要么是准备接替自己的,虽说是下属,可他一个也管不住、动不了。

"大日本皇军说得对,咱们瞎球鼓捣了一年,估摸着总也捞有几十万了吧,这些钱不能串到某人的肋巴骨上,更不能让个别人呼啦了。这年头舍不得孩子打不住狼,没钱啥事也干不成。自卫军久不成军俺看还是钱没用到正地方,账本应当公开!"一个曾在东北军当过团长,现任二路军副司令的胖子,起身半是吵架半是唠叨地嚷了几句,一开场就把火烧到了内部。

"你那等于不说,吉川少将都没说公开账本,你瞎吃喝个蛋哪!"同样是二路军的参谋长站起来反驳道。这位参谋长是开封本地人,原来只是拉黄包车的车夫,自从攀上徐立中,成了徐司令的专职包车夫,后来徐立中混大了,配备了日籍司机的汽车,他就升到了"参谋长"的高位,自然站在徐一边说话。

"这是主人开会,哪有仆人上场说话的份。你们出门打听打听,一提啥球豫州自卫军,那是顶风臭八里,大人小孩没有不切齿的。"

"那算啥球!警备司令部光重新登记房产,捞多少钱啊!咱们摸几个小钱他们就眼红啦,还唆使些人在这儿瞎胡咧咧。咱抓的人警备司令部给截了,你还在这儿胳膊往外扭,俺看这里面有猫腻!"那位黑黝黝的车夫参谋长边说边眨巴着嘴。

朱云怕他们又把话引到无用的争论上,站起来和稀泥道:"吉川贞佐将军的训话有两点值得注意。其一,管理混乱、贪腐成风,这些事不光在咱们豫州自卫军中有,其他部门,包括大日本陆军中也照样存在,可吉川单独批评了咱们一家,这说明不是咱们没做好,而是背后有人在鼓捣,咱们要按照吉川将军的训斥尽快改观,重要的是要摆平鼓捣咱们的人。吉川将军提醒咱们不要走萧瑞臣的路,萧怎么死的大家都清楚,主要原因还是内斗,咱们不能不重视这一警告。其二,吉川将军提出三个月的期限要咱们改观,也就是说咱们必须做出能拿到桌面上的成绩让皇军满意,最近冈上顾问和宋高参已经先行一步了,下一步咱们务必精诚团结,干一番惊天动地的事业出来,让警备司令部那帮小子……"

牛紫龙看到徐立中扬手止住朱云,朱云欠了欠身子欲言又止,重新坐了下来。

那位车夫"参谋长"仍觉恶气未消,继续骂骂咧咧道:"再说了,各地反水的部队都算在咱们收编名下,不反水的统统让警备司令部收编,他们把牛牵了,还叫咱们拔橛子,是可忍孰不可忍!"

"好了好了,明天一大早吉川将军要召开联席会,专门解决咱们自卫军和警备司令部之间的摩擦,你们有委屈就跟参谋长倒倒,好让俺们在会上也有话说。"

牛紫龙望着徐立中一副心不在焉的样子,断定日军顾问和徐立中已经谋划了一场大的行动,这项行动会是什么呢?明天开会的机会必须抓住,把它做成最先推倒的一张多米诺骨牌……

剩下的争吵牛紫龙基本上没听清。

会议一完,牛紫龙出门坐上一辆人力包车赶到了四黑的茶馆,落实完行动需要协助的细节安排后,匆匆赶回到住的地方,本想吃完饭再去看一下地形,刚下车就碰上在门口等待的川岛和冈田。

"难道暴露了?"牛紫龙一惊,见他们一身戎装,一边走来,一边很认真地打量一番拉人力车的人,冈田向身后挥手招来一辆汽车,对牛紫龙说:"吉川先生在仁义社等您多时了。"

牛紫龙抿了抿嘴,微微一笑,按照川岛的示意上了汽车。

当晚。

开封徐府街山陕甘会馆。

牛紫龙数着步子走进了吉川办公室,室内光线很暗,只有吉川办公桌上那盏台灯照出一圈黄黄的光。吉川半边脸隐没在一片昏暗之中,听到报告和开门声,吉川还和上次一样一直没抬头,专注于他桌上摊开的材料。川岛伏下身站立良久,吉川才拉开抽屉拿出那本蓝色文件夹,这才抬头看了一眼牛紫龙。

"我大日本帝国近卫文磨首相已经发出告示,调整对华关系,确立'三不'原则,解决中日纠纷以不割地、不赔款、不驻军为建立共荣体的条件,使中国具有长远眼光的汪精卫先生看到我大日本帝国真诚希望和平之良好愿望,决心与我大日本帝国携手建立全国性政权,这将给世界和平带来希望,牛先生以为如何?"

吉川贞佐凭借着他对人心和人性的了解,隐约感到牛紫龙似乎不是一般的教师或青帮之流,用收买的办法并不足以让他给皇军卖命。吉川猜测牛紫龙感兴趣的除了局势外还应该有些有价值的东西,这些东西是什么?吉川想了解牛紫龙对局势究竟持什么想法。

牛紫龙不假思索地答了一句:"这件事肯定意义深远。"他内心十分清楚,依照近代日本民族的心态和性格,此时日本人绝不会在中国罢兵休战。好在历史有着自己的逻辑,中华一族的生存之道,当知自维而守其难,意愿超出能力势必透支国力,导致衰败。存亡兴衰,形格势禁,往往在一念之间,日本尚不具有把握历史的能力。

牛紫龙感到双手汗津津的,微微有些发颤,他感应着吉川屋里的武器离自己的距离,努力克制住滔滔的愤恨。他心里在想,无论如何也要尽快把吉川除掉,吉川多活一天,开封市乃至华北五省又将有多少人死于非命。

吉川贞佐站起身踱着方步,把整个身影都隐在了昏黑的阴影里,这天吉川穿了一身深黄色的呢子军服,脚下的皮靴有节奏地敲击着地面。

他踱出几步,突然转身道:"我们大日本帝国本意不希望战争,我们主张在世界范围内,根据不同地区内各个国家进步程度的不同,由本地区先进国家帮助落后国家划分几个共荣圈,这是一个很公平、公道,又能达到利益均衡、共荣共赢的战略。例如美洲共荣圈,美国可以发挥领导作用;欧洲共荣圈,英、德可以共管;东亚共荣圈就是日、中两国提携,由我大日本帝国为领袖,实现共同繁荣。这样我大日本帝国可以放弃部分太平洋周围的利益,以求和平,难道这样不好吗?现在大多数国家已经同意了这样的划分,只有个别国家还没想通。"吉川踱方步走到牛紫龙面前突然问了一句,"你说公平吗?"

牛紫龙双腿一并,答道:"是!可划定这些地理上的圈圈目的是什么?"

吉川双手用力搓着手指关节,"磕磕啪啪"地又是一阵乱响,片刻后,他不自然地笑笑,拍拍牛紫龙的肩膀说:"当然是文明进步共同发展喽,你认为如何?"

"发展成了灾难,这日本人真会瞎球扯!"牛紫龙心想,嘴上却含糊其辞道,"当然应当让人民选定发展方向。"

吉川挥了下手,话题一转道:"请坐。你在洛阳上学,又在郏县教书,很好,很好,你还去过哪些地方?"

牛紫龙心想,原来吉川老贼找我来还真是要大干一番了,便装作不解答道:

"那一片不少地方都跑过。"

"南阳去过吗？"

"去过，从许昌到南阳，从洛阳到南阳都走过。"

吉川睁大猫眼望着牛紫龙，问道："那么从南阳到湖北，或是从南阳入陕西呢？"

牛紫龙摇摇头说："这没跑过。"

吉川很不情愿地点点头，转身踱出几步，自言自语道："中国历史上的战争大部分是从北向南打，这与我们大日本帝国幕府之间的战争有很大不同，中国改朝换代的战争时间短，统一的时间比较长，我们大日本帝国则是藩侯分立的时间长，真正统一的时间短。中国至少两次亡于外族人之手，外族人在中国当上了中国人的皇上，而我们大日本帝国万年一统，外族人从来没有在我大日本帝国的土地上建立过政权，我们是真正的太阳女神的国家！不知牛先生对这方面有没有研究过？"

这个老狐狸把真正要问的题目夹在一堆看似没有关系的历史疑问中，原来他要了解的是外族人怎样使中国王朝灭亡的，走的是哪条路。牛紫龙做出略显愧疚的样子答道："很抱歉，对于贵国的历史我知之甚少，谈不上什么看法，至于中国历史上的战争为什么多是从北向南打，我想主要是因为历史上黄河流域较为发达，统一中国的战争一般都是从较为发达的地区向相对滞后的地区发展的，应当说经济政治原因占主要作用。"

"路径选择对于战争胜负有没有作用呢？"

"当然有，但作用不大。"

吉川贞佐那双微微发绿的眸子紧紧盯着牛紫龙的双眼，他在猜测牛紫龙说的究竟是不是真话。

"中国历史上的战争在战争形式上与现代化条件作战模式有很大不同，就贵军目前装备和作战特征看很难选择其他路径和方式。"牛紫龙大致推测出吉川正在构思由南阳入川陕的路径，肯定是在研究元朝和清朝南下作战的特点路径后得出的结论，那么这与自卫军日本顾问岗上青树和高参宋文修突然失踪有没有关系呢？

吉川很不情愿地点点头。的确，到目前为止，日军之所以在作战中节节胜利，多是在适应机械化部队作战的地域取得的，无论华北、华南，凡是地形复杂的地方,还都被中国军队占领着。

"很好,很好!"吉川拉起脸上的肌肉,挤出一副笑样,重重地拍了拍牛紫龙的肩膀,说,"你做好准备,希望能比别人做得更好。"说完,再次鞠躬算是送客的礼仪。

牛紫龙双腿并直,同样还了个鞠躬礼,转身跟着川岛、岗田离开了山陕会馆。

深夜。

伪开封警备司令部刘兴舟家大院门外。

这条窄窄的小巷牛紫龙只走过一次,一共四百六十八步,像一张弓,恰好在最突出的地方挺立着一座红漆大门,显得格外突出。整条巷黑乎乎的,只有那座大门两旁的灯笼照着八字形的巷道。

牛紫龙披着一个厚厚的麻袋,拖着一根打狗棍,溜着墙根,身影一会儿长一会儿短。他在这条小巷来回走了几趟,反复掂量过对方可能出手的情况,也编排过自己的每一个动作,唯一担心的是深秋时节自己的手脚不太听使唤,计划中这一步难度不大,但很关键。

他推开了离那座豪宅不远处的一座空院,院子是原国民省政府一位职员的住宅,人早已撤到了后方。伪警察厅虽说已经没收,但仅仅是在门上贴了个封条。进院,牛紫龙沿着甬道走到了东厢房北屋,屋内堆满了破旧的家具。他轻轻地移开一个半截柜,露出一个窄窄的墙洞,穿过墙洞就是另一个院子。从第二个院子正房山墙又可以到达第三个院子,第三个院子后边的厕所里有一个扶梯,出去就是另一条小巷,直通正街。这样的院连院、房连房的通道是开封沦陷后群众自发挖掘的,大部分连接在已撤走的老户院子里,后来,不少留下来的住户也主动挖通了通道,形成了比街道小巷还要密集便利的小网络,主要用以躲避日军的搜捕。这条甬道原本只有三户相连,是四黑临时让乞丐放了把扶梯,连接到了正街的出路。

牛紫龙从墙洞里拉出一个包裹,把那身宽大、肮脏又有些臭味的衣裤套在身上,翻出手枪和手榴弹,小心翼翼地拉出一个个弹环,再用细绳拴好,分别挂在大门楼内和通往东厢房路边的隐蔽处。他又从口袋里倒出一堆子弹,一粒粒擦拭干净,装进弹夹,提枪靠在了大门内,留出一条门缝望着空无一人的小巷。

根据四黑派人观察的情况,他要对付至少六个人,并且必须在主要目标出门到上车短短几秒时间里首发击中。他琢磨着采取什么办法能够使目标暴露的时间长点,不能让那汽车直接停到宅院大门口,必须放一样东西,不至于引起怀疑……

这一夜牛紫龙几乎没合眼,每过一个小时就要站起身跑上两圈,还好,等来的是一个少有的冬雾清晨。

清晨,淡淡的薄雾缭绕在大街小巷。

牛紫龙从门里看到一辆黑色汽车缓缓停在了刘兴舟宅院的门口,便拿起扫帚借着晨雾一步步向那辆汽车扫去,四周静得出奇,滴下的露珠声都听得一清二楚。

他听到一阵纷至沓来的脚步声由小渐大向大门走来,紧接着便有几个人影走出了那座红漆大门。

"嗨!"牛紫龙大喊一声。

此时,伪开封市警备司令刘兴舟在四名护卫的陪同下刚刚走到汽车的左边,恰好两名护卫在前,两名护卫刚出大门。

刘兴舟下意识转过身,看到的是一个个子不高、穿一身扫街烂衫的人举枪大步走来,刘兴舟张嘴"啊"的声音还在咽喉,就感到眼前血雾飞溅,半边脸猛然被重击了一下,几乎同时胸部一热,天旋地转地向地上倒去,这时耳边才听到了枪响。

牛紫龙紧紧地盯着目标,直觉感到两发子弹应当都击中了目标,左手一扬扔出手榴弹。他开始计算剩下来的五秒时间,向左跨出一步看清四个护卫,一个正在趴下,一个转身向刘府躲藏,还有一个茫然地要去扶刘兴舟,只有最远的一个正在掏枪,牛紫龙站稳脚一连射两枪,一枪穿过汽车后门玻璃击中了日籍司机的后背,一枪正好击中那名掏枪护卫的右手。

牛紫龙转身急速向那空宅跑去,跑出十余步后才听到了身后传来一声沉闷的爆炸声,他想,没有必要做"S"形跑步路线,这样可以省下来两秒钟时间,想着便闪进了那座空宅。

1939年10月,伪开封警备司令部司令刘兴舟被刺于宅院门口,翌日身亡。

清晨。

开封顺城街。

刘兴舟被刺的同时,顺城街济众药房传来一阵急促的敲门声。

这片药店是军统豫站在开封潜伏下来唯一配备有电台的情报小组,主持小组工作的是龚兰亭夫妇,开封远郊人,早年在天津上学时加入过共产党外围组织,1935年被捕叛变加入了军统,在破获豫南共产党组织中立过功。龚兰亭夫妇是学医药专业出身,根据其特长,军统豫站出巨资买下济众药房,安插龚兰亭夫妇潜伏下来。潜伏小组一共四人,除龚兰亭夫妇外,还有一名发报员、一名译电员,两人公开身份是药房药师。

此时,龚兰亭等人已是一夜未眠,只因昨天半夜一连收到两封密电,却怎么也译不出来。四人正在抓耳挠腮之际,听到敲门声便一起下了阁楼。开门见四五个要饭的围了上来。

龚兰亭正欲发作,一个瘦高个儿推开众人闪进门来,双腿一并,行了个国民革命军标准的敬礼,小声道:"诸位辛苦!"接着做了个请的手势,反客为主把龚兰亭等四人让进了客房。

"你是——"龚兰亭一脸问号。

"哎呀,真对不住,过河时遇到些麻烦晚来一天,上面叫俺们专程来送这个的。"说着,那人撕开脏兮兮的棉衫,掏出一本烟盒大小厚厚的圣经递给龚兰亭,接着道,"从昨天开始军统站组通知换新密码本。"

龚兰亭眨了眨眼,翻了几页那本圣经,顺手交给了译电员,思量片刻,对夫人说:"去,上街买点饭让弟兄们吃饱了快走。"龚夫人转身进了里屋。

那高个乞丐瞪大双眼道:"咦——弟兄好不容易进趟城,咋着也得让俺们要几天。"

龚兰亭凑上前低声道:"这几天日本人查得正紧,等稍松些再专门请你来,你是啥时候加入的组织?俺咋觉得你有点面熟呢?"

"俺刚过去,专门跑交通,在河那边找个事干也不容易,这趟来你咋着也得给俺弄几个花花。"那乞丐摊开手勾了勾手指。

龚兰亭原本还有些怀疑,但见来人那副无赖样,渐渐释然,弯腰从正堂供桌下端出一个木盒,抓一把打发要饭的铁片,递给了那乞丐。

"我靠!你真想用这打发俺?你那些铁片子俺过了河咋花,俺要的是银元!"

龚兰亭无奈，只得将那些铁片重新放回原处，在怀里摸索良久，拿出几个银元给了那乞丐。

这时译电员匆匆走了进来，将昨晚收到的电报递给龚兰亭，译出的电报一封大意是换密码本的有关事项，要求将原来使用的密码本、收发报记录及所有译发电稿等由交通员带回，或当面销毁；一封是对徐立中等人的嘉奖令，大意是货已收到，特对徐立中等人的贡献给予嘉奖，奖金洋银两千五百块，晋升少将军衔，并注明此嘉奖令须交给徐立中本人。

龚兰亭看完，望了一眼那个乞丐，那人刚把银元数完揣进了怀里，一副不耐烦的样子。

"俺着！过去的电报底稿、密码本子还有什么东西，俺也不用带了，你拿来这儿烧了去球。"

此话正合龚兰亭的心思，他上前几步轻轻地踩了一下译电员的脚，做出一副很认真的样子："你不知道，现在风声越来越紧，俺们为了安全起见都是现办现烧，也不敢按规定留下收发记录，我看有多少算多少吧？"

那乞丐大大咧咧地扬扬手，说："中，只要能让俺交差就行。"

龚兰亭慌忙堆出一脸媚笑，说："那俺去给你拿！"说罢拉起译电员便上了阁楼。

第二天上午。

豫州自卫司令部。

牛紫龙翻墙跳进自卫军总部的院子，进去后又装作一副睡意正浓的样子，故意从门岗前经过去了趟厕所，回来急忙从茶炉房打盆热水泡泡手脚，和衣上了床。

一会儿，牛紫龙便听见一连串嘈杂的脚步声，接着听到一个熟悉且生硬的声音喊叫着："统统出来，到前院集合！"

牛紫龙慢慢站起身，整了整制服，他一直没有再听到爆炸声，最多一个小时，四黑他们便会把他脱下的衣服和枪支拿走，隐藏起来，甚至连逃跑的路径也会打扫得干干净净。接下来他的任务至少还有两项，当然，成功与失败或许只差一步，越接近成功就越有可能前功尽弃。

牛紫龙拉开门，见每个房间门口都站着两名日军宪兵，只要伪军官一出门，马上便会有人进屋翻箱倒柜进行搜查。牛紫龙望了一眼站在不远处的川岛和冈田,慌忙上前,故作惊愕道:"怎么回事?"

川岛并紧双腿欠欠身子,答道:"对不起,全城戒严搜查混进城的华军杀手,自卫军是重点搜查单位。"

"出事啦?"牛紫龙仍旧是一副惊魂未定状。

"对不起,查清以后才能告诉你。"川岛伸手做了一个请的姿势。

牛紫龙来到前院,此时,院里已经站满了衣冠不整的伪军官,粗略一看约有三十多人。牛紫龙见徐立中正一脸茫然地跟几个伪军官讨论着什么,朱云独自一人呆呆地望着大门。牛紫龙急忙走上前去,用肩膀轻轻地碰了一下朱云,朱云像触了电似的浑身猛地一哆嗦。

"弄啥?"朱云不住地抖动着面部的肌肉,双眸里充满了恐怖。

牛紫龙绕到朱云身后,背靠朱云,侧头愤慨道:"这不是大水冲了龙王庙嘛!自家人不认自家人!咱们对皇军这么忠心还……咱们的顾问冈上青树难道不能出来解释一下吗?"

他知道每天夜里朱云都会出去找女人,花不少钱在外包养了三房四妾,即便是他能说清自己昨夜的活动,也会暴露出贪腐的问题,他需要证人证明自己一直没出门。

朱云重重地叹口气,说:"冈上君和参议现在已经去了南阳,谁能想到他俩一走就出这样的事!"

"会不会是皇军有意把冈上君支开呢?"

朱云战栗着说:"不会,去南阳跟地方势力建亲善政府是徐司令的意思,南阳的刘府、汝州的颜府,还有那几家都是徐立中的关系,他非要在日本人面前跟刘兴舟争个高低,把咱们这一年捞的钱都搭上了。"说到这儿,朱云似乎觉得有些不妥,急忙补充道,"这事你千万不能露出去,露出去我的小命就没了。"

牛紫龙点点头,说:"放心,咱们是一根绳上的蚂蚱,什么时候都得相互照应,保你没事!"

朱云瞪大眼睛感动地点点头,鼻子一酸,哽咽着说:"你只要在日本人面前替俺说好话,俺就帮你在菩萨面前磕响头,有情后还!"

牛紫龙转过身绕道前院门口,他一直焦急地等待着四黑的消息,从概率上讲,四黑他们办这件事至少应有八成把握。

这时日本人已经审完昨晚四班岗哨的人员,开始逐一讯问院子里的军官,刚才还熙熙攘攘的人群,此时突然安静了下来,一种不祥的气氛开始弥漫在人群中。军官们不时地听到从审讯室里传出凄厉的哭叫,有两个外出的伪军官遭到了暴打,并立即被送到了宪兵队。伪军官们开始相互猜疑,众人到现在才知道事态严峻。

中午,牛紫龙透过大门远远望见那个熟悉的乞丐,他一边走,一边从斜挎在肩下的布兜里掏出一把竹笛吹了起来,那是一曲民间的划船小调,时而悠扬,时而急骤,缓缓地从大门外经过。这是牛紫龙与四黑约定的信号,意味着一切已经办妥。

牛紫龙被叫进会议室问话时搜查已全部结束,大部分伪军也已经鉴别完毕,室内桌上堆着一些文物、黄金、银元之类的东西,只是日军宪兵尚未发现刺杀刘兴舟的嫌疑和凶器。原定今天早晨调解自卫军与警备司令部的关系,偏偏这个节骨眼上刘兴舟被杀,这不能不让人怀疑是自卫军派人干的事,可搜查询问了大半天却毫无结果。

吉川贞佐盯着牛紫龙足足看了两分钟,眸子里透出不少无奈,态度却很强硬。他先哼了一声道:"牛先生,你真是一位天才的演员,你不觉得你演的这场戏马上要落幕了吗?"

牛紫龙坦然一笑,说:"如果我有演员那种弄虚作假、哭笑无常的本事,也不用干这提着脑袋的活了,您太高看我了。"

他知道吉川有点沉不住气了,尽管吉川的直觉正确,但过于自信和多疑会放大他的失误,这时候也不可能发现什么破绽。

"豫州自卫军与警备司令部之间那点事在我来之前已经存在了,根本没我啥事,几次开会,包括昨天的例会,始终就没我说句话的份。"

吉川仍旧瞪着眼问:"你怎么知道自卫军与警备司令部之间有内斗呢? 你们开会议了什么呢?"

"有人提出来应当公开自卫军的收支账目,有人提到警备司令部抓人放人的事,还有人提出大日本皇军应当公道,不应当总让自卫军当后娘养的。"

吉川贞佐站起身,眯起眼挤出一丝笑容走到牛紫龙面前,问:"说下去,还有什么?"

"没什么了,就是说有好几个案子呈报到您那儿,还有就是有人提到警备司令部利用房产登记清查捞了不少钱,有人还私下提到顺城街济众药房这个名字,具体要干什么还不清楚。"与多疑的对手过招最好学会"两面思维",既要放出长线把他引到自己预设的方向,又不能让他怀疑上自己,所以必须把真真假假的情况放在一起讲出来,牛紫龙想。

"嗯?"吉川贞佐习惯性地先打了个问号,接着眼睛一亮,问道,"你听清楚了吗?是济众药店吗?其他案子提到具体的人了吗?"

"你们最好先问一下徐司令。"牛紫龙显得踌躇不前。

"不!该问的时候当然要问,咱们现在就去看看。"吉川转身对川岛大声道,"这里的人分开关押,一个人一个房间。"

秋日的阳光格外亮丽,吉川大步走到自卫军院门,眯起眼睛像是在寻找着什么,他挥挥手,四辆满载着日军宪兵的卡车呼啸着向顺城街驶去。

吉川贞佐搓着双手,发出一阵响声,他挥手示意川岛、岗田押着牛紫龙上了汽车,转身悄声对宪兵队长矢野大佐交代道:"这些人全部是垃圾,统统押到宪兵队,分开关押,必须让他们反省交代。"说完登车向顺城街开去。

午后。

顺城街济众药房。

济众药房是座商住一体的院子,临街处有六开间门面房,穿过铺面有一个不大的天井小院,三面围着正房阁楼和两边的厢房。正房阁楼住着龚兰亭夫妇,兼做诊所,两边厢房分别住着扮作药师的报务员和译电员。院子整洁紧凑,充满了中药淡淡的清香。

吉川等人到达时,龚兰亭夫妇和报务员、译电员已经被五花大绑捆了起来,四人高一声低一声直喊冤。从后院阁楼上搜出来的无线电台和电报记录、密码本、手枪等情报工具已经摆在了正房的桌上。

吉川很认真地研究了一番电报底稿,从短短的鼻孔里狠狠地出了一口气,勉强干笑两声,招手让川岛把龚兰亭押进客厅。

"松绑!"吉川笑嘻嘻地走到龚兰亭面前,指着桌上的间谍器材问,"这是你的吗?"

"是,我们已经投靠了开封警备司令刘兴舟,属于开封警备司令部的编外人员!"龚兰亭慌忙辩解道,"他每个月都给我们发饷。"

吉川张大嘴巴"啊"了一声,故作惊讶道:"可惜这句话如果昨天说我会相信,今天说已经太晚了,刘司令已经没有知觉了,你还能提供别的证据吗?"

"这……"这次轮到龚兰亭惊愕地张大嘴了,他结结巴巴地反问道,"不会这么巧吧?他怎么会昏迷呢?"

吉川突然大声道:"这正是我要问你的问题,你说你投靠了刘兴舟,我怎么不知道?这里怎么会有颁发给徐立中的嘉奖令?!"

龚兰亭脸色忽而红忽而白,语无伦次地答道:"我也不清楚咋回事。军统和我联系是刘兴舟安排的,他安排我继续跟军统保持联系……"

吉川未等他说完,便重重地甩了他一个耳光,大声问道:"我问的是徐立中徐司令的嘉奖令是从哪儿来的?是刘兴舟发给你的吗?你怎么认识的徐司令?怎么才能亲自交到徐司令手里?"吉川最后的问话几乎是声嘶力竭大声吼出的。

龚兰亭惊恐地望着面前这个矮墩墩近似野兽状的日本人,哆哆嗦嗦地说:"让我想想,让我想想……"

吉川突然像饿狼见到了跑不动的兔子,眯缝起眼,忍着饥饿,享受着美餐前的欢乐,说:"很好,思想是人区别于动物的主要标志。让你想想……可不能在这里想啦!对不起,只好请你们去一个便于开动脑筋的地方,到了那儿先生自然会冷静下来。"

"不不不……俺们要见刘兴舟,俺们已经是良民了。"

吉川并不理睬龚兰亭近乎绝望的呼叫,招手让宪兵把他们押了下去。他望了一眼客厅里的矢野、川岛、岗田和牛紫龙,把那份嘉奖徐立中的电报摊到桌上,问:"这是什么意思?"

众人看过电报后面面相觑,无一人应答。

电报只有寥寥几句话:礼物已经收到,家里正做安排,望继续钻深爬高,特此嘉奖勉励,奖金洋银两千五百元,徐立中晋升少将衔,其余着即上报。落款是雨农时节。

吉川马上意识到这封电报似乎与他的入川计划有关,这一计划构思时间已有多日,但分步实施才刚刚开始,派出岗上青树和宋文修到南阳一带活动也只有五六天时间,并且此事只有吉川、徐立中、朱云和执行计划的俩人知道,这么快"礼物已收到",说明两人已经出事,至少已被盯上,如此看来,将他俩携款过河消息漏出去的人只有徐立中、朱云两人或其中之一,这一证据无可置疑。可在短短几天之内自己费尽心机培植起的两个主要伪军组织首脑一死一叛,且又出现一连串蹊跷的事,又似乎让人有些心神不宁,总感到其中有些反常,只是逻辑上又找不出纰漏,怎么会这样呢?

牛紫龙也知道,这件事从环节上不会有破绽,从细节上则很难周全,能否成功关键是每个动作必须到位,当务之急是不能让吉川冷静下来,吉川也许一天能换几个面孔,只是骨子里的多疑自负、刚愎自用是难以改变的,用激将法或许能让他按照眼前的已有证据推理下去。想到此,牛紫龙向前一步,怯怯道:"据嫌犯自称他们已投靠了刘兴舟,能否暂缓讯问,待刘兴舟清醒后再说?"在此之前他多次思考过刘兴舟中弹和倒下去的情景,面部中弹至少能让他永远开不了口。

"不!"吉川贞佐干巴巴地笑笑,接着道,"医学是很靠不住的东西,我们不能把弄清真相的希望建立在靠不住的东西上,徐立中叛我附敌证据昭然,自卫军的顾问、高参刚刚过河,便有了他的嘉奖电报,不可能再有第二种解释,足见他已经背叛了我大日本皇军。这件事除了他以外几乎没有中国人知道,你们几个也都在知情之外,透漏出去的几率很小很小。走!回宪兵队!"

牛紫龙长出一口气,预设的任务大部分已经完成,只要龚兰亭夫妇一时翻不了身自证清白,徐立中的命运也许今天就能定下来。

牛紫龙假意迟疑,告道:"对不起,如若要审讯徐司令,请允许我回避,中国素以忠孝为先,一日为长,终身不移,以下犯上实属不敬之举,我回避应当更有利于查清实情。"

牛紫龙知道用这个理由脱身也许是最好的办法,忠诚是日军看待伪军特别敏感的问题,凡稍有不忠不敬、三心二意之事,往往会招致日军加倍的处罚,即便是捕风捉影,日本人也宁可信其有,断无轻易放过之理。反之,任何忠勇的行为在日本人眼里都是理所应当的,即使不合时宜,或过分的要求也会受到赞赏。

吉川贞佐显然是从另一个角度理解了这番话的含义,半天才从短短的鼻子里出了口粗气,转身对川岛、岗田道:"你们配合牛先生把这里彻底查清楚,四个犯人留下一个,一纸一线都要登记造册!"

牛紫龙万万没有想到吉川用这个理由把自己盯在这里。

川岛、岗田双腿一并,重重地喊了声:"嗨。"

同日晚。

显然,日本宪兵是抄家的老手,认真到了可怕的程度。

十几个宪兵分片包干,"叮叮咣咣"很快就干上了。一件家具不但要从每个接口拆卸下来,而且稍大一点的板块还要从中间锯开,检查完的桌椅门窗等家具基本上成了劈柴,地面的砖石、房上的瓦片,只要有能塞个纸条的缝隙,宪兵们就要撬起来查看一遍,搜查过的房间跟爆破过一般。

牛紫龙一直盯着川岛、岗田,他俩正在对查获的物品逐一登记,每件物品经那位留下来的发报员确认后,登记造册,按下指印,才分门别类放在一起。

牛紫龙突然发现,原本计划中要销毁的一本收发报存根竟然还压在电台、密码本下面,不禁暗暗吸了口冷气,更让牛紫龙吃惊的是那本收发报记录已经登记造册过了!

他故意漫不经心地一件件翻阅着登记过的物品,专用天线、电台、密码本、枪支弹药以及成摞的情报文稿,似乎每一件物品深究下去都不足以让此案翻转。假情报是军统不少潜伏点赖以生存的饭碗,这与军统在抗战初期的整体素质有关。很长一段时间,军统都以抢地盘、扩队伍为主,注重量的增加,忽视了质的提高,潜伏下来的人只能在社会底层打转转,真正能接触敌伪上层的十分有限,情报自然也就成了无米之炊。可为了生计,潜伏人员又不得不想尽办法造些"情报"出来,多是从敌伪报纸摘抄汇编,或道听途说,胡编乱造、拼凑成章上报,真正有价值的不多。收报从内容上不会有什么问题,除了对情报的评点和少量工作指示外,数量十分有限,只是在此之前更换密码的电报,以及该收发报记录的存在,就有可能让龚兰亭夫妇说清与刘兴舟的关系。如果再从刘兴舟家里或办公室找到记录中的电文,那么整个案件就会翻盘,而提供这一案件线索的人马上就会受到怀疑。想到此,牛紫龙一阵口干舌燥,再三给四黑交代务必销毁的收发报记录本竟未能销毁!也难怪,四黑原来就不是从事如此细致工作的材料,任何疏忽,哪怕是再小的细节也能捅开全盘皆输的大漏洞。

牛紫龙表面未动声色,内心里已是翻江倒海,他放下手中的电报稿,一副百无聊赖的样子走到院里。眼前的日本宪兵正点着火把挥汗如雨地翻箱倒柜、挖地三尺,牛紫龙不由自主地打了个冷战,刚欲转身便见川岛、岗田紧紧地跟在自己身后,他不得不冲着二人笑笑,装作对宪兵们挖掘厕所十分感兴趣的样子,一直站在臭烘烘的墙边,川岛、岗田仍旧一步不离地跟在牛紫龙身后。

川岛和岗田二人好像对缴获的物品也有了什么发现,相互间突然改口说起了日本话,而且讨论还很激烈。

怎么才能摆脱他俩？牛紫龙走到天井小院，望着一地清冷的月光，按照吉川等人的办事效率，很可能在明天上午把所有人犯审讯完毕后就开始落实证据线索，那么自己最迟要在明天上午脱身。岗上青树、宋文修二人的去向也已掌握在手，没有必要留在这里，可用什么理由脱身呢？

时间像飘忽的风，你越怕它过得快，它越像断线的风筝一般，一会儿便从身边溜走了。牛紫龙长长地打着哈欠，星空悄无声息地降下了朦胧的霜雾，一股彻骨的凉气又把思绪拉回到了眼前，脱身之计还要从吉川的不冷静中找出路。

牛紫龙想到布置潜伏时，为了能让龚兰亭他们潜深爬高，曾经给开封几个小组发过金砖，数量还不少，龚兰亭小组当然也不例外。可是整个院子已经翻了个底朝天，仍未找到金砖之类的东西，说明龚兰亭一定还有其他藏匿的地方。

想到此，牛紫龙转身走进客厅，与那位译电员胡乱聊了一堆问题，诸如老家何地，家里还有哪些人，想家不想，结婚没有，潜伏生活危险枯燥为什么还能坚持等无关痛痒之事，译电员反绑着双手跪在地上，用一种魂不附体的声调一一作答。

牛紫龙突然话题一转，漫不经心地问了一句："这爿店是整个买下来的吗？龚掌柜没添置什么东西吗？"

译电员无精打采地嘟囔了一句："添置个球！潜伏下来就像听到枪响的兔子一样，整天躲在家里，谁也没心长干……龚兰亭买下这爿店，除了换块济众堂的牌子，啥球没置。"

牛紫龙心中一喜，又接着胡扯了几句，出了门。

门外，川岛、岗田似乎已经商量完毕，正在把缴获的物品装车撤离。

"这儿还没有搜查完呢，现在撤吗？咱们留一个人……"

川岛毫不迟疑地说："不！一起回去！此处搜查工作已经完成。"

第三日晨。

开封鹁鸪市商务印书馆日军驻汴宪兵队。

日军驻汴宪兵队将商务印书馆和中华书局的老院子进行了改造，里面大部分房间改作了审讯室，后院还专门改装了几间行刑室。

川岛、岗田押着牛紫龙回到宪兵队时天已破晓。

宪兵队门前一字排开停放着六辆汽车，参加练胆行刑的日本军人已经登车完毕,静悄悄地排列在卡车上,空气中充满了杀气。

牛紫龙一行刚要进门,便见十几个伪军官被蒙眼塞嘴从院里推了出来,跌跌撞撞,浑身是血,一个个被押上了卡车。

几个宪兵把济众药房搜查到的物品搬进了队长矢野的办公室,吉川背对着众人举手做了个保持沉默的示意,他透过窗子看着被押上卡车的豫州自卫军军官,他们大多是吉川从各地搜罗来的旧军人、旧官吏,他当然知道这些人投靠日军只是名利投机,有用的不多,他们有没有过错并不重要,重要的是一年多时间豫州自卫军久不成军,各地伪军反水,杀俘日军教官顾问的事件接二连三,这帮家伙必须为这些事件负责!

吉川转过身,铁青的脸上渗出了一层浮油,两腮的肌肉不时地抖动着,牙齿磨得直响,两眼充满了血丝,红得简直像个恶魔。

"你们说,他们中间有错杀冤枉的吗?"

"如果他们招供就不会错杀!"川岛回答道。

矢野一直安静地站在桌旁,这个问题他根本没有考虑过,他几乎天天都签署杀人命令,对眼前的情景早已司空见惯。听到川岛的话,顾自嘟嘟囔囔道:"不管他们承认不承认枪杀警备司令刘兴舟,即便是冲着平时那些贪腐、敲诈、贩毒、谋私等诸多恶行,也绝不会错杀。嗯?"

吉川轻轻点点头,眼睛又盯在了牛紫龙的脸上。牛紫龙迟疑着没有回答。

吉川大步走到牛紫龙面前,再次重重地嗯了一声。

"冤枉错杀的人肯定有。我没参与审讯,拿不出证据,但对贵军使用的审讯方法、程序持不赞成态度。"

吉川仰头大笑几声,猛然又收敛了笑容,说:"豫州自卫军全是废物!垃圾!从今天开始它已经不存在了,是高兴还是悲伤呢?"

或许这正是吉川此时的心绪,牛紫龙想,根本不需要回答,便故意做出十分悲壮的样子,咬紧牙关不吭一声。

吉川向矢野做了一个很有力的手势,矢野双脚一并,转身出了门。

"好了,说说你们昨晚的发现吧!"吉川把目光转向川岛、岗田,用手指着堆在一旁的电台等潜伏组的器材、文稿问,"就这些吗?彻底查清了吗?"

"彻底搜查完毕,只有这些东西。"川岛口气十分肯定。

岗田也上前回答道:"按照您的命令,经过十四个小时的检查,已经彻底查清了。"

"嗯？"吉川那双红眼又盯到了牛紫龙脸上。

牛紫龙故意迟疑地回答道："彻底搜查不一定能彻底查清，其他不说，济众药房的牌子就可能藏有证据。"

吉川怒目相向着川岛、岗田，左手招来几个宪兵，说："去，马上抬回来！"

屋里异常寂静，吉川踱步到窗前，望着一队宪兵乘车呼啸而去……

矢野的办公室和吉川的办公室同属宿办合一的结构，办公桌椅后面集中摆设着刀枪，牛紫龙计算着屋内四个人之间的距离，心想："沉住气，任何较量首先是意志的比拼。"他假借环视室内的机会，扫了一眼站在一旁的川岛、岗田，两人额头上渗出的一串串汗珠清晰可见。

吉川如同一尊凶神般钉在窗前一动不动，他不会有真正的是非对错观念，因此用不着真相，也用不着反思什么。他只相信自己，哪怕错了也要在已有错误的起点上再错下去。他也绝不会承认自己无能失败，即使是错误明明白白摆在那里，只要找到替罪羊发泄一番，他仍然可以武运长久、一贯正确。也难怪，日军就是这样的体制，除非这个体制崩溃，日军会一直在错误的方向滑下去，而且会越来越快。

半个多小时，几个宪兵便把那块"济众药房"的店牌抬进了矢野办公室，吉川头也没回扬扬手说："砸开！"

几个宪兵三下五除二把这块厚厚的店牌拆个七零八落，在店牌的夹层里不仅发现了金条，还有军统的委任状，以及龚兰亭加入蓝衣社时发给他的蒋介石亲笔签名的照片一张。

吉川吼叫着冲向川岛、岗田，"噼里啪啦"就是一顿暴打，边打边叫道："彻底查清！彻底查清！"川岛、岗田鼻青脸肿地率人出了宪兵队。

转过身，吉川勉强挤出几缕笑容，拍了拍牛紫龙，说："很好，这些金条有你一半。不过，要等到案件审完才能来领。"牛紫龙装作很认真地把金条数了一遍，悄悄地退出了矢野的办公室。

朝霞在门外洒下第一缕阳光，天空霎然开阔，变得瑰丽多彩，又是一天的清冷，往日阴郁的城市此时却透出了深沉的壮美。

牛紫龙知道，身后有双眼睛在盯着自己，也许还会有两个小时时间，不，也许只有半个小时,吉川他们便会找到自己。在此之前他还有件重要的事要办,就是通知四黑他们赶快躲起来,或一起出城。

他慢悠悠地走过几家饭店,都没有找到甩掉尾巴的机会,眼前来到了三角街,他信步朝一家有阁楼的饭店走去,进门便坐在了冲着大门的桌边,两眼直勾勾地盯着大门。

片刻后,一直跟着牛紫龙的尾巴刚跨进门槛,便与牛紫龙打了个照面。那尾巴慌忙拉下礼帽转身又折了出去。

牛紫龙一边上楼一边点菜,待店小二下楼后,打开二楼的窗子跳进了后院,一连翻过两座院子转上了正街,叫了一辆人力车疾步向四黑的茶馆跑去。

第十九章

1940年(昭和十五年)日本昭和天皇：

支那的强硬出乎意料，对时局的预测完全是错误的，特别是连专长的陆军竟也观察有误。由此，今日各方面都有反映。

——《昭和天皇战时真言》(载自《小仓库次侍从日记》)

第二十章

第三日上午。

四黑茶馆。

四黑根本没听进去牛紫龙的劝说,翻箱倒柜找出来两件破棉袄棉裤给他套在身上,转身从灶火间捧出一把锅灰扑了牛紫龙一头一脸,拍拍手说:"俺是大当家,至少得给丐帮的老少爷们儿说一声啊,让他们出城躲几天,实在出不了城也得藏几天,俺要是不吭不哈这么一走,今后混个球呀!再说日本人咋会能找到俺这地方呢?"

牛紫龙忙不迭地解释说:"也是俺大意,到你这儿来中途应当换辆人力车,可偏偏那天心里不静合该有事,没有换车,回到自卫军院门口又正好碰见七孙川岛跟冈田,他俩盯着那个拉车的仔细瞅了瞅。你想,现在开封人口减一半多,拉车的还不到过去的一半,也就一百三四十辆,这里面还保不准有几辆是人家的卧底,排查起来并不难,日本人用不了半天就能把那人和车找出来。"

"哼,怕他个球啊,要俺一条命兴许能让这帮龟孙安生点,俺要不见了踪影,说不定还要多搭上几条命。"四黑又从墙上摘下来一个破篮子,顺手把桌上的茶碗也放了进去,递给了牛紫龙,说,"咱俩可说定了,俺死到谁手里你得给俺报仇。"

"你真不走?"牛紫龙有些急了,接过篮子喊了一声,"这可是人命关天的事!"

四黑不耐烦地说:"你让俺说几遍?!你走你的吧!下次来开封办事见不着俺,就到南关东南角修车行找俺大爷,叫钱顺康,江湖上称康爷,报上俺的小名四黑就行。"说罢推着牛紫龙出了门。

牛紫龙出门走了几步,返身又推开四黑茶馆的门,叮嘱道:"恁可不要让他们逮个活的!"

四黑咂吧咂吧嘴说:"放心走你的吧,俺报完信就去找你。"

第四日晨。

郑州白沙渡口三号院。

东方刚刚泛出一线青白色,一叶轻舟悄悄靠上了郑州白沙附近一处临时码头,三四个人屏息静气搬起了一块门板,把牛紫龙从船上抬了下来。

张道成伏在牛紫龙耳边说:"那边过来人说伪警备司令刘兴舟被枪杀了,俺一猜就是恁干的。"

牛紫龙冻得浑身直打哆嗦,小声道:"走,到三号院换身衣服马上回郑州。"话没说完,"砰"的一声,河对岸突然闪过一簇红光。

张道成盼咐左右:"分散走低洼处!"

张剩端了盒炭火放在了牛紫龙面前,嘿嘿一笑说:"俺把恁这身要饭的衣服扔了吧?"

牛紫龙换了身干衣服,还披着床被子,把刚喝完姜汤的碗递给张剩,说:"快!冲洗一下拿去烤上,说不定今天就能用上。"

说罢,他便坐上一辆平板车,向郑州赶去。

三号院是军统豫站在新黄河边建立的一个隐点。

黄河决口后,新黄河横亘在开封、郑州之间,当时郑州一带工业品奇缺,食用盐、碱等都要到开封贩运,再加上对日作战的需要,国民政府和军队许多部门都在河边设立了办事处,名义上是加强管理,私下里则参与倒卖物资。这些活动也滋生了一些钩挂两岸的"杂特""情报腿",白沙一带更是鱼龙混杂,啥人都有。

选择在这里建隐点,牛紫龙是经过反复掂量的,一是离黄河决口后的新河道较近,而这段河道又是郑、汴之间最窄的地方,站在这个小院的阁楼上便能望见码头;二是由于距前线近,村里人大多背井离乡迁走了,行动队驻扎的小院几乎是原来的主人白白送给队里的,讲的条件是看好院子就行;三是正好村子有条便道通往郑州,骑自行车比走大路还方便。院子占地半亩多,除了阁楼、厢房、牲口棚外,周围还种有一圈槐树、柳树,院后还有口井。

寒月当空,瑟瑟地躲在一抹晨曦之中,只露出半个朦胧的身影,天地浑然惨白,周围的树只剩下删繁的枝丫,交错挺立在淡淡的晨雾里,四野一片静寂,既没有灯火,也没有声响,只能偶尔听到一两声怪异的鸟叫声。

躺在平板车上,牛紫龙望着这深秋的晴空,听着车子有节奏的响声,细想来已近四天没合眼了,却依旧毫无睡意。

如果按正常人的理念,根本无法分析吉川这样的对手,无论从什么角度,吉川都是一个多疑冷静的刽子手,至少也是一个虐待妄想症患者,他的确把杀人当成了他自己的神圣职责,没完没了,乐此不疲,甚至还把这些当成了追求信仰的一部分。面对这样的对手,没有别的选择,即便粉身碎骨也要打败他。

要说清日本人的信仰特性是件很困难的事,如同他们用神道教为新人张罗婚礼,用佛教为老人送终一样,信仰只是个很现实的权衡方式,只要有利于处理眼前的难题,选择哪一种文化形式都无所谓。日本人对佛教的改造就很能说明问题,抽走了善恶标准,摈弃了弃恶扬善的功能,但保留了坐禅的形式,此时坐禅的目的是对武士的一种训练方法,通过坐禅进入悟证境界,达到一种对死的觉悟,对死的超然,便于武士控制自己,坚定拼搏意志,把本应立地成佛的信仰,改造成了武士的精神支柱。

神道教是日本远古一种崇拜自然的原始宗教,该教认为天皇是太阳女神的后裔,天皇的臣民自然也就有了神性,带有一种很原始朴素的理念。后来,这一宗教湮灭在日本漫长混乱的历史中而不被人们所信。近代日本被迫打开国门后,日本人看到西方列强大多信仰某种宗教,似乎获得了某种力量,也能得到宗教的护佑,便于1868年把神道教又重新搬了出来,指望着这些扑朔迷离的传说能保佑日本走上富国强兵之路。

于是神道教成了整个国家的政治基础,慢慢渗透到每个人的生活和性格养成之中,渐渐地他们相信了日本人种的优越,日本人果断强健,并不比白种人差。在西方工业化国家封建王冠纷纷落地的同时,日本则把天皇推上了至高无上的地位。一边工业化,一边又狂热地信仰着神道,在工业化进程突飞猛进的同时,意识里保留有太多的封建性、野蛮性的东西。文明其外表,野蛮其筋骨,便成了日本近代文化的突出特征。

在神道教基础上发展出的武士道精神,是一种专为日本近代军人设计的思想。日本古时的武士道杂糅了东方佛儒学说,以尊王为核心说教,具体来讲可分为两个层面:一个是伦理层面,提倡杀伐为荣,无条件效忠自己的主君,养成勇武精神。明治以后,皇权至上,弘扬武士道精神,就是要把人们自觉地置于天皇的神圣权力之下,通过效忠天皇去实现国家利益。在这个层面人们尊效天皇,但对天皇的神性很难做到真正信服,更多的是利益的追求,相信日本会有神助,永远会战无不胜。另一个是方法技艺的层面,继承中古时代日本武士的"剑道",同样包含有多方面的内容,有荣辱观、学习态度、处理仇恨的心态等,其核心就是"残心",不轻易认输,养成了一种类似赌徒的心态,无论个人行为还是集体的决策,往往容易陷入一种疯狂的状态,要么全胜,要么覆灭。

其实所谓的"武士道精神",不仅扭曲理解了古代武士重义轻利、行侠尊道的忠仁内核,而且也无任何精神可言。因为精神本身就含有是非标准,丢弃了这些本质内容,留下的只是他们疯狂的形式,把杀戮和"玉碎"的狂妄说成"精神",其实是对人类精神的一种错觉,或是癫狂。

美国世界报记者詹姆斯·克里曼通过观察曾经得出了一个很精确的结论:日本是一个披着文明外表的野蛮民族。

牛紫龙知道,吉川这种狂热决胜心理正是自己利用的条件之一,他不可能承认自己失败,而且是败在一个名不见经传的中国教师手里。他显然会坠入一种强势的复仇追杀心态,构思下一步的方案需巧妙地利用这一点,用更大胆、更疯狂的设想或许才能达到反制他的目的。

牛紫龙酝酿一个四步走的方案,定名为"剃刀行动",方案干净利落,思考周全。他反复掂量着每一步的细节,干这行当细节过程的谋划往往重于结果。此外,还要想好各种因素变化情况下的应对措施,重点是不能留任何不利的后果。思路确定以后,接下来就是选新人了,好的思路必须是量身打造才有效果,人的因素是成事的基础,没有合适的人选,一切都是泡影。那么用谁呢?

"吱呀吱呀"的响声把牛紫龙的思绪拉回到眼前的土路上,他坐起身,远远望见了郑州的城墙,突然想起一个人选,长长地出了口气。这时一阵强烈的睡意袭了上来,他竟躺下就睡着了。

同日清晨。

开封四黑茶馆。

四黑冻醒了,哆嗦着猛地起身,忽地一阵天旋地转。他闭目稳定一下自己的思绪,慢慢地恢复了昨天的记忆。

送走牛紫龙后,他一家一家通知撤离,一直忙到大半夜,让各丐帮抓紧出城或藏匿起来,原本不打算回到茶馆,可又舍不得这儿的坛坛罐罐,最终还是回到了这里。躺下后迷糊了一会儿,手脚还没暖热,就被一缕透过窗子的晨曦和清冷唤醒了,他决定早点起来转移,尽管他不太相信日本人能这么快就找到这儿来。

四黑起身用冰凉的双手搓了搓脸,寻思着把所有能穿上的衣服尽量穿在身上,能带走的东西尽量拿走,都说要饭的没有家,可坛坛罐罐还有几件。

他找来个很大的背篓,一边收拾着屋里的破破烂烂,一边走进了茶馆的临街房,透过窗子,无意间看到了一排挺着明晃晃刺刀的日本军人!他嘀咕着骂了一声,丢下那背篓便急忙跑回到后院,隔着木格窗又看见整整齐齐排列的日本宪兵,整个院子已被日军包围了!他急切地想找到一件锐利铁器之类的东西,哪怕一个铲子,或是剪刀、破碗也行,一阵手忙脚乱之后什么也没有找到。屋里除了四面黑糊糊的墙壁和一床脏兮兮的棉被外,看不到还有什么东西。他开始大口大口喘着气,最坏的结局是活着被抓进宪兵队,但无论如何不能走到那一步。

他仰头看了看房顶,连根绳子都没有!这真是一个让人失望透顶的境地。他开始流汗,感到头上细细密密滚下来不少汗珠,浑身战栗不止。

"怎么办?怎么办?"突然,他看到床下有一个陶罐,急忙捧了出来,遗憾的是里面只有几个不知猴年马月捡来的鞭炮,鞭炮的颜色已经发白,响不响恐怕都是未知数了。他灵机一动,似乎想到点啥,便掂着那陶罐进到茶馆,把陶罐放在桌上,坐了下来。

他静静地倒出鞭炮的火药,一缕缕抖在桌面上,刚刚点燃嘴里的卷烟,便听见一声轰然巨响,茶馆的门被两个日本兵奋力撞倒在地。尘埃中,瞬间冲进来了七八个日本军人,川岛、岗田提着军刀也跟了进来。

四黑扫了一眼,指着那陶罐大喊一声:"炸弹!"

日本人愣住了,"哗啦啦"一阵子弹上膛的响声。

四黑顾自狠狠地吸了一口卷烟,嘻嘻一笑,指着那陶罐说:"信不信?只要它一嘣,咱们一块儿玩完!"说着又呼呼地猛吸几口烟,把烟头往火药上一放,瞪大眼睛惊喜地看着桌上火药忽地划出一道火光,向那陶罐飘去……

他大笑一声,抓起那陶罐刚刚举起,便听到"砰砰砰"的一阵枪响。再看那川岛、岗田早已趴倒在地,几个日本兵的枪口同时腾出缕缕淡淡的白烟。

四黑猛地摇晃了一下,眼前一片模糊,他感到一阵气短,胸前火辣辣地。他努力做出一丝笑容,轻蔑地说:"逗……逗你们玩……呢!"

当晚。

郑州长春园大剧院。

长春园半圆形剧院的观众席熙熙攘攘挤满了观众,台上紧锣密鼓地敲打着,一出《申包胥挂帅》正演到太乙上班班主周海水出场唱的"二八"板:

"申包胥在城楼俺泪交流,哭了声俺的吴大哥呀,吴大哥城下听来由……"

满场悲凉凄苦的低声委婉,场上场下演者入戏,听者入迷。

豫剧,是中原黄土培育的民族文化地方剧目,它之所以深受百姓欢迎,是因为它搭载了父老乡亲太多的酸甜苦辣。它是人们受压抑的释放和宣泄,是历史的叹息和放歌。

豫剧雏形于五四以后,形成于抗战期间,在全国主要地方剧目中,豫剧是唯一未经官府改造的草根艺术,对众多乡亲而言,豫剧是风雨漂泊岁月中的一点温存和慰藉。

豫剧,是河南地方戏剧的统称,从源头上主要是河南梆子,又称"河南吼",兼收河南曲子"越调"、"二夹弦",只是不少曲子、越调表演形式单调,内容狭隘,难登大雅之堂。

抗战爆发后,豫剧作为一种组织动员群众的工具,受到了各方面的重视和拥戴,在民族苦难中翻开了它最辉煌的一页。中共党组织在抗战初期曾组建了多个剧团,率先把传统的戏曲形式应用于时代主题,编排上演了一批抗战题材的剧目。当时驻守在河南的国民党军队几乎每个单位都有流亡青年组成的豫剧团,侧闻汤恩伯本人对豫剧也很欣赏,曾在所属队伍中大力提倡过收容救灾、组建剧团。

应当指出的是,抗战期间也是豫剧自身改革超凡脱俗,进入一个新时代的关键时期。

在当时豫剧的改进过程中有三个人不能不提,一是樊粹亭,河南遂平人,河南大学教育系毕业,此人自幼对戏曲就颇为专心,在编剧、导演、布景、音乐诸多方面都有独特见解,更难得的是他大学毕业便自组"狮吼剧团",招考男女团员,自编自演,创新了整个豫剧表演形式。一是黄自芳,郾城县人,亦为公认的一代绝学之人。抗战期间,他在陕西宝鸡创办了纺织厂,常去观看豫剧演出,因其擅长汉语音韵,便精心对豫剧戏词音韵中不谐、不雅的句词加以改进和修饰,使得豫剧词曲能脱俗野而臻优雅,在豫剧文学内涵上更上了一层楼。一是周银聚、周海水兄弟二人,首创"豫剧京白",精炼戏词,改进剧情,剔除陈腐,特别是招收贫苦人家的少女创办"窝班",进行科班训练,培养了声震一时的十八兰新秀,使得豫剧沿着陇海、平汉线普及开来,成为中国闻名遐迩的地方剧目之一。

牛紫龙弯腰挤出人群,出大门走到一个人看不见的角落,张道成迎上去,悄声道:"最近一段的收发报情况摸清楚了,的确有一批不知地址的密报,说是省政府调统室转来的,没有登记,也没用译电底稿。"

"谁送来的?系统内发的吗?"

"应当是。送电报的是副站长李慕林,说是协作关系,调查个人。"张道成悄声道。

牛紫龙沉默良久,没吭。

张道成用试探的口气说:"有个情况不知有用没用?这些天李站长去人事股、财务股问过一些情况,还问过用人情况,从他查问的方式看都是直来直去,好像他也不太清楚其中的目的。"

难道是他?牛紫龙心想,豫站副站长李慕林是1934年中共被捕附敌人员,被抓和附敌的经历都在信阳,从时间上看不应与刘兴舟有什么瓜葛,难道说在他背后还有更高层次或更深的潜伏人员?当然眼前还不是顺藤摸瓜的时候,放下枚棋子从长计议或许还有利用的价值。牛紫龙又问:"与省统调室的机要交通还是每天一次?"

"为了躲避日本飞机轰炸,现在每天到洛阳的火车都在晚上,机要也只能改到晚上,有事就去,没事便罢,还是原来那个范老头干,需要的话可以做他的工作,听说他家正缺钱花。"

牛紫龙摇摇头,说:"不用。对了,杭三帮赵本亮那几个人没啥动静吧?一定看紧,决不能让他们溜了。"

张道成用力点点头。

牛紫龙说完悄悄地闪进一片黑影里。

牛紫龙拐过了两道街,用余光环视着周围,在确认没有"尾巴"后径直出了城,来到紧挨着城墙的杜岭村。

杜岭原本只是一座百十户人家的小村,郑州开埠以后,许多为城市服务的行业和人员逐渐挤满了整个村子,村里的老户也纷纷砌院盖房办起了仓储物流、旅店农贸等特色产业,很快发展成了有数千人的大村庄。抗战期间由于国民政府在郑州城内实行宵禁、查户、灯光管制等一系列制度,把许多进城办事的人挤到了城外,杜岭自然成了杂居之处。当时的杜岭除了原有的十字街外,还沿城河建了车马店一条街,称河沿街。

牛紫龙拐进河沿街,急速地闪进一个昏暗的胡同蹲了下来。此时河沿街已是人迹罕至,南来北往的旅客经过长途跋涉大多都早早歇息了,除了很少几家旅店门外还挂着摇摇晃晃的灯火外,整条街几乎看不到人影。

早前,牛紫龙接到本队的线报,此处一个宋姓的本地人开了个大车店,以后有一个姓王的人投资将其改造成了旅店,名义上姓宋的还是掌柜,实际是姓王的当家。该大车店常有成批青年学生投宿,大多来自沦陷区,观察情况看像是个转运站,是个向陕北共产党控制区输送年轻人的中转机构。那个姓王的个子不高,三十多岁,白脸,偏瘦,口音杂变,经常见他在城边河沿锻炼拳脚,着一身灰色丝绸长衣裤,看样子身手不凡。经打听得知,凡对外来输送人员都由他甄别分派,有时他亲自率队交接给许昌一个站点。

牛紫龙接过这条线索后,马上换上了两个新人进行调查,从他们描述的细节情况,牛紫龙断定王姓掌柜是王永祥,以后自己接手查此线索,果然发现了王永祥的身影。只是前一段时间忙着打入开封,便没有主动联系,在开封期间曾让四黑派人带信,言明有要事相商。

牛紫龙蹲守片刻,起身跳墙入院,刚刚蹲到正房窗户下,便觉得一支硬硬的枪口顶在了背后。

他缓缓地举起双手站起身,听到背后一个似曾相识的声音悄声道:"趴下,伸开四肢!"

"永祥,恁可别走火了。"牛紫龙一边趴下,一边喊了一声。

"哎呀,看模样像恁,没敢认!"王永祥收枪,双手把牛紫龙拉了起来,说道,"俺还以为天上无缘无故掉个馅饼呢。"他话音未落,周围一下子涌上来四五条黑影。牛紫龙这才看清面前真是王永祥,比他印象中的模样更瘦更矮了。

王永祥两只大眼也在上下打量着牛紫龙,突然伸出双手把他抱了起来,牛紫龙听见王永祥悄声道:"走,回屋说。"

王永祥的房间位于厢房东侧中间,只有正房一半宽,屋里除了一床一柜一桌外,就是摆在门口的几只矮凳。他进屋划火点灯,转身哈哈一笑说:"前段时间俺就发现有几个闲人在院外转来转去,有人建议俺赶快转移,俺正说去找恁呢,恁倒自己送上门了,还真是天上掉个馅饼!"王永祥说着便拉出一个矮凳让牛紫龙坐了下来。

牛紫龙环视了一下房间里的陈设问:"俺在开封给恁写的条子见了吗?党组织有啥指示?"

王永祥点点头,说:"党组织希望恁能继续待在现在的位置,要有爬高、钻深、长期沉底的思想准备。鉴于开封的特殊情况,党组织同意提供力所能及的帮助,以后没事不用联络,有困难处置不了再说,喝水吗?"

牛紫龙望着王永祥,突然有些陌生感,短短几年时间他确实见老了,脸上出现几道如刀刻般的皱纹,只有两眼依然还是那样又大又亮。想到王永祥早就上了国民党各级军警特机构的黑名单,一直是追杀对象,不宜在原地工作,牛紫龙叹道:"从俺了解的情况看,恁一直是密捕对象,已不便再从事公秘工作,是不是考虑让组织换个地方?"

王永祥笑着说:"没事,当前国共合作,他们总不至于撕破脸干那下三滥的事吧。俺现在干的事也没掌握多少秘密,再说这儿情况俺熟,也就是动员社会各方面人员到陕北投身抗日,从情理上他们也找不出非要除掉俺的理由。"

"恁可不要大意。"牛紫龙忧虑地说,"军统任务清单里对咱们党组织的监控是放在第二位的重点,仅次于对日作战。"

王永祥点点头,反问道:"他们发现这个点多长时间了?"

"时间不长,到目前为止也仅限行动队几个人知道,一旦上面问起,俺就说是挂侦案子,不出意外的话俺还可以控制。可话说回来,如有条件搬家也不妨挪挪地方,毕竟这儿离城太近。"

牛紫龙思量着汇报几个重点,简单介绍道:"俺在军统豫站的主要工作有这么几点,一个是对日秘密战,利用这个平台争取挫败日军的战略企图;一个是发展组织,或变敌为我;一个是为我党组织建立预警渠道,当然这要等恁向党组织汇报后,俺先拿出个方案,建立起预警联系办法;再一个是深层次内幕情报开发。现在看军统上层对俺并不放心,俺可以牵线搭桥协助一些人进去,这项工作也应早做筹谋。"

王永祥不住地点头道："对日秘密战和建立预警联系点可以马上就做，另外两点等俺给党组织汇报过再说。至于拉人进军统一事，俺现在手里就有一个人选，这个青年剑术、枪法都精通，尤其是性情沉毅，遇事冷静，非常人可比，俺见他有这些特长，便有意留在联络站做些杂务，发现他的确胆大心细，是干恁这一行的材料，正好可以做恁的帮手，只是他目前还没参加任何组织，怎么样？叫来看看？"

牛紫龙点点头。

一会儿，一个圆脸高个儿的年轻人出现在门旁。

牛紫龙起身走近打量一番，那青年虽瘦削苍白，但有一双专注的大眼睛，好像能看到人的骨髓。

"恁叫什么？"

"王保。"

"宝贝的宝还是保长的保？"

"都中，恁看俺像啥就是啥。"说着他低头腼腆地一笑，黑黑的长发遮住了半个脸庞。王保虽然个子高，却显得很文静，眉清目秀，举止沉稳，穿一身半旧蓝色学生制服，袖口裤腿磨出了不少纱毛。

"知道俺是干什么的吗？"

"或许知道点。"

"愿意跟俺走吗？这可是一项冒险的工作。"

王保抬起头，很认真地看了看牛紫龙，默默地点了点头。

牛紫龙突然扭住王保的左手腕向身后拧去，被王保右手在腹下狠狠地点了一下，一股钻心的疼痛使他不得不放开王保的手。

"好小子，"牛紫龙弯腰平抚着疼痛，从牙缝里吐出句话，"俺收了恁了。"

王永祥哈哈大笑一通，拍拍王保说："去吧，收拾一下恁的东西，待会儿就跟牛队长走。"

牛紫龙望着王保出了屋，转身对王永祥道："从目前掌握的情况，军统豫站里可能藏有日本人或伪政府的卧底。最近俺谋划几件事，为避开他们找麻烦，打算写个到豫北去的假行动计划，实际到东边去，如果党组织能派几个人，打着俺的旗号到豫北鼓捣出点动静，策应一下最好。"

王永祥笑笑说："这事好办，俺打着恁的旗号去可中？到哪儿找个最知名的汉奸打几枪就行。"

牛紫龙拍了拍王永祥,会意地笑笑说:"恁可要小心,可别把'俺'搁那儿了。"

王永祥收敛笑意,很认真地问:"对日秘密战恁准备让谁去?这可是比孙权嫁妹还难的事,前提条件是既不能用军统系统,又不能暴露我党组织。"

牛紫龙沉思良久,说:"俺想起用吴志翔,上次去俺已经付给王易知一半钱了,这次正好把欠钱结算了。吴志翔是个三不沾的生面孔,打进开封没有比他更合适的人选了。"

屋内一时陷入沉寂,王永祥点点头,写出了三个开封市的联络地址和方式,让牛紫龙看后放在灯上烧了。牛紫龙起身问道:"咋?这都快天亮了,留俺吃顿饭都不留?"

王永祥拍了拍头,笑道:"恁恐怕还没吃过俺擀的面条吧,走,恁烧火,俺给恁做顿面条吃!"

第二十章

一连两天都是坏消息,四黑被打死,出人意料的是,日本人把四黑和三四十个乞丐的头颅一起挂在了开封城门上!牛紫龙先后派出三批人进城,都没能站住脚,不仅如此,还从防守黄河渡口的侦缉队那里得到消息,发现有多起可疑人员过河西来,显然是吉川派人来追杀报仇的。军统豫站内部也接二连三派人来队里了解情况,牛紫龙只能暂时送上去豫北除奸的报告,派人应付。他真正感到了一种身心疲惫的内外交困,他一再提醒自己机会或许转瞬即逝,也许一生的价值就在这几天,必须奋力抓住眼前的目标。

其实牛紫龙到郑的第二天,已派张道成、张剩等人携带银元、武器去了郏县,与正在家里养病的樊存诚一起做换出吴志翔的工作,并制造"越狱"假象。这边通知解除南阳城的戒严,放出豫州自卫军日本顾问岗上青树和高参宋文修,好让吴志翔在他们回汴的途中沾上他们,趁机打进开封。这个计划能否成功,关键是一个时间差,把吴志翔"越狱"时间提前,并"巧遇"成功。

把岗上青树和宋文修困在南阳是牛紫龙手里仅剩的接敌王牌,而且出牌时间也是越快越好,越晚越容易引起吉川的怀疑,对吴志翔进城开展工作越不利。方案一共四步,先是制造吴志翔"越狱"的假象,贴出通缉令,日期提前三天;然后换出吴志翔,并让他带一部分人到叶县、郏县交界处小磨山卡点;解除南阳城

431

戒严令,放出岗上青树和宋文修,并派人监视护送;再一步是把岗上青树他俩引上小磨山,让他们买下人情后放他们回开封,为吴志翔等人随后进城作铺垫。

计划执行伊始,牛紫龙派人在许南公路沿线和县城四门贴满缉拿逃犯吴志翔的告示,县民团还大张旗鼓地四处搜查了一番。也许正因为追查的风声过大,却收到了另一个意想不到的后果:从南阳出逃的岗上青树和宋文修没有走到南阳边界的卡点便提前下了车,随行的刘绅士独自回了南阳,而岗上青树和宋文修却没有了踪影。

收到电报后,牛紫龙惊出一身冷汗,赶紧放下手头的活,连夜赶往郏县。

不过,他大致已经猜到这两人决不会单独跑回开封,一定是去了颜府。于是一不做二不休,撤回小磨山埋伏的队伍,令其到颜府后的山坡上待命,见颜府有人出后门便倒树为号,自己再带队向山上追击。

是日。
颜府大院。
一早,颜府上下一派忙乱。

颜潜修自从弟弟颜潜齐被毙身亡后,很长一段时间又急又惧,心惊肉跳,多次谋划要在狱中除掉牛紫龙和吴志翔,后来听说吴志翔把所有案件都扛了下来,被判死刑送往开封,牛紫龙无罪释放远走他乡,心绪稍安。只是从此很少出门,郁郁不乐,好在这时他的两个儿子已渐渐长大。老大颜学礼长得一表人才,高个儿浓发,白肤大眼,并且性情沉静,做事认真,自幼聪慧好学,在本城读完小学后,初中、高中都在开封读书,"七七"事变后随学校迁到了南阳,不久前刚刚考上兰州的一所大学。老二颜学林没有一点哥哥的影子,生来就是横脸横身,圆瓜脸、短身材、黑红肤色,走路说话把持招摇,特别喜欢舞枪弄棍、偷鸡摸狗,小学读到四年级开始留级,一留就是五年,每天墨汁涂得满身满脸都是,恨不得喝几瓶,就是理解不了书面文字讲的是啥!只得退学跟父亲一块儿经营家业,谁知对父亲的"经营之道"如同与生俱来,很快便成了行家里手,算账比他父亲算得还明白。

十天前,颜府来了两位贵客——豫州自卫军的日本顾问岗上青树和高参宋文修。颜潜修闯荡江湖多年,当然知道勾结日本人是犯了汉奸重罪,原本不想参与,可经不住两位贵客的诱惑,提出的条件不但有枪支弹药、大烟银票,还许诺日本人来后至少给他个维持会长或县长干干,这让颜潜修品味出了人生的更大价值,于是决定脚踩两只船,与日本人签署了中日亲善、东亚共荣合作的备忘录,半推半就地收下了他们的定金。

送走两位贵客后,颜家父子便陷入了没完没了的争执打斗之中,老大颜学礼坚持说这等汉奸行为辱没祖宗、为人不齿,应当立即报官捉拿,以证清白;老二颜学林认为这回生意合理划算,日本人也好,国民政府也好,谁出的价高自然应听谁的,辱没不辱没祖宗,此话扯得太远,祖宗是谁恐怕都弄不清楚,最好是现实点,这次父亲捡了个大便宜,应当高兴才是,却出了个胳膊肘朝外扭的败家子,谁要敢报官就废了谁。而父亲颜潜修左右为难,他为难的不是当不当汉奸,而是两个孩子骨肉相残。

这边兄弟打斗还没消停,那边岗上青树和宋文修一大早竟又找上门了,凄凄惶惶如逃难一般。

颜潜修把客人让进门,寒暄几句,听二人惊恐莫名地叙述一番,才知道他俩自从上次离开颜府后,直接去了南阳,事还没办,就碰上了全城戒严,说是日本奸细已经混进了府城。恰在这期间,日本飞机轰炸了南阳四门,巡查更是日紧一日,二人只得天天躲在刘绅士府上,大门不出二门不迈,一直等到前天全城解禁,两人这才匆匆出了城,一路南下风声是步步紧逼。南阳刘绅士将两人送到叶县边界,再也不肯远送一步,道别后独自回了南阳,无奈两人只得再次转回颜府。

颜潜修安置下二人后,回到后院,父子三人为此事整整吵闹了半天,最后总算达成一致意见,第二天一早就将贵客送走。

翌日天亮,颜潜修刚刚安排家丁备好一辆大车,就听得大门外一阵枪响。颜潜修急忙来到前院,见岗上青树和宋文修也丢下饭碗跑了出来,三人来到院里还没站稳,一个家丁头目气喘吁吁地跑了过来,递上来几张"通缉令",急道:"老爷,老爷,来了不少队伍要搜查这一带,说吴志翔越狱跑了……"那小头目登上台阶,凑近颜潜修小声嘀咕了一番。

颜潜修一怔,脸色大变,急忙转身对岗上青树和宋文修说:"真对不起,县里来人抓越狱逃犯,二位……看来大车也送不成了,就让这位弟兄从后门送您们吧。"

说完,不等二人表态,便对那小头目命令道:"快,领客人出后门去许昌!"

岗上青树和宋文修此时已成惊弓之鸟,哪还顾得什么礼数,相互望了一眼,抹抹嘴跟着那名家丁出了后门。

牛紫龙率队登上颜府背后的山冈,与张道成等人押着颜府家丁碰了个正着。
"吴志翔呢?"
"跟日本人一起去开封了。"张道成笑笑,转身指了指山下勉强能看到的几个黑影。
"任务和联系方法都说清楚了?"
"放心,交俺办的事保成。"
牛紫龙犹豫片刻,小声问:"他咋说?"
"他说此次他大难不死是上天召唤,上苍召他完成这件替天行道的大事,说请您放心,没有降服不了的恶魔。"
牛紫龙突然感到鼻子一酸,热泪顿时模糊了视线,广袤的大地显现出一片水墨丹青的写意画卷……

三日后,中午。
开封鹁鸽市商务印书馆日军驻汴宪兵队。
吴志翔来到开封的第二天,岗上青树和宋文修便把他引荐给了华北五省特务机关长吉川贞佐。
吉川盘腿坐在榻榻米上,见岗上青树领人进来,指指小桌上的一碗清酒,问那小个子的中国人:"会喝吗?"他那双因熬夜而布满血丝的眼睛透着疑虑和愤恨,自从刘兴舟被刺,豫州自卫军多数军官被反间计杀掉后,吉川也变得特别敏感,见中国人就想杀。
吴志翔弯腰端起碗咕咕咚咚一口气喝了下去,抹了把嘴把碗放在了原处。
吉川又斟满酒端给吴志翔,冷冷地问:"好喝吗?"
吴志翔再次弯腰一饮而尽,啥也没说。
吉川嘻嘻笑笑,又斟了一碗,问:"还喝吗?"
吴志翔摇摇头,嘟囔道:"这是啥球酒呀?跟喝药水一样。"
"日本酒不好吗?"吉川恶狠狠地盯着吴志翔问道,并环视了一下屋里四五个日本人。

吴志翔答了一句:"跟喝水差不多,没劲。"

吴志翔知道类似吉川这种人的性格,外表残忍,其实有许多方面都是欺软怕硬,人的强大不在他背后的势力,而在他的心灵,对这种仗势欺人的人,你越是鄙视他,他反而会起敬畏之心。

吉川下意识地点着头,他并不是欣赏吴志翔,而是对他中肯态度的一种认定。

吉川端起一碗酒再次递给了吴志翔,又扬了扬自己手中的碗,一口喝了进去。他眯着眼看着这位黑黑瘦瘦的中国人,个子不高,大手大脚,每个关节都很粗壮,还有一头枯黄的长发,年纪也就二三十岁,却故作一番老成样,眸子里充满了坚忍。他弄不明白这个人怎么会有这么大胆量来见自己,如若自己心情不好,杀了他也不过是转念间的事,难道他不怕死吗?

提到死字,他突然有些伤感。这种情绪如同传染病一样,最早是从日军一线部队弥漫开的,表现就是出现了大批的自杀现象,甚至整个作战部队出现集体自杀现象。1939年入秋以来,仅豫北地区自杀身亡的日本军人就有60多人,这不能不让吉川愕然不已。

武汉会战后,日本在华的作战目标似乎已经达到,一般民众中胜利的心情还在澎湃,然而,待在前线的日本军人却发现他们占领的只是点和线,在点线与点线之间的广大区域,日本军队根本无力占领,这种胜利显然十分脆弱。日军一线的战报依旧是一连串令人欣慰的数字、攻占的城市、"围歼"的华军,显示着大日本皇军的赫赫战功,可战局发展的远景走向越来越不妙了,中国战场正在形成一个大陷阱,无论你投入多少兵力,似乎都无法改变这种趋势,这是一个结构性、总体性的难题,要解决这一难题就得从起点处推倒重来。

中日战争进行了两三年,日本的决策层包括天皇本人在内,才略微清醒地看清了形势,才弄懂了一线作战部队战报的真实含义。他们开始思考目前的处境,承认低估了中国的实力,草率挑起战祸,反过来又过高估计了日本的能力。有人提出,战争开始后最大的问题是如何结束战争。终战,其实在1940年春就已经提到了议事日程,尽管当时日军不少指挥官还在歇斯底里提出各种前景诱人的作战方案,有一点或许大家已经心知肚明了,那就是无论从历史角度还是从现实考量,一个民族,哪怕在世界历史长河中仅仅站起过一次的民族,要征服它,仅仅靠外部力量肯定是件十分困难的事情,同理,征服中国,靠日本的战争力量显然无法办到。因为你要消灭一个民族,首先要消灭它的文化,中国几千年来一直立于世界民族之林,不光有军事实力的消长兴衰,其内核说到底还是一种文明,战争就其本质而言其实更像一场文化战争,日军面临的是一个无法攀越的历史障碍。

　　日本人在攻下武汉以后,开始大幅度地调整自己的政策,把扶植伪政权、建立伪军队,以华制华措施提高到战略层面,建立与方面军平行的特务机关去实施,甚至赋予了特务机关超过军部的更大权限,而恰恰是在这一点上,吉川贞佐深感有负皇恩。经他扶植建立的伪政权、伪军队全是烂泥一团,根本上不了墙。

　　吉川贞佐指挥华北五省特务机关在战略谋划和隐蔽战线确也取得过显赫战功,连续破获北京、天津多起国民党军统潜伏大案,抓捕了军统大将陈树恭,然而在开封,就是这小小的军统豫站行动队长牛紫龙,硬是扳回一局,奇谋制胜,让他辛辛苦苦建立起来的两大汉奸军队转眼间鸡飞蛋打、七零八落。

　　想起这些绝望的事,吉川便会借酒浇愁,通宵达旦地酗酒。此时,他又有些无法自持了,顾自哼哼唧唧地唱开了,接着脱去上衣,腆着肚子手舞足蹈起来,周围一圈日军军官也献媚般地和着节拍敲打着桌子。突然吉川像着了魔一般抓起一把军刀,跪下,双手平托放在自己的嘴边,伸出那鲜红又厚实的舌头,从右向左舔了过去,如是再三,又掏出手绢认认真真地擦拭着,边擦边用那双阴森森的大眼乜着屋里的人。

　　一会儿,吉川伸出那粗壮的手,把一位日本军官招到自己身边,小声嘀咕了几句,那人用力点点头,起身离开了房间。

　　吉川开始舞弄那把军刀,由慢渐快,忽左忽右,一招一式都非常认真,一个动作稍不到位,吉川就会狠狠地抽自己一个耳光,然后重新再来一次。

　　吴志翔行走江湖多年,对于剑道大致也能看出些路数,见吉川耍的路数都是全力以赴的进攻动作,几圈下来,吉川额头已是汗珠滚滚了。吴志翔心想,这老日愍大年龄还真能耍几下。

　　突然,吉川跳起身,连续做出了一个三劈的动作,稳稳地站住脚收刀入鞘。

　　"嗯？"吉川挺直了身,双手举刀用力一推,送到了吴志翔面前。

　　吴志翔不慌不忙地深鞠一躬,摇摇头说:"对不起！俺不会耍这玩意儿。"他知道吉川让他耍刀只是一种试探,并非让他真耍。

　　吉川皮笑肉不笑地挤出了一脸笑褶,矮墩墩地扭动一番无比丰满的身躯,生硬地说:"会什么就耍什么,让我们领教一下。"

吴志翔一时想不出能耍什么，心想，不论耍什么只能露怯。他试着打了一路八卦掌，还故意露出不少破绽，把八卦掌中不少进攻的动作有意改成了退步的防御，收招向周围鞠躬的时候有意做出了垂目的动作，而不是像吉川那样狠狠地盯着对方，日本人把斗狠也做得很有礼貌。

吉川干笑几声，带头鼓起掌，毕，又招呼众人端碗饮酒。周围日军军官开始欢呼起来，吉川涨红着脸伸了伸短短的脖子，提刀给众人做了一个"请"的姿势，带头来到了院子里。

吴志翔这才看清，刚才离席的那位日军军官已将两名战俘样的人捆绑在院子中间的十字形木架上，蒙眼塞嘴，手脚也牢牢绑着。那两个可怜的人看样子已经非常虚弱，瘦削的身躯像枯叶瑟瑟直抖，其中一人从脖子到手脚，凡是裸露在外的皮肤都通红通红的，显然已经病得不轻，尤其是那双蜷曲的手，似乎连握拳的气力都丧失了，不停地战栗着。

吉川整了整衣冠，提了提垂到肚腩下的腰带，轻声哼着一曲不知名却很轻快的曲子，慢慢地开始舞动手里的军刀，同样是由慢渐快，哼着哼着那曲子变成了呼呼呼的喘气声，一步一步地向那捆绑着的人舞去……

周围的人静静地望着他的一招一式，当吉川走近其中一个十字形木架时，空气都像凝固住一般，只有那把军刀切割空气的"呼呼"响声。两名战俘被蒙着头，显然不知道眼前的一切，不住地左右侧头听那令人不寒而栗的响声。

吉川在做完一个突刺动作后，猛地用双手把军刀扛在了肩上，缓缓地把头扭向那两个茫然不知眼前危险的人，眼里闪出阴森森的冷光，或许他想起一次次精心算计都归于失败，怨恨使他整张脸渐渐扭曲开来，发疯般地冲向其中一个被捆绑的人，瞬间做了个"三劈"动作，前两刀分别砍掉了那人的双臂，最后一刀从那人的脖颈处斜砍了下去，几乎把人劈成两半。一时间血花飞溅，传出一连串噼噼啪啪的断骨声。周围日军军官号叫着一片欢呼。

吴志翔紧握着双拳，脚底下充满着跃跃欲试的冲动。他提醒自己先放开双手，深吸一口气，记住，同胞的血不会白流！

他看到吉川再次把军刀扛在了肩上，一步一步退到了院子中间，做着冲刺的准备，迟疑间他能听到吉川如野兽般的喘气声。这老日胆怯了！吴志翔心想，野兽的恐惧，也许在一定程度上能克服心理上的恐惧，吉川的恐惧更像是心理、伦理以及人生绝望的一种恐惧，这种恐惧表现为歇斯底里的偏执和暴戾，是每时每刻与他形影不离的情绪。

吉川双手握刀，慢慢地把刀尖放平，对准了另一个被捆绑的战俘，两眼顺着刀背跳向那人。在日军中，这种俘虏或随便被捕获做练习的中国人一般被称为"木头"，数量也是按"根"算的。吉川两眼盯着对方，他把无法言表的不满和愤怒都集中到了眼前的目标上，这种不满和愤怒完全是他的固执和无知造成的，它打破了心理的平衡，必须通过杀人宣泄出来。杀戮，流血……可这些天杀的人还少吗？！他无法冷静下来，眸子里充满了绝望。

片刻后，吉川收起刀，"哼哼哼"干笑几声，走到了吴志翔面前。

吉川挥手指向另一个被捆的战俘，说："你能用什么手段制服对手呢？可以让我们观赏观赏吗？"

吴志翔拱拱手，从吉川手里接过那把武士刀，在众目睽睽之下，一步步走向那个被捆绑着的人。空气中飘过一阵阵血腥气息，到处都是喷溅的血花。在离那人尚有五六米的光景，吴志翔抱拳后深深地鞠一躬，然后静神提气，当真似的做了一番准备，把刀忽忽舞动起来，托刀绕身做了一番护身动作，突然跳上两步，出刀挑去了那人蒙眼的布。

眼前的一切把他惊呆了，一头长发粘着草秆，污垢的脸只有两只惊恐的眼睛还有些恐惧、迷茫的色彩，其余满头满脸直到脖颈都是黑糊糊的，萎缩的身子几乎只剩下了骨头。他周身战栗，嘴里塞的布团使他只能发出胸腔深处的"呜呜"声。

吴志翔转身，双手托刀向吉川走去。

"嗯？"吉川瞪大猫眼，下意识地抓过那把军刀，问道，"你，没有胆量？"

"中国有句老话，'勇武不斗弃武之人'，他有病，已经没有跟我打斗的胆量和气力了，根本不是我的对手，跟这样的人过招只能坏了我江湖上的名声。"

吉川干笑几声，说："不！你没有胆量，你不懂得杀人可以给你力量。"

吴志翔双手一摊，愕然道："这俺真不懂，俺这一辈子一直在落难之中，只知道鸡蛋碰石头，还从来没有以强凌弱过。"

吉川把那武士刀扛在了肩上，干笑一番，忽地阴下脸，"嗖"的一声把刀架在了吴志翔的脖子上。

"你——认识牛紫龙？"

岗上青树和宋文修等人也不约而同地吃了一惊。

吴志翔似乎早有准备，用力点了点头，回答道："不光认识，他还是俺的老师，教过俺国文、历史和体育课。"

吉川瞪大眼睛审视吴志翔片刻，又阴森森地笑笑，说："好！你有一个很好的老师！很聪明的老师，他是国民党还是共产党？"吉川抽回刀，转身扔给了一位日本军官。

吴志翔摇摇头说："这不好说，俺只上到二年级，以后就不得不下学了。不过听说共产党替穷人说话，国民党替富人说话，照这个理说牛老师应当参加国民党，因为他家吃穿不愁，他还拿钱接济过像俺这样的穷学生。"

吉川摇了摇又短又胖的手，笑道："错！这只是一般的现象，牛紫龙是个例外，是个有钱人替穷人说话办事的例外。中国的富人追求的是福禄寿喜财，五福临门，没有多少有价值的东西。类似牛紫龙这样的中国人有更高的追求目标，毫无疑问，他们的目标里隐藏着深远精细的算计，对你这样没毕业的学生而言，要理解老师的目标是道不容易弄清楚的难题。"

"俺觉得没啥难题。"吴志翔嘟囔道，"牛老师讲的课都不难懂。"

吉川哈哈一笑，问道："你们多长时间没见面了？"

"自打退学后只见过他一次，还是他到监狱里来看俺。"吴志翔做出一副认真的样子说。

吉川又仰头大笑几声，很快就阴沉下脸说："他能教出你这样的罪犯是非常合理的事情，但是，你不应当跟他走一条路，穷人没必要爱国。"

吴志翔故意装出似懂非懂，又似有所悟的样子，用劲点点头，说："胜者王侯败者寇，只要俺把风摇大，队伍拉起来，干一番大事，老师会为俺骄傲的。"

吴志翔说完给吉川鞠躬施礼，径直出了宪兵队的院子。

街上刮着黄风，昏天黑地，整个城市都在恐惧、阴郁、战栗之中。吴志翔总觉得有一股血腥味在跟着自己，胸膛一阵阵翻腾，感到一种难以压抑的愤恨，尽管他知道这是吉川有意安排的下马威，可是类似这种把杀人当娱乐的疯子他还是头一次见。日本人能够打到这儿当然有他"厉害"的地方，中国军队肯定在许多方面技不如人，不过苍天有眼，日本人强不可能让他时时都强，中国人弱也不会处处都弱。牛老师让俺来就是来讨公道的，杀人偿命，欠债还钱，替天行道，除恶降魔，自古就是仁人志士的天职，舍我其谁？！

吴志翔心想，关键是要抓住这老日的心理弱点，引诱他出招露出破绽，不过这一切都要快。

他把见到吉川前后的情景认真回想了一遍,直觉告诉他,吉川似乎已经无法按正常人理性地思考问题了,他十分迷信日本人种的优势,沉湎于大日本皇军的赫赫战功,这种盲目的狂热使他坐卧不安,意乱神迷,能不能利用这一点把他送上不归路呢?

吴志翔边想边走,不知不觉已经到了河南大饭店,抬头见岗上青树和宋文修站在大门旁边。走近后,吴志翔故意显出一副生气的样子,说:"看来日本人还不信任俺,叫俺去就看了一场杀人,要看杀人哪儿不能看?还非叫俺大老远跑到开封。"

宋文修笑吟吟地劝解道:"咦——话不能这么说,凡来投靠皇军的都有一个考察的程序。刚才你走后,吉川将军特意让我们来找你,转告他的敬重之意,希望我们能早日动身去点验你的队伍,以便皇军早日供给枪支弹药,颁布番号。"

吴志翔扬扬手,故意显出不介意的样子,说:"中,俺先在开封耍两天,然后回去把家底澄澄,过些天来,恁安排人跟俺去点验即可。"

岗上青树与宋文修相觑无言,点点头。

道高一尺,魔高一丈;冤业随身,终须还账。
——凌濛初《初刻拍案惊奇》

第二十一章

午后。

郑州白沙三号院。

"好!"姚三在众人的喝彩声中一连打了三圈扫堂腿,飞身,后仰跃起一个小背翻,气存丹田,双手一甩,抱拳向周围行动队的二三十号人道:"哪位兄弟赏脸跟俺过过招,切磋技艺,点到为止,打赢俺请恁吃馍,打不赢俺请恁喝汤,谁人赏脸?"

姚三在队里擒拿比武第一,生得高大威猛,圆头圆脸圆眼,鼻子嘴乃至耳朵垂都是又大又圆,头发像刷子一样又短又粗,胳膊腿也是一咕噜一咕噜的疙瘩肉,穿一身灰色宽大短衣裤,一副福将的模样,就是没文化,大字不识几个。姚三自小家贫,从记事就被卖给武术班子,跟着跑江湖的走南闯北,啥活都干,剩饭全吃,老老少少混得滚瓜烂熟,他生性勤快机敏,只要谁刀枪剑棍耍得比他好,他扑地就拜,夜里睡到人家床下端屎端尿都行,非把人家那几下子学到手不可。随着年龄增长,倒也学会了不同门派的多家路数,还自编自创了一套具有观赏功能的杂技拳脚,反而成了武术班的压轴戏。

牛紫龙到汝、鲁、郑、宝一带招收队员,在一场比武演示会上,姚三见牛紫龙左手扬起一根木棍,右勾手就是一枪,那木棍在空中断成两截。为这,他天天撵着要参加队伍,牛紫龙念他有一技之长,人还算本分,且胆子特别大,不知道啥叫害怕,加上江湖上闯荡多年,无牵无挂,三教九流见面就能称兄道弟,便收留了他。

这边,姚三拱手转了三圈见无人上场,顿觉有些扫兴,指着站在圈外的蔺成章,抱拳道:"这位老大,新来乍到,可愿赏脸报下大名?"

蔺成章自四黑派他过河送信,就被牛紫龙挽留在了行动队。见姚三指着要他下场,拱手推辞道:"愚兄只是暂避贵处,不才无能,自甘认输,请允俺不报姓名。"

"咦——恁这是啥意思,小瞧俺们弟兄不是?!大名都不给俺们通报,恁是不是圣人蛋①?"

"岂敢岂敢。"蔺成章抱拳鞠躬,"众兄弟在上,在家靠父母,出门靠朋友,以后俺仰仗弟兄们的时候多了,只是兄弟俺不便通报姓名,还望各位海涵!"

蔺成章,豫东名家出身,自幼习武耕读,为人豪放,亮节高风,好打抱不平,招惹是非,江湖爆得大名"豫东大侠"。后考上省城高等学堂,不久爆发"七七"事变,蔺成章退学回豫东组建抗日武装,与日军作战。由于结交不慎,被小人出卖险些被杀,不得不化妆易容入了丐帮,伺机报仇,东山再起,只是还没等到机会,便经四黑指派过河送信留在了行动队。

蔺成章长得一表人才,高个儿修直,黑发白肤,大眼钩鼻,举止落落大气,擅长察言观色,揣摩人心理,平时做事果断,手段也非同一般,尤擅设阱构陷。只因平时性情豪放,交际广,人脉多,特别在开封有不少同学故交,自从上次起事失败后,蔺成章不得不小心翼翼隐姓埋名,不事声张。

姚三见蔺成章仍旧不肯报出大名,高喊一声:"恁鬼摆得不轻!接招!"话音未落跳起身飞起就是一脚。

恰在这时,牛紫龙横身在了二人之间,一拳打落了姚三的腿。

"真想过招?恁可要先数数自己的牙!"

"咦——俺是吓大的?俺先让他三拳如何?"姚三说完双手抱膀乜斜着蔺成章。

蔺成章见牛紫龙递过个眼色,便进场活动一番筋骨,脱衣,转身,伸出中指和食指猛往墙上一插,双指夹出一块砖来,把衣服搭上去。再转身,见姚三大眼不眨地盯着那面墙愣住了,趋前一看惊得嘴巴大张,良久没有回过神来,一连"噢"了几声,转脸一笑,把那墙上的衣服认认真真地取了下来,拍打一番。

"恁这一招俺可听说过,这,这不是二指拆墙吗?!恁老可别受凉了,恁还是穿上吧……俺让恁三拳是让恁往屁股上打的嘛。"

牛紫龙笑着对姚三道:"这活儿可不是一天半晌能修炼出来的,今儿的表演就到这儿吧!"

说罢给蔺成章丢了个眼色,转身进了三号院正房。

---

① 地方方言,狂妄自大、看不起人的意思。

牛紫龙构思了两套制裁吉川的方案,分别使用中共党组织和丐帮两个渠道提供支持和帮助,两个方案都避开了军统系统。第一个方案,吴志翔小组采用行刺的办法除掉吉川,利用王永祥提供的中共开封市地下组织提供的掩护,包括在伪省政府任职科长的徐景吾、以经商为职业的李洋斋等人提供身份掩护等,如果人数多,干脆就落脚在自己妻子董秀凤的娘家。自从春节过后,牛紫龙把武器弹药以及进出路径的查探也都一一做了安排。第二个方案,就是蔺成章小组采用爆炸的方法,在吉川常去的酒肆或必经的要道上伺机除掉他,仍然使用四黑生前留下的关系。

"想好了吗?"牛紫龙望着蔺成章问。

"饭可以不吃,命可以不要,杀友之仇不能不报!俺一想到四黑他们的头挂在开封城门上,俺就知道此仇不报枉为人。"

牛紫龙把四黑提供的联络人和地点写下来递给蔺成章。"祝恁好运!落下脚后俺会把经费、器械送去。"

这时,一个队员进屋,在牛紫龙耳边报告道:"吴志翔过河来了。"

月余后。

开封徐府街山陕会馆日军华北五省特务机关总部。

吉川下意识地用四个手指很有节奏地敲打着桌面,发出一连串的"咚咚"声,他突然站起身,走到吴志翔面前,盯着吴志翔的双眼道:"你把风摇大,队伍拉起来,办大事的想法很好,我们大日本皇军决定帮助你,供给你枪支、弹药、金钱、烟土,当然也可以暂时对外保密,仍旧驻守原地,只要求你们接受皇军的指令,接受皇军派驻的顾问。"

"这些条件他们都给俺谈过,关键是能给俺多少干货。"

吴志翔从怀里掏出一本花名册,同时挥手示意让岗上青树、宋文修把燃烧伞和左轮枪之类的新式装备摆放在吉川面前,补充道:"这是国民党正规军许诺给俺的洋货,还说过几天搬几挺新式机枪过来。"

吉川认真查检着这些铸有"USA"标志的新式装备,把左轮手枪的子弹一枚枚摆在了桌上,摆弄着那些弹头藏在弹壳里的平头子弹,阴森森地笑笑,说:"国民党军队是我们的手下败将,我们大日本皇军才是你们真正的依靠,我们可以按实到清点的人数派发枪支和薪饷,你好好考虑一下吧,你可以拉起多少人的队伍呢?"

吴志翔故意沉思良久,指了指办公桌上的花名册说:"这都是按过手印的,一共七千多人,恁可以数数。"

吉川推开面前的花名册,干笑两声道:"不不!这样的把戏我见得多了,这只是江湖上的雕虫小技,找人写名按手印在中国是件很平常的事,我要按你实到点名人数发枪和薪饷。"

吴志翔点头表示同意,又问:"枪可以按实到点名人数发,弹药按几个基数配置,能不能跟大日本皇军同样待遇呢?"他故意把这些细节谈得逼真些,接着又问,"重武器装备是否与大日本皇军一样?"

吉川原本对收编一事就有顾虑,日军收编华军本身就是件风险很大的买卖,谁能保证这些武器装备不是肉包子打狗?最好的策略是做些拉拢准备工作,并不当真实施。敷衍吴志翔的目的是把他当枪使,吉川真正感兴趣的还是想通过拉拢他摸到牛紫龙的底细,当然,能清除这个心腹之患是最理想的结果。他几乎无法忘记前段时间的失败,想起来就会失去理智,就会酗酒,就要杀人。梦里他无数次幻想过抓住牛紫龙,也无数次思考过处置他的办法,只是一觉醒来这些又都成了泡影。说起来也真够丢脸,堂堂的日军少将,五省特务机关长,竟被这么个名不见经传的小人物戏弄,这口恶气着实让他咽不下去。他可以不干这个官,甚至也想过一旦除掉牛紫龙挽回颜面,就是退役回国也能睡个安稳觉,否则的话会寝食难安,终生抬不起头。

吉川思量着如何把吴志翔变成个诱饵,用什么办法才能让牛紫龙上钩。当然,把吴志翔扶植起来,牛紫龙或许会自动找上门,不过这么办投入大,见效慢,且夜长梦多。

那么拉拢吴志翔本人会不会见效呢?

吉川在这之前专门通过国民政府上层关系了解过吴志翔的情况,确认吴志翔一直被押在当地政府的监狱里,甚至还查到了吴志翔被关押在开封的记录和判决书,以后越狱之事在当地几乎尽人皆知,岗上青树、宋文修又是亲眼所见。摸到这些情况,吉川仍不放心,又通过内线关系落实了军统豫站所有外线人员,包括用人情况,确实没有吴志翔的参与记录,他这才放下心来,亲自开展拉拢工作。

根据吉川的推理,吴志翔不应该有多少"爱国心",因为自他懂事起半数岁月是在中国监狱里度过的,他真的会为抓他坐监狱的国家拼命吗?更合理的解释是，他要千方百计活下去，为了这个目的，他当然不会把是非对错放在第一位去考虑，他当务之急是投靠势力大的一方壮大自己、保护自己，大日本皇军正可以利用这一点拴住他。

想到这儿，吉川又干笑几声，起身走到吴志翔面前，故作诚恳地说："我们大日本皇军从来就以忠义为先，讲究知恩图报，你提的这些条件都好商量，只是我大日本皇军在你危难之时伸手援救，不知你是否考虑过如何回报我们大日本皇军呢？"

吴志翔早就料到吉川会索要回报，跟老日做买卖他能把账算到你的肋骨里，但他表面上还故意眨了眨眼问道："皇军需要俺干啥尽管说，投桃报李，刀山火海，俺两肋插刀。"

吉川马上兴奋了起来，瞪大猫眼说："好，好，牛紫龙是你老师，也是我的朋友，当然我们无意让你做对不起师长的事，你只需把他的行踪，或者把他有什么计划告诉我们就行了。"说罢嘻嘻嘻地笑着，两个略微有些发绿的眸子在吴志翔脸上转来转去。

"这不是让俺出卖老师吗？"

"不不不，"吉川急忙走到吴志翔面前，"牛紫龙和你一样都是我们大日本皇军的朋友，我们需要交流，经常交流。"

吴志翔犹犹豫豫地问了一句："俺要打听出情况告诉谁呀？告诉他俩吗？"吴志翔指了指站在一旁的岗上青树和宋文修。

"不，"吉川快步走到桌边，拿出一张蓝皮特别通行证，郑重地签上"吉川贞佐"的名字递给吴志翔，说，"只要有情况可以直接告诉我！"

吴志翔双手接过通行证，长出一口气，望了一眼岗上青树，心想，下一步就是如何摆脱他了。

吉川矮墩墩的身躯来回踱着步子，突然走到吴志翔的面前，鞠躬做出送客的表示。

吴志翔双腿一并，很认真地行了个礼，转身出了吉川的办公室。

吉川阴沉着脸一直望着吴志翔离去的方向，片刻后，转身对岗上青树、宋文修狠狠地交代道："明天晚上，你们出发到豫北追杀牛紫龙，几天前接到线报，牛紫龙带人到了内黄，你们多带几个枪手，只要发现目标务必将其猎杀，拜托了！"吉川郑重其事地深鞠一躬。

岗上青树慌忙还礼,毕,悄声问:"由谁来盯着吴志翔?"

"告诉宪兵队,务必把他盯出城,如果你们在豫北消灭了牛紫龙,那么这个吴志翔也没必要再敷衍了,再来就直接把他送进宪兵队。"

"是!"岗上青树双腿一并,与宋文修退步,转身离开了吉川的办公室。

1940年5月14日夜。

开封城北。

夜半,就在岗上青树等人乘坐的汽车驰出北门的同时,牛紫龙带着吴志翔、王保、姚三、张道成、张剩五人行动小组也来到了北门,开始了整个行动的第一步。

日军占领开封后,为加强城防,一共布设了四道警戒线:第一道在城外利用护城河堤修了一条环城公路,作为机动巡逻的警戒线。第二道是利用开封四周完备的城墙布设了定点哨位和流动哨。这两道警戒线均由驻汴日军独自承担。第三道是城内布设的哨岗,多选取城边建筑、高大树木等视野开阔、易于隐蔽的地方安放暗哨。第四道是大街小巷的巡夜,城内的这些暗岗巡夜都由伪军担任,逢年过节还要从街道居民中抽人协防。

牛紫龙开始曾想把这次行动的进出路线选在离渡口较近的城南,由于国军连续两次袭汴都选在了城南,日军防御的重点也定在了城南,并且行动队一连派人踩点去了几趟,成功几率都不高,不得已选在了城北。

此时,牛紫龙一行已经在老护城墙边的灌木丛中趴了两个多小时,从观察的情况看,城墙上的流动哨平均十六分钟经过一个圆点,而城外机动巡逻是十九分钟驶过同一个圆点,选一条路线躲过这两道巡逻的时间差只有不足四分钟。

"在这个世界上,咱们这样的人就像河里的水和天上的雨,多得不可胜数,历史根本无法记清咱们是谁,能够记住的只有落到心头的泪,要么悲伤,要么喜悦,你们此去无论成功与否,都将是中国历史心头的泪。"牛紫龙环视着周围的身影,低声问,"谁先上?"

吴志翔上前两步,却被牛紫龙推了回去。

张剩拉了一下牛紫龙,牛紫龙点点头。两人猫腰向那巨大的黑影跑去,在环城公路边隐蔽下来。蚊虫叮咬得牛紫龙已是满身疙瘩,痒得钻心,他轻轻地抹去额头上的汗,静静地听着头上日军流动哨慢悠悠的皮鞋声,"咔咔"地渐渐远去。

"一定要记住在第一个街巷口有人接应。"牛紫龙凑近张剩叮嘱了一句,张剩咬着大拇指的关节点点头。

几分钟以后,牛紫龙拍了一下张剩,张剩飞快地越过公路跑到城墙下,边跑边准备着一根带抓钩的攀杆,来到墙根下便轻轻地靠了上去。只见他双手拉着攀杆,手脚并用,转眼间就到了城墙上。牛紫龙取下攀杆后找了个洼地躲了起来,一会儿,日军游动哨的皮鞋铁掌敲击墙上青砖的咔咔声,由远渐近从头上踩了过去。十几分钟后又有一人从城墙上跳了下来,一个……两个……全都消失在城墙的黑影里。

牛紫龙回到城南联络点时已是后半夜,预先通知来碰面的交通员已经等候多时,带来的消息有喜有忧。喜的是实施第一套方案,各项准备工作已全部就绪;忧的是开封日军换防,原先驻防的部队没走,接防的重田支队已经到达,跟随重田支队到汴的还有华北派遣军观察团一百名军官,开封市不少地方被临时征用住进了日军,全城都加强了戒备。

牛紫龙听完敌情变化,先打发交通员去休息,不免为刚刚进城的吴志翔小组捏了把汗。当然,驾驭任何情报和卧底工作,道义上的高瞻远瞩是成功的首要条件。他望着皓月当空,满天的繁星,思量着行动成功的几率。王永祥他们在豫北的活动可提供时间不会太长,最多一二十天;而刚刚进城的吴志翔小组机会也不多,只能是一两天时间,胜算几率最多也只有五成,成功与否的关键全在细节上,而所有细节都必须结合人的因素去考量。他反复掂量着这次行动使用的人员,一个个在脑海中过了一遍,他知道任何刺杀行动每一个环节都有发生意外的可能,要计算的变量太多也太复杂,如是想来,更是坐卧不安。不过,越是生死关头,往往先下手为强,退却只能死亡。

拉开大门,四野飘来一阵阵麦香,他大步消失在一片夜幕之中。

1940年5月17日下午。

开封慈悲巷。

吴志翔、王保、姚三、张道成、张剩等人按照牛紫龙制订的方案,潜入开封后,隐蔽到了牛紫龙岳父家,只派出张道成化装成商贩,到山陕会馆门前蹲守,观察吉川的行踪。

吴志翔透过阁楼的木格窗,望着白天越来越长的天空,残阳如血,染碎了落尽繁华的街道。他把将要执行任务的场景又掂量了一遍，出几步拐弯，哪有台阶，都印在了他的脑子里，一遍遍默默练习。他相信即使什么都看不见，他也会一步不差地走到吉川门前。想到此，他心静了下来，街面上除了伪军的正常巡查外，还额外增加了日军宪兵队的巡逻，日军宪兵队巡逻以十二到十四人为一个单位，在半个多小时里已经过了三列。

吴志翔回头看了看王保，心想：这小子心理素质太过稳定，脸上丝毫看不出生死任务前的情绪变化。只是一遍遍地练习着手枪推上弹匣的动作，发出"啪啪"的撞击声。

王保长着一个大姑娘样的瓜子脸，长发飘逸着，盖住了一只大大的眼睛，就是表情有些冷，无论看到啥听到啥，脸上始终是一副处事不惊的样子。

以往吴志翔一向独来独往，这次执行任务是第一次跟人合作，不免有些担心。

"哎——"吴志翔冲着王保喊了一声，"咱俩简单分下工，如何？"

王保斜睨了吴志翔一眼，轻轻点着头，等待着吴志翔说出他的想法。

"正面敌人交给俺，恁帮俺招呼住两边和后面，如何？"说着吴志翔掏出腰间的两把驳壳枪，将其中一把撂给了王保。

王保抬手接枪在手，往屁股上一搓，拉开了机头，扬手又扔给了吴志翔，脸上依然是没事人一样。

这小子原来是个哑巴蚊子！吴志翔心想，冲着王保笑笑说："怪不得恁看着比实际年龄小，原来恁生来就跟那些动物一样没啥表情呀！"

"胡球扯！"王保慢条斯理地顶了一句，说，"俺没啥表情兴许是真的，听俺娘说俺生下来干号过几声，以后再没听见俺哭笑过。"他抬头盯了吴志翔一眼，"俺没表情不等于动物没表情，俺亲眼看见俺家那牛笑过，见人就摇着头笑，还会给人打招呼哞哞叫。"

"咦——恁胡咧咧的没边了！敢情恁家那头牛自由恋爱了吧？"吴志翔哈哈说着挖苦了一句。

"没！还没寻住呢，俺家那牛不好串门。"王保一本正经地说，"每次俺家那牛出长途，俺爹总要给他挖碗黑豆，那东西吃过长力气，以后那牛一见俺爹挖黑豆就'哞哞'叫几声，还挺有礼貌地点点头，一副满心欢喜的模样，笑得可开心。"

"恁说这俺信，"吴志翔迟疑片刻说，"俺这一辈子就喜欢狗呀、猫呀、驴呀、羊呀之类的动物，动物比人强太多，人的心思谁也猜不透，动物就善良多了，可老天爷就是不给俺时间养,不是让俺坐监狱就是出来要饭,连找个动物玩玩的时间都没有。过两年如果俺还没死,俺就牵头母牛去恁家整几个牛娃子回来养养,可中?"

王保乜了一眼吴志翔,轻轻摇摇头,说:"俺看恁这一辈儿养不住,恐怕这命里连黑豆都买不起,就是能买个三斤五斤,还不够恁自个填肚子的。恁硬命,动物跟恁也得吃苦……"

王保话还没说完,吴志翔突然做出一副笑脸朝王保身后望去,王保以为有什么重要人物来了,刚一回头,后脑勺被吴志翔重重地拍了一掌:"乌鸦嘴!"

傍晚。

颜府大院。

苍茫抹去了半个夕阳,留下了半天的红云,王易知带民团赶到颜府时,颜府大门外已经排列了两排荷枪实弹的家丁。颜潜修站在府院大门口笑吟吟地迎下台阶,说:"哎呀,县长大人恁咋来了? 快请!"

颜潜修依旧留着披肩的长发,只是稀疏花白了许多,瘦削的脸上浮着肿眼泡和厚厚的眼袋,塌鼻格外红润,岁月雕刻下一脸沟壑,形容略显憔悴,他穿一身暗红绸缎长衫,手臂上还挽着一根雕刻精美的龙头拐杖。

王易知刚刚接到省政府的密电,南阳、郑县两地统一行动,抓捕与日寇勾结、企图秘密建立日伪政权的地方豪绅,电令申明务必在当天将通报的人员抓捕归案。他当然知道颜府不好惹,本打算出其不意多带些人手,不曾想到门口还是碰上颜家有意安排的"下马威"。

王易知快走登上台阶,匆匆做了一个请的手势,与颜潜修一起来到了颜府前院会客厅。

王易知深知此事责任重大,弄不好连自己也会受到牵连,刚一落座便开门见山问道:"颜兄,你我相识共事多年,和尚不亲帽亲,有件事情还望以实相告,不要让弟兄为难。"

颜潜修此时已经对王易知来的目的猜出个八九不离十了,但仍故作诧异道:"哎呀呀,县长大人说哪儿去了,俺咋会让恁为难呢? 快讲啥事?"

"上面来电通报你勾结日本人,收日本人的钱,帮日本人奔走联络,企图策划建立亲日政权。"

"呸!"颜潜修跳将起来,故意做出愤怒状以掩盖内心的慌张。"血口喷人!俺们颜家先国家忧而忧,后民众乐而乐,自从抗日军兴俺们是倾其所有支援抗战,守护地方,这帮穷鬼……"

王易知挥手打断颜的话,知道他一胡扯就没边,不耐烦地说:"这事不是咱们县老百姓举报的,老百姓谁敢?!你勾结日本人是上面拿到的证据。"

"那一定是共党分子挟私报复,破坏统一战线,他们搬弄是非的水平你不是没领教过。"

王易知并不理睬他那一套,冲着门外喊了一句:"带上来。"

几个县民团士兵押着被颜府指派护送岗上青树、宋文修的家丁头目进了客厅,那小头目进门"扑通"一声跪在了地上,大喊道:"老爷救俺!救救俺!"

颜潜修料定事情已经败露,却没想到这个证人如此让他下不了台,哆哆嗦嗦地问:"恁是谁?恁咋叫俺老爷啊?"说着就要掏枪。

王易知见状急忙走到两人中间劝道:"这个犯人可是在上头备过案的,你最好还是跟我一起回县里说清楚,看来要委屈你几天了。"

"这不合适吧!"随着一声不热不凉的喊叫,颜潜修的二儿子颜学林带着众多家丁包围了客厅。他举枪对着王易知大步走了进来,王易知刚一转身,黑糊糊的枪口已经顶在了脑门上。

颜学林一脸横肉,又矮又胖,凸眼歪鼻,与其父颜潜修相比没半点相似的地方,却很神似。尽管颜潜修一直想不起来创造他的日子和地方,但有一点似乎不会错,那就是心思性格十分相像,背后人称是小一号的颜掌柜。颜学林属颜潜修的小妾所出,读书不行,但从小就不离左右,很受父亲喜爱。他生性胆大妄为,心机深沉。这天还是颜学林侦得王易知要来,便不顾父兄劝阻事先做了些准备,伏兵四周。

"王县长,常言道,欺人不可做尽,责人不可苛尽,知人不可言尽,识人不可探尽。恁轻信谣言,登门抓人太不厚道,俺爹哪点对不住恁,真金白银没少送,吃喝玩乐没少请,恁说抓人就抓人,想带走就带走,不是欺人太甚吗?"他声音未落,客厅四周顿时传来一阵"哗啦啦"的枪栓声。

王易知先是一惊,豆大的汗珠便冒了出来。他四处扫了一眼,发现自己带来的人不少,可还是没有颜府的家丁多,开口就没了底气:"你们想干什么?你们这是造反!你们颜府勾结日本人,人证物证都在,省府专门发了密电,你们还敢这么对付政府官员,反了不成?"

"人证物证在哪儿?"颜学林突然大吼一声问道。

王易知指了指跪在一旁的那个小头目,还没开口就听得"砰"的一枪,那小头目便倒在了地上,手脚漫无目的分别划拉了几下便不动了,一股殷红的鲜血从他身下缓缓地流了出来。

"这人叛国投敌,已被俺正法,不足为证,还有吗?"颜学林大叫着问道。

"你们敢……"王易知被突如其来的变故震住了,一时竟不知如何是好,望了一眼被打死的家丁,喊了声"走",起身就想离开。

"走?往哪儿走啊?"颜学林举手又把枪口顶在了王易知的脑门上,"恁们私闯民宅,绑架良善,今天不撂这儿三五条命,恁们休想出这个门!"

王易知这时候才明白过来跟这帮劣绅打交道的路数,胆怯只能让他们更猖狂,他用余光扫了一眼双方的架势,抄枪对准站在一旁的颜潜修,用不知从哪儿来的胆量大喊一声:"看谁敢动!今儿我们出不了门,明天颜府连瓦片都留不下!"

听到王县长的喊声,县民团的一干人也纷纷拉枪栓顶上火,屋里气氛顿时紧张起来。

"哎呀,咋闹成这样了!"人还没到,喊声已经传进了屋内,随着一阵急促的脚步声,颜潜修的大儿子颜学礼跑进门站在了两排枪口之间,连声道,"大敌当前,大敌……自家人咋干上了?"

"都把枪放下吧!"颜潜修或许知道早晚躲不过这一劫,看着双方愤愤不平地放下枪,整了整衣冠,叹口气说,"俺跟王县长去城里说清楚,恁们兄弟二人把家业给俺看好就行了。"

"爹,这都啥时候了,还惦着这些房子、这些地,要这些房子和地有啥用!"老大颜学礼慌忙取下爹的丝绸大褂帮他穿上,接着道,"树大招风,财多招忌,咱家就是因为这些田产才惹的祸,依了俺都分了……"

"啪"的一巴掌重重地打在大儿子颜学礼脸上,颜潜修哆嗦着怒斥道:"恁懂个球!如今这世道没有爹挣的这些房子、这些地,恁们只能给人家当牛马!俗话说得好,人为财死鸟为食亡,人不为己天诛地灭,恁到现在还不明白来这世上的目的是啥?俺离家后,这家中的事交给学林照看,恁赶紧上学去吧!"

"爹,俺跟恁一块儿进城!"颜学林扬扬手里的枪,大喊一声,"套车!"

"放肆！恁就老老实实在家给俺守着！"说着，颜潜修把帽子戴在头上，双目阴鸷，神色黯然，仰头看了看正堂的屋顶，嘴喃喃地不知道嘟囔一句啥，转身对王易知说，"县长大人请吧！"

"爹！"颜学礼、颜学林不约而同地上前跪在颜潜修面前。

颜潜修仿佛悟出些什么，他清楚，此去必是锒铛入狱，能不能回来，都是说不清的事。当然就此了结一生实在心有不甘，可还能怎样呢？人生就是一场大餐，吃饱了喝足了，难道还要打包带走什么吗？他唯一放心不下的是眼前两个儿子生来就有些不对脸，虾行虾道，蟹有蟹方。如今已是生死分离的关口，父子天各一方人生至痛，不由地眼里一热，双手拉起兄弟二人说："人各有志，不能勉强，即便是父子兄弟，黄泉路上也是各走各的。恁们可以不听爹的，可以不要这个爹，但恁们毕竟兄弟一场，砸断骨头连着筋，大难当头，风雨同舟，能照应的时候相互还是要拉一把。"说罢一扬手说，"走，进城！"

王易知拉着颜潜修走出颜府大门登上马车，马车在民团士兵的左右护卫下，匆忙向县城驰去，车后荡起一片尘埃。

颜学林追出大门，跪在路上，声嘶力竭地大叫一声："爹——"

1940年5月17日傍晚。

开封徐府街山陕会馆日军华北五省特务机关总部。

暮色苍茫，开封往日京都的灿烂早已散尽在历史的云烟里，街道上稀稀拉拉地亮起了几处灯火，映照着屈指可数的长长的身影。

吴志翔、王保换上了黑色的丝绸长衫、宽边大礼帽，扮作郎中，每人两把枪，一把左轮，一把二十响驳壳枪；姚三、张剩扮作给郎中提药箱的学徒，提着装满炸弹的药箱跟在后边，出了大门。

一行大摇大摆地向徐府街走去，路经山货店街口，见张道成已经雇好五辆人力车在一边等候。张道成一连打了几个手势，比划出敌情有一定变化，吉川仍在会馆。

吴志翔扫了一眼山陕会馆门口，除了两个正常值勤的日军哨兵外，并没有车辆停留，推测会馆内人员不会增加太多。他大步朝门口走去，示意王保紧跟其后，到门口掏出了吉川亲笔签发的蓝皮特别通行证递给了门口的哨兵，那哨兵打开手电认真验证过后，又对着吴志翔、王保的脸晃了晃，摆手让他俩进了门。

吴志翔领着王保穿过二门戏楼,快步来到后院南头,王保向吉川办公室窗户猛一探头,左手向吴志翔伸出四个指头,右手勾手一枪击中了吉川办公室对面警卫室值班士官的左胸。

这边,枪声未落,吴志翔一脚踹开吉川办公室的门,跨前一步扑进吉川办公室,在倒地的一霎间,双手举枪击毙了刚刚举起桌上茶壶的吉川和躲到桌旁的华北派遣军视察团长端田。瞬间,屋内大乱。重田支队参谋长山本慌忙转身扑向墙边取武器,被闪进门的王保从背后击中。一直躲在办公桌后的新任日军驻汴宪兵队长佐藤井治刚刚掏出手枪,又被吴志翔双枪齐发击中头部,刹那间屋内四个日本军官东倒西歪,一股血腥和火药的混合味充满了整个房间。

吴志翔起身逐个察看了被击毙的四个日军军官中弹的位置,收起枪,匆忙将桌上和柜子里的各类文档揣进怀里,招呼一声王保出了吉川办公室。

这一连串的枪声几乎是在不足二十秒之内连续发出的,整个过程冷静、连贯,枪声过后,一切恢复了平静,被打倒的四名日本军官竟没人喊叫一声,个个都在惊恐无措间毙了命。

与此同时,在门外的姚三和张剩隐约听到枪声后,一前一后顺着徐府街跑过去,边跑边喊:"谁的轮胎崩了?""谁的轮胎崩了?"匆忙间整个街面一片忙乱。

吴志翔、王保在门岗左右张望之际,快步出了大门,与姚三、张剩、张道成在山货店街口汇合后,分别跳上人力车向城北跑去。

十几分钟后,整个开封突然拉闸关电,凄厉的警报声在四个城角响起,城墙四周纵横交错摇晃着探照灯和手电的光柱,纷至沓来的跑步声在大街小巷响了起来,不时有一两声枪响划破夜空。城外环城路上一个个日军汽车、摩托车队飞驰而过,吴志翔等五人利用巡逻队间隙飞快越过公路,跃进一片坟地。

牛紫龙盯着环城路上越来越远的日军巡逻队,悄声问:"确认击毙了吗?"

吴志翔笑笑,黑暗中他的两只眸子熠熠发光,凑近牛紫龙耳边道:"那屋里四个全报销了,王保还打死了对门的值班士兵。俺犹豫了一阵,真想把他那把刀拿来,一想路上不好带,就把那四个鬼子的胸章给撸过来了。"说罢他掏出一把胸章递给牛紫龙。

牛紫龙扫了一眼,说:"恁留着做个念想吧,俺要它没球用!把文档交给俺。"说罢,招招手率领这十几个人的分队消失在一片夜色之中。

第二十一章

三日后,日军华北五省特务机关长吉川贞佐少将、重田支队参谋长山本大佐、华北派遣军视察团团长瑞田大佐、日军驻汴宪兵队长佐藤井治大佐等五人被中国爱国志士刺杀身亡的消息见诸报端,全世界先后有七个国家的报纸报道了这一消息。

日军《剿共指南》：

中共游击战术的本质，是秘密地将多数民众团结在自己周围，形成一个整体，采取"敌进我退，敌退我进，敌惧我扰"的战术，与民众一起反复进行顽强的战斗。也就是说，敌人的武装力量不仅是正规部队，其周围还有层层的民兵及其拥护者……因此，形成难以分清敌军和民众，敌方和我方这种错综复杂的现象，呈现出与正规战完全不同的局面。

——日本防卫厅防卫研究所战史室编《战史丛书50·华北的治安战2》

第二十二章

郑州，白沙三号院。

牛紫龙秘密请来日语和译电专家，把缴获的吉川办公室的电报梳理了一遍，列出急办事项：分别向南阳、郏县当地政府通报豪绅通敌证据；派出行动队大部分队员分头抓捕通敌的青帮杭三帮赵本亮贩毒团伙；通过秘密渠道，向中共地下党组织通报夏秋两季日军征抢粮方案，以及为抢粮专门成立宫本支队的情报，并先期派出两个小组到开封城内和曹门蹲守。

这一切安排完毕后，他顾不上三天没合眼的劳累，带着张道成等四五个队员趁着暮色赶回了军统豫站站部。

初夜。

郑州南菜市王家院军统豫站站部。

牛紫龙推门走进军统豫站副站长李慕林办公室的时候，李慕林着实吃惊不小，瞪眼张嘴"呀"了一声，竟连招呼都忘了打。

"见鬼了吧？俺到地府走了一遭，阎王爷又让俺回来了！"牛紫龙转身关好门后，狠狠地审视李慕林片刻，拉了把椅子坐在了李慕林的对面。

场面一时陷入了尴尬，片刻后，李慕林才干笑几声，故意关切地问："这……这，你不是去豫北了吗？什么时候回来了？"

"这是怎么回事？"牛紫龙把几封缴获的日军密电推到了李慕林面前，密电都有翻译成日文的副页，有说明牛紫龙去向的，有核实吴志翔身份的，有豫站行动队人员编制、姓名、专长的简历表，有牛紫龙到豫北去的方案等。

李慕林一件件审视了一番，很不自然地笑笑，一只手伸向了桌下，慌忙道："我真的不知道。我只是帮助上面……"

"别拿枪，这房间周围都是行动队的人，包括你家都已被'保护'起来了，李太太正在家给你做鱼呢。"牛紫龙懒散地望一眼，只觉得眼前坐的人太可怜，他图个啥呢？人怎么会这么没骨气?!

李慕林与爱人黄丽从小同窗,后来双双加入中共组织。1932年两人同时被捕叛变,遣送回河南信阳原籍。自此攀上了国民党特务机关头目,死心塌地干起了追杀共产党人的工作。1934年李、黄二人一起参加组建军统豫站,是站里最老的一批人员。李慕林参加豫站后,利用其熟悉中共党组织情况的优势,很快总结出快侦快办、放线钓鱼、破案留根等一套对付中共组织的办法,使河南中共组织接连遭受挫败,也正是李慕林夫妇的表现,才使他由一般不在编的运用人,迅速升为豫站副站长,这在全国使用的中共反水人员中是不多见的。

李慕林中等身材,长发方脸,白肤大眼,加入军统后猛然圆滑不少,逢人就笑,嘴甜得如同抹了蜜,只是两个眸子里望到啥都晃晃悠悠,流露出内心的算计。

牛紫龙参加军统后,李慕林本能地嗅到共产党的味道,曾利用关系秘密查找牛紫龙可能加入中共党组织的线索,苦于拿不出证据。又碰上当时国共合作,抗日用人之际,只能暂时迁就,忍而不发,但他十分清楚,只要时局稍能宽缓,除掉此人势必成为首要目标。

李慕林扫了一眼桌上的密电,这几封密电他都知道,电报都是发往开封军统豫站潜伏组的,电报内容明显违反了军统的纪律,再外行的人一看便知道具有提供情报的嫌疑,如李慕林这样的老牌特务不可能无缘无故地在签发人一栏签上自己的名字,仅这几封电报便可证实他是彻头彻尾的汉奸。

李慕林无论如何也想不到这些电报会落到牛紫龙手里,他拐弯抹角地问:"这些密电会不会是日本人的反间计?你可千万别轻信这……开封的潜伏点出事啦?"

"俺派人把吉川贞佐杀了,这是从他办公桌上找到的,是俺向上面如实呈报,还是恁给俺作个交代?"牛紫龙不紧不慢地问道。

牛紫龙从内心里看不起李慕林这种人,只因这号人太复杂多变,干啥事没有底线,对付他们要比对付任何一个有道德的人困难得多。他们做事的唯一原则就是满足自己的欲望,把占有权利看得比他的生命还重要。他只能生活在自己欲望想象的空间,一切算计都以向上爬为核心,只有爬到了他们认为安全的位置才会罢休,可这分明是条既没有退路,又没有尽头的路。一旦选择这条路,很可能使他终身都生活在胆战心惊之中。

牛紫龙想,对付这号性格复杂的人,也许用简单的办法才能收到一定效果,无论如何也要从他那儿榨出真相来。

"其实我也一直在怀疑……按规定这些事都不能办,只是人情面子实在抹不开。我被捕后,他把我解救出来,从此就有了把柄握在他手里,他让我干啥我不能不办,这个人你也知道……"李慕林眼神飘忽着嘟囔道。

牛紫龙乘其不备,猛然跳起挥拳砸到李慕林的脸上,李慕林"扑"的一声,口鼻喷出了几道血花。

"恁这个七孙,俺们弟兄的生命是恁用来还人情、抹面子的吗?"

话音未落,从外面闯进来四五个行动队员,围着李慕林就是一顿拳脚,打得他哭爹喊娘,哀求不止。

牛紫龙眼看着李慕林趴在地上,吸气没有喘气多,挥手让大伙住了手。

"说吧,是恁给上面交代,还是给俺们弟兄交代?"

李慕林抬头抹了一把脸上的血泪,结结巴巴道:"只要你们不……给上面说我……一定会给弟兄一个交代!"

牛紫龙从桌子上抓起那摞密电,转身走出了李慕林的办公室。

牛紫龙隐隐约约感到指使李慕林的人肯定是个大头,即便这个人没有在明处投敌,至少暗地也有勾结,单凭自己的力量摸清这个网络显然有些困难,最好的办法是让他们相互咬起来,把隐藏的东西揭出来,达到两败俱伤才便于一网打尽。当然,放李慕林一马并不足以让他转变立场,打几巴掌搔一搔,下更大的诱饵让他把钩咬死才能为我所用。

李慕林望着牛紫龙的背影,听得"砰"的关门声,不由周身一震,站起身从抽屉里抄起手枪,哆哆嗦嗦不知应当指向哪里。

他开始后悔没能果断出枪,一误再误,哪怕拼个你死我活也不至于让别人拴住了牛鼻子,这种事一而再、再而三地发生,真是生不如死。当年在中共组织里经不住摧残和诱惑,失足当了叛徒,如果仅仅当了叛徒也就罢了,双手并没有沾上多少往日同事的血,不久,再次经不住诱惑,参加军统成了追捕同事的帮凶,如此一来已是万劫不复了。

追求什么呢?人活到这时候连他自己也说不清楚了。参加军统这几年给了他另一个观察世事的角度,与当年中共组织人员素质相比,国民党内部人事更是不堪,大贤处下宵小居上,二三流的人物把持大权,一味追求个人权力和私欲,背后使出的下三滥手法连土匪都不如,反而让他越来越相信中共会胜利了。

怎么会落到万人唾骂的地步呢?是自己看不清局势,还是自己把握不了自己呢？

　　局势只是一种人心所向，不需要多少知识和眼光，要求人们相信自己真实的感受就行，可为什么自己会有总也找不到方向的感觉呢？想来还是把握不了自己。对国民政府其他部门、行业他不清楚，单以军统内部而言，尔虞我诈已经到了毫无道义可言的地步，人们眼里只是权利、位置，不管谁上任无不推过揽功、争权夺利，即便日军压境、大敌当前，也丝毫无妨他们内部的恶斗，谁也摆脱不了。

　　为什么会这样？显然有一种内部机制在其中作祟。军统自成立始，戴笠便根据蒋介石旨意，有意在各省、市军统站点主要职务岗位配置上同时培植两个人，所要求的就是对领袖或组织里某些人负责，这种用意明眼人一看就明白，无非是让这二人相互攻讦，不让任何一方坐大。如此选人用人的制度势必造成团伙成风、上行下效，形成不同利益集团或势力，这样的体制如果操作稳妥也并非一定要闹个人仰马翻，可偏偏戴笠用人不察实情，仅凭能说会道的虚名取人，两面敷衍、培植双方的动作过大，操之匆忙，很难避免军统内斗不止的局面。

　　军统豫站自成立始，便为戴笠同学刘艺舟经营。戴、刘不仅是同学，还是结拜兄弟。不知什么原因，1938年刘艺舟突然被撤职，本已任命了代理站长王鸿骏，可戴笠又出人意料地从淮海站调来了站长岳烛远。在岳烛远的要求下，总部调离了王鸿骏，又换上了刘暨，很快又形成了岳、刘二人势不两立、无法共事的局面，双方都向军统总部反映对方的问题，一方还悄悄使出借刀杀人之谋，暗地里勾结日本人对内部人下手，把牛紫龙的行动队贴上了共党之嫌，策划了利用日军之手残害同胞的一幕，使军统仅在开封一地就搭进了数十条生命。

　　然而上贼船容易，下贼船难，李慕林在别人指使下迈出了第一步，就势必要硬着头皮走下去。想来军统总部对这种内斗早就习以为常，是不会太认真过问的。

　　李慕林坐下身来思量一番，决定将这件事分开来说，对上可以讲一部分，对牛紫龙则必须和盘托出。牛紫龙他们要弄清的是敌我之别，给他讲清楚不至于危害到自己的性命，毕竟他要追查的是真正的通敌要员。

　　他慢慢地收起桌上的手枪，暗自骂了一句："真他奶奶没出息，这么沉不住气！"在这样的体制中敌我之别真没有多少人在意，人们在意的是自己或自己那个帮派的利益得失，内斗的结果和日本人来了没有太大区别。想到此，他匆忙收拾一番办公桌上的文稿档案，喊来机要员登记移交后出了办公室。

第二天午后,牛紫龙又马不停蹄地赶回黄河边的三号院,得到的第一个消息便是日军夏季抢粮清剿活动已经开始,当天日军包围了杞县和村,由于村里大多数青壮年已经转移,剩下的老人、妇女、儿童被杀176人,临近几个村被"清剿"打死打伤数十人,和村全村房屋被烧光,一千多人的大村子一天之内化为了灰烬。

驻汴日军占领开封的头两年经常外出"清剿",开始时清剿活动还有一定的规律和目标可循,往往是发现一些反日活动,或一些可疑部队,便以肃正为名进行"清剿"。不久日军便发现如此销魂的清剿活动油水大大的,不仅可以光明正大地抢劫,还可以借机掠夺"花姑娘"带回城里享受。于是外出"清剿"的积极性十分高涨,"清剿"很快变成了一种纯粹的抢劫杀人运动,漫无目标,也无规律,哪儿有油水、有女人,便自然而然成了"清剿"的目标。为此,日军各部争先恐后,轮流充当"清剿"专职部队,杀人放火十分在行。

更可恨的是,一些伪职人员也看出了日军"清剿"行动中的猫腻,纷为前驱,或公报私仇,或共同掠财劫色,成了祸害同胞的鹰犬。他们四处打探,探实油水后,有的先找事主提示敲诈,商量不成便诬以通匪窝匪罪密报日军;有的干脆跟日本人讲好条件,从中分利抽成,直接给日本人带路,助其清剿。遇到这种情况,无论日军还是汉奸,往往下手特别狠,常常是全村杀光,不留活口,最后还要放火烧尽,连尸首和残墙都要推倒埋掉,因为只有这样,他们的犯罪活动才不至于走漏风声。

送走联络员后,牛紫龙心想,怎么没接到蹲守小组的线报呢?难道这帮鬼子也学会声东击西了?牛紫龙揣摩着和村惨案的失利,显然日军并没有从东边出城,而是在夜里出动绕道奔袭了和村,原来设定的预警和信号传递办法未能起到作用。

他走出院子,登上河堤,坐在柳树下远远望着地平线尽头若隐若现的开封城,夏天的落日迟迟不愿意隐去,仍旧洒下一片白亮的光,老天爷仿佛知道现在是收麦时节,有意留出特别长的几个晴天,让辛苦一年的人们能有所收获。

日军侵华,实行"以战养战"政策,按地域差等实行不同的军粮征收办法,具体到豫东地区是小县一千吨,中县两千吨,大县三千吨,不足的部分由日军安排购买。说是购买,其实就是抢,打着"清剿"的名义抢。

针对日军的抢掠，豫东百姓总结、推广了一套夜里收割、白天晾晒、分块进行、分批埋藏、收一块藏一批的办法。从缴获的日军电文看，麦收后日军肯定要进行一轮"清剿"，牛紫龙盘算着把所有豫东籍的人员全部放出去，摸准驻汴日军的"清剿"方案，或是可能开展的活动，再抽出部分人员分批过河搬运武器炸药，无论如何也要跟这支专门从事杀人放火的"清剿"部队拼一次。

牛紫龙利用吃饭的时间，把自己的想法跟几个组长交换了一下意见，安排好各组的任务后，又连夜带着王保、姚三等六个人组成的小组向日伪统治区的商丘出发。

牛紫龙在实施刺杀吉川行动期间，查明了杀害开封丐帮大当家四黑的具体执行人就是川岛、岗田。川岛、岗田由于四黑计诱开枪，掐断了这条线索，同时暴露了多年前日军在内地经营的贩毒网络，被日军驻汴部队总部给以降职降级处分，分派到商丘县伪和平建国军充任教官。牛紫龙事先派人专门去查找了这条线索，做了些准备，决定利用日军尚未大批出动之前到商丘走一趟。

商丘伪和平建国军由原柘城县警队和一批散兵游勇组成，自封司令的是大汉奸张岚峰。

张岚峰，原籍商丘柘城，早年参加西北军，后被推荐留学日本陆军士官学校，回国后曾任冯玉祥部的军官学校校长和郑州警备司令部司令。1931年中原大战后，张岚峰再次留学日本早稻田大学，研究经济。留学期间参加了日本的特务组织，开始从事汉奸活动。抗战爆发后，被日本华北派遣军委任为豫皖招抚使，在商丘组建了一支河南最大的伪军队伍。

日本对这样的杂牌部队骨头里是瞧不上眼的，名义上派几个教官，实际上主要任务是监督张岚峰等几个高官，对这一点张岚峰也心知肚明。为了应付这几个日军教官，张岚峰特意安排他们在高墙大院的陈家祠堂居住办公，还专门抽出一个排兵力负责安全警卫，让一个跟自己沾亲带故，又多少懂些日语的远房亲戚马副官负责起居照料。

马副官大名马有膘，原籍周口，早年在开封读书。日军攻陷开封后，便四处奔波，走投无路间，来到商丘投靠有点亲戚关系的张岚峰，谁知却让他专门服侍那几个日军顾问。这帮鬼子吃住倒还规矩，就是天一黑两眼就发绿，经常嚷嚷着叫马副官找女人，一会儿看不住，他们便满大街疯跑着找女人，一边比划着，一边怪叫，这分明不是人办的事嘛！马副官为此几次提出要走，都被张岚峰挽留了下来,有两次甚至还撂下挑子跑回到周口,最后还是让张岚峰派人给叫了回来。

几天前,姚三、王保扮作粮贩到柘城查找川岛、岗田落脚的地方,姚三愣是跟马副官攀上了老乡,凭着姚三那张跑江湖的嘴,居然说动了马副官做内应,除掉川岛、岗田,条件是事成之后在老家周口给马副官找一个教书的职位。

姚、王二人回来把情报汇报后,牛紫龙便带人赶到了柘城,路上他反复掂量着既要杀掉川岛、岗田,又不至于连累马副官的办法。

第二天傍晚。

商丘陈家祠堂。

马副官一手托着一荷包驴肉,一手提着一捆瓶酒,跟在身后的酒馆小二提着一大盒各色冷盘热食,二人一前一后来到陈家祠堂。

商丘陈家祠堂为三进门的大院,前院为祭祖的大堂;二进院为议事的场所,除了议事大厅外,两边还专门建有接待、宴请客人的厢房;三进院很小,原本是保存先祖遗物、撰藏家族族谱的场所,此时被临时改作日军军官的宿舍和盥洗的地方。日军在张岚峰部的顾问最多时曾达数十人,以后逐渐减少,到这时只剩下四名军官顾问和四名日军士兵。士兵住前院,军官住三进小院,二进院驻扎着张岚峰部的一个排。

马副官给前院的日本士兵打过招呼,径自进到二进院的厢房,几位日军军官以为是例行的犒劳,便没多少客气,拉开桌子,端上酒菜就喝上了。一会儿工夫,个个皆已酒酣耳热。

马副官见火候已到,便给岗田丢个眼色,顾自先出了房间。

岗田一向话语不多,两眼恶狠狠地盯着马副官追了出去,他对所有中国人都不信任。

马副官故意装作有些醉样,回头伸出一个食指,诡秘道:"就一个,还是从西关……"

"哪里?"岗田瞪大眼睛问。

马副官指了指大门,岗田犹犹豫豫地走到门外,果然见两个轿夫蹲守在一台小轿旁边,他急忙走下台阶,没走几步又拐回祠堂。

岗田从来都把川岛放在前面,即便是嫖娼也必定跟在川岛后面。他回到二进院,正好撞见一个日军军官缠着马副官"商量"花姑娘的事,便绕过二人走到川岛身后嘀咕了几句。

川岛话没听完,便吐出咬下一半的鸡腿,起身跟着冈田出了门。

那台小轿里,王保穿一身紧身的大红丝绸女装,头上还顶着一块遮脸的红布,浑身冒汗,一直在小声骂着姚三。

"你个龟孙,非让俺穿恁小的鞋……俺再等三分钟,他们不来,俺说啥也得走啦。"

姚三赤裸着上身,只穿件没有纽扣的白色粗布马甲,下面穿件两尺白布三尺黑布做的宽大的直筒裤,手里还摇着一只"呼呼啦啦"直响的芭蕉扇。他半弯着腰给王保做着思想工作。

"这是任务!恁说当新媳妇这事谁不想干?!可那户人家翻出来的所有女人衣服只有恁能穿,恁没听那家主人说,恁穿的这身衣服还是小孩她奶奶在道光年间做的,那时候的丝多好呀,都是咱中国的丝,又粗又韧,不像经过洋人细纺出来跟纸片样的丝,恁穿那鞋也是……来了!"

川岛匆匆跳下陈家祠堂大门外的台阶,扫了一眼站在轿旁的姚三,"哗啦"一声扯掉了小轿面前的挡帘,"呦西"一声伸手就要去抱……

"哎——"姚三伸手拦开了川岛,上下打量着眼前这个日本人,大致判断出这厮应当就是目标之一,不紧不慢道,"这可是俺家亲妹子,恁这是想吃白食?"

川岛见有人来拦,习惯性地就要从身后掏枪,指着姚三道:"你,干什么的?双手抱头!"说着转向冈田使个眼色。

冈田跨上几步,双手从姚三腋下一直摸到裤口,转身对川岛摇摇头,川岛又"呦西"了一声,收起枪,干笑两声说:"让她进去!有钱!"

"去球吧!咱们还是先小人后君子,恁先说个数俺就背她进去,不中俺这就抬她走,恁也别耽误俺们的生意。"姚三说着,弯腰重新挂上了轿帘,摆出一副一手交钱一手交货的无赖样。

川岛哈哈笑着,先伸出两个指头,接着又伸出四个指头。

姚三摇摇头,直接伸出五个指头。

川岛点点头,急不可耐地转身进了陈家祠堂大门,对门口的哨兵郑重其事地打了个手势,让姚三背着王保进了门。进门后,川岛、冈田一前一后押着姚

三、王保走僻甬穿偏门，进到三进门里的小院，一直来到了卧室。

刚进卧室，姚三乘着岗田划火点灯之际，在放下王保的同时，从他小腿一侧抽出一把利剑，转身向川岛胸前刺去，由于用力过猛，两人重重地摔在了地上。

岗田点着火，灯还没找到，扭头便见那"妇女"扯掉头巾，露出一副俊秀的男人脸向自己扑来，他听到一个尖硬的利器清脆地刺断自己肋骨的声音，也就是一刹那的时间，他后悔自己太大意，没有在进门前搜一搜那"女人"的身。他双手一松，火掉到地上，屋内顿时一片黑暗。

片刻后，随着一阵重重的喘息声，王保手忙脚乱地撕去了身上的衣服，只剩下了短裤。姚三与川岛同时倒地后，唯恐川岛不死，连刀都没顾上拔，便用双手狠狠地扼在了川岛的喉咙，川岛手脚忙乱了一阵，张嘴瞪眼，到死还是一副见到那"红衣少女"的喜悦表情。

姚三的眸子在黑暗中熠熠闪着光，四处寻找着川岛、岗田的手枪和军刀。王保跳上一张靠窗子的木床，双手用力摇动一番，传出一声声"咯吱咯吱"的响声，三下五除二拆下了那窗子，缩身一闪跨到屋外，奋力一跃跨上了陈家祠堂的后墙，听得背后姚三低声喊道："别撂下俺！"

王保趴在墙上环视了一下四周，冲着窗子说："先把刀枪递给俺，俺就拉恁。"

"恁这个'臭娘们'刚出道先学讲价钱！"他很不情愿地把刀枪子弹等物从窗子里递了出来，又接过王保递过来的皮带头，好不容易挤出了那窄窄的窗子，连裤子都扯掉了。

两人跳下墙，光着屁股消失在了小巷尽头。

王保、姚三出城见到牛紫龙等人，二人指手画脚地描述了一遍任务完成的情况，牛紫龙接过缴获的刀枪等物，默然良久。四黑在天之灵可以安息了，他相信四黑已经飘向了另一个世界，开始了新的生活，留在世间仍是一段传奇。

他轻声对姚三道："放两枪给马副官送个信，咱们回去。"

1940 年，中国的抗日战争由以军事实力、武器战技较量为主转向体制和文化精神的比拼。

皆川稚雄就是在这个大背景下，接任了日军华北五省特务机关长一职，兼任伪河南省绥靖署总顾问。与体态矮胖、表情丰富、穿着邋遢的吉川正好相反,皆川高挑身材,一年四季都是一身戎装,很注意仪表。皆川稚雄脸上永远是一副处事不惊的样子,短细的眉毛下一双深邃冷峻的眼睛,高鼻薄唇,棱角分明,瘦削的脸上疙疙瘩瘩长满了肌肉,一望便知是性格果敢勇猛的人。

皆川祖上是日本长崎的商户,父亲一辈来中国经商,皆川自幼在东北、天津读书,直到高中才被送回日本,所以皆川不仅十分熟悉中国的情况,还能说一口流利的中国话。

皆川稚雄十分迷信制度、秩序和纪律,认为日本之所以能打败中国,靠的是制度优势,而不是子虚乌有的人种优越。他到开封的第三天,就在原河南大学礼堂给驻汴日军军官发表就职演说。大意是,中国之所以落后,社会之所以堕落,就是中国没有权威,没有制度,没有规矩,最终导致没有秩序。中国近代草率地推翻了大清皇帝,在没有培育出人们法制秩序意识前使国家失去了权威,导致人们视宪法如儿戏,军阀视政德如衣裳,社会视诚信如傻子,媒体视道德如婊子,人们相信的只剩下了暴力,谁强便崇拜谁。但是强势是最不牢靠的东西。眼前的强势,过一段时间就会被别的强势代替,人们照样弃前者崇后来,一直处在你争我夺的历史循环中。而大日本从来就有隐忍向学的传统、强烈的忧患意识和强大的责任心,有天皇至高无上的权威,天皇赐予的宪法和制度,建立起了秩序和效率,养成了大日本皇军团结合作、神武自强的精神,如此才使日本变得无比强大。而支那人总以天朝上国自居,自大散漫,一盘散沙。他们的性格来自小农经济自给自足的文化积淀,一家一户既没有合作的欲望,也没有合作的传统。尤其是他们选不出来为国家民族卧薪尝胆、励精图治的领导者,承担天下兴亡责任的都是军阀政客,只能把国家带上一条历史歧路。所以大日本是一个勤劳严谨、献身忘我的大和民族,支那尽管值得怜悯,但毕竟需要大日本皇军进行教育、管理、改造,这就是我们来到这里的责任。

皆川稚雄除了工作之外,生活接触的圈子很小,基本不跟中国人交往。他认真审理了一遍吉川被刺以及任职期间的各种举措和线索,果断地清除了杂七杂八的特情线人关系,将吉川招收的社会闲杂人员,如毒贩车夫、逃兵游勇、小偷小摸、包赌包娼之流等尽数开除,把工作重点由组建伪军部队转到伪政府的改组和制度建设上。对开封城内伪省、市、县机构人浮于事的现状以及伪军警特机构设置进行了大刀阔斧的裁撤,除保留了一个名义上的伪省政府和五个虚

名机构外,把所有的权力统统合并到了伪"豫东行政委员会",贴出告示曰:

查行政效率,向以人才得失为转移。在党共时期,不问德性之良,咸以感情为奥援,同流合污,贪政百出,极其所至,苦其为我小民而已。今者党共政权,既已崩溃亟以树立新政,以苏民困,此次本委员会成立,对登用人员,以一人才为标准,凡有先立省府或县府,曾经任职有据者,如能痛改前非,诚意来投,本会自当量其才能,酌予录用。此告云云。

皆川稚雄换过人员后,便着手制定了一系列规章制度,如商店复业、物价管理、查处移地积囤、保护币面,提倡繁荣,以及强化治安等。

皆川本人吃住都在宪兵队院内,到任几个月开封城里大小汉奸连面都没见过,行事都是他找别人,别人根本找不到他。皆川身边两个护卫都是从日本国内带来的,一句中国话不懂,同来的还有条凶狠的东洋狼犬,不知为啥,皆川给它起了个很动听的名字——"山崎君"。此犬瘦高,灰白长毛,黄眼大耳,记忆力超群,能分辨出主人的声调,读懂主人的眼神情绪,甚至能猜测出主人的所想所欲,凡是皆川看中的物品,"山崎君"便会盯紧看牢,就连护卫也不敢动一动。据日特机关的人介绍,皆川烟酒不沾,也不会打牌赌博,唯一的爱好就是收藏中国古董,且很有研究,真品赝品一眼便能分清。所以他偶尔会在黄昏时分,穿上和服,突然造访开封城的某家古董店,大多数情况都是望几眼就走,连价都不问,只一两家古玩店重复去过。

自皆川上任后,蔺成章过河来过两次,与牛紫龙探讨反制皆川的措施,苦于没有找到下手的方法和渠道,一连多日牛紫龙茶饭不思,整夜失眠。不知道皆川稚雄究竟爱好什么,当然,可以到他重复去的古玩店里了解,大致什么朝代哪一类的古玩等。无法接近皆川,可以盯着喜欢古玩的日本人,拐弯抹角地达到接近皆川的目的。可是即便找到了皆川爱好的类别和层次,找到投饵放料的关系渠道,可这诱饵到哪儿找呢?

牛紫龙试着通过开封多个渠道在旧货市场、古玩交易市场放风,说近期有一批最新出土的宋明瓷器想到开封进行交易,寻找大买家。风放出去以后,迟迟没有任何反应,等来的却是另一次战机。

1940年8月,八路军在晋察冀发动了以破袭正太铁路为重点的战役,以后中方定名为"百团大战"。为配合这场战役,豫北八路军计划过河进行一场铁路破袭战,同时在睢县一带打粮库,补充给养。

　　八路军的这一计划,王永祥通过秘密渠道通知了牛紫龙,同时要求牛紫龙尽力搞好配合,保护八路军过河并顺利完成任务。

　　与此同时,牛紫龙接到开封线报,驻汴日军承担了巨额的征粮任务,皆川曾亲自到伪豫东行政委员会召开会议下达征粮任务。开封城南还秘密调集了一批铁路货运空车皮。

　　把收到的各方面的情报分析之后,牛紫龙连夜带人渡河进行准备。

　　夏夜。

　　开封城南郊外。

　　入夜,原野一片恬静,夏末夜晚的月色特别明亮,目力难及的地方不时传来"突突"的马达声,隐隐可见一条黄黄的光带慢慢驶过。

　　牛紫龙带着行动队在这条公路上忙了半夜,埋下了一吨多炸药地雷。地雷分重压、轻压和绳拉三种,沿着这条公路分四排锯齿状埋在了两边。公路蜿蜒连接着远处那条开封的环城路。埋下的这些炸药如在三到四小时之内派不上用场,他们还要把它们全部起出来,把路恢复成原样。这样埋了挖,挖了埋的无用行动已经进行过三次。

　　奇怪的是,这几天驻汴日军特别安静。睢县一带的破路活动已经进行了两天,开封城里的日军还没有出动的意思。

　　牛紫龙扫了一眼累得半死、横七竖八躺倒在坟地里的队员,见路边只剩下了两个身影,他们正在连接拉火索。

　　豫北八路军已经过河,正在睢县攻打粮库,今天晚上主攻城南,佯攻城北,最迟明晚就将撤回豫北。

　　牛紫龙反复掂量过日军可能出援的路线,使用铁路,有一段已被八路军破坏,显然不行。不久前国军还在民权野鸡岗伏击日军,炸毁上百米铁路和一整列列车,炸死日军一百七十多人,伤数百人。自这件事后日军实际停止了夜间的列车运行,只有白天在重兵押解下才敢行车;再者日军也不可能不出援兵,不出援兵会使整个征粮计划落空。援兵无论从哪个门出,就势必走上这条公路。根据日军作战特点,多是半夜出动,凌晨到达,以收奇袭的效果,而眼前这条路才能保证日军机动到达时间。从这两天日军的动作看,虽然在城北频繁出入,真正实施机动探勘的还是在城南。牛紫龙判断日军应在半夜出动,路线将是出北门,绕道城南,去援助在睢县的日军。

果不其然,就在牛紫龙等人埋好地雷一个小时后,从开封环城路上开来一单一双两辆摩托。两辆摩托走走停停,走不多远便要下车察看一番。

牛紫龙急忙命令几个队员埋伏到公路边,一旦发现这三个日军尖兵离开公路,必须除掉他们,另找队员驾车前行;如果不下车,就等他们驶过后,马上撤回。

牛紫龙躲在一片沙岗之后,盯着那两辆尖兵摩托,看样子他们把雷区当做了路标,下车后不住地摇晃着包有红布的手电。只要日军进入雷区不离开公路,就是下车检查也发现不了什么,路上埋的全是拉发地雷。日军的尖兵摩托在摇晃一番信号后,又"突突突"地开走了。

接着一队卡车从环城路拐上眼前这条公路。牛紫龙计算着汽车的速度和距离,埋伏在路边不远处的张道成和王保背对公路面朝沙岗,只等他手中的电筒信号,便会拉响地雷。

埋设地雷区间的两头有明显的方位标志,牛紫龙对行驶中的目标提前了一辆卡车的距离发出了信号,尽管当时仍有三四辆车没有驶入爆炸区间,他不得不发出第二个撤离的信号。第二个信号刚刚发出,一声山崩地裂般的炸响在公路上响起,一道闪光在埋雷区间亮过,接着就是一片叫声、撞击声、刹车声、哀号声,五六秒钟后在公路两边又传来一阵急如星火般的爆炸声,枪声也随之响起,子弹闪过的亮光漫无目标地在夜空摇曳着。牛紫龙依旧像根柱子般站在沙岗边,他细数了一下,一共有八辆卡车和一辆小车进入雷区,相信这些日军生还的概率很小,因整个雷区埋有三个型号的地雷近三百枚,即便是天亮后调来工兵,能绕出去的人也不会多。

这时,张道成、王保架起牛紫龙向南跑去。

三天后,从开封传来消息,此次爆炸共炸死日军驻汴军"清剿"部队宫本少将等110人,炸伤37人,仅火化尸首就用了整整两天时间。

日军部队队名多以征集地为名,而日本人取名也多以地方命名,这就出现了其部队队长多重名的现象,如在开封驻防时间较长的原田师团,其部队长从南京调任开封后即被我爱国志士惩杀,日军则采用秘密发丧、对外始终不予发表的方式,新上任的师团长则仍以原田为名,易将不易名。这次开封城南伏击战重创了驻汴日军,使日军很长时间未敢再出城清剿,但对伤亡详情始终未公布。

夏日。

郏县旧县衙广场。

颜学林带着五十多个家丁吃住在县衙门外广场已经六七天了,荷枪实弹与县民团对峙着,整个县城路断人稀,大多数商户关了门,全城屏住呼吸,拭目以待这出大戏如何收场。

王易知抓了颜潜修后,本想快审快判,及早送走,不曾想周围群众听说政府抓了颜潜修,前来控诉要账的络绎不绝。王易知当然也想把这件事办成铁案,专门请来省府、汝府的人一同查证审理,还在县政府门前支张桌子接受四方百姓的投诉。半个月下来,光查证落实强占土地、欺男霸女、坑蒙拐骗、钓鱼敲诈等案件就达一百四十多件,涉及命案和伤残侵害七十多桩。谁知这么一来反倒给颜府到省城活动留下了机会,待具结证实写好诉状上报后,如此铁板钉钉的案子到省政府竟石沉大海,没了回音。王易知多次派人去催,得到的答复是抗战期间应注意调动一切有利抗战的力量,此案不能操之过急。

王易知接着又查证了颜潜修勾结日本人、贩卖大烟、窝藏掩送日本特务等多项罪证,再次报到省府后,仍旧没有一点回音。正在这抓耳挠腮、摸不着头脑之际,颜潜修的二儿子颜学林抢砸了县政府,把专门接待群众办理颜府案子的工作人员痛打了一顿,还抢走了部分罪证和案卷。

万般无奈之下,王易知决定先斩后奏,打算借驻军的力量把颜潜修绑到城西正法后再说。谁知事办不密,被颜学林提前得了消息,干脆带着家丁住到了县衙门前,那地方也正好对着监狱大门,致使王易知先斩后奏的算盘又落了空。

颜学林占领县政府大门口,对县府工作人员和前来控诉告状的群众又是威胁又是恐吓,晚上还时不时地放上几枪。几天工夫,闹得县城鸡犬不宁,店不敢营业,路不敢行人,就是县政府的工作人员也不上班了。

这时候,王易知胆怯了,派出秘书去与颜学林谈判,先是让步答应不杀颜潜修,后又答应判后不刑颜潜修,最后颜府索性提出立马放人的要求,连审判会都省了,还包括王易知辞职、道歉等一应条件,让县政府脸面都挂不住了。

这天傍晚,吴志翔带着王保等四五个行动队员奉牛紫龙之命来送颜潜修的罪证材料,听说颜府家丁跟县政府火拼了,立马来了精神,进县城直奔县衙前街,刚一拐弯便被几个颜府家丁横枪拦住了。

吴志翔扬了扬省政府保安司令部侦缉股的证件,不耐烦地问道:"认字不?不认字?!知不知道好狗不挡路的理,去!喊颜学林马上到王县长办公室来!"说着推开拦路的家丁,带着王保等人进了县衙的门。

推开县长办公室,房里一盏玻璃罩油灯摇晃着几个巨大的身影,王易知猛地站了起来,散乱的长发几乎遮住了他半个脸,一副慌张失措的神情,大声道:"你……现在已经是政府正式的在编人员,你应当帮助政府,你带来多少人枪……给门外的人说,他们先撤兵政府就放人……"

吴志翔顾自拉把凳子坐在了王易知对面,摆摆手示意他坐下来,说:"是啊,俺大难不死,还真有恁的关照,俺不帮助政府,俺来就想帮帮恁。抗日以来恁办民团、搞联防、减租减赋,俺看恁还算尽心,俺这次公干回籍,是奉命给恁送颜家通敌证据来了,本没有为恁解困的任务,但俺自己认为有除害的责任。"

吴志翔从身后摸出手枪往桌上一摞,接着道:"要记住恁是县长俺是民,轮不上俺给恁上课,可俺看恁实在窝囊。做人哪,有一个字特别重要,那就是'挺'字,凡事要敢挺,挺得住,挺得过,才有可能办成点事,颜府一闹恁就放人,恁这一生不会有任何亮点了,老天爷只给恁这一次为全县百姓除害的机会,恁就这么轻易放弃了?"

王易知叹了口气说:"我何尝不想挺呢?!可闹到如今的局面你也看见了,省府的人让他们颜府买通了,县里上报的判决采取不回、不批、不管的态度,颜家老二以不见批示就得放人为由,纵兵占领了衙门,闹得鸡犬不宁,我若再不退让……"

吴志翔摆摆手说:"这些俺都见了,你退也无路,放颜潜修回府恁也得卷铺盖回家,恁查清了一百多家控诉,没查清的不知道还有多少呢,现在是要么鱼死,要么网破,放了他恁这个县长就去球①啦!"

"是呀!我也想拼个鱼死网破,可万一网破了鱼死不了,还跑了该当如何?"

"只要恁下决心,这鱼就是会飞也跑不了呀!"吴志翔摆摆手让屋里人暂时回避,凑近王易知道,"省府不批,恁可以走军法这条路,根据国民政府的规定,

---

① 地方方言,完蛋的意思。

土匪、凶杀、贩毒、贪污四宗重罪判决死刑须报省政府审批,可颜潜修投敌附敌、勾结日本人铁证如山,你可凭这一条报请军法处置。眼下正是抗战特殊时期,此类案件可直接报给驻豫部队长官部。说来恁也是吉人天相,正好后天汤恩伯汤副司令从郑州去南阳,必走咱县这条路,如果汤司令批了……"

王易知仰头向后甩了一下长发,两眼炯炯有神,狠狠地咬了下嘴唇,轻声问:"这个行程可准?"

吴志翔十分肯定地点点头。

王易知还没表态,便听得办公室大门被重重地一脚踹开了,随着颜学林一干人闯了进来,那盏油灯又闪动开了。

"俺当谁呢!著名杀人犯吴志翔呀!怎么现在跟政府穿一条裤子啦?"

"俺和政府暂时系一块围裙,在对付恁们这号人方面俺们是一致的。"吴志翔露出一脸由衷的欣喜。

颜学林显然是刚喝过酒,涨红着脸,一手掂着枪,一手用牙签剔着牙,重重吐了一口口水说:"说吧,啥时候放人!"

王易知还没开口,吴志翔扬手制止了他,笑笑说:"三天之内如果没有上面的判决,马上放人!"

"中!"颜学林又照地上吐了一口,看到吴志翔这样的人他还是有些胆怯,说,"君子一言驷马难追,走!"带着一帮家丁呼呼啦啦出了县长办公室。

王易知叹了口气,说:"政府腐败至此,这样的案子都敢压着不批!"

吴志翔抓起桌上的手枪往腰后一别,扫了一眼王易知,轻声道:"到时候俺去给恁助威,就看恁的啦!"说完转身也出了办公室。

第三天清晨。

许南公路。

晨曦中,一队汽车沿着许南公路飞驰而来。豫、皖、苏、鲁四省战区行政长官、第三十一集团军总司令汤恩伯的汽车夹在六辆卡车中间,向叶县长官部驶去。正行间远远地看见数千群众排列在公路两旁,既没有欢迎的意思,也没有反对的表示,只是默默地望着。

"啥事体?"汤恩伯体态矮胖健壮,肤色较黑,方圆脸高颧骨,眼窝较深,眼睛不大却十分有神,鼻子扁平,薄唇大嘴,五官若分开来看都不太好,但整合起来却很精神。他平时很注意仪表,长时间的军旅生涯养成他冷静机敏、做事果断、手段强硬的性格,给人以干练强悍的感觉。

看到这种场面,他示意暂停下来,不一会儿副官马贲凑近车窗汇报说:"司令,郏县县长王易知率全县百姓近万人控告本县豪绅颜潜修十几条罪状,请求司令依照战时军法批准正法,以平民愤。"

"枪毙个人的事怎么找到阿拉头上,告诉伊此事属地方政府职责,阿拉军人不管嘎许多。"汤恩伯原籍浙江,副官马贲是他的同乡,汤恩伯喜欢说没有思维障碍的家乡话。

汤恩伯,原名汤克勤,浙江金华人,早年就读浙江体专,毕业后留校任教,后入浙军讲武学堂学习,转考入日本明治大学,两年后辍学回国,被浙江陆军第一师师长陈仪保送到日本士官学校学习。回国后又被保荐到国民革命军司令部任中校参谋,很快又到中央陆军军官学校任队长、教育连长等职,这期间蒋介石为培养军事骨干,聘请德国顾问,采用新的军事理论方法和武器装备,成立了教导第二师,汤恩伯在其中任旅长,初始挤进蒋介石嫡系队列,沾了与蒋同乡亲信的光。汤恩伯颇有心计,开始不断向蒋介石呈送有关军事、政治、教育、经济等方面的建议手册,给蒋介石留下了"勤学吃苦"的印象,跟随蒋介石从军阀混战、剿共到抗日,一路升迁,由师长升任到了军团长、集团军司令。武汉会战后,汤恩伯部由湖北退回河南,在漯河就任国民党鲁、苏、豫、皖边区党政分会主任,实际掌控了这几个省未沦陷区的一切军政大权。

汤恩伯在抗战初期参加过南口、鲁南、台儿庄等几次大战,多次重击日寇,客观地说发挥了一定的积极作用。汤恩伯部作战以机动为特点,擅长从外线攻击敌人侧背,战术别具一格,颇有些打得赢便打,打不赢就跑的游击战风格。其实,他的所有军事才能用一句话概括,就是听老蒋的话,保存自己的实力,一切作战原则无不体现这个中心。

此外,汤恩伯还是个典型的"驴粪蛋外面光"型的将领,拿手好戏就是吹牛,无论打仗、行政,还是为人处世、个人生活,放在首位的是慕势谋位,以此作为他一切活动包括成婚大事的唯一目的。为了这个目的他处处玩弄花架子,做表面文章。从他参加过的几次较大的战役看,无论是国内战争,还是对日作战,无一不是在别人谋划好的框架内展开的,军事上的作为的确乏善可陈。他之所以能坐上火箭飞到一方诸侯的位置,与他带兵打仗的本领没多大关系,有点关系的就是汤恩伯演戏的本领,处处"争优创先",玩些匪夷所思的花架子给老蒋看,哄得老蒋还以为河南一片祥和,军民抗战热火朝天,是固若金汤的战斗堡垒呢!没想到这些纯粹是骗他开心的把戏。

汤恩伯部几十万人占驻河南,从军到各连都要建操场,小则十几亩,多则几十亩,操场上均置木马、单杠、双杠、天桥、障碍超越场等设施。部队周围老百姓的房子,不管是否征用为部队营地,一律进行改造。当时河南民间盖房多是三间连体、泥墙草顶的房院,房子后墙是不开窗的,偏偏汤总司令异想天开,要求凡三间房一律改为一间,打掉中间隔墙,后墙开窗,房外墙统一用红土粉刷,贴上花花绿绿的标语,生生地把群众的房屋改造成了危房。

更不可思议的是,汤总司令为沽名钓誉突发奇想,要办什么"边区学院"。办学本是好事,只要量力而行即可。可汤总司令硬是没有条件也要上,对上承诺自力更生,"建材取之于民",下令把叶县周围十几个县的庙宇、祠堂、古迹统统拆了,所得砖瓦、石料、木料由各县征派牲口、民工运到叶县。结果,各县运来大量的石料、木材和砖瓦,形状不一,格式各异,即使鲁班在世也难把它们拼凑在一起。一直到他撤离河南,这些建材依旧堆积如山,所谓的"边区学院"仍是纸上谈兵。比这还邪乎的是他以抗日之名征用各类物资,征地、征牲口、征口粮、征车辆、征鞋、征袜、征衣服,总之想征啥就征啥!层层加码的征用很快变成了普遍的敲诈勒索。汤恩伯还兼任地方行政长官,使得各级地方政府的唯一任务就是征用一切,征不到就抢,闹得民怨四起,怨声载道。

汤恩伯部的胡作非为还真搞出了名堂,汤恩伯部队在全国各部队实施军需独立、管理严明考核中竟得了"全国第一,成绩优异"的奖励,成了全国的"标兵"!不仅汤恩伯本人知道此"标兵"是怎么来的,全省人民也是心知肚明,毕竟干这些事不是一般心地善良的士兵心理能承受的。表面上亮闪闪的全国"标兵"部队,开始出现了大量逃兵,开始是三三两两,继之便成群结队,最保守的估计每个团每月也要跑掉五六十人,远远高于一般对日值勤作战的减员。当时,郑州邙山霸王城与日军对峙的部队,冷炮冷枪昼夜不停,每月伤亡还不到五六十人。而远在豫中腹地,连个鬼子影都见不着的部队,一两个月就减员一个连,这在古今中外的带兵史上是绝无仅有的。

出现大量逃兵当然不能单纯用"爱国"标准去衡量,逃兵是一种原因复杂的历史现象,是很让汤总司令丢面子的事情。很快汤总司令便亲自签发了一系列

"抓壮丁"措施,在全国率先实行哪个单位有逃兵由哪个单位派人抓壮丁补充的办法。汤部所属驻豫部队几乎各个单位都有逃兵,于是乎,抓壮丁便成了汤恩伯部重要的日常工作。开始汤部抓壮丁还比较文明,各单位深入到各村各寨动员青年人参军,不久,发现此法不灵,年轻人一听是汤恩伯集团扭头便走。征召不到人就抢,各部队开始抢人了,抓丁的人改换了便服,发现目标秘密盯梢,一有机会捆起来就走。如此这般,"壮丁"们渐渐地也学聪明了,出门的人越来越少,让抓丁人员找不到下手的机会。很快抓壮丁的局面便演变成了绑票,路边、田头乃至老百姓家里经常发生绑票现象,人捆走了,有钱人家可以用钱赎回来,没钱的人家只得自认倒霉。

这么一来,不少有商业头脑的人突然眼前一亮,一个抓放壮丁发财的产业应运而生了,有人抓有人放,有人顶替有人赎买,产供销一条龙,还能批量生产,参与的部队也在不断扩大,最后抓壮丁活动发展到整营整连的"战斗",战前有侦察,战术有创意,行动有方案。通常在风高月黑之夜,参战部队或远程奔袭,或迂回包抄,突然包围一个村庄或一个集镇,"分进合击,四面围定,地毯式搜查,确保一个丁不漏",把一村一镇的男性一网扫尽。这样的"征兵"运动,无论从规模上还是从手法上,的确为历朝历代所罕见。如是,汤恩伯荣幸地被称为了"一害",与水、旱、蝗齐名,这在国民党众多党政军大员中也是绝无仅有的。

如果说汤恩伯督豫期间坏事做尽,一件好事没做,倒也不尽然。他在河南四五年,"有心栽花花不发,无意插柳柳成荫"式的好事倒也办了一些,如消除地方势力,统一中央政令,铲除了一批类似南阳镇平别廷芳式的人物,在一定程度上消除了地方的隐患。

车窗前,马副官似有为难,迟迟疑疑禀报道:"郏县县长控告的对象属把持地方的势力集团,且又有勾结通敌日军的证据,交由军法从事,道理也讲得过去。"

"希那娘!杀人劳得动县长大人拦路告状?伊有状子呀?"汤恩伯整了整将军服,低头透过车窗向外望去。

马副官慌忙道:"岂止有状子,连呈送的公文都备好了。"

汤恩伯挥手让副官拉开车门,跳下车,下意识地向下拉了拉军服的衣襟,立即换上了一脸威严,两眼一瞪,环视了一番路边的百姓,大步向王易知走去,边走边大声道:"了不得! 军令如山,党纪如铁,河南是抗战前线,全国的模范标兵边区,岂能允许害群之马破坏团结抗日大局?!"

说着,他举手在半空中划拉一下,接着道:"伊一县长为民请命,精神可嘉! 阿拉一向看中爱民如子、不畏强暴、仗义执言的人……"他突然想不起这位县长的名字,侧过头乜了一眼身边的马副官,副官急忙告诉他县长的姓名。"是个,王易知县长,这名字蛮好记,阿拉记过,报告拿来了?"

王易知慌忙递上报告和厚厚一摞控告查证材料,正色禀告道:"卑职王易知以身家性命担保,报告所列地方豪强颜潜修为害乡里犯命案伤案七十多桩,勾结日本人,欺男霸女,掠夺土地,抢劫民财,字字真,句句实,发现一事不实我情愿偿命!"

汤恩伯翻了翻那套公文,颜潜修,在哪儿听说过? 怎么有印象呢? 怪呀,这里面所列罪行哪一条都够枪毙三五回了,怎么到现在还安安生生活在世上呢? 看来是有点来头,来头是谁,有多少油水? 想到此,他把材料转手递给马副官,环顾一下周围大声道:"伊们回去好啦。相信本司令一定会彻底查清楚,坚决按国法办理,还伊们以公道,伊们回去好啦!"

不知是他普通话没说清还是与群众意愿相差太远,黑压压的人群竟毫无反应。

王易知看了看左右,知道此番表态根本无以为凭,弄不好又是一个水漂,情急之下,"嗵"的一声跪在了地上,周围群众像接到命令一般齐刷刷地跪倒一片。

王易知声带哽咽道:"汤总司令! 如若你今天不签这个公文,本官率全县百姓是回不了县城了,国民政府也无法行使职责了,本官也只能自裁以谢天下了!"

"嗯?"汤恩伯十分不情愿地笑几声,问道,"势力嘎逗呀? 扯乱窝——阿拉吾听到过!"汤恩伯一急腔都变了。

王易知痛斥道:"颜府的兵已经占据县衙好几天了,司令今去如若不批,签完名只能换他人当县长了,作为政府守土官员,我死事小,丢城事大呀!"

汤恩伯两眼一瞪,咕咕噜噜转动一番,又从副官手里要过公文,很认真地看完了颜潜修的罪行梗概,大致弄清楚了属地方豪强恶势力的范围,咬着牙要过一支笔,在呈报公文上批了"即刻正法"四个字,签完名递还给了王易知。

突然,众多百姓爆发出了山呼海啸般的欢呼声,这突如其来的呐喊倒把汤恩伯吓了一跳。

"坚决拥护汤总司令!""拥护汤总司令为民除害!"……

汤恩伯整了整衣冠,做出一副大义凛然的姿态,转身上了汽车。坐定后,还挤出不少笑容,透过车窗向路边的群众挥着手。他后悔了,希那娘,慌什么! 心情顿时有种丢了元宝般的沉重,脸上还堆着亲民的笑容。心想,到司令部就打电话收回成命。

当天下午,集团军参谋长亲自给郏县县政府打多次电话都没打通,黄昏时分,好不容易接通了电话,找到县长王易知。

王易知"喂喂"两声,未等对方开口便兴奋地汇报说:"请禀告汤总司令,卑职于今天中午召开万人公审大会,展示并宣读了汤总司令的亲笔批示,告示了豪强颜潜修的一百多条罪行,会后,将豪绅颜潜修绑赴刑场即行正法。汤总司令的批示已经圆满落实,你听,全城百姓都在放鞭炮——"

电话的另一头一点声响都没有,良久,传来"咔嚓"一声,电话被重重地挂断了。

第二十二章

初秋日暖看飞鸿,延水①青山在眼中。

赤脚渡河防骤雨,科头②失帽遇狂风。

学生少有顽固派,教授多为中外通。

城郭成墟人杰在,同趋新厦话离衷③。

——朱德《和董必武同志〈三台即景〉》

【注】①延水:河名,即延河,黄河的一条支流,发源于陕西榆林,流贯延安市区,经延长县注入黄河。

②科头:谓不戴帽子,光头。

③离衷:离愁别绪。

第二十三章

是夜。

郏县县城衙前街。

天地蒙蒙下着细雨,清爽凄迷,县城里不时传来鞭炮轻快的响声,街上人影稀疏,但仍能感到百姓的喜悦心情。

牛紫龙接到吴志翔的电报就往县里赶,是看望母亲和妻子吗?是回来看颜潜修走向末路吗?好像都不是,他隐隐地感到应当回来一趟,具体是什么一时又搞不清,也许家乡带来太多的伤痛和心碎,但它必使自己更坚强、更勇敢。人是应当感谢过去和家乡,只有读懂了记忆,或许才会有一个更好的未来。

牛紫龙未进县城就先托人回去给母亲、妻子报了信,说一两天内就能到家。只因县长王易知一再托人来请牛紫龙到繁楼小叙,故暂留县城,更重要的是站里又来通知让他务必在县城等待李慕林副站长。李慕林从郑州到叶县汇报工作,在县城停留吃晚饭。斟酌后,牛紫龙便答应了王县长的邀请。

酒过三巡后,王县长站起身,望了一眼牛紫龙带来的一行人,扭头示意县府的同人一同站了起来,带头端起一碗酒,道:"此情此景不用多说什么,本县长给诸位端碗酒,聊表心意!以后需要我们……不不不,需要家乡做点啥,你们不用客气,本县一定照办。"

牛紫龙接过碗,转手递给坐在一旁的王保。王保一饮而尽,双手又把酒碗奉还给了王易知。牛紫龙一向烟酒不沾,何况晚上有事,更不愿沾酒,拱手回礼道:"你我抗日一家,不分彼此,既然县长大人说到这儿了,俺也不客气了,这次回县里俺还真有一件重要公干。"

牛紫龙突然想到一样东西,马上感觉轻松多了,急忙走近王易知身边嘀咕几句。

王易知双眼一眯,用牙咬着下嘴唇,沉思片刻,对县警察局长说:"去,把商会丁二丁会长喊来!"

王易知望着警察局长出了餐厅的门,愤然道:"这个丁二擅长投机钻营,不论谁跟谁交手,他总是站在人多势众的一边。前一段发现颜府勾结日本人,他鼓动着去抓颜潜修,为这事还支持县民团两挺机枪、二十支长枪、两万发子弹。后来一看省府不批复正法颜潜修,像是嗅到了颜潜修后台的脚丫味,又是探监送酒菜,又是通风报信,头一次要押人犯去刑场就是他走漏风声给颜家报的信,让颜府的人拦在了路上。后来颜府老二颜学林率众占领了县衙大门,在这节骨眼上,他还带头以商会会长的名义保颜潜修出狱,上了签名画押的请愿状,此等小人再也不能容他!"

对丁二的人品行为牛紫龙早已没了兴趣,只是突然想到一件东西,让他兴奋不已。

丁二一进门便装出一副令人心痛、病歪歪的样子,一把鼻涕一把泪,抱着头还一个劲喊腰疼,哼哼唧唧眼都没抬,找个角落就坐了下来,"哎哟,哎哟"地叫个不停。全县豪绅中颜潜修首屈一指,是丁二的偶像,多年来丁二不但佩服颜家的手段,更敬重人家的胆量,各种坑蒙拐骗、聚敛钱财、欺男霸女的做法颜府都是原创,丁家充其量只能算模仿。如今偶像突然被枪毙了,往下的追随者自然有一种不祥的感觉,更何况在此之前他还领头上书,大有一荣俱荣、一损俱损的姿态,用脑袋担保颜潜修是奉公守法、克勤克俭的良绅,溢美之词现在想起来头皮还有点麻。

"装个球呀!这回你可不能怨政府,是你用脑袋担保颜潜修的,人家颜潜修正好也想让你给他做个伴,人世你们是一路,黄泉道上颜潜修也不能丢下你不管。说吧,是明天跟他上路,还是今天就把你们干的伤天害理之事都交代交代?"王易知用指头点着丁二的头说。

"老天爷呀,恁可是一县之长,俺们的再生父母呀!恁可不能听风就是雨呀,见人扔块石头就当肉包呀!不不不,俺扔个肉包恁当石头了。"

丁二没说完,脸上就挨了一巴掌。

"放屁!"王易知怒骂一句,"我落井你扔的是啥我能不知道?!你落井下石!把肉包扔给谁了?这时候还敢欺蒙抗日政府的县长,你以为我傻呀!连肉包和砖头都分不清。实话告诉你,你们丁家贩卖毒品,强买强卖,欺男霸女,所干的事情我桌上已放了一摞控诉材料!随便拿出两三条来就能让你跟颜潜修做伴去!今天是省城牛队长给你说情,给你一次自新的机会,办不好,你就快点让家人准备后事吧!"

丁二这才抬头在房间里寻找牛紫龙,他看到穿一身黑色中山装的牛紫龙后,似乎还不敢相信,用双手揉了揉眼,又认真地辨认了一番,大声道:"哎呀,这……这不是贤侄牛紫龙吗?!"

丁二原本一脸横肉的圆脸,这时已经松松垮垮垂了下来,厚厚略显浮肿的眼皮下重重地坠着一个大眼袋,使得原本就不大的小眼变成了可怜的三角形,眼上硕果仅存地剩下几根灰白灰白的眉毛,特别长,和脸上的皱纹一样朝下耷拉着。整个身体也呈枣核形,四肢似乎变得细长松软,只有那滚圆的肚子依然是坚硬坚硬的。丁二穿件黑红色丝绸裋,下面是青色灯笼裤,踢拉一双平布鞋,脖子手上还坠着佛珠。

他叫了一声,见牛紫龙没答应,犹豫着,似乎想到站起来比爬过去更费劲,便"哎呀"一声爬了过来。

牛紫龙慌忙示意手下把他扶到桌边,好言调侃道:"丁二,咱们可从来没有攀过亲,恁从大清朝当保长、自治会主任,到民国官当大了,恁一向自认是庙堂上的人,啥时候想起给俺们攀亲了?!"牛紫龙见丁二一副哀求的目光,不禁又来了气,接问道,"听说狗儿过世后,恁又添了个儿子?"

"啊!"丁二一脸迷茫,慌忙答道,"哎呀!像俺这样的老实人,思想老,认老理,家里能多出几升小米,自个儿不舍得吃也得养个男孩。狗儿走得早,留下的儿女都跟亲家走了,俺只好再养一个。这不,一转眼今年都四岁了,唉,谁知道咋弄嘞,这龟孙没一点像俺的地方,家里那几个女人正帮俺查着呢!这事恁咋知道了?"

牛紫龙笑笑,说:"这事稀罕哪,还能传不快?"说罢脸故意一阴,换了个话题,"俺保恁一命,是想让恁将功赎罪,为国家民众做出一点点儿牺牲。求恁样东西……"说着他凑近丁二耳边悄声说了几句。丁二脸上迅速阴转多云,摸着脑袋嘿嘿笑了,连声道:"中中中,只要不要俺的命……"边说边一骨碌儿爬了起来,道,"走,现在就回去拿!"

牛紫龙要拿的是件汝瓷喜和瓶。

汝瓷始于何时已无从考证,从汝瓷渗透的艺术理念看,至少可上溯到魏晋南北朝。早期汝瓷留下的残片,有着类似竹林七贤自然审美的境界和追求。后来,汝瓷成于晚唐,盛于大宋,属宫廷御用瓷器,宋亡绝传。概因此类御用品的烧制以汝州汝窑为魁,故得名汝瓷。汝瓷技法独到,通体一色,釉中加有玛瑙,制成天蓝、月白、天青各式色泽,色润独特,器表细小,开片自然天成,结晶气泡灿如晨星,是中华传统瓷器之瑰宝。

我国大宋王朝素以文明理政著称,用器审美讲究,在全国众多窑口中选中汝瓷为御品专用,不仅因汝瓷柔和典雅、似玉胜玉、质朴淳和的使用价值,更重要的是汝瓷那种宁静致远、天外落星般的色泽质地,大有坐看平地起风雷的遐想。只可惜自宋以后汝窑毁于战乱,传统烧制技法也失传了。据有关历史文献记载,掌握了当时世界最高烧制技艺水平的中原人为躲避战火,随着大宋王朝一路南迁,扶老携幼流离他乡,年年盼着王师北定,重燃窑火,最后也未能如愿。客居他乡的中原人也许重拾起了先辈们的烧制技艺,也许他们把技艺、造型改进到了炉火纯青的境地,但他们再也没有烧出汝州这块地方的"天青",更使得汝瓷成了一段历史的传奇。

丁二家的天青喜和瓶是清朝末年从一个盐贩手里换的,据说用了一担粮食。瓶高尺余,酷似两位穿着传统结婚礼服的男女牵手出双喜的造型,透着那自然平淡的文化性格,宁静而高远。至于那喜和瓶的烧制年代、制作艺人已无从考证,喜和瓶通体密布的细纹也变得粗显可见,然而瓷表依旧莹润耀眼,天青可喜。

丁二从月桂镇搬进县城时,牛紫龙曾亲眼见过丁二单独抱着这个物件上了马车,后来牛紫龙在汝州求学时对汝瓷历史专门进行过一番研究,这才悟出了它的价值。

牛紫龙谋划除掉皆川稚雄的计划已经军统总部批准,相应的装置也研制成功,就差这么一个"诱饵"。

牛紫龙派人取回喜和瓶,又送走了王易知,这才独自又上到二楼,推门见李慕林背对着房门,望着细雨纷飞的街道,头也不回地说:"恐怕你今晚就要赶回站里,听说岳站长要去洛阳兼职,总部已派人来考察继任人选,来考察的人又与河南有些渊源,站里又是你争我夺,闹腾得不可开交,你回去总会好一些。"

牛紫龙问:"总部的人什么时候到?"他真想回趟家,甚至想放下眼前这一切。

"明天下午,你争取跟其他人一起去接,先见总能争取主动。"李慕林转身盯着牛紫龙说。

"你在这节骨眼上怎么……"

"这是那人的主意,这时候到集团军总部汇报豫东敌情,电话不行,密电不行,非让我当面去说,唉!都说山狐狸有九个心眼九条命,我看那人真是属狐狸的,在中国人的属相里你绝对找不着。"

牛紫龙琢磨着李慕林真实的想法是想让别人替他说话,不过目前只能迁就他,稳住他,对日斗争的许多环节还需要他帮忙。想到此牛紫龙点点头,答应马上动身返郑。

李慕林扒拉几口面条,把碗一推,叹口气说:"总部让站里报与日军华北五省特务机关斗争的情况,追问这些行动有没有共党的配合,好像他们嗅出了点什么。"

牛紫龙点点头,猜不准是不是试探,难道说他们在行动队安有眼线?就算有眼线也不可能知道具体情况,联系都是自己去的,上面能嗅出什么呢?

李慕林起身下楼,临出门又转身对牛紫龙说:"虽然我干了一些让人不齿的事,请你相信这些也是违背我的意愿。"说罢独自撑伞消失在了蒙蒙细雨之中。

牛紫龙当晚就赶到了许昌,行前草就一诗托人带给妻子,云:

匆忙一别离故城,朝朝暮暮梦相同。

夜枕门前长流水,不尽绵绵思妻情。

他一路上满脑子都是母亲年轻时坐在织机前的身影,还有月桂镇那条铺着青石板的路。

抗日战争进入相持阶段后,中国抗战的动员体制以及内部结构性问题很快暴露了出来。

抗战期间,国民党沿继的是一种很独特的党治体制,这种体制追根溯源从哪儿来的很难说清楚。国民党北伐之前,曾有一段时间"以俄为师",在中央一级采取了以党统政、以党统军的办法,后来又在北伐以及军阀混战中不断地加强中央集权。这一做法在当时的环境条件下对党有一定的作用,有利于北伐统一和稳定社会秩序,遗憾的是在加强中央集权过程中,留有重大的制度缺陷,使得国民党的做法造成了适得其反的效果。

孙中山先生的三民主义,直到他去世仍然没有论述完毕,给后人留下了一个开放性的诠释范围,但从一个理论体系完整性、严肃性和内涵规定来看,显然三民主义可以填充的东西太过宽泛,更危险的是它说不清自身与共产主义、社会主义、自由主义、民主主义以及传统文化的关系,奉行不同理念的人都可以打三民主义的旗号。也正是思想理念无法统一,才造成了国民党党外军阀林立、党内派系纷争的局面。

面对这种形势,继任或可说篡位的蒋介石先生用的却是特务的思维,采取军人干政、"新生活运动"等一套统治办法,成立"力行社"、"蓝衣社"、"军统"、"中统"等众多特务组织,大搞恐怖手段、暴力统治。同时,军人干政又直接造成了地方党务空心化,甚至连政府都没人愿意干,军统横行恶化了上上下下的治理体系,使社会上众多抱定升官发财目的的人纷纷投靠国民党,三教九流,品行混杂,反正物以类聚,人以群分,进来的人各自投靠其主,又在国民党和国民政府内形成了不同的团伙,进一步导致了内讧纷争、纪律松懈、效率低下的局面,整体形象一落千丈,渐渐失去了民心和驾驭局面的能力。

国民党对付民众不断高涨的不满情绪,大多采用特务的手段,对付军阀的手段更是不堪,金钱美女、封官许愿,各种下三滥的办法都有。中共领导的工农红军是支有理论、有思想的武装政治组织,国民党不从思想、理论上应对,只简单地称之为"土匪",倾尽全力进行围剿,直到抗战爆发,红军仍然是一支不可忽视的力量。

1936年"西安事变"后,蒋介石转变对日态度,给抗日定了基调,采取了一些放权让步措施,提出了不少得人心的口号,短时间内整合动员了各方面力量投入到了抗日战争中。然而外部压力稍有放松,内部矛盾便接踵而至,先是国民党内派系分裂,汪精卫等人投靠日本,建立了汪伪政权,军队内部嫡系与杂牌也区别对待。更大的矛盾还是国共之间的摩擦,从1940年下半年开始,国民党把"抗日防共"的基本政策逐步调整到了"防共抗日"上面。

军统组织是国民党全方位抗日最大的军事情报机构,整个抗战期间一共发动了约十万人参加军统,牺牲了一万五千人,牺牲人员大部分是在抗战头三年牺牲的,如果按当时军统的实际在编人数,牺牲人员所占比例已达三分之一。1940年以后,军统出现了迅速堕落的状况,这也是国民党创建军统体制的必然结果。军统与国民党军政体系一样,几乎没有多少思想理念,内部管理靠的是利诱和严惩两手。这两手其实对任何组织都适用,但只能作为辅助手段。军统之所以在抗战初期出现了一批勇于牺牲的热血青年,主要因为有团结抗日的旗帜,符合民族大义。随着军统工作重心的调整,势必会失去抗日这个动员青年最重要的手段,剩下的就只有追逐利益这一点。再加上军统内部差别巨大的权力等级制,很快就陷入了你死我活的内部纷争。

军统工作重心调整首先调整的是干部路线,在内部启用一批与共产党斗争有经验的干部,配套的措施便是把与共产党有牵连的"不可靠"的人清除出局。军统总部对豫站内部不纯早有所闻,已多次公开、秘密派员对军统豫站的内部情况进行摸底,各种风闻也听到不少,只是一直没有弄清楚这池水里究竟藏些什么人。

军统总部为调节军统豫站站长岳烛远与副站长刘暨的矛盾,改任岳烛远兼任一战区调统室主任,到洛阳就职,任命刘暨为豫站站长。刘暨上任不久,就开始排挤岳烛远的势力,将军统豫站迁到郑州,分驻小市场十五号和南菜市王家院。未曾想到的是岳烛远深谋远虑,早在一年前就派调统室行动科长崔方坪利用开会办特训班的机会到军统总部四处打点,请客送礼攀上了关系;而军统总部主管人员又多是见钱眼开之徒,根本没有心思顾及下面实情,虽然暂时调走了岳烛远,却认定豫站中一定有猫腻,并且开始策划了一场连刘暨都没有想到的把戏。

牛紫龙利用刘暨急于全盘换上自己新班底的机会,提出了裁撤行动队的更新计划,报告的理由是向各种杂牌军、警队推荐骨干,建立可以运用的二线网络。他不愿意让自己招收的青年陷入国共纷争,更不愿意看到他们长期混迹于这潭污泥浊水之中,便创造条件让他们走出去,推他们早点离开这是非之地。不过,牛紫龙仍旧抓住最后的机会把对日斗争放在了第一位。

牛紫龙安排蔺成章在开封徐府菜市街租下一座临街的小院,临时改成了旧书古玩商店,从行动队里挑选了一个豫东籍的队员张永保做蔺成章的助手和联络员,并将这项行动取代号为"洛阳铲",先后几次与蔺成章一起完善了行动方案。

自从蔺成章把喜和瓶拿到古玩店后,皆川稚雄已经去看了两次。第一次是蔺成章通过贿赂一个日军军官把皆川稚雄引了过来;第二次是皆川单独来的,透露出要买的意思。但皆川稚雄对这件器物的"来历"疑心重重,匆匆问了几句又出了门。

皆川稚雄是个有中国生活经历的中国通,很熟悉中国人的心理,武汉会战后,日军面临着如何控制点线之外广大地区的难题。当时有人主张沿用东北"肃正"作战做法,集村并屯制造无人区;有人主张实行"铁笼政策",分隔占领区。皆川派出多个小组到游击区甚至国统区进行调研,提出应把伪政权建设放在第一位,实行以华治华方针,以有效性为原则,在局势纷争、民众心理朝不保夕的情况下,要"善谋收人心之策",重点做好有影响人物的工作,并列出旧军政要员、学界泰斗、经济界富有者、豪族豪杰、家族长者以及江湖上侠客名流等,将他们作为工作对象,宁缺毋滥。他们采用的是清朝初年满人入关后的办法,只将八旗做实现战略目的之力量,不再参与一般的肃正作战,对汉族的弹压交由绿营完成,八旗只需分出一部分精力担负监控绿营的职责即可。

皆川的报告在日军和伪政府系统内引起不小的争论,引起了军统的重视。从他提出争取中上层,包括帮会团体、民间宗教、土匪杂牌武装等方面的目标看,对中国造成的实际危害比简单的军事占领还要大,更凸显了加快实施"洛阳铲"行动的必要性。

从军统内部情况看,似乎也有一种可疑的压力迫使牛紫龙尽快结束这项行动,缴获吉川的密电很明显与军统上层有一种理不清的联系,把这些案件线索报上去后也无下文。按正常的分析,总部像是在豫站中嗅出点异样的味道,根据以往摸查办案的规律看,很可能已经开始调查。因此,要尽快结束"洛阳铲"行动,把主要精力转到如何守住军统内部阵地上。

牛紫龙望了望站在前面的张永保,三天时间开封、郑州他往返了两次,豆大的汗珠在摇曳的灯火中闪现着亮晶晶的光。他穿一身无法辨认颜色的破衣烂衫,两条裤腿已成了条条缕缕的布帘,赤裸着双脚,脸上身上也尽是泥块点点,只有那双眼睛还充满着灵气。他甚至不用看眼神就知道牛紫龙的意思,见牛紫龙听过情况介绍后,沉思良久没吭声,便悄悄转身退了出去。

张永保,豫东虞城人,生性倔强,心细如发,还特别机警,晚上睡觉都睁只眼,尤其善解人意,生性静以致远,并不把眼前或个人利益作为思考的起点,而是追求更有价值的东西。

张永保幼年时父亲从军,再也没了音讯,母亲好不容易把他拉扯到小学毕业,也撒手人寰,其情其境真够凄惨,人未成年就面临自谋生路的局面。然而张永保似乎并没有感到多少压力,他不光对自食其力很自信,还把养活自己与长远的人生目标结合起来。按当时风俗,一般大户有钱人家的保姆都是女孩,张永保却自荐到一家大户人家当保姆,洗衣、做饭、带孩子、打扫屋子,样样干得都很认真,还不要工钱,条件是每天给一定时间,让他到附近学校上两节课。时间一久,张永保班里一些乡绅阔少的作业便由他代劳了,他甚至还替人考试。两年下来,张永保居然能帮教师批改作业,如若不是日军侵华,张永保或许早就考上大学了。

"七七"事变后学校迁到西北,张永保留了下来,眼见日军烧杀抢掠无恶不作,内心很是不平,先后投奔过中央军的三支部队,都是待不到两个月就当了逃兵,逃跑时这些部队已经拉到了江西和四川。他每次都从从容容又换上参军前脱下的破衣烂衫,随着人潮回到三面被日军围困的河南。

他参加军统时,行动队已经停止招人,开始了训练,他是主动找到驻地请缨参军的。牛紫龙望着眼前这个个子不高、眼睛很大、瘦瘦的青年,一边收拾文档,一边问:"上过学?"

"上过。"

"一辆日军汽车每小时行驶五十五公里从距离五百米处驶过,恁使用的枪有些老化,子弹的初速达不到音速,也就每秒三百米,恁的射击提前量应当是多少?"

"这太容易了,精确点可以提前二十五米半。"

"恁怎么知道是二十五米半?"

"汽车不是标的物吗?知道汽车的长度就行了。"

牛紫龙站起身说:"按恁的长处应当报名去当炮兵,中国缺少掌握炮兵数学的人,恁到那儿可能比这儿更合适。"说罢转身就要离开。

张永保一急大喊道:"俺最适合的是去完成任务!"

牛紫龙一愣,问:"什么任务?"

"你交给俺啥任务,俺就能完成啥任务!"看样子他还很有信心。

"恁凭什么说能完成俺交给恁的任务?"牛紫龙开始认真打量面前这个倔强的青年,他介绍的经历只是逃兵和保姆,最多受过新兵的基础训练和逃跑的锻炼,没想到他竟有如此大的口气。

"俺看出来你是个有良心的好官,俺完不成的任务,你不会交给俺的,所以俺有把握完成你交给俺的一切任务。"

牛紫龙点点头,心想,这小伙子挺会观察人,对人意愿的判断确有非同一般的领悟能力。

牛紫龙收留他进了行动队，碰到急难危重需要判断的问题往往会听听他的建议，发现张永保确能想人所想，急人所急。

当天晚上，牛紫龙构思好行动步骤后，与张永保一起进行了一番评估，第二天，张永保带着两封"敲诈信"返回了开封。

开封沦陷后，最早活跃起来的是故物市场，南北书店街、东西大街、南北大街以及徐府大街、菜市场等地，到处都是故物买卖，衣服、书籍、古玩、文具等应有尽有。开始是无主之物拿来交易，后来日军、伪军也把抢来的东西拿来卖，所以遇有日军换防，故物市场便会有大量的故物上市。年余后，日军修通了新乡至开封的简易铁路，吸引来大量的平津估客，将市场上稍微有点成色的故物全都捆载而去，尤其是古玩基本渐次售尽。当此期间，日军中嗜古玩字画的人也多了起来，显示风雅渐成风尚，于是伪政权、伪军中任职的奸伪人员，便开始大量收购字画古玩贿赂求官，不但抬高了古物行情，还从各地输入了大批古玩，伪品、赝品也尽陈市塞。

蔺成章租的街市门面在徐府街菜市，原以故物百货为主，在摸清皆川的爱好后，渐渐转向只做古玩生意。自从皆川稚雄来过两次后，蔺成章便和牛紫龙议定紧锣密鼓地做完再次迎接皆川的几项准备工作，完善了"洛阳铲"行动的具体方法步骤。

张永保回到开封的第三天，《新河南日报》奇人异事栏目里出现了一个启事，大意是某古玩店用巨款购得古董，由于长期拖欠卖家巨款，日前受到黑道敲诈，不得已暂时关门，望新老客户见谅云云。

蔺成章、张永保原想自登报之日起等皆川三天，三天之内等不来皆川将再行备用方案，没想到当天下午，皆川就找上门来了。

开封徐府街菜市口。

张永保远远望见皆川的汽车向古玩店开来，斜着头望望太阳，从袖口里掏出一面小镜，用反光在古玩店的小阁楼上摇了摇，迎面走了过去。

此时，心急火燎守候在古玩店的蔺成章见到信号，兴奋地"啊"了一声，撩起一把水在头上、身上拍了拍，在原地蹦了几下，扮作一副惊慌失措的样子，跑下了阁楼。

其实店里并没有几件真正的古玩，有的只是院里堆放着的大大小小的锦盒、木箱之类的东西，一个特制的紫色锦盒就放在一摞锦盒下面。蔺成章默默地回忆了一番说话举措的要点，记熟了每个环节备用方案。

一阵"咚咚"的敲门声，蔺成章没动，两次……三次……一直等到对方不耐烦，如同重击一般敲响第五次时，他才慌忙开了门。

"原来是大日本皇军，"蔺成章故意向四周望了望，指指门上的黑帖说，"对不起，此店已经关门了。"

皆川脸上带着笑容，推门进到店里，抬头见两面货架已经是货走柜空，脸色立马阴沉了下来，扭头盯着蔺成章，问道："汝瓷喜和瓶哪里去了？"

"古玩店关门就是因为这批货引起的，现在古玩生意没法做了，这边买货用的是军用券、满洲币、南京币，可那边只收银元和法币，拖欠太多，人家已经下黑帖了。"蔺成章又向大门外指指，低头一看，皆川那条狼狗一直在自己身边转来转去，发出一阵阵不祥的声音，黄黄的眼珠仿佛一直瞅着自己的喉咙，这倒是个没有想到的威胁。

皆川皮笑肉不笑地点点头，问："这是你们生意人之间的事，我问的是那尊汝瓷喜和瓶在哪里？"

蔺成章故意抹了把汗，转身领着皆川进到后院，从一摞锦盒中找出那件紫色锦盒放在了柜台上。皆川抢上一步打开了盖子，把那件汝瓷托在手中仔细检视了一番，露出了满意的笑容，故意用遗憾的口气说："贵店只收银元和法币，但根据我大日本皇军华北派遣军公告规定，您所要的货币不能在这里流通，很对不起，我只能给您签一张欠条，等以后您要的货币可以流通时，您再来找我兑换。"说着便合上锦盒。

蔺成章惊恐地上前一步按住了锦盒，右手扳动了藏在锦盒正面的机关，马上换了一副悲痛欲绝的样子，说："哎哟，既然大日本皇军看中这个喜和瓶，就是皇军的军用券也行啊，是不是先谈一下价钱？"

皆川一脸茫然，问："有必要吗？价钱由您定，欠条由您写，善意地提醒您一句，您最好在总数里加上这件汝瓷的利息，写上多少都行，明天到宪兵队找我签名，当然还要看您知趣不知趣了。"

皆川抢过那件锦盒就走，蔺成章刚想追上去，只见那条狼狗低低地吼了一声，挡在了门口。直到皆川等人全部上了汽车，那狼狗才像得到命令似的，转身飞快地蹿上汽车的前座，皆川的汽车"突突"地向宪兵队驰去。

蔺成章见那条凶狠的狗跳上汽车,这才从惊恐无措中回过神来,摸了一把脸上的汗,这回真的是冷汗。他略一定神,急忙从柜台下摸出一台相机,跳出古玩店,奋力向汽车消失的地方追去。

他一边跑一边把相机的光圈、快门调到抓拍的万能刻度,默默地计算着延时起爆的时间。

到这时他才感到一身轻松,脚下忽忽生风,刚刚拐到河道街便听到一声巨响,前方一二百米处的路口升起了一股浓浓的黑烟。

一时街面大乱,喊叫声、骂人声、警笛的凄厉响声,夹杂着人们慌乱的跑步声,响成了一片。

蔺成章举起相机拍了几张,突然被张永保拽了一把,两人相对使了个眼色,转身拐进了一条窄窄的胡同。

1940年12月19日,牛紫龙策划"洛阳铲"行动,派军统豫站行动小组在开封再次炸毙了日军华北五省特务机关长兼伪河南省绥靖署总顾问皆川稚雄陆军大佐。次日,日军追授皆川稚雄少将军衔。

郑州南菜市豫菜苑。

牛紫龙利用半个月时间,跟行动队每个人谈了话,征求走留意愿,老队员中只有张道成表示暂时陪着牛紫龙再待一段时间。其余都表示愿意转岗。牛紫龙根据大家的意愿,列出了一张包括吴志翔、王保、姚三、张剩等三十多人的名单,占行动队总人数的百分之六十五,再加上在对日斗争中牺牲的人员,牛紫龙直接招录的第一批队员留下来的已经不足百分之二十。牛紫龙望着这张名单,每个人的音容笑貌都历历在目,心里悲喜交加。

这次离队的人大多被军统推荐到了郑州、许昌、周口等地的民间抗日武装中任职,但吴志翔等五六个人提出单干,吴志翔私下里告诉牛紫龙,他信不过国民党政府,离开了政府抗日更方便。牛紫龙一再嘱咐他在离队之前一定要管住自己的嘴巴,病从口入,祸从口出,千万不能因小失大。

谁知道千叮咛万嘱咐,吴志翔还是在临走前的聚餐会上闹出了乱子。

"啥球司令参谋长,别以为恁们戴上乌纱帽就长多少本事,吓唬吓唬老百姓还中,对付日本人官越多越大越球没用!"吴志翔倚仗着酒劲,用手划拉了一圈,指桑骂槐地骂道。

他酒喝了不少，一半醉意一半心绪，把压抑已久的话和怨气都宣泄了出来。觉得这样说还不过瘾，干脆补充一句道："不但没球用，说不定还暗地里帮了日本人的忙！"

南菜市豫菜苑，是一爿不大的酒店，大堂里摆放着五张桌子，每张桌子挤坐了十几个人，划拳行令热热闹闹的场面被吴志翔这么一吼，顿时安静下来。吴志翔觉得晕晕乎乎，心想，这些货们真到事上没一个有种，就知道一门心思溜须拍马，谋划着自己的事，可眼下这体制还偏偏是这号人吃香。又见在座的都不吭声，越发来了脾气，把手里那碗酒一饮而尽，继续道："之前咱们一个锅里搅筷子算兄弟，今后恁们跟着国民政府当球官，俺们过河打贼寇，就此分道扬镳，今儿分手俺有几句话送给恁们，俺去过沦陷区，也去过游击区，更熟悉国民政府地盘都有啥东西，仗打到这时候，只剩下两个字——'良心'！就跟牛老师说的那样，咱们要重新学会打仗，学会打政治仗，不懂这，别想玩过日本人。恁们也是穷苦人出身，能不知道老百姓咋想的，不知道啥感受？！这边大敌当前，那边照样冒名顶额，克扣军饷，打骂士兵，欺压百姓，劳民伤财，抓役派差，给他们干活还能把人饿死，历朝历代都没有过这种事。这些球事用不着俺多说，恁们谁没有一个小账本，不要把这算盘珠子光往自己身上拨拉，掰着指头算算，咱们满共干了多少事？不就是牛队长领着干的那些事吗？！其他人在这儿捞钱搞女人，搞罢女人再捞钱……"

"放肆！"牛紫龙"啪"的一声拍桌而起，大喊一声。

"让他说，让他说。"新任豫站站长刘暨拦住了牛紫龙，说道，"现在是国共合作时期，言论自由嘛！"

牛紫龙丢了个眼色给张永保，大声道："俺看恁是酒喝多了，还不快下去醒醒酒！"

吴志翔从腰间抽出两把手枪往桌上重重地一拍，端起面前的酒碗一饮而尽，向牛紫龙拱了拱手，带着四五个自愿跟他单干的队员扬长而去，张永保借故跟了出去。

刘暨扭头招来豫站内务股长，附在他耳边嘀咕了几句，笑吟吟地站起身说："各位，行动队这几年在牛队长的带领下做出了很多成绩，我作为站长关心不够呀！今天欢送大家，我特意安排了几件特殊的礼品，你们在这儿慢慢用，我回站取回来送给大家!"说着又拍拍牛紫龙说,"你领大家慢慢喝,我一会儿就回来。"

说罢,刘暨和内务股长慌忙出门登车,向郑州绥靖司令部驶去。

十几分钟后,郑州绥靖司令部特务营出动一个连的兵力包围了军统豫站行动队所在的南菜市王家院,发现吴志翔等人的行李还在,人没回来。刘暨又领着驻军分赴四门进行检扣,才获知吴志翔等人自饭店出来直接从北门出了城。

当晚,牛紫龙孤对着空空荡荡的行动队宿舍,一阵凄凉,无意中又在大门口的信箱里发现了妻子的回信,展笺见五绝一首:

一镇一孤灯,独坐到天明。

随君思沙场,夜夜听风鸣。

他实在无法压抑住痛失和分离的悲愤心潮,不知道是因为思亲还是念故,猛地从心里绞出一串热泪。他漫无目的地走上古街,买来二斤花生,又打了一斤散酒,独自一人,追思门闭,佐着故国江山沦陷的哀思,喝下去的全是辛辣愁绪。几杯下肚,便化作无尽的豪情,几不能自持,枕着悲欢离合的清梦,蒙被睡了一天。

冈村这个家伙是很厉害的一个人,他有许多地方也值得我们学习。山田医生告诉我,他是日本三杰之一,要注意他,这使我得了些益处。冈村有很多本事,能实事求是,细致周密。每次进攻,他都要调查半年之久,做准备工作。没有内线发动配合"维持",他不进行"蚕食"。他不出风头,不多讲话,不粗暴,你从他的讲话里看不出他的动向来,他经常广泛地收集我们的东西,研究我们的东西。他是朝鲜、东北的参谋长,老练的很,是历来华北驻屯军六个司令官里最厉害的一个。

——彭德怀《1945年在延安召开的华北工作座谈会上的讲话》

第二十四章

1941年是第二次世界大战的转折之年,也是中国抗日战争最艰苦卓绝的一年。

1941年元月,中共领导的新四军军部及皖南部队九千余人,在安徽泾县茂林地区被国民党第二战区第三十二集团军八万余人包围拦击,经过八昼夜战斗,除少数人突围外,大多数人被捕或牺牲,国民政府旋即宣布取消新四军的番号。

2月23日,中共中央决定将豫中、豫西、豫南绝大多数已经公开身份的干部紧急撤回延安,撤退时,避开原"洛办"、"西办"的交通线,通过建立新的秘密交通线撤离河南的干部,留下来的干部停止党组织活动,长期隐蔽或迁到外省等待时机。

王永祥奉命隐去了公开身份,回许昌隐蔽。

3月30日,日伪开始在华北推行新型的"治安强化运动"。

八路军晋察冀"百团大战"后,侵华日军华北方面军经过一番研究,得出两点基本结论,即:一、除了点线外,华北广大地区已为中共实际管控,"共党是华北治安致命祸患";二、中共建立抗日根据地的做法与国民党政府军的游击战相比是完全不同性质的战略。中共是党政军一体的组织,具有明确的使命观,"巧妙地把思想、军事、政治、经济等各项措施统一起来,通过组织动员民众,扩大加强其势力,且将其努力分配于七分政治、三分军事上,从而使我单纯军事力量无法进行镇压"。

基于以上认识,侵华日军华北方面军首先对情报机构进行了大刀阔斧的改革,大胆吸收伪政权机构中的中国人加入充实其中。同时,要求中国派遣军总部增兵华北,报告还提醒上司,如果"对华北所发动的根本不同性质的变化完全没有认识",日本将很快丢掉华北。因此有必要把"扫荡"上升到"剿共治安战"的战略水平。

在此之前,日军在华北地区采用的是日军华北方面军司令多田骏倡导的"囚笼"政策,这一政策由德克塞堡垒主义加曾国藩围剿策略结合而成,采取以守为攻的战法。这种办法在蒋介石围剿红军时使用过,且取得了不小的成效。

这回被多田骏搬到华北地区比葫芦画瓢,则不太好使了,八路军反而能利用这些深沟壁垒向外渗透,"囚笼"政策成了一个大漏勺。

1941年初,日军大本营撤了多田骏,换将冈村宁次走马上任,出掌当时最大的日军战略集团。

冈村宁次出生于东京没落的武士家庭,生下来就很瘦弱,四岁开始学习简单的汉语。之后入学陆军士官学校,毕业入伍后,从事的是宣传情报工作,几乎参与了日本在中国挑起的所有事端。他先后十八次来到中国,特别是在任关东军副参谋长期间,分地域对东三省义勇军进行"扫荡",使东北抗联蒙受重大损失,大部分被剿垮打散。"七七"事变后,冈村率部一直冲在侵华战争的各个主要战场,创造发明了许多独特的战法,为日军侵华立下汗马功劳。

冈村,中等个儿,枯瘦老脸,戴副老式宽边眼镜,脱去军装活像一个教书匠,生性沉默寡言,工于心计,尤擅长吸取教训,谋划对策。

1940年4月,冈村接任新职后,躲在北京郊外翠鸣庄,集中一段时间分析了前任的失误原因,对华北地区抗日部队的战力状况、战术动向,以及国共两党关系的微妙变化等进行了潜心研究。在前任多田骏"囚笼"政策的基础上,提出大胆进取的"总力战",即实行政、经、军、文化为一体的"蚕食"战。

他把华北地区划为"治安区"、"准治安区"、"非治安区"三类,在"治安区"实行以清乡为主的扫荡作战,建立巩固伪政权,实行保甲连坐,强化统治;在"准治安区"实行"蚕食"政策,"蚕食"是冈村宁次的创意,也是他所谓"总力战"的重点。一般分三个步骤:第一步,以"囚笼"外壳为基地,向准备蚕食的地区进行渗透,开展秘密活动,寻找可以利用的对象,建立特务组织和地下"维持会",一旦条件成熟便开展军事扫荡,通过镇压等手段造成恐怖气氛,打击群众的抗日意志;第二步,以现有囚笼一线的据点向正前方或侧面迁回三十至五十里建立新据点,把"蚕食"地区变成一个个被封锁包围的方格,相连成格子网,在网内建立伪政权组织,捕捉抗日干部,迫使群众参加"维持会",强化政治攻势;第三步,巩固伪政权组织,摧毁网格内一切抗日组织,再向下一个蚕食目标区域推进。

"蚕食"以格子网为依托,外围是"囚笼",网内实行保甲化。通过格子网的形式不断扩大占领区,是冈村宁次战略的实质。这一战略把"以华治华"、"以战养战"具体化为一整套复杂实用且又灵活多变的"蚕食"模式,并精心策划每一步蚕食行动,周密调查,安置"内线",预建维持会等。在缓慢、隐蔽、零星、变化多端而又坚定残酷的进攻中完成日军的"蚕食"进程。

冈村宁次将他这套办法称为"七分政治,三分军事"。政治上"蚕食"主要通过恐怖手段和权力金钱利诱,使占领区逐渐伪化、特务化。军事上"蚕食"则是残酷的"三光"政策,甚至不惜制造无人区,摧毁抗日设施和环境,实质上采取了游击战对游击战的办法,挫消中国人的抗日意志。

冈村宁次的这套办法到1941年10月,达到整个抗战期间的绩效顶点,一亿人口的华北地区,抗日根据地仅剩下六个县城和拥有一千三百万左右人口的根据地。

国民党军队上层并非没有认识到华北地区的争夺关乎整个抗战的命运,也并非不重视游击战的作用,只是由于种种原因,国民党军在日军的"蚕食"战略面前全都败下阵来。先后派往华北的多路国民党军,虽然英勇顽强地进行抗争,在一定程度上给予日军一定的杀伤,但最终还是或被击溃,或投降成为了伪军,只有少数退回到国民党控制的地区。

中日战争全面爆发后五个月的时间里,国民党军队正面战场固守国土一城一池浴血奋战,为整个国家转入战争体制赢得了宝贵时间。但前线将士伤亡多达三十余万,逼得蒋介石不得不采用保持战力、持久抗战的战法,利用空间换时间,积小胜为大胜,让各战区到农村去发动游击战。上海、太原失守后,蒋介石全面调整了正面硬拼的打法,转而主张"以游击战配合正规战"的战略,提出要将三分之一的部队派往敌后。为此专门举办了游击干部训练班,由军训部下发了《游击战纲要》,严令驻守在山西、山东、河南、河北等地的国民党军不准退出境外,就地打游击,先后形成了冀察、苏鲁和山西三大块游击区。

武汉会战后,日军在华北地区逐个对国民党军队游击区进行围剿"扫荡",各个游击板块均没有逃脱被歼和被扫地出门的下场。

华北国民党几十万大军从开始的轰轰烈烈到处处被困挨打、每况愈下,乃至最后溃败投降,国土全部丧失,原因是多方面的。华北国民党军从体制上更多地残留着封建军阀部队的做派,根本打不出像样的游击战。表面上看这些军队都是正规部队,其实大多数都是过去旧军阀部队的老班底,以西北军为多,无论武器装备、军事素质都无法与国民党嫡系部队相比,他们中确实出了不少英勇善战的将士,有些部队还做出了可歌可泣的业绩,但与生俱来的不被信任,逼得这些部队的指挥员不得不把队伍巧妙地变成维持个人地位的工具,刻意保留着封建军队人身依附的关系,用忠义节孝之类的落后思想作为军队生存的伦理手段。国民党战区司令卫立煌曾对八路军司令员朱德交底说:"我们的军队和你们的不同,我们的军队必须有领导地行动,一层抓一层,要是没有上级督行,一分开一冲散就聚不起来了,所以只能在正面打仗,打阵地战,不能像你们那样在敌后分散活动。"

国民党军队落后保守而又固执的军事思想,显然也是游击作战失利的重要原因之一,在战略规划上仅仅把游击战作为配合正规战的手段,把根据地、游击区作为防区派兵驻守,还严令死守,不得擅自进退,给敌后国民党军的自主余地很小,使其左右为难,实际上限定了这些游击部队只能打阵地战,根本"游击"不起来,丢掉防区就会被取消番号,守住防区就不得不跟日军硬碰硬地打"阵地战",这种坐守待毙的阵地战根本无法逃避被包围"扫荡"的厄运。

同时,这些国民党部队身处日军包围的险境,待遇低,"一个士兵每月只发六块钱,实在说连买咸菜都不够",后勤供给也无法保障。分派到太行山区作战的第二战区第五集团军司令曾万钟曾算过一笔账,"一万人之中,要有三千五百人到黄河边去抬粮,另有二千五百人满山遍野拾柴火,还有病号,这样算来,万人之中只有三千人能去打仗"。

如此一来,又逼得部队以更高的代价去抢掠百姓,滋扰民众,再加上不善于做群众工作,使国民党军队与当地群众关系很不融洽。这又带来另一个影响深远的后果——恶化了军民关系,不但无法扩充军队,即便是补充兵员都十分困难。每一次反"扫荡",国民党军都损兵折将,以致部队无法完成游击作战,诸如分散冲围这样最基本的战术动作都无法完成,阵地一旦守不住,既无法在当地群众中躲藏,也无法从日军包围中钻出去,战法笨拙,就连日本人都说不够熟练和十分不妥,不是日军对手。更让人不安的是,这些部队无法与国统区进行调整换防,更加剧了将士心里的不安。

面对这种局面,国民党在1942年被迫实行"曲线救国"的方针,允许在战局不利的情况下,"可为保存实力暂时投降",这也是伪军规模爆炸或增长的原因之一。

1940年,据日军统计,在华北沦陷区的国民党军至少有38万之多,短短三年时间,便完全溃败和投降了,所有有国民政府政权的游击区也全部丧失。

中共领导的八路军在日军军事暴力和经济绞杀的双重压力下,能在华北不断开辟出根据地,壮大自己的队伍,靠的主要是政治和文化优势。如果与国民党军队或日军力量对比,中共可依持的获胜条件的确不多。但再把双方较量细分为政治、经济、军事、文化等不同层次的话,中共在政治、文化方面占有明显的论述和民心优势,这两项优势尤其利于政权组织建设、动员群众和统一战线工作,恰好中共领导的八路军体制又有这些方面的传统。

八路军的前身是中国工农红军,红军从成立之日起就不是一支单纯只为完成军事目标的军队,他同时担负着组织动员群众、建立地方政权,以及筹措经费、开展土地革命等多项任务,有着在长期围困、反复围剿、极其艰难困苦环境条件下生存发展的能力。抗日战争时期,红军改编为八路军后进一步获得了正义战争巨大的政治优势,进入沦陷区后,能迅速及时地提出并实施包括政权建设三三制、建立地方武装、民兵组织以及组织动员群众等一整套适合敌后条件下根据地建设的措施。军事上形成了正规部队、地方武装和村镇民兵三位一体的武装体系,把游击战作为进行战争的主要形式,使得根据地建设能在任何情况下坚持抗日,即便在清乡扫荡中遭受到毁灭性打击,也能够迅速恢复战力。

1941年,面对日军更加严密的"蚕食"作战模式,各根据地开展反"蚕食"斗争,主要从政治上着手,击破敌人"蚕食"这一中心环节,工作重点放在隐蔽自己、团结保护人民、孤立敌人方面,采取的方法是政治攻势与武装斗争相结合,公开斗争与隐蔽斗争相结合,分化瓦解伪军伪政权与适时集中兵力打击"蚕食"的日伪军、拔除"蚕食"据点相结合。

当然,这期间尚处于敌人"蚕食"斗争的初期,对日军"蚕食"的多样性、残酷性以及特点方法还没有完全弄清楚,针锋相对的措施也不够有力。随着"反蚕食"斗争的发展,华北中共组织把宽大作为设计制定一切政策的出发点,推出了两项影响深远的新举措:一是提出争取两面派的政策,改变了过去对伪军、伪政权机构工作人员一概打击的做法,动员群众运用两面派的手法,利用一切手段,打入一切伪组织,团结一切可以团结的力量,保护一切中国人的利益,隐蔽自己,争取知识分子,即便是有过自首行为的人,也要争取其采取中立立场,争取他们对我真诚、对敌应付。对中立的伪军采取不缴枪、不编散、帮助其扩大的三原则,争取长期隐蔽积蓄力量,为我所用。通过革命的两面派政策达到保存实力、保护自己、团结民众的目的。二是实行了真正的村镇地方自治,健全了地方自卫武装,并创造了"反蚕食"的特殊斗争形式——武工队。由于反蚕食斗争的特点,运动战的机会大大减少,小规模的游击战成了主要形式,武装斗争与日常的政权建设、群众工作、肃清敌伪组织、阻挠日军新建据点等结合得更紧了,武工队的模式便应运而生,许多地方的八路军以班排为单位开往日军蚕食重点区域,直接到了一线开展反蚕食斗争。

蚕食与反蚕食斗争很大程度上是争取民心的群众工作,是否实行以民众自治为基础的抗日政权建设成了胜败的关键。在这期间,华北各抗日根据地普遍实行了村民普选制度,通过这一民主形式把基层政权建设成了反蚕食的战斗堡垒。

由于共产党、八路军发挥政治优势,最大限度地动员了人民群众投身抗日战争,通过一系列民主动员体制调动了广大人民群众抗日激情,人民蒙受了巨大战争创伤的同时,也焕发出蕴藏在人民群众中的巨大战争潜力,创造了层出不穷的对敌斗争技艺,消灭牵制大量日军、伪军,抗击了数十个日军师团,创造了世界战争史上的奇迹。短短几年时间,八路军和各级地方武装、民众的实力扩大了三十多倍。

当然,对这段历史的认识有一定的分歧,尤其是国民党军,把华北游击战的失利推责到中共军队身上,认为是中共势力做大后转打国军,才使国军难以立足,或者说国民党军坚持反共,造成了自身政治孤立、势力削减。国民党丢失华北游击战场是件全国人民痛心的事,从基本事实看,国民党军主要还是败在日军之手,失败都能在自身的缺陷中查找原因。整个华北国民党军队主要将领均没心思认真执行蒋介石的反共政策,基本上没有什么大的冲突,抗日民族统一战线的基本局面还是维持下来了。唯有山西阎锡山的部队,是最早丧失抗日意志的部队,1939 年 12 月后已经走上了与日军合作的道路,1941 年与日军缔结了停战协定,同年 10 月又完善了细则,抗日的作用是越来越少了。

1941 年,军统总部"四一"纪念大会上,蒋介石口头嘉奖了军统豫站行动队牛紫龙等人与日军华北五省特务机关斗争的事迹,这更增加了牛紫龙的担忧。走,还是留? 这个问题一直纠缠着他。

牛紫龙反复掂量着眼前的处境,军统豫站的主要任务已经转到侦防共产党方面,在对日斗争的战场上已经发挥不了什么作用。走,可以找到许多理由,留,似乎也能找到不少根据。牛紫龙分别到王永祥留下的两个联络站去过多次,一直没有任何指令,从侧面了解到无法核实的消息是王永祥也奉命撤离了。

送走吴志翔他们后,牛紫龙便开始整理手头几个潜伏的工作关系。蔺成章领了一大笔钱独自回原籍了,临行前啥也没说,不过牛紫龙猜测他一定回去报仇了。张永保撤回站里,因身份已经暴露,暂时安排到了电讯室。王永祥提供的几个协助工作的中共地下党员均已及时撤离。

军统豫站内部似乎正在开展着两项针锋相对的调查:一项是副站长李慕林提出,实际是牛紫龙在后面推动,以缴获的日军特务机关密电为线索,查找有可能为日本人服务的内部人员,这件事没查清也是牛紫龙不愿轻易离开的原因之一;一项是防止共党渗透,针对行动队的调查。这两项调查虽然都有总部特派员牵头,但下面实际操作的还是军统豫站内部的两派势力,前站长岳烛远和现任站长的刘暨各自暗中支持一方。牛紫龙直到此时才弄清,他杀的伪开封市警备司令刘兴舟实际就是军统豫站第一任站长刘艺舟的弟弟,而前站长岳烛远又是刘艺舟一手保荐上台的,这层关系中的猫腻再清楚不过了,只是无法找到证据而已。刘暨负责调查这条线索,基于过去的矛盾,表面上看刘暨全力以赴,干得十分卖力,让人担忧的是总部不太积极,毕竟刘艺舟与戴老板有同窗之谊,认真查下去不定会摸到哪个老虎的屁股上,所以这项调查尽管线索证据一目了然,可就是进展不了;另一项是对豫站内部共党嫌疑或同情分子的调查,面上风平浪静,下面则是惊心动魄。由于这项调查以行动队为重点,除了已经离队的队员外,留下来的人大部分被关了禁闭,牛紫龙实际已无兵可用。

牛紫龙也反复思量过他们可能发现的各种线索,即便是把所有队员抓起来也查不到任何情况,更何况那些联络方法和联络点,甚至包括使用的人员都是一次性的、双盲的,现在再查十有八九都已转移。牛紫龙感到留下来可能会有更大作用,不走下去就不会看清前面的风光。

一日。

牛紫龙刚出王家大院的门,马上预感到一个年轻人愣愣地盯上了自己,他忙给张道成丢了个眼色,三步并作两步进到了街口一家茶馆的二楼。一会儿工夫,张道成便把那青年拧上了二楼。

牛紫龙端详着面前商人打扮样的年轻人,中等个儿,面目清秀,单眼皮大眼睛,细长的鼻子,薄薄的嘴唇,看人的时候总习惯斜着头,说话也细声细语。牛紫龙一时想不起见过此人,便问:"外地人?盯俺干啥?"

"江苏扬州,"他说话语速很快,"我一眼就认出你来了,原以为找不到你,看来是运气好,没下多少工夫就找到你了。"

他一开口,牛紫龙立马想起来了,他是樊存诚"知己"赵小姐的堂倌,是伺候小姐的"大茶壶"。

那人撕开裤子上的补丁,拿出一张写有中药处方的信笺,自己介绍道:"我姓赵,你没注意我,我可记住你了,你来的时候还扎着绑带,像是伤得不轻。"

牛紫龙看了看手里的情报,那是密写的一服中药处方情报,翻译出来就是一份详细的日军进攻计划,内容为:日军一一零、三十六、三十师团及骑兵第四旅团各一部,战车七十至一百辆,飞机一百余架,加上配合的伪军共计五万余人,将于10月1日至5日之间,分三路从豫北、豫东渡河会击郑州。

当然,牛紫龙必须弄清楚情报的真实来源,这样才能评估情报的可信程度,而眼前这个年轻人显然只是个花街柳巷妓院的堂倌,怎么会有如此精确的情报呢?

"在开封扬州人干恁这活的可不多,"牛紫龙盯着那年轻人问,"恁怎么一眼就认出俺了?"

"亲戚,我跟赵小姐是远房亲戚,一个村的都姓赵,就这么点关系。我们赵小姐说到你可不是一次两次,从你的个子到你的模样,还有你的人品学识,虽说只见过你一两次,印象还是蛮深蛮准的,刚才你一出大院的门我一眼就把你认出来了。"那位姓赵的年轻人略显羞赧地小声说。

牛紫龙回想起与樊存诚一起见赵小姐的情景,印象中赵小姐确是个持重善良又知书达理的人。不过,一般特情关系或线人多是奉命搜集情报时才提供情报,主动送上门的不多见,何况这份情报不像是参谋构思的作战计划,讲得那么肯定准确,特别是从日军选择的三个渡河作战登陆点和会击路线上看,根本不像一般伪造情报的口气和思路。

"赵小姐交往的日本人大概有多少?都是些什么人?"牛紫龙故意显得不经意的样子问道。

"哪有多少个,前后就那一个。听说原来是日军一一四师团的,以后调到北京了,是个参谋类的官,戴副眼镜,四十岁左右,白白的,长脸还总哭丧着的样子,会说几句中国话……"

"竹桥一雄?"牛紫龙胡扯一个日本人的名字,试着套他的真实意图。

"不对,不叫竹桥,好像叫福田。一个月前他从北京到新乡,又从新乡到开封,到馆里来过几次,还把赵小姐接走过两次,赵小姐昨天下午写了这么个东西让我连夜过河来找你,说千万当面交给你本人,时间越早越好。"那青年把这些交代完长长地出了口气,四下里环视一番,像是在找什么。

"赵小姐为什么让恁来找俺呢?樊存诚呢?"

"这我就不知道了,反正樊存诚不来了,听说退出江湖了。"

这与牛紫龙听到的情况相同,他慌忙喊来人安排那年轻人去吃饭休息。临送出门特意问了句:"恁是带金银回去还是带烟土?"

那年轻人不好意思地笑笑,答道:"两样都带点比较好,反正我有这个。"说着他掏出本通行证晃了一下。

牛紫龙点点头,心里琢磨着这份情报应当如何处理。

黄河边京水镇一偏僻小村农家院。

吴志翔抬头看了一眼在树上的瞭望哨,又向大院两边厢房扫了一眼,透过木格窗见所有房间都隐隐约约传来愤怒的争吵声,大门敞开着,门外那条狭窄的街道空无一人。

吴志翔转身回到堂屋内,屋内十几个军官围坐在桌边和土炕上,他走到桌后,向坐在两边的姚三、王保丢了个眼色,慢慢地坐了下来。

驻扎在这个偏僻小村的队伍号称豫北挺进纵队,有四百多人,自10月郑州战役打响后,已经在小村里隐蔽十几天了,至今一枪未放。

所谓的纵队总指挥是一个叫王士显的修武人,曾在奉军当过营长,打着抗日的旗号招兵买马已有多时,然而真要是日军来了,他却率部隐藏起来,按兵不动,并且像是跟日本人约定好似的,日军一队队从村前大路向南开拔,对眼前这支中国人的队伍视而不见,甚至有一队扫荡的日军走到村口又绕了过去。

王士显四十多岁,瘦高个儿,尖嘴猴腮,疏发稀眉,花生大的三角眼咕咕噜噜地见谁都盯着不放,直在人家身上打转转,直到他认为把这人看透了为止。吴志翔在军统豫站痛斥了一番假抗日真反共的两面派后,牛紫龙送信让他逃离出城,并通过关系介绍到这支杂牌部队。刚来头几天,王士显确实对吴志翔不薄,任命他当了纵队副总队长,还专门分出四十多号人归吴志翔指挥。不久吴志翔便发现王士显拉队伍的目的根本不是抗日,而是敛钱,国民政府也好,日伪政府也好,中国军一战区也好,谁给钱多就听谁使唤,并且交往的人员更是复杂,三教九流啥人都有。这次日军合击郑州,王士显带着这支队伍既不出手也不躲藏,任凭外面打得昏天黑地,他照样是天天喝酒,夜夜行令,队伍里不少人议论纷纷,稍微明白事理的人都知道,再等下去连登场的机会都没有了。吴志翔找他几次,他照例会摆摆手:"你不明白,边上好好歇着去,将来有你吃香喝辣的。"

昨天晚上,从黄河北突然过来几个"商人",跟王士显喝了一夜酒,吴志翔清晨起来查哨,正碰上王士显送这几个人出门,他东倒西歪地说了句:"让……让吴总队长代俺送到村口……村口……"

吴志翔急忙搀着"商人"们出了村子,临别,他特意交代"商人"们明晚务必请"老板"过来,谁当家让谁来,多带几个人也行。

第二天上午,吴志翔把各分队队长叫到队部开了半天会。

临近中午,王士显起床,发现院子里等着吃饭的人格外多,像是有点不对劲,一问才知道是副总队长吴志翔通知大伙儿开会来了,上午已经讨论半天了。

王士显大怒,掏出手枪正欲发火,吴志翔笑嘻嘻劝道:"总队长,这支队伍是恁一手拉扯大的,恁拉扯队伍图个啥?弟兄们给恁卖命又图个啥?恁不妨消消气,听大伙说说,上来就掏家伙太武道了吧?!"说着,推开枪口拉王士显坐了下来。

王士显瞅了一圈,见众人跟往常不大一样,没一个人给他赔笑脸了,不禁心头一凉,心想:"这些龟孙不知道端谁家饭碗了!等着有你们拉稀的时候!俺先咽下这口气,明天再一个个收拾你们。"

接下来大伙你一言我一语把上午开会的发言又重复了一遍,大意是不能当汉奸!纵队不抗日就放大伙回家,打着抗日旗号,不干抗日的事,究竟这算啥?!大伙七嘴八舌地质问王士显究竟是啥打算。

这不是兵变吗?半天工夫吴志翔这小子把队伍煽乎成这样子了,不中,得先下手为强。王士显拧着脖子,涨红着脸,晃悠着豆眼,不住地在屋里打着转转,突然他冲着门口大喊一声:"来人!"

"到!"呼呼啦啦从门外、窗外伸进来十几支枪口。

王士显一把抓过放在桌上的手枪,转身把枪口对准了吴志翔。

"你个熊孩子懂啥抗日?! 这几天俺瞧着你就不太正常,一天到晚不是找这个,就是找那个,好像天底下就你会抗日。对你的底细我早就摸清了,实话告诉你吧,现在日本人和国民政府都在抓你,天下就这么大,你蹦跶到哪儿? 孙猴子翻跟头能翻出如来佛的手心吗?! 我好心收留你,让你有个安身之处,可你这熊孩子不知恩图报,反要哄骗着我的手下去抗日,胳膊能拧过大腿吗?! 我好不容易给大家找了个去处,让伙计们都能有个升官发财坐汽车的机会,你他奶奶非要把大家往死路上领!你说那句话不假,这队伍是俺一手拉扯起来的,俺喊一声是命令,你喊一声试试,看有人答应不?"

吴志翔低头不语,只是叹气。

"喊哪!"王士显猛地大叫一声,"哗啦"一声把子弹推上了膛。这时候,只听得门外喊道:"放下武器!"随着喊叫便是一声枪响,王士显像是被重击了一下,身体一个趔趄扑倒在吴志翔面前。吴志翔急忙上前扶了一把,王士显翻了翻白眼就断气了。

吴志翔收起王士显的手枪,轻声交代王保,想法弄口好点的棺材,捡个风水好点的地方埋了,碑面写上是因抗日殉国的志士。

当天晚上,吴志翔带领这支部队在京水镇诱歼了前来接洽谈判的伪原武、阳武两个县长和日军顾问共七人,带着队伍绕道向豫东开去。

1941年10月2日,日军集中五万余人,兵分三路从黄河北岸京水和车站以及开封西南韩庄渡过新老黄河会击郑州。

此时,驻守郑州的是国民革命军第三集团军孙桐萱部,孙部原是西北军的老班底,中原大战时跟韩复榘投靠了蒋介石,抗日战争爆发后,韩复榘丢失山东被蒋介石枪毙,孙桐萱接任第三集团军司令。

郑州战役开战之初,孙桐萱部由于情报工作抢占了先机,虽然打得不太顺手,但并没有被包剿击溃,转而采取梯次防御和游击运动的作战方式,与日军周旋,扰得日军不得安宁。一周后,孙部不失时机地进行反击,打乱了日军的合围计划。

10月19日中国军队首先向中牟反击,20日攻入郑州城内,31日收复郑州。此役共毙伤日军三千余人,战役前后不到一个月时间,迫使日军退回到原来的防线。

郑州战役结束不久,重庆国民政府军委会指令一战区召开郑州战役检讨会,情报工作被列入嘉奖事项范围,落实情报最初来源是军统豫站,直接通报到第三集团军情报室。巧合的是,洛阳一战区情报室同时得到了八路军方面的通报,唯独军统总部事先毫不知情。

此事一出,军统总部戴老板十分恼火,立即传令军统豫站站长刘暨到重庆说明情况。刘暨急如星火地赶到重庆,面对质问一头雾水,支支吾吾解释不清,戴老板一怒之下将他扣押了起来。

扣押刘暨后,军统总部从正式渠道发布命令,由军统豫站副站长李慕林代理站长职务,主持全面工作;私下里又秘密指示前军统豫站站长、现任省调统室主任的岳烛远着手调查郑州战役事先所获情报的真实渠道,并推荐军统豫站站长人选。

事情闹大后,牛紫龙反复思量了赵小姐送来情报的处理过程,送给第三集团军情报室的一份完全是公文交换的形式,逆向调查最多查到豫站电讯室,根本查不到具体人。通报八路军的一份也是公开的新闻渠道,由张道成穿着郑州第三集团军的服装找到记者办理的,那记者根本不知道张道成的身份。

两个渠道没留下什么蛛丝马迹,从军统办案手段看尚无露底的可能。

尽管牛紫龙感觉这件事一时半时查不到自己,他还是天天泡在站部电讯室,名义上是使用电台接收上海、重庆的广播,实际在打探各方面的消息。隐隐约约感到似乎有什么大事要发生。

中日战争已经进行了四五年,局势仍旧望不到尽头,苏德之战刚爆发不久,前景更是扑朔迷离、遥不可测。整个世道显现出社会达尔文主义的本来面目,恃强凌弱成了风尚,中国一直在被瓜分、被殖民的深渊苦苦挣扎。

中国人民推翻清朝、建立民国的目的,是为了避免瓜分肢解的命运,表示出愿意融入世界各民族大家庭,按世界现有秩序和规则办事的诚意。当然这些良好意愿并没有得到多少同情,也没有阻挡住侵略者吞并中国的步伐。如果说西方老牌帝国主义国家的侵略战争还有些绅士风度的话,而后起的日本纯粹耍的是流氓无赖手段。抗战爆发前,日本不厌其烦地采取用日本人杀日本人,然后嫁祸中国的伎俩,先是搞出了莫名其妙的满洲国,接着干脆赤膊上阵大打出手,悍然发动侵略战争。面对日本赤裸裸的侵略战争,当时世界上却没有哪个国家敢站出来仗义执言,不仅如此,诸如英国等欧洲老牌帝国主义国家欺软怕硬,唯恐祸水上身,竟和日本一起关闭了中国的贸易通道。

到了1938年,形势似乎有了转机,美国开始摆脱孤立主义,把自由平等民主作为对外交往的基本支撑点,而不是仅仅着眼于现实利益。美国是靠思想立国的新兴工业化国家,自由思想市场培育的智慧和眼光是一个国家崛起的重要因素。毫无疑问,任何国家的行为都是利己的,但损人利己总不如利人利己,因此倡导共同利益、门户开放、集体安全的意识逐渐在美国思想市场上占了上风,摆脱孤立主义,建立一个平等互利的国际秩序显然更符合美国的长远利益。战争正像人们期待的那样,正义的主题越来越清晰,成了向往自由的人类战胜独裁法西斯的战争。这无疑给正在艰苦奋斗中的中国人民带来了一丝光明和希望。

1938年7月,在中国人民抗战全面爆发一周年之际,美国政府对出口日本的飞机零件实行"道义禁运",同时开始向中国贷款;1940年美国禁止对日本出口钢铁,接着把禁运扩大到一切战略物资;1941年美国又宣布无条件援华,一批包括飞机等重型武器弹药运往中国,同时批准成立了由美国志愿人员组成的"飞虎队"。接着在对日谈判中提出日本必须从中国撤军,与其他国家一起宣布放弃在中国的治外法权,以及不得承认重庆以外的其他政权等强硬条件。这意味着日本将失去自甲午战争、日俄战争以及"九一八"后,靠武力在中国夺取的一切土地和权益,如此一来,势必使日本的东亚战略彻底落空。

1941年7月美日中止谈判,8月美国宣布对日全面禁运,还冻结了日本在美的资产,美日开战的形势已不可逆转。

这不是一个简单的力量对比变化,牛紫龙敏锐地觉察到,战争性质没变,世界变了,得道多助给世界带来了希望。假如说看到胜利曙光还为时过早的话,它毕竟给人们熬过腥风血雨的黑暗带来了信心。

牛紫龙发现这些天代站长李慕林心情特别好,和自己一样几乎天天去电讯室,当然,他等的是任命站长的通知,这种急迫心情实在无法掩饰,每天走路都笑吟吟的,见谁都主动打招呼。刘暨被抓后,站里的老人已经不多了,无论是能力、资历还是贡献、关系,李慕林胸有成竹,他认为去掉这个"代"字应该就是这几天的事。

这家伙恐怕是高兴太早了。牛紫龙笑着给李慕林点点头,心想,戴老板用人一向诡秘,李慕林作为共党叛徒也许根本就入不了他的法眼。牛紫龙知道,最近一段时间,李慕林对站里中层干部拉得很紧,几乎对每一个人都下了番工夫拉拢利诱,对外还不断地放风要"豫人治豫",有意造成非他莫属的局面。这几乎肯定会适得其反。戴老板是个不轻易让人摸清底牌的人,别看他签发命令让李慕林主持站里工作,其实那只是物色人选的一个幌子。

然而当局者迷,李慕林审时度势,越想越觉得非己莫属。他对此的期望值太高太专一了,任何人任何一个正常的举动他都能与自己的站长任命联系起来,甚至把牛紫龙近段时间的好心情都错会意为替他荣升而高兴呢!

1941年12月8日晚。

郑州南菜市王家院。

昏昏暗暗的大风一连刮了两天。

牛紫龙从白沙回来,半夜才赶到站部,推门见电讯室竟无人值守,便自己戴上耳机,调好频道收听上海的广播。一家国外电台反复播放着美国对日本提出的《备忘录》,尽管用的外交辞令,但不难听出这里面充满了"最后通牒"的味道。接着便传来了日军偷袭珍珠港、大获全胜的惊心新闻。

牛紫龙重重地拍了下桌子,那种终于等来的消息不禁让人一阵战栗,他刚想大叫,却听到背后有人阴沉沉地问道:"怎么?你也知道了?"

牛紫龙回头看见李慕林扭曲着的脸,两眼透出一股阴冷森人的寒光,不解道:"怎不知道?有大事发生了!"

"已经知道了!"李慕林一字一顿道,把一封电报摊在桌上。

牛紫龙扫了一眼,见是总部发来任命崔方坪为军统豫站站长的密电,密电通知崔方坪明天即赴郑州任站长职务,并要求李慕林次日到车站接站。

牛紫龙心里也暗暗吃惊,抬头瞟了一眼李慕林咬牙切齿的表情,心里又不禁一阵好笑。

军统用人,才绩皆可不论,更没啥规矩,唯一讲究的就是从来不会让一方坐大,坐大就犯了军统的大忌。

崔方坪也是军统豫站的老人,是尽人皆知的流氓。参加军统前曾任开封、郑州警局侦缉队队长,最大的长处是胆大包天,不仅包赌包娼、贩卖毒品红丸,而且所有商户只要经他手办事,一律雁过拔毛。尤其擅长编织陷阱、明抢暗夺、敲诈勒索,诸如在大户门口挂死尸,给少爷少奶放飞鸽飞鸭等,都是他的拿手好戏。平时看见谁不顺眼或是有些家产,先挑拨商家或邻里互斗,崔方坪先出黑手把事情闹大,摸清双方家底后,再出白手调解,吃拿回扣,坐收渔利。就连江湖黑道土匪见他也像见苍蝇一样,耻于跟他为伍,背后称他"崔阎王"。

崔方坪长得五短身材,宽肩细腿,疏眉豆眼,短鼻大嘴,面色青黄。不过崔方坪之所以能流氓起来,不少时候靠的还是他那副表情丰富的脸,碰到月黑风高杀人的时候,他是一脸的同情悲怆,有时还陪着将死的人掉几滴眼泪;遇到敲诈对象让人出血拿钱的时候,他是满脸的不忍,仿佛跟割自己的肉一般心痛;见了比自己官大财多又能用得着的人,他马上能换上儿子见亲爹撒娇贴心的模样;对一般榨不出啥油水又好像没啥关系的人,却是一脸的屠夫神色,总是歪着头,思量从哪儿下手。

当然,这时候的军统,乃至整个官场已成了藏污纳垢的场所,许多事情见怪不怪。前两年,崔方坪为躲避仇家投靠军统,用重金贿得岳烛远当其靠山,岳自然将其视为心腹,走到哪儿两人都形影不离。岳烛远调到省政府调统室当主任后,崔方坪便跟着去洛阳充任刑侦科科长。不久前,军统总部让岳烛远推荐豫站站长,岳烛远恰好在豫南游山玩水,崔方坪便用岳烛远的名义推荐了自己。待到岳烛远知道内情后,生米已经做成了熟饭,岳也只好顺水推舟送个人情。

"总部老板脑子一定进水了,不然就是有人吃了这小子的好处,整出这么个流氓当站长,出门咱们脸都没处搁了。"

"一定要向总部反映,让总部知道真相,否则……"

随着一番激烈的议论,郑州市警察局侦缉队长于师、豫站电台台长李大林等一批中层干部吵吵嚷嚷地进了屋。

"临时而警,善谋而静。"牛紫龙见状决定离开这个内部斗争的漩涡,便利用起身关门的机会,向门外张永保扬起五个手指,接着比划了一下两人会意的动作。

李慕林铁青着脸,眼睛狠狠盯着眼前桌面上的电报,一副万念俱灰的可怜相,自言自语道:"让一个跟日本人勾结的人当豫站站长,是对全站的羞辱!"

"重要的是已经发现此人秘密跟日伪联系,没有查清就匆匆任命嫌疑人当站长,总部应当有个解释。"牛紫龙采取激将的办法想让李慕林把一直不愿意说的真相讲出来。

"把洛阳送来的密电底稿找出来,这件事不用查,底稿上写得清清楚楚。"李慕林对电台台长李大林说。

李大林从译电保密柜中取出一本专用档案递给牛紫龙。

牛紫龙打开见第一封便是吴志翔在吉川办公室缴获的密电原稿,上面写着:查军统豫站行动队队长牛紫龙已经消失月余,此人狡黠多变,善谋果断,意志坚强,有可能去开封或豫东,具体任务尚不清楚,望注意查找防范云云。

牛紫龙又接着翻看出几封军统豫站组织各项重大行动的密电原稿,均和吴志翔带回来的一样。

"这些事实向总部反映了吗?"牛紫龙问。

电台台长李大林看了看李慕林,回答道:"刘暨一开始要向总部汇报,以后不知为啥突然改变了主意。"

李慕林仍旧铁青着脸解释说:"崔方坪背后的人肯定搭上了军统总部……"

正说着,张永保气喘吁吁地进了屋,附在牛紫龙耳边嘀咕了几句,牛紫龙故作一惊,迅即起身向李慕林报告道:"日本人那边有重要情况,俺得先到白沙三号院一趟,站长恁看……"

李慕林紧蹙双眉半天没吭声,最后还是郑州市警局侦缉队长于师不耐烦地挥挥手嚷道:"走吧,走吧,今天晚上咱们见面的事,你可半个字不能漏出去,漏出去咱们弟兄只能埋进一个坑了。"

李慕林点点头。

牛紫龙向大家扫了一眼,带着张永保出了电讯室。

两人出了王家院大门,牛紫龙悄声交代张永保:"明天新站长来郑,直到现在没听说站里派人去接,你把这事跟电讯室的其他人通通气。"

牛紫龙知道军统内部报务员都是军统总部专门培训的,培训期间就会被暗中发展为军统内部的监察人员,工作中发现可疑情况可以直接上报军统总部。

张永保点点头。

河南农民,是一头牛,一只骆驼,忠诚、驯顺、忍耐,是河南农民的特点。抗战六年来,河南农民抢先拿出自己所有的一切交给国家,默默捧出汗水换来的粮食,默默捧出自己的儿子,谁都知道河南兵役第一,征购征实第一。

　　但是,自然的暴君,从去年起,开始摇撼了河南农民的生命线。旱灾烧死了他们的麦子,蝗虫吃光了他们的高粱,冰雹打死了他们的荞麦,到秋天,最后的希望又随着一棵棵的垂毙的秋苗枯焦。他们被赶上了死亡的路途。

　　——《喑哑的呼声》(特派记者李蕤,笔名流萤)

第二十五章

1941年12月9日。

郑州火车站广场一角。

"打起来了！打起来了！"跑堂倌一脸兴奋地扬着手里的报纸喊着跑进了茶馆，大声读了起来:据多家新闻社报道，昨日日军联合舰队出动六艘航空母舰、两艘高速战列舰、三艘重巡洋舰，以及潜艇、油船、飞机等袭击了美利坚合众国位于夏威夷群岛的太平洋舰队总部珍珠港，击沉美国全部战列舰在内的各种舰船十九艘，击毁飞机二百多架，美军死伤惨重。同日，日本南方军已向马来半岛、菲律宾等地的英美军队发动了进攻，太平洋战争全面爆发！

军统豫站报务员裴清明双手捧着一大碗热茶，一边听着堂倌宣读报上珍珠港事件的消息，一边两眼盯着窗外。这则消息他昨天半夜已从总部接收的电文看到了，激动得一夜未眠。凭直觉，中日力量对比很可能会发生逆转，日军的强势看来已经走到了尽头。

这天，茶馆里的中国人猛然多了起来，个个脸上洋溢着一种莫名的兴奋，战争似乎一下子不是那么恐怖了，反倒有些像一场体育竞技比赛，增加了许多期待和激动。

冬日的阳光白晃晃的，铺天盖地的黄风冷飕飕地刮着，不时地打着旋，扫过宽宽的马路。

茶馆里坐着各色人等，多是在车站帮忙干活的人，有的穿着棉袍马甲，有的穿着短袄棉裤，头上包的、腰里缠的都是脏乎乎的粗布，圈坐在一个大大的砖砌的火炉边，相互猜测、评点着数千里之外的战局。

第二次世界大战是人类历史上第一场以价值观决定敌友的战争，正义成了现代国家的基本条件，无数饱受战火摧残的人们汇聚在一起，共同的向往使世界一下子变得息息相关。裴清明怎么也没想到，在如此遥远的地方，在如此不堪于生活困苦的人群中，他们的命运竟与大洋彼岸的决策息息相关，连拉大板车的人都知道世界上有个"老罗"，"罗师傅（斯福）"是当今世界势力最大的江湖,跟罗师傅比,俄国的老斯、中国的老蒋只能算山寨王,罗师傅才真正是如来在世、菩萨显灵,和诸葛亮一样坐手推车、摇鹅毛扇,说拾掇谁就拾掇谁。有了罗师傅这么个后台,人们谈论起日本也轻松多了。小日本是狗吃麦苗——装羊,没给罗师傅说一声就给自个起个"东洋人"的名,跑到洋人锅里搅饭吃,今儿捣捣这个,明儿咬咬那个,折腾得整个东亚不安生。美国罗师傅早就看出来这狗样的家伙不是善茬,吆喝几声都不听使唤,还偷偷袭击人家一把,看来挨抽的日子不会太远了。

裴清明听着这些议论直想笑,这世界真是变了,要饭的都操心美国国会的议题了!他心想,战争把人们割据得七零八落,却让人心聚拢到了一起。

裴清明,山东德州人,祖上都是农民,不知上几辈的老人突然听到一句格言"一铺旺三代",于是留下遗训,再苦再累也要积攒下家财在济南府买爿店铺,让子孙过上城里人的生活。裴家就为这个目标,不知经过几代人的努力,终于到了裴清明爷爷辈在济南西南顺城街买下三间临街旺铺,一家卖光了德州乡下的田产迁到了济南。谁知隔行如隔山,勤勤快快的一家人进城后干啥啥不成,别人卖布他卖布,别人啥价他啥价,到头来一算账,别人挣钱他家赔,做生意这事窍门多了!最后只得把旺铺出租,全家搬到了城外农村赁两间房,租种了几亩地,一家人克勤克俭地勉强度日。

谁知流年不利,1928年南方北伐军打到济南,结束了日本人支持的奉系军阀张宗昌"祸鲁"的统治,招致日军的报复。日军派出海军第二外遣舰队陆战队和陆军第六师团,在济南城进行了疯狂的屠杀,杀死中国军民6132人,伤者数千人,众多古迹、商铺顿成瓦砾。裴清明家的店铺也毁于这场战火,被夷为平地,更严重的是,裴清明的父亲被日军辱为"探子"枪杀于济南城西门,裴清明的爷爷又怕又气,不足一月含恨去世。一家人连失两个顶梁柱,如同天塌一般,成了四处乞讨度日的破落户,几辈人的奋斗几天之内全都烟消云散了。

那年裴清明刚刚十岁,母亲含辛茹苦,好不容易把他拉扯成人,又遇上"七七"事变。母亲执意让裴随校南逃,一路跑到湖北,眼看就要入川了,裴清明背着众多同学独自报名参加了军统,指望着有朝一日被派回济南,见到母亲。不曾想培训后被分派到了军统豫站,干起了报务员的活,这让他很有些失落。

自入军统以后,裴清明所听所见真如同打翻了五味瓶,酸甜苦辣啥都有。抗日救亡慷慨赴死的人有,升官发财对付几个老婆的更多,他渐渐感到军统正在成为是非之地，像是一潭深池，越了解就越觉得底下又阴又冷。

裴清明高高的个子，一表人才，大眼悬鼻，还有很能说明个性棱角的嘴角。他外表文静，内心却很忧郁。家庭的遭遇随着岁月流逝像是没了踪迹，然而在他内心深处，无时无刻不在警醒着自己，天长日久，自然刻下了无法抹去的伤痕。他恨日本人，从内心的感受讲，他把抗日作为分清是非、划分敌友的唯一标准，军统豫站谁抗日谁发财他心里很清楚。当然，他也知道，军统的上司老板喜欢的都是奴才，没人愿意看到自己眼皮底下有个人才，万一抗日做出了功绩算谁的？被上面看中了怎么办？抗日的功绩越多越显赫，就越讨人厌，不光衬得其他人都无能，更重要的是还可能影响人家升官发财，国家民族的事自然有个儿高的扛着，该谁操心谁操心，下面操心办事的多了，就有潜在的危险。这方面裴清明自认比祖上有眼光，佩服谁和跟谁走完全是两码事，如同干得好和上面印象好属风马牛不相及一样，跟人跟错了可是一辈子的大事，这才叫命哪！

裴清明不屑地扫了一眼那群争得脸红脖子粗的苦力人，心想，这堆要饭拉车卖大力丸的九流之辈真是咸吃萝卜淡操心，开口闭口挂着美国的"老罗"罗师傅，那是你投票选出来的？！自己连肚皮都填不饱，偏偏好跟美国的"老罗"称兄道弟，没准出了门见了警察就喊爹！

其实，昨天晚上他见到张永保时，对自己眼前的处境还没认识得如此清晰，只是感到老这么下去没啥出息，经张永保一提醒，马上觉得这可能是个露脸的机会，万一站里忘了安排人去接，自己不正好接上新站长，留下点印象，说不定真能给自己换个提鞋倒水贴身伺候人的活干干。想到此，他起了个大早，天刚亮就来到车站，一问才知道郑州洛阳之间拉客的火车要到中午才能到，不得已才躲到这车站茶馆里避避寒。

此时，他很为今天来接站的"聪明"而得意，这"聪明"其实就是圆滑，如社会人所说有点痞子风气，自己不过是随波逐流而已。想想也着实有些吓人，自己不光学会溜须拍马这一套，还为自己的聪明感到荣光，能怪谁呢？社会就这样，不想升官发财的人还有吗？！还是人吗？！

可反过来一想，连自己也吓一跳。如果都这么整下去，万一日本人真的打过黄河，那还不一溃千里！

他"呸"了一口，心想，看看又多操心了不是，怎么老是改不了多管闲事的毛病呢？破船漏屋还总愿广被天下，本来就没秀才的命还好犯秀才毛病！

裴清明从半开的门帘处盯着火车站入口那三个拱形的门。突然,他看到几个熟悉的身影,这才醒悟到自己设想的接新站长的情景只是自己一厢情愿,他一阵沮丧不由得打了个嗝,茶水到嘴里顿时变了味,有些酸还带点苦。一上午花三分钱喝了一肚子水,这时候他才感到一阵内急,放下茶碗冲出大门,向车站门口望了一眼,真真切切看清楚了,台阶下站着十几个侦缉队的便衣,并排停着六辆人力车,他很不情愿地向一个偏僻的胡同跑去。

　　前后也就十几分钟时间,裴清明回到火车站广场时,发现人力车和侦缉队的人都不在了。他揉了揉眼睛,若有所失地四顾一番,慢腾腾地登上台阶,来到候车室门口,见到的只有三三两两的散客。

　　他见一警察,似有不甘地问:"洛阳来的车不是中午才到吗?"那个黑胖黑胖的警察很不耐烦地答道:"这年月火车还有正点的?心情好就跑快点,心情不好慢慢走,今儿到得特别早,连巩县都没停直接拉到郑州了,比往常早两个小时。"

　　裴清明百无聊赖地回到南菜市王家院门口,见四五个侦缉队便衣在门口溜达,不禁心中生疑,侦缉队驻小市场十五号,从来没到豫站部当班值勤过,怎么今儿来这儿了?再说了,王家院属隐点式办公场所,门口除了一个曹姓老头是当门坐探外,还没让荷枪实弹的侦缉队来这儿警戒过。

　　裴清明多了个心眼,扭头进了一家经常去的郑记馄饨铺,他特意捡了张临街的桌子坐了下来,他真想不明白,新站长到任站里很少人知道,怎么找了几个侦缉队的人去接站呢?

　　馄饨烧饼刚刚端上来,他看见自己的顶头上司、电台台长李大林押着一辆三马平板大车急速赶到大院门口,那车最显著的标志就是拉车的马皆一色白毛,一看便知不是一般百姓家用车,肯定与某个部队有关。

　　李大林跳下车,四处张望一番,朝大门里挥挥手,但见侦缉队于队长领着四五个便衣抬出两个大麻袋,"呼哧呼哧"地将麻袋扔上了车。于队长抄起鞭子照那领头的白马抽了一鞭,三匹马一起用力,平板大车扬起一片尘埃飞速地朝南门驰去。

　　裴清明看得真切,饭也没顾上动一下,起身进到王家院,见往常曹老头的耳房是铁锁把门,整个大院静得瘆人,隐隐约约听得二门里还有些动静,不禁吸了口凉气,慌忙又到刚才平板车装货的地方,清清楚楚看见地上落有几个红点,弯腰用手指一沾,血迹!

王家院绝无宰杀牲畜的可能,难道……他似乎有些明白了,拔腿向城南门追去。

周口新黄河西岸马头镇。

枪声渐渐稀了下来,吴志翔知道这是错觉,不是战斗快结束了,而是自己队伍的子弹不多了。

昨天清晨,吴志翔带领一千多人的队伍从西华向东渡过黄河,原想神不知鬼不觉绕道进入豫东打游击,谁知刚一上岸,先头部队就被包围在一座河边小村,参加围攻的日军、伪军足足有三四千人之多,其中不少还是从开封、安徽调来的部队。

过河前,西华当地几个抗日总队的司令异口同声地说这一带日伪防守疏忽,除了县城有一队百十人的日军外,其余都是"黄狗"伪军,根本不咬人,所用武器也是以生锈老套筒为主,放两枪连枪栓都拉不开。

吴志翔也派人过河侦察了一番,确也没见有大批日军驻防和调动的迹象,于是便于昨天凌晨带人过了河,蹊跷的是刚一过河就让日伪军包围了,一交手才知道参战的全是日军王牌,机关枪、钢炮,还有汽车、装甲车,围着立足未稳的吴志翔部队打开了,昏天黑地整整打了一天。入夜,吴志翔只带着四百人冲出包围,回到了河西岸。看看跟自己要好的弟兄回来的没几个,恨得吴志翔差点把牙根咬断。

更糟的是吴志翔部队刚刚上岸,又被国统区五花八门的"抗日"部队包围了。吴志翔派了几拨人去谈判,声明自己确是一支抗日部队,昨天渡河失利,不得已回来休整几天,可对方一致认为吴志翔这支部队来历不明,没有国民政府划定的防区,更没有地方政府颁发的番号,形迹可疑,既然过河抗日了,咋又活着跑回来了呢?!

"真是龙翻阴沟受虾戏。"吴志翔望着一脸烟熏火燎黑漆漆的王保,说,"去问问这帮七孙,让路啥条件?"

王保用舌头舔了下裂出几个大口,不断向外渗血的嘴唇,轻声答道:"包围咱们的是个啥球抗日前线民众自卫军牵的头,一个姓宋的总司令说只有两个办法,一是让咱们再杀回河东去;二是部队让他收编,先缴枪,人咋处理回头再说。"

吴志翔哈哈一笑，指着王保背后的庄子问："那个村叫啥名字？"

"马头镇。"

"好，先拿下这大庄子，给大家弄点吃的，然后再慢慢谈吧。"

王保乜了吴志翔一眼，压低声音道："宋司令还专门提到你，说从第一战区司令部到省政府都知道你是个刺头，其他人都可以收编，唯独你活要见人死要见尸，免得留下后患。"

吴志翔又扬头大笑几声，转而压低声音对王保道："实话告诉恁，国民党省政府十来年前就宣判过俺死刑，只因俺还不满十八岁，没要俺的命，现在又想起来要俺的命了，就得排队等号，因为要俺命的人多，轮不上他们了！"他一边说还一边诡秘地给王保眨眨眼。

王保摇摇头，转身去集合队伍了。

傍晚，吴志翔、王保带着队伍打下了马头镇，第二天又坚守了半天，真正到了弹尽粮绝的地步，太阳还高高地挂在半空。

吴志翔小心翼翼地扶着梯子从房顶上下来，拍了拍手上的泥，对王保说："别打了！恁去给那个啥球宋司令说吧，两个方案俺们都同意，不过略作修改，部队任他缴械改编，吴志翔过河抗日请他们让出条路，备条小船，俺只带俩人。"

"恁别叫俺去谈判了，俺还是跟恁去吧。"王保嘀咕道。

吴志翔又朝姚三扬扬下巴。姚三故意装作没看见，拍拍手把卫队都召集到一起，伸出手说："快快，把子弹都从枪膛退出来，有手榴弹更好。"

吴志翔跨前一步说："不用了，恁们俩抽一个人跟俺过河就行了。"说完转身冲着王保大喊道，"过河就是找死的！俺不去，那个啥球宋司令绝不会善罢甘休，恁俩争着去，多一个就多赔一个，正中这些七孙们的下怀，过后谁还替俺报仇呀！姚三去谈判吧，迟一分钟就可能多赔一条兄弟的命！"

姚三抹了一把夺眶而出的眼泪，挑起一面白色的床单跑出了院子。

半个小时后，黄河边摇来一条小船，吴志翔、王保带着一个叫二孩的警卫，在众多"抗日自卫军"官兵的押解下上了小船，向日军占领的河对岸划去。

是日。

戴笠最初听说总部任命的军统豫站站长上任当日"失踪"的消息，还真没弄明白是怎么回事，反复发电核实在洛阳是不是上了火车，火车途中遭没遭到日机轰炸,是不是到了郑州,谁去接的站。

代站长李慕林回电说是他亲自接的站,一口咬定没见崔方坪其人。

怎么可能呢?光天化日之下,大活人丢了,而且是俩人一块儿丢了!军统总部大员们有些犯迷了,专门用假名在郑州、洛阳的报纸上刊登了寻人启事,悬赏重金征寻知情者或目击者。

裴清明一连失眠了几天,崔方坪失踪的底细他已经猜出了八九不离十。汇报,还是不汇报呢?他知道他的小命就在这一念之间。

这道选择题搅和得他日夜难眠。

那天,他一直追着平板大车来到郑州城南门,问清门岗确有一辆三匹白马的平板车出了城。核实后,他匆匆登上城楼,顺着出城大路望去,在一段下坡的边缘看到了那辆平板大车和三匹白马,城南果园!看清这一切后,裴清明像突然挨了一枪似的,周身猛地一哆嗦,慌忙找了个垛口蹲了下来。

他顺着城垛口向外望去,冬季的护城河只剩下几缕涓涓细流,城外错落起伏的土岗上,黄沙枯叶一直铺向遥远的天际,偶尔可以看到一两间低矮的泥墙草房,门窗全无,只留下几个黑洞洞的几何形状。这些房子多是看果园用的,冬季一般没人。满目荒凉中唯一还有生气的就是那成群的野狗,不时地传来一阵愤怒的撕咬声,接着便见呼啸而过的狗群扬起一股沙尘。

裴清明战战兢兢地望着这一切,风夹着刺耳的凄诉,顺着城墙吹过。他脑子一片空白,后悔自己起大早去车站看到的这一切,如果没看到这一切该多好!他壮着胆子站起身用力干咳两声,想要驱走周身的恐惧,哆哆嗦嗦地走下城墙,给守门的士兵努力挤出些笑容,快步回到了王家院。

昨天晚上,他决定把这件事烂在自己肚里,不向任何人透露,可今天早上起来又决定变卦了。他把说出去和不说出去列了张损益表,反复进行比较掂量,说出去有三条好处,四条坏处;不说出去有四条好处,三条坏处。由此看来还是不说为好。不参与求自身安全是个不错的选择,就这么定了!

这两天,电台台长李大林似乎一步没有离开过电讯室,只要裴清明坐在机器前,李大林准要在身后转来绕去。昨天夜里李大林甚至连家都没回,就睡在了电讯室。

裴清明又开始忐忑不安起来,这分明把自己当做贼看了!这一条怎么没想到呢?那些利弊损益分析都是自己的主观猜测,费尽心机的算计其实就被一个眼神给挑破了。他突然醒悟到自己在这样不被信任的环境里恐怕终有一天会性命不保,不定哪一天他们就会要了自己的命!

裴清明望着窗外透出的一线亮光,禁不住嘟嘟囔囔自言自语一番,究竟说了些啥连自己也不明白。他爬起身,把这件事归纳成了四个要点,即崔方坪确实于当天到郑州赴任了,当天火车早点两个小时;来接站的是代站长李慕林,郑州市侦缉队队长于师,站电台台长李大林及十余名侦缉队便衣;接到崔方坪他们回到站部,约半个小时后,于师队长率队员将两个"麻袋"装上一辆平板车出了城南门,"麻袋"埋在了城南苹果园;这件事的主使应当是代站长李慕林,涉及范围不大清楚。

裴清明写完这些,在桌边愣怔了良久,这件事总是瞒不住的,与其让别人立功,不如俺自己立功!决心已定。想想从站里和驻军发都不保险,咬咬牙送到了地方电讯局,那个单位也有一位山东老乡。

想到这里他匆匆漱了口,把自己包裹严实后出了门。

是日傍晚。

黄泛区一无名村。

果不出所料,吴志翔他们顺河飘出很远,仍旧听到噼噼啪啪的枪声,远远可见几十个日伪军或骑车或骑马,沿着河堤吆喝着撵了过来。

吴志翔他们的小船驰入了一条浅浅的叉湾,滚来滚去的黄河到了周商交界处已有一二十里宽,再加上冬季枯水,许多港汊只是浅浅的一洼水,船误入了一条没有出路的死港,退回去已不大可行,后面的枪声早已断了退路。

吴志翔观察了一圈地形,只在东南方有一片枯树林,隐隐约约还有些残垣断壁,那应当是座被水淹后废弃的村庄。他大声喊:"快!打仗没啥窍门,就是抢占制高点。"他一边喊,一边脱下鞋缚在腰间,招呼一声王保,拉起二孩跳下船奋力向那片枯树林跑去。

这是座多年前被水淹没的村落,早已没了人烟,除了几棵树冠和几段残垣断壁外,洪水带来的泥沙把整个村庄都掩埋了。吴志翔喘着粗气大喊道:"每人找把掘地的家伙,快!"

吴志翔选择一面背敌的斜坡,三人七手八脚刚刚挖出能躺进身子的浅壕,便听见"嗵"的一声炮响,他知道这是日军校正弹着点的试放,他把二孩、王保推进刚挖的沟里,大喊:"看俺的!"说着他趴在沟里用两手奋力向下挖去,片刻工夫便挖出了能够蹲人的圆坑。

三人刚刚把身体藏了下去,便听得远方"嗵嗵嗵"的一阵迫击炮声,伴随着一声声刺耳的呼啸声,炮弹在这片枯树林中发出凄厉的爆炸声,一股股白色的烟尘腾空而起,残存的几段墙壁随之轰然倒下,爆炸声产生的气浪仿佛使整个大地都在摇晃。

吴志翔两耳震得嗡嗡直响,他知道有两发炮弹的炸点离他们藏身的地方特别近,弹片仿佛就在耳边飞过,日军的这种迫击炮弹爆炸后至少会均匀地裂成三千块弹片,几乎是刮着地皮散布开来的,人高于地面的任何部分都会受到伤害。他努力把整个身子紧紧地贴在地上,默默地数着爆炸声,计算着日伪一口气打完了两个基数。

日伪军的炮声一停,他马上大喊一声:"还活着吗?"

"活着!"他听出这是王保的声音。

吴志翔一跃而起扑向身后二孩的藏身洞,见二孩蜷缩在他刚挖的圆洞里,头斜向一边,好像睡着一般十分安详,只是脸白得吓人。

吴志翔慌忙上下翻检一遍,周身未发现任何伤口,当他捧起二孩的头时,见他太阳穴两侧各有一个血块,一块弹片穿脑而过,瞬间夺走了他的生命。

吴志翔抽走他所带的枪弹又跳回自己藏身的圆坑里,大声道:"王保,就剩咱们俩了……没俺命令恁只管在坑里蹲着,听见了吗?"

"听见了!"

吴志翔知道在这种河滩环境作战对防守不利,对进攻也不利,日伪军非脱了靴子上阵不可,这对鬼子来说是个不小的难题。他计算了一下,三人过河时一共带了七十余发子弹、三颗手榴弹,运气好的话能坚持到天黑。

正想着,他突然听到一阵奔跑声,猛然起身见三个日本兵赤着脚、端着枪,正向自己藏身的地方冲来,距离最多还有三四十米。

那三个日本兵原想来个突然袭击,眼看就要进"村"了,却突然看见地上冒出个人头,急忙卧倒,对着吴志翔的藏身坑乒乒乓乓就是一阵乱枪,在吴志翔藏身坑四周掀起一阵飞尘。

"王保,轮到你开两枪了!"吴志翔低声喊一句。

吴志翔听到左前方传来一阵枪响,他鼓起全身力气奋力跃起,甩手将手榴弹扔向那三个趴在一起的日军士兵,在他扑倒的一瞬间,看到三个日军士兵两个正在调转枪口,一个已经爬起准备逃跑。

他顺着斜坡滚了下去,只听"轰"的一声响,他再次跃起向日本兵卧倒的地方冲去,见两个日本兵伏翻在手榴弹弹坑两侧,仅剩的一个日本兵丢掉了手中的长枪,正一拐一拐地向堤岸跑去。他抬手一枪击中了那日本兵的另一条腿,飞快地跑到那人身边,解下腰间的皮带套在他脖子上扎起拖了回来,路上顺便捡了那条长枪。

这一幕被对岸的日伪军看得真真切切,也许他们怕伤到自己人,枪声炮声全停了。

吴志翔把日本兵往坑边一扔,自己跳进了藏身坑,转身把那个半死的日本兵周身搜了一遍,摸了摸他的脉搏好像还有点,便用日军士兵自己的绑腿、腰带将手脚捆绑结实。

完成这一切后,他又冷又渴,手脚有些不听使唤,脑袋也木了。"王保?咋样?"吴志翔问。

"嗯,浑身冷得厉害……"

"接着,"吴志翔把从日军士兵身上脱下来的棉大衣扔了过去,"恁先迷糊一会儿吧,俺琢磨着日本人这会儿不会乱打枪炮了。"

吴志翔抬头望望西斜的太阳,从那名日军士兵斜趴的腿缝间,望到约近百人的日伪军队蜂拥般冲下了河堤。这次来的日伪军好像是接到命令,既不喊叫也不开枪,横端着枪齐刷刷地围了过来,还颇有些古代勇士的味道。

"呸!"吴志翔吐掉一块粘在嘴角的泥块,把缴获来的子弹和手雷数了一遍,顺手摸了摸那日本兵的脉搏,昏迷中的日本兵不由自主地抽搐了几下。

吴志翔很不情愿地跳上散兵坑,提着那人的衣领拖进了二孩的散兵坑。

他转身跳进自己的散兵坑时,突然一阵惊喜:他看到铺天盖地的沙尘暴正从日伪军攻击队后席卷而来。

"王保!"吴志翔大喊一声,"咱们有救了!"却没人回应。吴志翔一惊,顾不上考虑正在逼近的日伪军,急忙起身扑到王保身边,见他半个身子探出坑外,大口大口地喘着气,嘴角"扑扑"地吹着血泡,脸色灰青。

王保已经没有多少力气了,看到吴志翔扑到自己身边,用力摇了摇手,嘴角撇出一丝微笑。

"真对不起,牛娃子俺给不了恁了,恁自己想法整吧。"

"不中!咱们一起回家。"

说话间,沙尘暴排山倒海般地刮了过来,刹那间天昏地暗,飞沙走石打得他一阵麻木。

吴志翔鼻子一酸,用力抱住王保,手在他背后摸到一片黏黏的液体,他悄悄说:"俺背恁走……沙尘暴来了!咱们有机会冲出去了。"

他感到王保吃力地摇摇头,嘴里又"扑扑"地吹起血泡,王保用最后的气力对吴志翔说道:"快走!报仇!"

吴志翔慌忙戴上缴获来的日军钢盔,穿上大衣,提着缴获的长枪,在一阵滚滚的尘埃中迎着日伪军走了过去,呼啸的风沙把人吹得左右摇摆,两步之外只能看出人的轮廓,他顾不上望一眼身边的黑影,只管奋力向堤岸跑去。

他登上堤岸后听到身后传来一声闷闷的枪响,一切都卷进了昏暗的呼啸之中。

郑州城南苹果园。

军统总部收到裴清明的电报后,才知道事态的严重性,先是把这件事定性为内部火拼,马上又上升到了犯上作乱。当然他们不可能意识到这正是军统用人体制导致的结果,也没有处理此类事件的经验。

戴笠取消了原计划的河南行程,派专员赵麟钧为特派员,派公、密两个调查组分头进行核查。

赵麟钧到郑州没两天,崔方坪被杀的基本轮廓已经查清,他上报总部的调查报告发出的第二天,便收到了总部下达的"严惩不贷"的指令,派出的由二十余人组成的职业枪手分队也匆忙赶到郑州。

特派员赵麟钧为了不留后患,将当天参与接站刺杀崔方坪的所有人员列入"严惩"名单,并且设计了一个打草惊蛇的方案,放出烟幕弹,制造气氛,将涉案人员一网打尽。

牛紫龙奉命赶到城南苹果园时,那片不大的园地已被第三集团军特务营挖出几条浅沟,在一座古坟旁边挖出了装有崔方坪和警卫的两个麻袋。

军统豫站中层以上人员,以及总部调查组人员远远地围站在四周,外围是一色穿黑色制服的枪手,现场充满了恐怖和杀气。

众人呆滞着脸望着特务营士兵们抱出尸骨后,把衣物、皮包、手表、钢笔等死者随身所带的东西一件件地摊摆在地上,最后把面目全非的尸体抖搂出来。两团散发着令人窒息臭味的尸骨十分别扭地蜷缩在一起,死相十分的不情愿。工兵营的士兵把他们反转摆正,供总部技术人员拍照勘验。

牛紫龙发现,在恐惧木讷、眼神茫然四顾的人群中,只有李慕林仍旧神色坚韧,用他那双冷酷峻厉的三角眼对总部人员逐一进行打量。他面色铁青,扭曲得吓人,有着死过一回的淡然。

恰在这时,郑州警局侦缉队长于师两眼畏畏缩缩乜了李慕林一眼,战战栗栗地扶了李慕林一把,像是事先安排的动作,掏出手绢就往李慕林额上擦。李慕林诧异片刻,很不解地推开于师,于师向众人堆里扫了一眼,又凑上前去跟李慕林说了几句话,李慕林依旧是一言未发。

技侦人员对挖出来的两具尸骨及衣物勘验结束,一位军官模样的人跑上前去,向总部特派员赵麟钧敬礼报告了几句。

赵麟钧点点头,转向李慕林干笑两声,说道:"李代站长,总部指令兄弟我负责此事的调查,重点查清崔方坪崔站长赴任当天所发生的一切。承蒙各位关照,现在已经找到了杀害崔站长的确实线索,今天起出遗骨证明这项检举真实可靠,大家有目共睹。为此,经总部批准,自今日起对你——李代站长实行禁闭审查,免去代理站长职务,由张子乐代理站长。"

他足足盯了李慕林一分钟。

李慕林也紧紧地盯着赵麟钧,一切都将不存在了。人们之所以对死亡有种恐惧,多是因为死亡使人失去活在人世间所得到的一切,金钱、地位、亲情、朋友等,去一个完全陌生的世界。然而,当人们看清这一切下面隐藏的污浊和卑劣时,失去它们反倒是件轻松的事,不如去一个能够重新开始的地方,如此想来,人们对死亡的恐惧便成了一场误解。想到此,他闭目仰首长叹一声。

赵麟钧转身口气一转,又干笑了几声,向众人道:"诸位兄弟,此案查清之前还望各自坚守岗位,尽心竭力,效忠党国,不给顶头上司请假,或是未经批准,不得离开驻地,明白了吗?"

众人参差不齐地答道:"明白!"

"好吧,"赵麟钧扬扬手,招来了散布四周的枪手,"那就委屈各位弟兄了,请吧!"

枪手们押解着众人走出了苹果园。

牛紫龙进王家院时,发现门卫已经换上了总部来的枪手,整个院子充满了一种神秘的恐怖感。豫站的人个个哭丧着脸,相互之间连招呼都不敢打。只有侦缉队长于师像是总能找到安慰同事的办法,不停地找人攀谈。

特派员赵麟钧一反常态,与代站长张子乐一起对各科室工作逐项安排,分头谈话,直到天已黄昏,才把牛紫龙和于师叫进站长办公室。

赵麟钧见牛紫龙、于师进门,强颜欢笑,斜了一眼代站长张子乐,把笔和本往桌上一搁,干巴巴地说:"二位分管的工作今天不再说了,先回去集合队伍,传达总部人事变动的指令,明天再谈工作吧!"

张子乐慌忙点头称是。

短短一两分钟就放二人出门了,牛紫龙似乎感到有什么地方不对劲,特派员赵麟钧已经掌握了此事的大致情况,按一般办案的习惯,此刻方案应该早已定夺,对免职李慕林的调查及相关人员的抓捕查证可以说是刻不容缓,怎么还有闲情逸致逐个找部门布置工作呢?

这件事暂时查不到行动队头上,行动队那两天在河边渡口查案,应当是全站都知道的事,至于事先的谋划自己也是有意回避了,即便是有些小手脚给人留下想象的空间也不大。不过,军统向来不按章法办案,难道他们还有更大的圈套?

牛紫龙刚出门,于师便拍了拍他的肩膀,故意把环顾左右的动作搞得人尽皆知的样子,悄声道:"李慕林站长安排知情的人今晚集体撤退。"

牛紫龙望着熙熙攘攘的街道,问:"知情?知什么情?李慕林已经被免职了,他还有什么权力安排什么撤退?往哪里退?"

于师摇了摇早已谢顶的秃头,说:"李站长的意思是崔方坪作恶多端,勾结日寇,众多弟兄早已愤愤不平,杀掉崔芳坪完全在情理之中。只是这件事做的草率涉及不少弟兄,既然总部怪罪下来,他也不想连累大家,便托集团军的故友给大家安排一个脱身机会,让参与其中的弟兄今晚十点以后,到南门外龚家大院集合,其余的事由他去应付。"

为渊驱鱼,原来把篓子藏在这儿了,牛紫龙心想,于师一定是被赵麟钧收买了,或是于师买通了赵麟钧,不然他办案不会这么顺利。

于师也是地面上著名的混混,早年拉车、跑堂、搓背、修脚,啥都干过,以后被李慕林看中发展成了线人,随着李慕林的高升,于师也一步步当上了侦缉队长。

于师生得高大凶狠,秃顶浓鬓,头尖腮方,面色黑青,两只贼绿小眼透出过多的内心算计,始终不停地转悠着。他穿一身肥胖宽大的黄色军装,衣领黑乎乎沾满了油泥。

牛紫龙站住脚很认真地说:"崔方坪出事那两天,俺们行动队奉命去河边查了几天探子,俺们队里没有人参与其事。"

"是呀,是呀,"于师又搔搔剩不几根头发的秃顶,干笑两声,"不过,李站长找过不少人谋划过此事,他没找过你吗?"

"他找俺说过崔方坪勾结日寇的事,说要向总部反映,可没说要加害崔站长之事,更没给俺谋划过什么行动。"

于师故作一脸同情状说:"这话也给我说过,李站长工作太认真了,把党国利益视同生命,上进心太强……"

两人说着,来到小市场十五号院门口,牛紫龙挥手告别,于师似乎没有反应过来,屁股一跷,伸手就要摸枪。

"明天再见。"牛紫龙笑道。

"明天见,明天见。"于师自觉有些失态,手足无措,干笑两声,心事重重地走了。

当天晚上,军统豫站参与谋杀站长崔方坪的人员,包括站电台台长李大林、郑州侦缉队长于师以及侦缉队队员等17人,因事败露,串联集中到了南门外龚家大院,图谋"集体出逃",被总部特派员赵麟钧、新任代站长张子乐及时发现,亲自率队抓捕。集中起来的涉案人员与前来抓捕的人员发生枪战,当场击毙16人,唯有郑州侦缉队队长于师漏网逃出。

翌日晨,原军统豫站代站长李慕林在寓所畏罪上吊自杀,其妻黄书琴服毒自杀。

一个星期后,总部特派员赵麟钧结案复命,登上了西去的列车,他刚刚落座,透过车窗便望见代站长张子乐、行动队长牛紫龙急如星火般跑上站台,直奔豪华包厢而来。

赵麟钧望着包厢里大箱小箱的烟土、古玩、珠宝,不由自主地暗骂了一句:"奶奶的,真不让人省心!"

一会儿,警卫带着张子乐急匆匆地来到赵麟钧面前,张子乐进前低声道:"在洛阳发现了于师。"

赵麟钧先是一愣,心里又暗骂了一句:"妈的,让他跑远点,鳖孙只跑到洛阳!"表面上他还是故作惊愕道:"真的?不会吧?……不过此案的处置报告已经批复了,这个案子算结了……这样吧,你们先不要动他,我回总部商量后再定。"

张子乐悻悻地下了车,眼巴巴地望着火车在鸣笛声中驶离了站台。

1941年到1943年,河南出现了史上罕见的极端天旱事件。

其实,从1941年开始,河南部分地区已经出现了旱情,1942年夏收仅有正常年份的一两成,秋季绝收。加上豫北、豫东由于日军入侵,大量撂荒的土地无人照料,致使蝗灾肆虐,冬季又迎来了风雪冰雹。全省110个县受灾,面积和人口均达全省总数的百分之九十以上,成为历史上持续时间长、范围广、受灾重的极端大旱灾害,受灾波及人数达三千万之多。

大灾三年,物价飞涨,小麦市斗从抗战前的6毛涨到22块,1943年更是涨到300块一斗;妇女售价跌至正常年份的十分之一;壮丁售价也不足过去的三分之一,草根树皮被饥饿的人群吞咽一空,白骨饿殍累累蔽野,野狗吃人吃得两眼发红。举目望去,十村九空,赤地千里,其景其情,惨不忍睹。

据不完全统计,不足两年的时间,全省死亡人数超过三百万以上,占中国整个抗战时期非正常死亡总数的六分之一。

自1937年底,日军占领豫北、豫东、豫南30余个县。据1942年开封、商丘、汤阴、浚县的灾情记载,沦陷地区河水绝流,池塘干涸,作物枯死,大批灾民被日伪军驱赶,不得不携家带口穿越黄泛区向西逃难。沦陷区出现大片撂荒地和无人区,日伪政权嘴上喊着"赈济豫灾",其实并没多少实际动作。

国统区占全省110个县中73个。此时,1800万人口中食不自给的就有1600万,还忍饥挨饿养活几十万大军,连获"军粮第一,兵役第一"的名号。抗战五年来,河南的民力、财力、物力早已枯竭,即使风调雨顺,多数农户也只能靠杂粮野菜勉强度日。1942年大灾,征实征购仍旧排名全国第一。更糟的是,此时无论是河南驻军司令汤恩伯,还是省政府主席李培基都是蒋介石直接主使指派下来任职的,只看老蒋的脸色行事,对灾情采取瞒灾不报的态度,一味向上邀功请赏。

一次省政府开会,有县长讲到征粮之痛,举例农户一家人交完仅有的麦子后,全家服毒自杀一事时,不禁跪地失声,磕头请免,但李、汤二人不为所动。汤恩伯甚至还利用大灾之年强拉民夫,固堤修防,横征暴敛。

蒋介石并非不知道灾情严重。1942年夏粮征后,蒋介石已从军方得到密报,对河南的灾情已是一目了然,他匆匆赶到西安王曲,召开了"前方军粮会议",坚持河南驻军250万石口粮征额不减。时任国民政府粮食部长的徐堪又把"石"改为"包",由每石140斤增加到每包200斤,摊派强征,结果超额完成征收任务,蒋介石为此特给徐堪记功嘉奖,对大范围的受灾民众一味装聋作哑,不管不问。

1942年10月,河南赈济会长杨一峰赴重庆吁请免除灾区征收配额,蒋介石不但拒见,还严令不准他在重庆活动。

当月,重庆召开三届一次国民参议会,河南籍参议员郭仲隗等人涕泣陈情,多方呼吁,仍然没有得到任何实质回应。救济饥荒,自古就是要么"移民",要么"移粟",客观上讲,这一时期国统区三面环敌,京汉、陇海线大多瘫痪,只有西出潼关一线还在开通,无论移民还是移粟确也有一定困难。待到1942年秋后灾象已露,再行补救为时已晚。

1942年秋冬,成群结队的西逃灾民延绵不绝没有尽头,从河南各地汇集到陇海铁路,扶老携幼,浑身浮肿,面色铁青,一路向西,日夜不息。到1943年2月,美国《时代周刊》记者白修德同英国《泰晤士报》记者福尔曼,由潼关进入河南时,看到此情景着实惊呆了:"绝大多数村庄都荒无人烟,即使那些有人的地方听到的也是弃婴临死前的哭声,看见的也只是野狗从沙堆里掏出尸体并撕咬着上面的肉,其惨状不忍入目。"

沿着这条西出潼关的铁路逃出去的河南人少说也有三百万。他们有幸逃过了这次大灾,流落进西北大半个中国,他们中间大多数人再也没有回到河南,带着地狱般恐怖的印象客死在了异乡。

当然,日军的侵略是造成这场人间惨剧的首要和根本原因。日军不仅三面包围了河南,断绝了交通和物资流动,还借机大量驱赶群众到国统区乞讨,加重了灾情。

除此之外,有人说河南1942年的大灾是贪官污吏掩盖真相,致使重庆未知全部实情所致。有人说,河南各地要员官吏尽情搜刮,腐败平庸,更使灾区雪上加霜,触目惊心。还有人说,河南当时处于抗日前线,随时都有丢弃的危险,重庆方面为不使"一粒粮资敌",所以才征实足额,造成了饥荒灾害。甚至有些当事人也认为,蒋介石征粮是为了保障和稳定军队,只要有军队就可以守住这片土地,而死些老百姓并不影响抗日守土。

遗憾的是,这些说法和猜测都不是事实,全是胡说八道!

河南各级官吏层层瞒灾客观地说是蒋介石一手造成的。他似乎认为,这儿的老百姓只是为生产军粮而存在的,生产的目的当然就是为了军队,老百姓是用不着吃什么东西的。从1941年底到1942年7月,河南大灾的消息不断见诸报端,并且陆续出现在世界各国的报刊头条上,整整半年时间蒋总统无任何表示。1943年2月1日,《大公报》发表《饥饿的河南》,蒋介石不是查实情,赈灾救民,反而于次日勒令《大公报》停刊三天,杀鸡儆猴,使众多媒体三缄其口,一片沉寂,这才引起了美英记者的好奇,决定到河南一看究竟。结果他们发现灾情比想象中还严重,甚至超出自有人类文字记载以来最深重的灾难,于是如实地将其记录了下来。

蒋总统在看到美英记者拍摄的大量照片后,依旧故作不知,跟没事人一样东拉西扯,只是在外国记者的一再追问下,才不得不承认了这惨绝人寰的灾情,甚至还表现出了一副痛不欲生、感同身受的样子,很认真地记录下了许多给白修德提供实情、提供帮助的官吏的名字。

事后,蒋总统确实杀掉很多人,只是杀掉的全是给英美记者说实话的人,包括洛阳电讯局帮助白修德把文章发往美国的电报员也未能幸免,而真正贪腐和故意隐瞒真相的人则纷纷得到提拔高升。

蒋总统这么一杀一提的政策导向,让河南的官吏们顿开茅塞,无师自通地大有长进,睁眼说瞎话到了脸不红心不跳、张口就来的境界。

1943年收麦后,河南省国民政府发布了1942年官方统计全省饿死1602人的数字,有整有零的数字是哪儿来的?据当事人回忆,政府对逃荒饿死的人数从来没有统计过,只是1942年初冬头两个星期,郑州市统计过两周从城里抬出去的尸体数量,平均每天一百多人,两个星期下来大约就是1600多人,这个神秘的数字与官府公布全省饿死人的数字十分巧合,二者有没有联系,谁也说不清。

其实无论国内还是国外,对河南1942年大灾都有一个大致的计算,饿死人数保守估算也达到三百万人以上,当时一个参加调查采访灾情的记者李蕤更是一口咬定,死亡人数应在三百万到五百万之间。

至于害怕"留粮资敌"和保障军队用粮的说法更是无根据的瞎猜。1942年,日军忙于太平洋的战事,连进攻河南的方案都没酝酿过。同时,这期间河南驻军逃兵最多,众多部队也是吃了上顿没下顿,士兵的口粮根本没有保障。

那么究竟是一种什么心理造成如此深重的灾难呢?

1942年,河南大部分地区仍旧由蒋介石国民政府统辖,但蒋总统似乎已经看出国共和日军三方争夺华北的趋势。国民政府已经不占优势,逐渐失去了逐鹿中原的资格,投入再多也挽回不了失败的厄运。因此饿死人似乎与他的政权没有多少关系了,毕竟这里早晚都是别人的。他所顾虑的不是死多少人,而是被别人看到死多少人,尤其是害怕让友邦洋人看到死这么多人的惨状,看清真相,自然会暴露政权的本质,就会失去美、英等国家的支持,这仗就不好打了。

1942年后,国民党政府在河南落入了"塔西佗陷阱",丧失了公信力,无论说啥做啥,人们都往最坏处想,这也是以后日军胆大妄为发动"河南战役"的重要原因之一。

1942年大灾期间,共产党八路军有了独特的发展,仅豫北一地就新建了五个县级政府组织。

据冀鲁豫行署的调查,共产党八路军抗日根据地全境受灾较轻的村子500个,外出逃荒的人数占总数的百分之三十,严重的1050个村子,达根据地村庄总数的百分之七十,逃荒人数超过了总人口的百分之五十,属重灾区范围。大灾之年,根据地面积缩小,财政经济极端困难。为此,根据地依据中央指示,以时间顺序先后采取了精兵简政、加强政权建设、合理负担、减租减息、组织生产自救和兴修水利等多项政策。严格规定各级政权、部队士兵等所有脱产人员不得超过总人口的百分之一;整顿平均,合理负担,做到村与村公道、户与户合理,在此基础上实行减租减息,稳定了生产合作关系,同时普选人民代表,实行"三三制"、赈济救灾、发放贷款、发展生产、围捕蝗虫、兴修水利、开垦荒地、组织自救等措施,这些政策措施以后被归纳为根据地的十大政策。这些措施看似简单,但每一项都需要干部队伍的支撑,同游击战一样成了共产党八路军在极其艰难困苦中战胜灾害、粉碎蚕食的法宝。

郑州南菜市王家院。

牛紫龙推门走进代站长张子乐的办公室,见他一副心事重重的样子,听到门响头也没抬,两眼盯着脚尖,摇了摇手。

"怎么,又出事了?"牛紫龙故意做出一副关切的样子,问道。

其实他来的目的是想套出李慕林有没有供出外派潜伏人员名单和联络办法。为此,他多次试探过张子乐,只是一直没有结果。

张子乐是和牛紫龙一起加入军统的老人。此人处事机敏,为人圆滑,擅长见风使舵、落井下石,长期从事站内反渗、反间和督察内部人员的工作,从来没有参与过对日斗争。他长得高挑偏瘦,肤色蜡黄,小眼大嘴,年纪刚满四十岁就沟壑纵横,一脸老相。平时他嗜烟如命,人称"三根火",早、中、晚饭后划火点上烟,便一根套一根,直抽到闭眼关灯才熄火,反正是只要睁眼就离不了烟。

张子乐挑了一眼牛紫龙,又低下头,闷闷不乐地答道:"事出没出还不清楚,可俺心里总觉得要出事。"

牛紫龙笑笑说:"恁才上任几天?!就是出事也可以推到前两任身上。再说了,赵麟钧赵特派员做事果断实可称道,只在处理李代站长等人事上,操之过急,咱们站的许多家底还没弄清楚就让他匆忙正法了,推不到前任身上的事,恁还可以推到赵麟钧身上。"

张子乐这才抬头正眼望了牛紫龙一眼,勉强堆出几许笑意,慢条斯理地说道:"我也没料到赵特派员下手这么快,让李代站长交代问题只给了一晚时间,李代站长又像是闻出点味了,以拖为主,说回去想想写个东西出来,结果挨到凌晨就……"

他说话的时候一根烟始终在嘴唇间转来转去,喷出的烟雾袅袅地升腾着。说着,他两只手下意识捻着另一根烟,利用说话的间隙很巧妙地把手里的烟套在了正在燃烧的烟屁股上,几乎瞬间工夫又把烟叼在了嘴上,如此流畅的动作,绝非一日之功。

"赵特派员回重庆时,他坚持不让我送,要不是你提醒我,我还真不知道他带走那么多东西,大箱小箱加起来十几件。我看李代站长家、于队长家的箱子、摆设之类的东西都在里面……李代站长说写材料的事,他再也没提过。"说到这儿,他又掏出根烟在手里捻着。

"咱们豫站到了今天的程度,恁比俺清楚,恁是专门督察下属的专员,这里面水有多深、多浑，混进来多少死鱼烂虾，恐怕连上面都没有恁知道的多。"牛紫龙还是想从张子乐那儿套出站里外派人员的一些线索，绕着圈问。

张子乐打断牛紫龙的话，摇摇手说："这话可不敢说，看透不说透，还在圈里头，一不小心说过头，肯定挨整栽跟头，还是难得糊涂吧。"张子乐显然不愿意多谈了，他又熟练地套上根烟，狠劲吸了一口，问，"有事？"

牛紫龙马上换上了公事口气说："俺们报的那几个方案……"

张子乐慌忙又摇摇手，吹掉落在身上、桌上的烟灰，不耐烦道："我也催过总部，上面没反应，这年头兵祸灾害接连不断，还是在家待着吧。"

"俺们经营关系户的支出方案属站里职权范围，这个总可以批准吧?!大灾之年舍得几把米比正常年份用二两黄金都管用。"牛紫龙在方案里提出外出购粮，接济一些困难的关系户，目的还是想利用这个机会把有价值的关系考查一下，真心抗日的移交给中共方面，其余的销号自便，正好又碰上总部除掉李慕林的机会，所以牛紫龙一连催了好几次，张子乐就是不答应。

张子乐取下嘴里的烟，一双小眼在牛紫龙脸上转了几个圈，摆摆手示意牛紫龙坐了下来，解释道："不是我不让你们出去，而是上面交代让我把人员看紧点，出任何问题，拿我是问。"他快速吸了两口烟，一团烟雾笼罩在他面前，干咳一声后，他突然压低声音说："前两年，军统在八路军内吸收个卧底，扶高钻深当上了洛八办的头头，原来只是一个冷子，专门提供共党上层预警性情报，谁知道上面不少单位急来抱佛脚，啥急要啥，引起了对方的怀疑，到今年年初，眼看那人就要露馅，这才让他公开反水投向政府。这人当过一阵洛阳地方共党组织部长，临出来搜集了不少共党潜水很深的线索……"

牛紫龙心头愕然一惊，猛地想起王永祥曾表示过，要把牛紫龙的建议向上级汇报，其中就提到过一位部长，难道真的已经暴露了？沉住气，截至目前，他们还没有发现任何证据。

人类的恐惧有时候并非来自人们心里，或许伦理上的因素更容易导致恐惧。

牛紫龙依旧是一副事不关己的样子，望着张子乐又套上一根烟吸了起来。

"按道理这个人是军统发展的，反水归队仍应划归军统系统继续使用，现在却交给了军情部门。这就怪了，如此做法只能有一种解释，那就是他带出来的线索里有咱们军统的人，所以上面信不过咱们。当然此人身上可能有不少油水，各部门争相上香也说得过去，可也不能连人都不让咱们看上一眼……"

前段时间牛紫龙听说洛八办撤销，工作人员分批撤回延安，有些撤离人员受到国民党军警的包围，还牺牲了几位同志。当时，自己以为又是国民党搞的摩擦，没想到军统在这里面搞了这么多名堂。

牛紫龙故作愤愤状问："恁去啦？站长都不让见？"

"是啊！"张子乐小眼一瞪说，"我去两次都被驻军挡回来了，说是奉军统总部命令。开始我还不相信，专门打电报到重庆总部，回电说暂时不用见，需要的时候会通知咱们，这可太蹊跷了！"张子乐似乎意识到话说多了，两眼一眯，狠狠地抽起烟来了。

牛紫龙挑逗着让他多说，做出很认真的推测样，说："洛阳……自从前站长刘暨把豫站迁回郑州，咱们站里没什么人回过洛阳，会不会……会不会与前两任站长有什么瓜葛？"

张子乐摇摇手，乜了一眼牛紫龙，说："不会，这条线索是总部直接派人经营的，与咱站没有联系。他反水之前，咱们站只知道河南有个六号，至于姓名、职业、人长啥样，诸如此类一概不知。"他吞吞吐吐地冒了一句，"我是觉得这狗日的特别灵敏，又在共党那个耳听八方的位置上，会不会嗅出咱站有些别样的味道？"

"这有可能！"牛紫龙又作推测样，说："不过总部前年开始就在咱们站查通日通共的人，恁不一直都在查吗？到现在也没查出个名堂，难道那人比恁还能干？"

张子乐吸着烟，做了一个奇特的手势，咬着烟说："我担心的就在这儿，这次是连我都不叫沾边了，保密保成了诡秘。"他望望办公室前后的窗子，悄声道，"那人前一段还在洛阳，半个月前突然转迁到这儿了，这狗日的真人不露相，长啥样我都还没见过，难道……"

他瞪着小眼，伸出两个手指急速地在两人之间划拉了几下，收住话题，张大嘴长长地打了个哈欠，露出满嘴的黄板牙。

牛紫龙知道这是他习惯的送客表示，便不痛不痒地安慰他两句，转身出了站长办公室。

"一定要想法除了这个叛徒。"牛紫龙走出门便被这个念头占据着。牛紫龙与党组织的联系，始终只有王永祥一条单线，王永祥是个可信赖的人，相互之间托付生命十几年了，从来没有任何差错。他又是一个情报老手，不会轻易暴露自己的真实身份,这一点,牛紫龙还是有把握的。但王永祥以上的环节会不会出问题呢?

牛紫龙边走边想,不知不觉来到只有王永祥和他知道的一家联络点——老刘家酱肉铺。他望了一眼悬挂在门口的四方玻璃罩灯,并没有什么异样,店内几个喝得半酣的军人正在吆五喝六地划着拳。

他突然转身,重又走了回去,街面上依旧没有发现异常,难道是自己太过敏感?不对,直觉告诉他危险正悄悄降临,现在撤离,无疑会很顺利,可那么多关系还没拿到手,太可惜!撤?还是不撤呢?

他望着眼前的路,心想,不走下去就不会知道前面还有什么,冒险总比走回头路强。他决定自己留下来摸清那人的落脚之处,相机行事,让张永保回郏县,让张道成去找王永祥和吴志翔,为随时撤离做准备。

1942年8月2日,河南省政府主席李培基致电中央赈委会:"本省蝗灾迭经电报有案,蝗虫初瘗,现黄泛区域蔽日盈野,掠河西飞,已据呈报蔓延区域计有:巩县、偃师、洛阳、伊川、孟津、许昌、鄢陵、临颍、禹县、宝丰、长葛、洧川、馆城、鲁山、郏县、新郑、尉氏、鹿邑、郸城、西华、太康、淮阳(阳)、氾水、临汝、宜阳、叶县、嵩县、汝南、西平、温县、开封、中牟、郾城、武陟、商水、密县、方城、荥阳、瑕(确)山、唐河、灵宝、上蔡、泌阳、洛宁、螃(舞)阳、孟县、原武、扶沟、广武、郑县、登封、渑池、新安、伊阳、遂平、南召等五十六县。黄谷高粱玉谷多被食损,不数日幼蛹生,麋集啮食,为害尤钜。一禾之上,常聚数十啮食禾苗,顷刻立尽。"

——第二历史档案馆:《全宗号》116《案卷号》

第二十六章

秋日。

郏县月桂镇。

"走,长长见识。"牛陈氏起身就觉得两眼发黑,身体摇晃,她已经很长一段时间没吃饱饭了。自打受灾以来,每天都是"早上汤、中午菜、晚上只能勒腰带",人整整瘦了一圈。她闭上眼努力站稳后,补充一句,"如果真像恁们说的那样,咱们再想办法。"她记不清有多少日子没吃过饱饭了,说话办事还要提着心劲,不仅要坐直,还要打着精神说话。

1942年夏秋连旱后,镇里不少人提出趁着还能走得动,不如早点到西边几个省逃荒去,总比守着黄土饿死强。众人找到牛陈氏,希望她给大伙拿个主意。她望着一圈浮肿的脸,思量良久才表了态:"外省有亲戚的该走走吧,大人小孩和不能投亲靠友的,都给俺留下来,只要俺一家还能生火,咱全镇就不能饿死人!"

结果全镇没有一户外出逃荒。

两天前,一队从许昌一路南下逃荒的乡亲带来一条让人心惊肉跳的消息:赶快收拾收拾家当跑吧!今年不知道是谁把老天爷惹毛了,几天之间降下来无数蝗虫,铺天盖地,凡是地里长出来的东西,吸两袋烟的工夫就能啃完吃净,一天一夜能向南吃出三五十里,不是蚂蚱,不知道是啥妖精呢!

听到这消息,镇上人开始将信将疑,蝗虫俗称蚂蚱,或绿或灰黄,不足寸长,咋就能成灾了呢?!镇上几位老人都摇摇头说:"不可能!那东西能蹦跶多远?别说一天一夜三五十里,就是能蹦三五十里它们咋会知道一路向南,狗离家三五里都不定能找回家呢,这蚂蚱咋知道头朝南呢?"

不过这消息传到牛陈氏那儿,她还真有点信了,一连派出两拨人去打听,回来后皆谈虫色变,半天哆哆嗦嗦说不清个道道。

牛陈氏领着镇上几个手脚麻利的年轻人,南出不足二十里。果然见到了那骇人的壮观场面。

1942年,河南的蝗虫长得确实吓人,正常年份,蚂蚱有大有小有绿有黄,并不结伙成群。那年的蚂蚱一色的红头红背、黄肚皮,只有头后的那段硬壳呈乌黑色,上面还有细密的绒毛。能飞的有两寸多长,不能飞的也有一寸半,飞起来遮天蔽日,落下来山川变色,在地上密密麻麻铺了一层,谁见了都会头皮发麻。更令人称奇的是,这些蝗虫如同得到了向南的指令,无一例外地向同一个方向跃进,无论是沟渠村寨还是河流山川,它们或跳或跃,坚定不移一往无前。

　　牛陈氏等一行人刚站住脚,蝗虫便似潮水般涌了过来,迎面几位当地的村民,边跑边嘶哑地喊道:"老天爷呀!真不让俺们活啦!"绝望的呼叫让人心惊胆战。

　　这时,从附近村里跑出来一队老头老太,抬着供桌,提着成篮的贡品、香表,后边跟着不少年轻人,或是掂着鞭炮,或是抬着锣鼓,整整齐齐排满了一条东西大路。众人摆上贡品,点燃香表,望见蚂蚱群后,先是规规矩矩地迎着虫群跪成一排,一边磕头一边祷告:蝗虫爷,蝗虫奶,俺们在这儿磕头上香了,恁老拐回去吧,给俺们留口饭吧!往后每月逢初一、十五俺们都给恁老上香呀!

　　祈愿跳大神是群众解决难题的传统办法,只是想让老天爷知道地上百姓有这么个的心愿。然而,那些成精蝗虫对虔诚百姓的呼喊仿佛并不在乎,仍旧成群结队滚滚而来。

　　呼叫间,从跪拜的人群里跳出一位资深巫婆,穿一身大红绸缎衣裤,头扎红绸巾,脸涂赤色粉料,也学着蝗虫的样子,在腰间扎条宽宽的黑带,双手持一对特制响器,"当当当"地舞动起来,亦歌亦舞道:

　　"俺说恁是神虫,恁给俺留个人情,今后谁再喊恁蚂蚱,恁专吃他家的庄稼!"

　　在巫婆的带动下,跪倒的众人纷纷起身,学着她的样子大喊大叫起来,每喊一句便敲一阵锣鼓,气势甚是恢弘。

　　可是被尊为神虫的这些蚂蚱依然本性难移,刚刚听得锣鼓齐鸣时,倒也犹豫了一阵子,势头稍微迟疑片刻。不一会儿,蝗虫便适应了这种有板有眼节奏明快的锣鼓声,众蚂蚱还以为是进军号响了,继续一拥而上,漫天遍野地扑了过来。

　　"咦——真稀罕,连老娘的面子都不给了!放鞭炮!把领头的全给俺崩死。"

　　那巫婆高高扬起手中的响器,大喊一声:"点火!"

　　霎时间,鞭炮齐鸣,烟尘飞扬,不时还夹杂着"三眼冲"隆隆的炸响。这回蝗虫真有点摸不着北了,晕头转向转悠了好一阵子,蝗虫的前锋五迷三道,也死了不少。正在人们得意之时,经过蓄势的虫群以更顽强的势头蜂拥而来,前赴后继,滔滔不绝,很快漫过那条东西大道。

这回轮到乡亲们慌神了,不约而同地聚在那穿身大红衣装的巫婆周围。问道:"咋弄呀?这些虫不听招呼啦!"

未曾想,那巫婆还是一身英雄气概,舞动着手中的铜响器,"噼噼啪啪"地拍死了几个蝗虫,大声道:"罢罢罢,本仙姑不跟恁们这帮七孙蚂蚱一般见识。今天咱们算是打了平手,恁们占了俺们的地,俺们灭掉恁们的前锋,挫伤了恁们的威风志气。待俺回去跟天后奶奶商议过再来,到时候非杀的恁们片甲不留!走!"

那巫婆话音没落就一屁股坐在了供桌上,挥手招来几个年轻人抬起来回村了。

"快!回镇去!"牛陈氏大步流星往回赶,边走边做安排,"栓有,跑快回去敲钟,让各家各户必须带着三件东西,一是柴草,二是扫帚,三是渔网,没有渔网的人家拿几床被单也行。"

"孬孩,恁去找长的木棍竹竿,有多少要多少,栽到咱们镇地头去。"

牛陈氏勉强走到月桂镇的路边,她实在走不动了,满脸都是虚汗,鼻息还留有一股血腥味。她想坐下来,喘几口气,只是隐隐听见远处一股令人毛骨悚然的嗡嗡鸣声。她深深地吸了几口气,大步朝涌来的男女老少迎了过去,张开手臂大喊道:"七姐六妹、老少爷们,咱们只有挡住这些蝗虫,才能保住咱们的晚秋,咱镇才能活人。俗话说,兵来将挡,水来土掩,俺看了这些虫儿会飞善跳能凫水,横宽十里许,纵深望不到头,一般的法子治不了它们。从这儿开始,咱们布下四道防线,前出一丈摆柴草,后退丈余再摆一道,带扫帚的都守在这条路上,路后是咱镇的地头,竖起高杆把渔网、被单都张开,让它们插翅难飞!男人站前头,女人站路上,老人孩子守最后,是死是活就看咱们能不能守住这儿了。"

一眼望不到头的蝗虫群,夹带着令人不寒而栗的鸣叫席卷而来,它们一路南下势不可挡,已由初时爬跳蹦跶,渐渐地长出了翅膀,个个足有二寸长,行动整齐,斗志正旺,朝一个方向连跳带飞一下能移动丈余远。

此时,横亘在它们南下路上的是一条从山边到河边数里宽的火墙,蝗虫群像是认定了南下的方向,依旧不偏不斜地直奔月桂镇而来。

第一道火墙点燃后,南下的蝗虫群一阵错乱,纷纷投火自尽,自焚的响声似乎更激起了蝗虫群的斗志,虫群以更密集的阵势扑了过来。乡亲们不失时机地又点燃了第二道火墙,一时间浓烟滚滚,到处是"呜呜"的响声,蝗虫们还是一波波向南滚动着,渐渐地有些冲到了路上,镇上的男女老少争先恐后把一层层的蝗虫又扫回到了火墙里,空气中充溢着烤肉的味道,灰尘浓烟挡住了蝗虫的去路,只有少数奋不顾身的蝗虫越过了大路,但无法跃过老人孩子看护的最后一道防线。

整整一天时间,南下的蝗虫群终于被阻挡在了月桂镇的地头。

临近黄昏时,蝗虫群开始掉头东南,向镇边沙河扑了过去,尽管当时大旱,但上游来水没减多少,河面仍有五丈余宽一丈多深。

面对河水,疯狂的虫群抱成团滚进河里,一开始只滚成斗大的虫疙瘩,落水不久便慢慢下沉,未到对岸就七零八落四散逃命了。于是,蝗虫抱团越来越大,从箩筐大小逐渐聚成黄牛般大小的疙瘩,滚入河中,忽悠忽悠地向对岸漂去。

牛陈氏又指挥着人们聚集到了河对岸,人人拿一杆长竹竿严防死守,见有蝗虫疙瘩漂将过来,便打散在河里,以致整条河水都成了红色。

入夜,蝗虫群再也没了南下的斗志。从这天晚上开始,虫群转入了"原地驻扎"的状态,疯狂掠食的劲头也减少许多,除了偶尔因争夺地盘儿旋起一团飞虫外,它们再也没有了一往无前的精神,偶尔旋起的虫群也会很知趣地找块虫儿少的地方落下来,并且一连数日都是如此。它们占据着一望无际的地盘,却被挡在了一条很不起眼的路边。

一周后的一天晚上,一轮皎白的圆月轻盈地悬在一抹云彩上边。突然,远处传来平地风雷般的轰鸣声,蝗虫如同接到秘密的指令,"哗啦啦"地起飞了,似大风刮过,天旋地转,蔽空盈天,轰轰作响,刹那间,大地升起层层飞云,掩天盖月冲向了天际。

这阵风足足刮到半夜才戛然停了下来,风动之后,地上竟没有留下一只蝗虫。至于蝗虫们飞到哪儿了,谁也不知道。

洛阳一战区司令部特别监狱。

"还活下去吗?"牛紫龙昏昏沉沉中不止一次想到这个问题,疼痛没完没了,只要有意识,透骨的疼痛就接踵而至,已经说不清在身体的什么位置了,动一动就会像触电一样痛彻全身。他昏死过去好几次,由创深痛剧而昏迷,再由刻骨铭心的痛来唤醒。他唯一清醒的意识就是此时如果放弃生命,他就再也不会醒过来了。

"还活下去吗?"这个问题几乎占据着他的整个思绪,醒来就只有疼,而人忍受疼痛是有极限的,他遭受的刑罚已经超过了正常人耐受的极限,这一点他也清楚,活下去仅仅靠意志是办不到的,那么还在等什么呢?

也许是除掉"那人"心情太迫切,也许是对军统的判断失误,麻痹轻敌,总以为抗战应当是头等大事,国共尚在合作,总部不至于下这么大的人力物力去查一些无关轻重的共产党线索,况且这些线索并没有对军统和国民政府带有明显的敌意。

几天前已经记不清了,接到去集团军司令部听形势报告会的通知时,自己也曾有过疑问,这类宣讲报告军统从来没有参加过,集合全体中层以上骨干统一前往也不合常理,公、密人员混在一起,出现在大庭广众之中等于暴露了身份。然而牛紫龙还是大意了,他渴望了解局势,查清那个神秘人员下落的念头占据了上风。

"明天到集团军司令部听形势宣讲,家里不留人吗?"牛紫龙在走廊里遇到代站长张子乐问道。

"不用留。"从他脸上看不出任何表示,依然是用牙咬着根烟,袅袅升腾的一缕淡蓝色的烟雾,迷着他的右眼,使他不得不睁大左眼斜睨着牛紫龙。

"通知里不让带武器?"

"啊?"他一副莫名其妙的样子,反问道,"怎么,你有事?"

"不不不,过去形势一直压抑,现在好不容易盼来好转的消息,咋能不去呢?!"

1942年底以来,第二次世界大战在东西两条战线都出现了转败为胜标志性的战役。日军在太平洋上的爪哇岛惨败,一向争勇斗狠的日本人尝到了痛的滋味,第一次醒悟到疯狂和自杀式冲锋根本抵抗不住现代化的火力;欧洲战场,严寒迫使德军不得不转攻为守。斯大林格勒战役扭转了整个战场的走向,人们开始看清了这场战争的最终结局。

当专门接送军统豫站中层骨干的卡车开进集团军大院那一刻起,牛紫龙便意识到情况比自己设想的最坏的情况还要严峻。两辆卡车载着三十多个人直接开到了两排枪上刺刀的宪兵中间,车还没停稳,众多事先埋伏好的军警便一拥而上,把一头雾水的豫站骨干全部用镣铐给铐了起来。

牛紫龙在叫骂的人群中寻找到代站长张子乐,张子乐也是一脸茫然,惊慌失措,四顾寻找着喊叫着。

"喊什么?"一声厉叫从会议室黑洞洞的门里传了出来,六七位穿着军装或黑色军统便装的人从屋里走了出来,其中一个小个儿、迈着外八字步的人很是眼熟,牛紫龙极力回忆在哪儿见过,是不是见鬼了?!他对这种走相姿态印象太深刻了,事先只见过一次,但却无数次被刻意记忆过,这不是伪开封市警察局局长刘兴舟的身影吗?他猛然醒悟到眼前这个人正是刘兴舟的哥哥刘艺舟!看来他采取这种方式接管了军统豫站,难道真的要连锅端吗?连锅端也不见得是坏事,至少说明他们手里还没有多少证据。

"冤屈你们了吗?军统总部早就发现豫站里有人密结共党,孙猴子钻进牛魔王的肚子,煽风点火制造事端,两任站长死于内斗,黑手就在你们中间!"

刘艺舟大步走到代站长张子乐面前,举手扬起一张总部委任状,用一种幸灾乐祸的口气说:"张代站长,给你的部下介绍一下我是谁,再把总部的命令宣读一下怎么样?"

张子乐慌忙陪出一脸谄媚,转身眨巴眨巴眼,对着众多被扣押的部下大声道:"各位同仁,这是军统豫站创始站长刘艺舟,德高望重……"

"废话少说!"

"接军统总部命令,委任刘艺舟为军统豫站站长,免去张子乐代站长职务,此令……"

"好了,"刘艺舟扬扬手,狠狠地咬着牙说,"既然是站长,那么职责所在我就不客气了,下面由总部特派员任剑三宣布共党嫌犯名单。"

"牛紫龙、伍连三、朱华俊、苏喜堂……"他一口气喊出来了十六人的名字,大部分是中层干部,只有电台的译电和报务员为一般干员。

显然,他们把通共嫌疑犯锁定在外线人员身上。

张子乐被反绑着双臂,战战兢兢地凑上前,挤出几许十分难看的笑容,小心翼翼对刘艺舟道:"刘站长,共党嫌疑真有这么多?我当站长咋没感到他们在行动……"

"啪"的一声,张子乐脸上被重重地甩了一巴掌,那一巴掌如此有力,打得张子乐原地一个反转,踉踉跄跄地摔倒在门前台阶上。

"再加上一个张子乐,身为站长失职失守,对共党活动长期熟视无睹,致使尾大不掉,全站失控,把张子乐一并押走!"

牛紫龙看到,在对面众多军官和军统人员中间,有一个穿一身藏青色中山服、戴一副宽边眼镜的人,始终躲在后边观察着抓捕过程,"这人应当就是叛徒。"他心想。

"还用证据吗?直觉就是最有效的证据。"

牛紫龙被一束强烈的聚光灯照得眼睛一片茫然,伴随着越来越重的刺痛,他除了自己以外什么也看不见,对面审问人员和审讯室的一切都隐藏在一种神秘的黑暗里。他的手脚被捆绑在一把特制的椅子上,审讯已经进行十几个小时了,如果他的意识还靠得住的话,现在应当是下午了,只是他什么也看不见。

他们应当是昨天下午被押解到洛阳战区司令部特殊监狱的。押来时,头上蒙了一顶很粗糙的黑头套,一路上什么也看不见,从火车、汽车和好不容易听到周围人说话的口音上推测,他应当是被押到了洛阳。

去掉头套,牛紫龙被直接送进了刑讯室。从那时起一直就被这盏聚光灯烧烤着,思维越来越不清晰,而审讯他的人已经换了两班,在这中间他几次想昏睡过去,都被强烈的电流刺激带回到一片白晃晃的惊悚中,整个神经系统产生了倒置的错乱,只要身心进入潜意识的睡眠状态,马上就会条件反射似的一阵心悸,周身不由自主地出一身大汗,身体再次进入清醒状态。这样周而复始的发作,神经越是紧张,意识越是沉迷,随之而来的是口干舌燥、心悸呕吐,五脏六腑一阵阵翻江倒海似的恶心直往上涌。

"妈的,这帮家伙用电刑的水平比日本人还高。"他已经整整两天水米未进,吐也吐不出什么东西。

他反复默记自己要坚守的两条底线,只要黑暗中还在问话,他决定一律回答这么两句话:说俺是共党拿出证据;俺与其他人只是抗日的同事关系,俺没发现他们有任何共党嫌疑。

可他发现意识里这两条底线也越来越模糊了,他提醒自己千万不要神经崩溃,他开始努力回忆过去生活中的一些愉快的事,不知怎么始终也想不起来,记忆碎片中他总是在遭受追杀,似乎一刻也不得喘息。他不敢想家里人、想母亲、想秀凤,连家乡那条蓝色的小河他都要刻意回避,他怕这些回忆会削弱忍受痛苦的能力。

"你也是干过军统这一行,证据只对法律有用,在咱们这个行当里直觉比证据可信得多,你越是回答得滴水不漏就越说明你有问题,这就是直觉,你还是好好考虑一下你能扛得过去吗？扛过去又有什么用呢？能达到什么目的呢？还想活着出去吗？"

牛紫龙摇摇头。他确认这些话不是自己的错觉,眼前耀眼的亮光缭绕出一股焦糊皮肉味,他一阵阵发冷,感觉有些飘忽不定,视力也时黑时红。

他对扛过去真的没太大把握,当然这是一道简单的选择题,扛过去显然不可能活着出去,扛不过去当然会有一线生机,但痛苦地苟延残喘不会再有生活的意义。他想起了自己扼死自己的方法,不论怎么说自己也要扛过去,有一线希望就不能放弃,看来人到了生不如死的境地,死是一种解脱,可这种选择是不负责任的。

他准备好去死,更确切地说,他决心向死求生。知道自己随时可能面临死亡,反倒使现实有了些许轻松,即便是回忆起过去那些坐监挨打、追杀躲藏的岁月,也不那么沉重了,甚至还有些生动有趣。

"能得到什么好处？能达到什么目的呢？"牛紫龙闭目仰头对着眼前那层亮光,像是自言自语道,"仔细想来,俺这一辈子既不需要什么好处,也不需要达到什么目的。"

"为劳苦大众谋翻身,求解放,实现共产主义不是像你这样的共党分子的目的吗？这个目的不是很高尚很理想吗？"

牛紫龙摇摇头,心想这小子还真会套人话,于是说:"俺不是共党,俺也没有恁说的那些人生目标。俺求的是打败日本,谋的是民族独立,俺也没有共产主义恁远的目的,俺只有一个追求真理的信念,要对得起死去的同事,要对得起先总理中山先生的灵魂,要对得起生我的父母,要对得起苦难的民众,这难道不是蒋总裁的论述吗？！"

牛紫龙话刚说完,便听见黑暗中一阵嘈杂声,接着传来几句交头接耳的声音,他猜测审讯人员已经换上第三班了。

"说下去。"黑暗中又换了一种口气。

牛紫龙精疲力竭地摇摇头，他怕自己会忍不住破口大骂，这时候还不能暴露任何意志缺陷，气急败坏是审讯人员最乐意看到的表现。

"你加入军统之前，你所在的地方发生过多次共党行刺政府官员、地方乡绅的案件，你也曾因共党嫌疑被国民政府逮捕入狱。只是由于当时政府没有查实你的上线，又轻信你的花言巧语和伪装，正巧吴志翔出头替你顶了罪，你才得以逃脱追查，混入军统。"

牛紫龙听到一个熟悉的声音，想必是军统豫站站长刘艺舟沉不住气，直接出马了。

"入军统后，你旧情难断，又与共党取得了联系，谋与共党配合，也算为抗战做了些事，只是你以国民政府为敌的本性难移，从事颠覆政府的活动。这些难道还需要证据吗?!"

"不要证据难道只凭猜测吗?! 恁这番话的证据就是你那张嘴，恁没有证据找个证人来也行。"

牛紫龙知道再和他辩下去不会有任何结果，他们只是要为自己的失败找个替罪羊。

"看来你是王八吃秤砣，铁心不交代了！"

"他已经沉不住气了，只要再坚持一下，就有可能扛过这一关。"牛紫龙知道对方接下来可能就要歇斯底里地发作了。

"你这鸭子到死还嘴硬，我不相信你能一直硬下去！来人！上刑！看看是你的嘴硬还是咱们的刑具硬！我就不信还有铁打的人！"

牛紫龙听到"砰"的敲击桌面的声响，这是退场的前奏，他已经黔驴技穷了，下面就是忍受住皮肉之苦的事情了，至少可以认定他们并没有掌握多少证据，即便有也找不来证人证明。

剧烈的刺激让他两眼热泪之流，他不知道他们给他灌了些什么，恨不得把五脏六腑都吐出来，突然他感到鼻孔一股黏黏的液体喷了出来，血腥瞬间充满了他的腹腔。也许是失血过多，也许是那钻心的辛辣，他昏了过去，带着一丝甜甜的滋味。

他再次被火辣辣的刺激唤醒时，鼻孔里充盈着一股皮肉烧焦的味道。他抬起沉重的眼皮，看到一个烟头按在自己的手腕上。一个打手按部就班地举起一把烧得红红的工兵铲在他面前晃了晃，突地拍在了他背上，"哧"的一声，剧疼使他脑子一片麻木,钻心的痛使他不由自主地抽搐几下,又昏了过去。

他被抬回监舍后一连昏迷了三天。

张永保辗转走了几天才赶到郏县,见城门外一排通缉令格外醒目,通缉令头一张就是吴志翔!还有王永祥!并附有两人的画像。

吴志翔的通缉令十分简单,只说此犯十分危险,一旦发现即可速报当地驻军、警局,定有重赏。

王永祥的通缉令大意是,该犯利用国民政府抗日容共的宽厚政策,长期混迹于教育部门宣传赤化,抨击政府,秘密发展地下势力,拉拢撺掇政府工作人员、地方保安队伍与驻军冲突,书写张贴诬陷政府要员的黑帖,干扰政府司法审判,破坏抗日大局云云。通缉令还专门提醒该犯生性多疑善变,熟悉各种武器,发现此人,或有知情者望立即报告政府,政府一定给以重赏等。

张永保掏出包烟,给城门外站岗的保安团丁发了一圈,指着城门外的告示问:"弟兄们,这是咋回事?"

他从洛阳出来为避人耳目,专门穿了身深蓝平布学生装,留了寸头,挎着白色土布包,还背了件黄色油布雨伞,乍看上去很不起眼。他这么一问倒引起了团丁们的兴趣。

"咋?恁见过告示上的逃犯?"一团丁问。

张永保摇摇头。

"不认识问恁多弄啥?"另一团丁横眉瞪眼地上下打量着张永保。

张永保指着通缉令说:"这上面有俺老师。"

"咦——恁老师?哪一个?恁是弄啥的?"又一团丁凑上前来,像是发现了什么秘密一样,围着张永保转悠开了。

"俺专程来找王老师的,"他指着通缉令上的王永祥说,"王老师恁好的人咋就上了告示呢?"

一团丁从耳夹上取下根香烟让了让,顾自点燃抽了起来,咂巴几下嘴说:"这年头哪还能分好人坏人,连好坏的标准都说不清了。告诉恁吧,这告示通缉的坏人老百姓都说是这个。"他伸出大拇指摇了摇。"敢替穷人说话,恁知道十三军都干啥了吗?"

张永保摇摇头。

另一个团丁插了进来,说:"这事起头俺最清楚,十三军征购百姓的鸡鸭鱼肉顶公粮,要说这事也在情理之中,这队伍也不能光吃馍喝汤吧,可偏偏十三军仰仗着自己是汤总司令龙兴之地,利用征购坑害百姓,征购母鸡还必须捎带二十个鸡蛋,这鸡是鸡,蛋是蛋,没听说卖个母鸡还捎带鸡蛋的!有这个理吗?!就因为这事,告示上的那个人写了帖子领着百姓们闹事游行,拒交鸡蛋。结果十三军的人把这事捅到王县长那儿,王县长既不敢得罪部队,又不愿让百姓多交鸡蛋,便采取充耳不闻的态度。这么一来,十三军的人不干了,干脆直接到百姓家去抢,被抢的人家恰好有咱县手枪队的一个队长,双方论理不下就开枪干起来,伤了几个人,捅了个大娄子,十三军哪受得了这气,反过来他们纠集一二百人到县政府闹事,这边恁老师带三四百号人去理论,双方又在县府门口干了一仗,十三军又吃了点亏。本来是个征购不合理的事,人家十三军愣说是破坏抗日大局,是政治问题,县政府扛不住了,派人抓人,一调查发现恁老师还真是共党老地下,可惜一把没抓住,人家跟泥鳅似的滑溜走了。"

张永保朝城门里面望了片刻,起身给守门的团丁拱手道别,连夜赶到月桂镇,住在了牛紫龙家。

一连几天张永保托人四处打听王永祥、吴志翔的消息,结果他俩没等来,倒把县长王易知等来了。

郏县月桂镇,牛紫龙家。

张永保一手用力挑起塞得满满的柴火,一边拿着把破扇子扇着,厨房充满了滚滚浓烟,牛陈氏从门外进来重重地咳了几声,二话没说把张永保推到一边,顺手从火膛里抽出几把未点燃的柴草,嗔怪道:"恁填恁多柴火,是烧火还是燎烟呀?就这几个人吃饭,一把柴火就足够,恁填恁多是想开食堂呀?"

"开食堂好啊。"王易知说着便大步走进灶火间喊道,"大娘,多加几瓢水,俺们六七个今儿晚饭也在这儿吃。"

"想得美,趁天黑赶快走吧,城南设有粥棚。"牛陈氏烧着火递出一句话。

王易知向身后一个团丁使了个眼色,那团丁提着小半袋粮食进了灶火间,放在了牛陈氏脚下。

"咦,恁咋稀罕——"牛陈氏用手扇扇面前的烟,眨眨眼望着王易知,问:"恁是——"

"王易知。"

"噢——听说恁是县长,恁来——"牛陈氏又问道。

"看看你呀!"王易知走向前一步,很认真打量着牛陈氏道,"说实话,你现在的名声比我这个县长大,若干年后,谁在这儿当过县长没人知道,但你一定会成为传奇。"

牛陈氏扑哧一声,笑了,说:"俺说恁咋能当县长呢,是不是恁有张好嘴呀!说吧,恁有啥事?"

王易知双手一摊,说:"不请我进屋坐坐?"

"恁们先进屋吧,俺还是把饭做做吧。"说着,又转身烧火去了。

王易知突然一脸阴沉,拉起张永保进了当门堂屋,从上衣口袋里掏出一份协查通缉密电递给张永保。

密电是军统豫站一天前发出的,大意是经总部核查确认军统豫站内部已遭共党渗透,为此总部已于日前采取果断措施,抓捕了牛紫龙等十六人,发现行动队张道成、电讯室张永保去向不明,有可能被派往你处执行任务,望接电后立即密查,一旦发现其行踪即抓捕归案。签发人刘艺舟。

张永保愕然一愣,用询问的眼光望了一眼王易知。

"我欠的人情还过了,你如果还能见到牛紫龙,就说他家的事不用他操心,一有风吹草动,我自会通知他高堂妻儿转移。哦,还有,"王易知侧过身子向门外望了望,接道,"吴志翔月余前也来打听过王永祥,以后去了许昌,你应该去那儿找他。"

张永保神似疑惑地盯着王易知,微微点点头。

"来吧,灾年没啥粮食,只能给大家下点野菜面,到明年收成好了再请大家来。"牛陈氏端上来两碗面,往堂屋中间桌上一搁,接道,"不论怎么说,你王县长在抗日大局上还不含糊,处决颜潜修又给百姓办了件大好事,这年头办好事没勇气不行,不容易呀!"

王易知听出来这话中有话,一定是前一段百姓与十三军矛盾中拉偏架这件事,不过他表面上还是装作不明白,笑问道:"做好事不容易,此话怎讲啊?"

"日军侵华,国土沦陷,民族继存唯有团结抗战之一途,但如何才团结抗战,官有官的打算,民有民的看法。官府认为军多粮广,城坚器利,求将得才,运筹帷幄,决胜千里,这些是抗日的法宝;而民则不然,天下百姓求的是公平公道,活得平等气顺,人人能明辨是非,社会能惩恶扬善,百姓心服口服,该百姓做出的牺牲,百姓理所当然要承担。然而官府军方一味地敲骨吸髓,恨不能把所有粮食都收进政府灶火间才放心,这样做就有些过了。一国财富不是金银,而是百姓;一国战力不在枪炮,而在人心。藏富于民照样可以当军粮,只要能收住人心,又何愁天下没有粮草。俗话说,人心齐泰山移。广收人心才是对付小日本的真正法宝。如今政府打着抗日的旗号,倚仗兵多将广,权重势强,欺凌弱小,跟日本人做的事没啥两样,还怎么抗日呀?"

牛陈氏越说越气,干脆挑明多说了几句:"今年大灾,百年不遇,人吃人,狗吃狗,老鼠饿得啃砖头,只要还能长个人心都会把活人放在第一位,政府强收,百姓交光交净也凑不足数目,牛羊鸡鸭也一概牵走拉光,不少人家征完之时就是断炊之日。一边是鸡鸭鱼肉,一边是吃糠咽菜,甚至卖儿鬻女都无法活人,还要这国民革命军保卫啥? 保卫谁?"

王易知匆忙打断牛陈氏的话,用一种十分痛惜的声调说:"哎呀,大娘怎咋会说这话,这话是给抗日唱反调的,说出来就有共党嫌疑,是要坐大牢的!"

牛陈氏哈哈一笑,道:"俺说到当面是给他们个面子,啥共党,啥嫌疑,啥反调俺都没见过,俺说这话是忠言逆耳,能听进去是福分,大凡当朝为官的不外乎就这三种人:一类是心里装有民族国家,想的是天下苍生社稷,能辨忠奸是非,与民同甘共苦;二类是知道自己吃谁的饭,端哪家碗,不能说他们眼里没有国家民族,只是他们看到的只是国家民族中一部分人,遇到事往往会拉偏架说歪理,骨子里就没了是非对错,做了奴才还处处替主子着想;三类是光想着自己,江山社稷苍生、抗日救国只是他们挂在嘴边忽悠人的话,他们当官就是要祸害这个国家。如果他只是利己,只能说不是好人;如果他再干损人的事,肯定就是坏蛋。"

王易知从来没有设身处地从百姓的角度考虑的习惯,听到这通数落,满头冒汗,想发火苦又找不到反驳的理由,只能干笑几声未置可否。这是他第一次听到一个人阐明老百姓也享有同样权利的话,的确让他愕然良久无言以对。

也许从这次战争开始,人们发现最终决定战争胜负的不是武装到牙齿的战争机器,而是人心。王易知不想承认这句话,但它依旧牢牢地盘踞在他的整个心绪。

清晨,天刚麻麻亮。

张永保悄悄起身,刚刚溜出门,抬头见牛陈氏和董秀凤已经站到了院里。

"俺……接到通知回去……"

牛陈氏并不答话,默默地把一布兜烙馍给他斜系在了身后,拉着他一直送到镇寨门外。

雾霭里飘忽着一种沉默的悲凉,张永保眼泪都快急出来了,他不知说什么好,便结结巴巴道:"俺回去见到队长……就让他回来看恁,就这几天……"

牛陈氏笑着点点头,依旧是沉默不语。

张永保看了一眼董秀凤,眼睛红肿红肿的,全身还微微颤抖着,他感到嗓子里如同塞了什么东西,张了张口,一点声音都没发出来。必须马上走,不然真要哭起来了。

他给牛陈氏和董秀凤深深地鞠了一躬,转身迎着如同哽咽凄诉的晨风大步向远方走去,走出很远才想起来昨晚大娘帮助缝补衣服,王易知带来的那封密电忘到中队长家了。

吴志翔自上次只身从黄泛区脱险后,辗转半个多月回到郑县去找王永祥,碰上王永祥被通缉远走他乡。吴志翔好不容易追到许昌才见到王永祥,两人合计多日,认为要抗日只有一条路可以走,就是到沦陷区发展,学习共产党八路军建立抗日根据地。

"奶奶的,眼下这联军那别动队多如牛毛,真正抗日的比牛角还少。俺要拉支队伍就叫七路半,跟八路军比试比试,等俺壮大了,过河打下几座城池,恁给俺发几块共产党的招牌,俺那部队自动升格为八路军,可中?"

王永祥笑笑说:"入共产党可不容易,八路军这牌也不能随便打,得做出点样子才行。"

吴志翔非要跟八路军比试比试,回到宝、郑、汝、鲁一带招兵买马,很快拉起一百多人的队伍,也惊动了官府。当地政府也不客气,派来一个警察局局长带着二百多人,把吴志翔队伍的驻地给围住了,提出的条件是"抗日支持,要么改编成当地驻军民团,要么三天之内过河去沦陷区"。

吴志翔只得匆匆做了一番准备,悄悄把队伍拉过了旧黄河,潜入豫北寻求发展。

到了日军占领区，吴志翔才知道要学八路军建立根据地，还真是件不容易事。吴志翔在国统区是个脚底板绑大锣式的人物，走到哪儿响到哪儿，都知道他是真心抗日的人，登高一呼，不但从者云集，不少大户人家也送钱送粮送枪送弹。可到了日伪占领区，谁也不知道他是哪块地里栽的葱，招兵买马连门都没有，就是过路也得留下买路钱。他带的部队潜入豫北，东躲西藏，饥一顿饱一顿，像成了到处流窜的叫花子。

"做不出点样子队伍就升不了格，看来非鼓捣出大动静才行。"

吴志翔一直琢磨着咋样才能鼓捣出大动静。他想起早几年，中国军队在野鸡岗炸火车弄死日军一百多人的战例，便把队伍拉到了铁路沿线寻找战机，一待就是半个多月，苦于找不到机会。沦陷区的火车没有准点，也没个时刻表，更拿不准的是打什么样的火车，要么是戒备森严的军车，要么是中国人坐的票车，打军车把握不大，打票车有误伤老百姓的危险。

就在吴志翔抓耳挠腮找不到下手机会时，派出的侦察小组送回来一个情报，日伪军一支小部队总共十几个人，从大刘庄出来，看样子是往忠义车站去，沿路还不断骚扰百姓，人人肩上都扛有包袱，像是出来打野食的。

"奶奶的，打！"

吴志翔丢下饭碗，跨上马，带着二十多个人的小队便出发了。

接上火后，吴志翔才发现那队日伪军人数不多火力很强，不慌不忙就占领了铁路沿线的高地，一连打倒吴志翔队伍的好几个人。

"不对劲呀！俺看这帮小子不像是打野食的，倒像是给咱们下的钩呀！"一个军官模样的人凑近吴志翔喊道。

子弹"嗖嗖"地在空中飞过，"哒哒哒"的机枪声就没停过，压得人头都抬不起来。

"这帮七孙咋带恁多机枪，"吴志翔躺在一座坟头后面，心想，"这也太丢人现眼了！偷鸡不成反蚀把米。"他环顾着四周的地形。

"那个村子叫啥名？"

"伊庄。"

"好，恁们回去叫人，先占领伊庄，这儿给俺留几个枪法好的，形成犄角，咱们用交叉火力跟这帮七孙玩一会儿。"

日伪军小队几挺机枪轮番射击,在吴志翔周围掀起一阵尘烟。他抓下头上的帽子,往空中一扔,落下来时已经穿了两个窟窿。这回他相信了,这帮人是经过特殊训练的对手。

他向周围看了看,一片开阔地,日伪军还占据居高临下的优势,自己带来的人活着的已经不多了,僵持下去后果肯定会全军覆没。

他向剩下的人比划一番相互配合的手势,交叉掩护拉大距离,一个坟头一个坟头地向伊庄撤退。

可是一连冲出两人都被打倒在地。远处好像开来了装甲火车,冒着黑烟"轰轰隆隆"地开过来。就在吴志翔一筹莫展之时,突然日伪军背后响起一阵枪声,日伪军的队伍大乱,吴志翔这才趁机撤到了伊庄。

进村,吴志翔才知道是张道成赶到日伪军背后给他解的围。

"恁来也不看看时候,这次弄不好咱俩埋一个坟堆了。恁不该来呀,恁没俺命硬。"

张道成满脸是汗,大口喘着气:"牛队长让俺找恁,俺都在这一片转悠十来天了,好不容易听到枪声,一想准是恁们。"

"那恁不看形势就一头钻进火坑呀?!"

"多个人咋说也能多个替手。"说着他咧嘴一笑。

吴志翔叹口气。

吴志翔望着日伪军的大部队沿铁路、公路正在逼近村口,没顾上多说,领着自己的队伍迎了上去,拉开阵势打了一阵,当他意识到正面来攻的日伪军越来越多时才下决心不再恋战。

"没结过婚的,或是家里有老有小的都站出来。"队伍里一下子站出三四十个。

吴志翔大步向前,从一个战士手里接过机枪大声道:"现在鬼子正向咱们两边包抄,恁们从正前方突围,西院还有些马,恁们突围用吧,能不能冲出去就看恁们互相照应得怎么样了,其余的跟俺守在这儿打掩护。"他挥手带着众人推倒了西边围墙让大伙冲了出去。

吴志翔带着剩余的战士坚持了足足一个小时,最后日伪军集中炮火发起了猛攻,直到傍晚才占领了村子。他们从一片碎砖瓦砾中翻出九个还有点气的"七路半"军官兵,大多已经缺胳膊断腿,只有三四个虽然头破血流,但还能自己行走。

"吴志翔？有没有吴志翔？"一个伪军军官大声喊道。

张道成慢慢走上前去,很认真地打量一番那个伪军,一口血水吐了那人一脸。

"爷爷的名字也是恁随便叫的?!"

那伪军军官挥了下手,十数个日伪军一拥而上,将张道成打倒在地,五花大绑把他捆起来。

吴志翔努力站起身,说:"不能带他！他不是……吴志翔。"

谁知他话音未落头上便重重地挨了一枪托,他怒不可遏,开口骂道:"恁们这帮七孙抓错人了,俺才是吴志翔。"一帮士兵上前不由分说把他的嘴用绳扎了起来,和其他七个俘虏一起扔上一辆卡车,连夜押进了开封日伪监狱。

当天,日军作战日志记载:昭和十八年三月二十日,我军在伊庄全歼华军共匪"祁儒范"支队,支队长吴志翔被捕,部下百余人毙命。

两天后,张道成被日伪军杀害于新乡,直到死他都自称是吴志翔。

第二十六章

人类是有意识、有目的的生物。他富于是非观念，道德的力量促使他择善而行，即使他抗拒这种力量，也不得不这样去做。那么，人类在宇宙中的地位如何？意义何在？人总以为自己是宇宙的中心，因为自己的意识对于本人来说，是观察宇宙中精神和物质景象的出发点。人还有这样的自我中心意识，即认为他的自然冲动是力图使宇宙的其他部分为自己的目的服务。与此同时，他也意识到自己并不是宇宙的真正中心，来去匆匆，转瞬即逝，他的良知也告诉他，就把自己看作宇宙中心这一点而言，他在道德上和理智上都铸下了大错。

——〔英〕汤恩比《人类与大地母亲：一部叙事体世界历史》

第二十七章

某夜。

开封日伪监狱。

狱警梁尚虎负责入狱的最后一道手续——在每个犯人的胸前烫个圆形的记号,并负责分配犯人的号房。

梁尚虎中等个儿,佝偻着腰,穿一身黄色伪军服,黑瘦长脸,四十多点年纪,一副魂不守舍的老态,那双微微发黄的眸子看谁都带着要死的神态,无精打采地跟在日军狱医木村身后。

这天拉来的犯人进城已是后半夜了,办完手续发现有两人由于失血过多,已经咽气了;有三人相互搀扶着勉强能站起来,穿着血污褴褛的粗布灰色军服,脸上黑黝黝的,鼻子眼都分不清;还有三人全部处于昏迷状态。负责办理入狱手续和检查身体的日本人木村面对这种情况也习以为常,知道活不了几天,连登记画押的事都交给了梁尚虎。他围着躺了一地的俘虏绕了一圈,打着哈欠回去睡觉了。

梁尚虎学着日本人的样子,给每个俘虏喷了一番消毒水,便提起他那烧红的烙铁给俘虏们烫起记号。在呼天抢地的嚎叫声中,他丝毫不受影响,依旧一丝不苟地做着自己的事情。这样的场面他见多了,反正过两天犯人就嚎叫不动了。

他一个接一个地撕开犯人的衣服,毫不迟疑地把那烧红的烙铁按在他们胸前。

他撕开最后一个俘虏的上衣,赫然发现那人身上已经有了一个印有"汴"字的烙印!出鬼了?他借着昏昏的灯光,认真审视一番,不错呀,跟自己要打上去的印记一模一样。

这把烙铁可以说是他家的祖传,自从父亲过世后就一直在他手里,还没有第二个人摸过这把烙铁。在他的印象中,从民国政府开始到日本人开进开封,凡是烙上这样记号的人,好像是没一个活着出去的,这人是谁呢?

梁尚虎两眼一睁,仿佛撞上鬼一般张着嘴,愣怔片刻,回头看看铁栅门外的日军哨兵,低声问:"你这记号怎么来的?莫非你是——"

"对,俺就是永远不死的活阎王,快把俺们弟兄弄到一个号里,哪个弟兄要是死到恁手里,到地狱里俺几个一块活吃了恁!"吴志翔怒睁着一只未伤的眼,狠狠地龇了龇满是血污的牙。

梁尚虎浑身哆嗦几下,到这地方还敢龇牙咧嘴,他真没见过,这人莫非真是下凡的神仙?他不住地点头,一连说了几个"中"。

梁尚虎把吴志翔几个带到一个专门收押病号的监牢里,临出门时他再次追问吴志翔:"你是十年前那个被判死刑的吴——"

吴志翔用尽力气双手抓住梁尚虎,狠狠道:"俺姓啥叫啥,与恁没一点关系,恁只要敢在外面漏出一个字,俺早晚吃了恁。快点给俺弄点药,弄点吃的,还有水!"

梁尚虎黯然片刻,点点头。

梁尚虎从记事起就知道父辈在"大牢"里当值,至于父辈再往上是干什么的就说不清了,反正祖祖辈辈都没考科举的资格,这一点是很清楚的,所以家里从来也不出读书人。人世间的是非对错与他们没有多大关联,他们管的是犯人,不管大清、民国,还是日本人,犯人肯定会有的,设立监狱自然必不可少,有监狱就得有人在其中当值,这也是顺理成章的事。梁尚虎早年还很为这份职业自豪过。从大处讲维护了社会秩序,小处看他还能让犯人少吃点苦,尽自己能力给人犯捎个口信,带些药物之类的东西,让他们知道哪儿都有好人,兴许也能多些活下去的信心。

日本人来以后,监狱当值的大多数人都走了,换上了"皇军"。开始一年半载监狱里不用中国人,只用了两个中国翻译,基本上是抓了人就杀,也无所谓关押不关押,就跟屠宰场的园子差不多,只是把人暂时关个地方。那时,也没有什么法律条文,反正所有被抓起来的人都可以称为抗日嫌疑犯,抗日的罪名自然成了包罗万象的大网。你真枪实弹跟日本人干是抗日,日本人看着你不顺眼也有抗日之嫌,所以有了这个网尽天下的大帽子,日军不但可以随便抓人,而且审讯结案的速度十分惊人。通常是人犯一进审讯室,审讯人员连头都没抬一下,连人犯啥样都不知道,处决的意见就已经写好了,只要填上人名就可以拉出去毙了。

日本侵华后,军队人手需求猛增,征兵条件一放再放,最后把社会上各类混混、流氓、无赖之类的东西都收罗征集成军,派往了中国。日军也清楚这些人根本上不了战场,勉强凑合着充当了宪兵。很快,日军宪兵队就由主要对付抗日活动,变成了敲诈自肥,或者干脆成了抢劫诈骗、谋财害命之类的黑社会组织。这时,日军才想起来启用中国原有的监狱系统,开始在宪兵、情报特务机关、警察局等使用旧军警人员。

梁尚虎就是这时候又回到监狱干起了他的老本行。

被征召之前,梁尚虎终日凄凄惶惶,吃饭都成问题。他一无所长,只能靠别人施舍勉强糊口,等到日本人让他回去时,他对自己从事的这一行当才有了新的认识。他发现,坐监狱的人文化程度越来越高,心地比在监狱看门的人还要好。

这一发现让他很是苦恼。从祖上继承的概念讲,监狱应当是关坏蛋的地方,可现在关进去的都是好人,反而是办监狱的和看守监狱的无恶不作。显然这里面有哪个环节弄颠倒了,把监狱办颠倒的肯定是日本人!于是他主动请辞了两回,还到乡下躲了几天,最后饥饿说服了思想,他还是回来了,越干越觉得麻木和悲惨。

"人可以不温饱,不成家,甚至不要命,但不能不要脸,不讲道理!"

他知道人们在背后骂他"黄狗",这个称呼是抗日以后才有的,并且是有特定含义的称谓。虽然自己带着这个帽子浑身不舒服,但不得不佩服老百姓叫得对。

他仔细观察过各色各样的狗,真的发现自己连狗都不如,至少狗能分清人扔的是骨头是砖块,除非是个别傻狗,见人扔个东西就去抢,没准儿过年见人扔个炮它也要撵一阵,自己的处境显然跟那傻狗差不多。

混来混去咋跟日本流氓混一堆了?!好歹咱也是过去大宋皇城根的人哪!每天一睁眼他都会这么想。

人生真球没意思!

这两年河南大旱,各地逃荒到开封的人也不少,粮价大涨,人价大跌,大姑娘六七百,小媳妇四五百,小孩拿几个蒸馍就能换一个。

梁尚虎这两年倒也攒了几个钱,有段时间他没事就到北门附近转悠。原来的骡马花鸟市场现在改成卖人了,人价比牲口价还贱。他转悠几回倒也看中了一个女人,模样挺俊,被一个一脸老相的瘦男人用草绳牵着,那人手里还拿块硬纸牌,上面写着:四百块,不还价。

梁尚虎怀里揣着满洲国的票子,自觉比那卖媳妇的汉子混得强,蹲在那人对面足有一个小时,可那瘦男人双手抱头坐在地上,始终没抬一下头。梁尚虎从怀里摸出好不容易才凑够的四百块钱扔在那人脚下,那人还是没抬头,收下钱把草绳递给了梁尚虎。

"等等。"那女人心平气和地对坐在地上的男人说,"栓他爹,你可看好了,这个可是穿黄皮的人,让俺跟了他,你放心不放心?"

瘦男人还是双手抱着头,没有任何表示。

"那俺跟他走了?"

被称为"栓他爹"的人开始小声抽泣起来。

梁尚虎不忍看见生生分离的场面,拉着那女人就要走。

没走出几步,那女人对梁尚虎说:"这位大人,你拿钱买俺,俺肯定跟你走,只是俺男人的裤子漏洞太多,俺穿的稍微囫囵点,俺们把裤子互换过俺跟你走,中不中?"

梁尚虎这才弄明白那瘦男人为啥一直抱头坐在地上,原来衣不蔽体了!他长长地叹口气说:"俺也看出来了,你男人卖你也不是为了救自己,你还是回去跟他过吧。"

他知道他花再多的钱也买不来这对穷夫妻琴瑟相合的情分,何必呢!同是天涯沦落人,倒不如成全他们。

那女人吃惊地瞪着双眼,懵了。

梁尚虎也是一脸茫然地四下里看看,把草绳递还给那男人,悻悻然顾自走了。

他开始厌烦这个世界了,尤其是人们说他穿身黄皮时,直觉得自己干的这份行当肮脏不堪。回过头看看自己的身世,其实很悲惨,仿佛一下子就没了任何价值。日子就这么摇摇晃晃地过着,他每天还去上班,但对眼前的一切已经失去了感觉,心累了,不想再说,也不想再看了,包括生命中的时光好像都是多余的,他有太多无聊的时间要打发,他真不知道太阳每天升起是为啥,它要是永远坠落该多好,他可以一直生活在梦想里。

早两年,吴志翔的通缉令贴满开封四门时,全城议论纷纷,都说一个江洋惯匪杀了日本少将,杀完后平平安安地遁出了城。市民们说起来皆神神秘秘的,只是眼神无一不露出难耐的喜悦。

梁尚虎一开始并没在意,以后看到照片后总觉得有些眼熟,好像在哪儿见过,直到有一天,办事认真的日本人到监狱查找资料,他才知道吴志翔在这儿住过几年大牢。早知道有这一天,当时多跟他聊聊多好!

从那以后,他对每一个锒铛入狱的人都有了异样的感觉。这些人完全生活在另外一个世界里,还充满了激情和创意,他真想问问这一切究竟是为啥。直到这天晚上,吴志翔真的出现在他眼前,他一直不相信世界上还有这么巧的事。

他答应吴志翔提供帮忙,这可是件弄不好就可能掉脑袋的事,不过他还是经不住吴志翔九命不死的诱惑和那身昂扬的激情,他曾拉着梁尚虎的耳朵说,别给日本人办事了,现在醒悟还来得及,日本人要想占领中国除非天塌地陷人死光!当时就把他震得冷汗直流,他决心要见识见识吴志翔到底是啥样的人,他那种向死而生的勇气是从哪儿来的。

第二天早晨,他决定不说出去他的发现,按吴志翔的交代提供药品、食品,可这么下去,如何收场呢?

洛阳一战区司令部特别监狱。

无论刘艺舟是否认定牛紫龙就是共党的卧底,杀掉牛紫龙已经成了从上到下各种势力的一个目标。军统内部的恶斗,必须找出一个外部势力插手的理由才能解释清楚。

刘艺舟之所以迟迟下不了杀害牛紫龙的决心,并非如他所说的那样,牛紫龙受过蒋总统的表扬,真实的用意是他还没有摸清豫站在沦陷区到底还有哪些牌。刘艺舟也清楚,如果拿不到这么多年牛紫龙等人在沦陷区发展的情报网络,他这个站长也干不下去。因此,他曾下决心要把豫站经营的情报网络搞到手,当然还必须从查清军统豫站共党渗透案入手,由此打开缺口才能把豫站真正收归己有。

在众多有价值的推理中,只有牛紫龙早期的活动与共党有明显的瓜葛,基本可以认定王永祥应当是牛紫龙的单线联系人。如此一来,牛紫龙与王永祥的同窗关系,以及以后两人多次出现的巧合,成了认定牛紫龙"共党"的最重要的线索。可惜这条线索由于王永祥的"出走"而无法查下去,牛紫龙做的许多事分明有人暗中配合,可这些推理无论如何搬不上桌面。

审讯牛紫龙已经进行过多次,用刑根本拿不到口供。更难缠的是,牛紫龙一口咬定站里有用的情报网络以及联系方法都在前代站长李慕林那里,李慕林被杀前一天把家底都交给了总部特派员赵麟钧和代站长张子乐,行动队掌握的都是一些无法接或是不能再用的"废子"。对于这一点,代站长张子乐也承认与总部特派员一起与李慕林有过交接,但重要的情资还是李慕林与特派员两人之间进行的,自己只参加了部分关系的移交。如果顺着这条线索查下去的话,又拐到了军统总部,刘艺舟有苦难言更下不了手。

对牛紫龙来讲,当然这件事闹得动静越大也许越安全。牛紫龙知道真正要杀他的不会是刘艺舟一个人,只要他还活一天,这些人就会心神不宁、寝食难安。但他们整人一般会隐藏真实目的,给被整的人套上一顶让人忌讳的帽子,如果找不到借口,就很难下手。对付这种人,把他们的真实目的揭出来也许是自己活下去的希望。

这天审讯组得到了一道死命令:这次审讯牛紫龙再得不到口供,可以让他按手印代替,没有继续审讯下去的意义了,应当不能再让他活着出来。

牛紫龙此时既无法躺,也无法坐了,只能抬着进审讯室。他跪着被固定在一个十字架上,白炽灯还是直直地照着,周围依旧是一片昏暗。他也不知道今天能否挺过去,他开始思念家乡那条河……

几名审讯人员都在门外抽烟,一根接一根,谁也不说话,也不知道应当把这个过场走多久。大家彼此清楚,再问牛紫龙任何问题都不可能得到有价值的答复,无非是打发掉审讯时间,就可以把下面的事交给行刑人员,他们的"审讯"即告完成,接下来只管等着领赏了。

这是一个不大的院子,依靠着三面环山的自然地形,平整开凿出了十几间窑洞,唯一留有出口的一面修筑了两个圆形的碉楼的寨墙,墙外一条沿河的沙土路蜿蜒通向洛潼古道,院子四周植满了高高的酸枣、刺槐,密密匝匝掩映着这片山峦。

这里原是一个沿继百年的马帮商人宅院,不知什么原因,这个兴盛多年的大家族慢慢绝了后,灾祸接二连三,大院也莫名其妙地常常闹"鬼"。这家人请来好几拨风水先生、道士之类的大仙,都说这宅院阴气太重,一般活人进去都死,非等到那死人再生,才能把阴气扫净。这家商人实在想不出死后再生的途径,只得将宅院转卖给了当地政府,谁知最后当做了监狱。

众人抽会儿烟,望望天色,纷纷摁灭烟头准备起身回屋,突然,监狱长从门口的一间窑洞跑了出来。

"等等,军统总部来电,牛紫龙暂时不能执行,这小子手里可能掌握有情报网络。命令要求将这批人异地侦审,押解西安。"

从 1943 年 4 月开始,日军先后发动了晋太、陵川等战役,扫荡了国民党仅存的敌后根据地。5 月,孙殿英、庞炳勋等人先后率部投降日寇,国军共阵亡 9913 人,被俘 1.59 万人,投降 7.4 万人,只有第四十军、第二十七军等少数部队撤回河南修整补充,国民党在敌后建立的游击区板块届时被全部扫除。

入夏以来,华北日军便把扫荡的目标集中到了冀鲁豫等共产党八路军建立的根据地。

一天午后。

开封市第四巷。

街头巷尾,四处飘香,华丽魅惑。曾义群一进巷弄便感到满眼都是妓女流娼的暗示,俊男靓女,妖娆风情,顿时浑身不自在,这种场面他确实没有经历过。

两个月前曾义群受党组织派遣,到开封落脚,从事情报工作。进城前冀鲁豫军区领导亲自找他谈话,一上来就先给他戴了一摞高帽,夸他机敏可靠,脑子活,点子多,又有文化,还是城里人,最适合城市工作,诸如此类的高帽戴了不少,说得他都快坐不住了。接着话题一转,说组织考验的时候终于到了,需要他到日军占领的开封做情报工作。还没等他回过神来,不由分说交代四项任务——搜集情报、惩治叛徒、争取瓦解伪军上层人物兼做联络接待工作,并开列了一长串叛徒和伪军上层人物的名单,工作关系却给得很少。

领受任务后,他束装就道来到了开封。谁知摸底工作刚刚开始,组织上又交代下来一项最优先的情报搜集任务——务必搞到日军近期合围冀鲁豫的作战方案。

良民证刚刚办下来,掩护落脚的商店还没开业,开封市哪条街通哪儿还没弄清楚,就下来这么个十分具体又紧迫的任务。他一连几天辗转难眠,左思右想无处下手,根本没有内线,别说冀鲁豫,就是其他友军的地下工作站也罕见打入日军内部的内线关系,要拿到日军的作战方案几乎不可能。不得已,他只得托人跨系统联系上了河南地下党组织在开封的关系。一个星期后,河南地下党组织提供了几个在伪警察局、伪豫东委员会和伪军中的内情关系户,曾义群逐一进行了探访,没有一个有接受这项任务的条件。开封第四巷是他拜访的最后一家,事前只知道是个妓女,是友军发展由"那边"移交过来的关系。

曾义群边走边想，放弃吧，完成任务肯定无望；把关系接手下来吧，又觉得自己的身份不合适，毕竟自己在老家已经订了婚，万一传出去咋给家人和朋友交代呢？

他对这个赵小姐做了一番了解，更感到风险太大。赵小姐，大名赵菊红，不但本人貌美艺高，当红一时，而且还会日语，与日军华北派遣军多名军官保持着比较稳定的专宠关系，更关键的是发展她干这行当的是"友军"，她究竟要踩哪条船还不好说。即便这些因素都不考虑，一个风尘女子又有什么能耐把华北派遣军一级的作战部署弄到手呢？

虽然已过了午饭时间，开封四巷子沿街住户大多数才刚刚起床，开门撞上曾义群这般风流倜傥的主顾自然喜不自禁，纷纷冲他直笑。想必这时候就来逛窑子，还如此英俊潇洒，肯定是个又有钱又有闲的公子哥，大有一哄而上之势。

曾义群一身商人打扮，穿一身灰白长衫，戴宽边石头墨镜，提着几盒上好的糕点，故意摆出一副心急火燎的样子直奔赵小姐的院子。

敲门，递上片子。

"你从扬州来？"

"是呀！赵小姐有家信托我带来。"曾义群显得很坦然，提着糕点坐在了正堂屋的桌边。

那赵姓表弟疑心重重地上楼了，临走叫来老鸨："宋妈，有客到——"

赵菊红接过表弟拿上来的家信，向楼下溜了一眼，拆开来看，见上面用小楷写着《水浒传》六十一回介绍燕青的一首《沁园春》：

唇若涂朱，睛如点漆，面似堆琼。有出人英武，凌云志气，资禀聪明。仪表天然磊落，梁山上端的夸能。伊州古调，唱出绕梁声。果然是艺苑专精，风月丛中第一名……人都羡英雄领袖，浪子燕青。

下面无日期和落款。

菊红愕然片刻，悟出这是牛紫龙派人来的联络暗号，便顾不上梳妆，匆匆下了楼。

"不用介绍你是谁，我只想问牛紫龙牛大哥一向可好？"

曾义群抬头见那女子果然不凡，高个儿白肤，瘦脸明眸，不仅貌美如花，而且气韵如诗，举手投足莫不透出一种雅致和淡定。

曾义群尴尬地笑笑说："菊红先生，不瞒你说，牛紫龙我只是听说，从来没有见过,我是河北……"

菊红若有所失地点点头,打断他的话说:"其实我跟牛紫龙先生也只是一面之交,对他的人品学识、为人信念我很早就有所闻,也很敬仰,承蒙抬举,给我这样落入风尘的女子讲了很多做人的道理,也算为国为民尽些绵薄之力,真该感谢牛大哥。"

曾义群紧张的心情这才有所放松,说道:"我正为此事而来,先生虽落风尘,仍能不忘家园,十分难得。我没有见过牛先生,但想必在抗日大局上是一致的,我是……"

"你不用解释,我一个弱女子不问政治,不问你是河北、河西,是十三军,还是四老板、八掌柜,只要抗日用得着我,我一定尽力。这是牛紫龙告诉我的,国民党共产党谁抗日俺就帮谁。其实我也看出来了,你不像河西边的人,牛大哥也不像。跟我联络的方法只有牛紫龙大哥和我知道,他能把联络方法告诉你,那一定是同路人。"

她所讲的十三军是指汤恩伯的国民革命军,四老板、八掌柜是共产党领导的新四军、八路军。

曾义群站起身给赵小姐重新施过礼。

"菊红先生深明大义,我也是斟酌再三才来找你。今年上半年日军基本上把国民革命军的游击区全部扫荡了,从战略势态看,他们下一步很可能就要对准我们八路军的冀鲁豫。我们需要弄清楚日军的战略部署、战略意图和部队动向,最好能搞到具体的扫荡计划或是作战方案,知己知彼,敌明我暗,才能防患于未然,百战不殆,如此重任……"曾义群拿出一对金手镯放在了桌上。

"这就客气了,如此重礼我是万万不能收的。常言道,试金用火,试女人用钱,试男人用女人,你拿来如此贵重的礼物真的小看我了。你说这些我都不懂,这件事我不敢答应,即便我应承下来,恐也难以胜任,万一误了贵党贵军的大事,岂不辜负了你的重托?"

曾义群一脸惆怅,长叹口气,又道:"菊红先生有所不知,此事十分紧迫,关系到万千同胞的生命安危,我不得已才来你这儿相求,你千万……"

菊红艰难地一笑,道:"你这么一说我就为难了,以同胞生命安危相托我不敢不答应,小女子才疏识浅,又沦落风尘,不过信义二字还是懂得的。请贵客宽限我十天时间,我一定全力去做,即便有什么闪失,相信我也尽力了。"

两人对视无言，菊红把桌上的金手镯又退还给了曾义群，抿抿嘴岔开了话题。

"牛紫龙大哥讲，宋朝开封名妓李师师一生有过三个重要的男人，宋徽宗、周邦彦和浪子燕青，牛大哥说再次联络就以李师师真心相许的人为暗号，他猜得可对？"说着又拿着那封信看了起来。

"这段传奇我没研究，想必牛紫龙先生自有他的道理。"

"可惜男人都不真正懂得女人的心理，浪子燕青虽然倜傥风流，毕竟无法托付终身。"

曾义群见赵菊红已经答应，自知不便多留，如此浪漫的话题此时此地却没有心情讨论。

他洒脱地一笑说："有人污我们是土八路……"

"那是有眼无珠，不要见怪，李师师的心思我只是随便问问。"赵菊红怅然若失地点点头。

曾义群匆匆起身，留下他在开封的住址和联络方法，再三相谢下得楼去。

一连七天曾义群留在家中未敢出门，苦苦相等，始终未见任何回音，难道真如赵菊红所说没有任何办法了吗？

一日午后。

原河南大学校园，日军第三十五师团司令部。

赵菊红一踏进这个房间的地板，周身就不由自主地开始战栗，一种发自心底的恐怖让她产生了拔腿就跑的冲动，只是想到同胞性命相托之事，又有了比意志更坚强的理性，促使她紧紧跟在那个穿着雪白衬衣的男人后面，她不知道今晚能不能回到第四巷菊红院，如果不能活着回去，用什么方法兑现对曾义群的承诺呢？

自从她答应帮助曾义群后，一连等了七天半，竟没有一个日军军官光顾菊红小院，她隐约感到日军是真的在准备重大行动，或许如曾义群说的有可能伤害成千上万人。

这天中午她起床后，简单地梳妆打扮几下，便说要去日军三十五师团司令部，宋妈和表弟急忙跑上了楼。

"这可使不得呀，干这一行只有坐等生意的规矩，就是揭不开锅也不能自放飞鸽，你这么送上门去，往后还咋撑得住菊红院的门面啊。"

菊红对着镜子看了下自己,双眼的黑眼圈让她自己都吓一跳,原本就消瘦的脸更显苍白和形销骨立。她是小脸女人,瘦点并不难看,大大的凤眼有种忧郁美,细鼻梁薄嘴唇都还说得过去,只有那眼下的阴影,连带整个容颜给人一种说不出的悲凉。她一边往脸上抹着珍珠粉,一边想着怎么处理掉眼睛周围的暗影,她知道河边喜欢浓妆艳抹穿类似学生制服的女人,那样可以显得单纯点。河边有强烈的性虐嗜好,越瘦弱越能引起他的兴趣。

她一边打开各色粉盒,一边对宋妈说:"这件事不要再说了,你们快去叫辆人力车。"

她扑完粉站起身,又对着镜子照了照,对表弟说:"晚上,你雇辆人力车在学院门口等我,不管多晚,活要人,死也要把我尸体拉回来。"

日军第三十五师团司令部设在原河南大学院内,河边大佐属华北方面军参谋部派驻三十五师团专门协助制定作战规划的军官,被单独安排在一栋斋楼的楼上。

赵菊红通过门卫找到河边后,日军卫兵当着河边的面,把菊红上上下下搜检一遍,还把她的遮阳伞留在了门卫处,唯独让她带进来了一个小小的化妆包。

进到河边宿舍,她的汗还没有完全落下去,如果那两个年轻士兵稍微认真一点,她现在可能已经坐上了去宪兵队的囚车,想想都后怕,她两腿一阵阵发颤。

河边进门后很绅士地做了个请的动作,待赵菊红坐下后,便色迷迷地盯着她不放。

"你怎么敢冒充我的日本亲属呢?你的日语夹杂太多中国口音,并且说的都是我们大日本皇军系统的语言,在日本,女人是不说这种话的,这种语言带有很多脏字。"

赵菊红强颜欢笑,故意摆出一副嗔怪样,道:"我说的日语不好听,那还不都是跟你们日本军队学的,说我不像日本女人,本来我就不是日本女人,你的日本女人能有我这穷酸样吗?"

"一样,一样,都是大东亚共荣圈的女人。"河边哈哈大笑几声,把一双短而粗壮的手放在胸前搓揉一番,猛地把赵菊红拦腰抱起扛在了肩上,向里屋床边跑去……

河边家祖祖辈辈以贩运山货为生,生就一副四肢健壮的样子,他个子不高,大手大脚十分有力,宽宽的肩膀上扛着一个略显四方的脑袋,上面一头生硬的短发,脸宽腮阔,窄额小眼,塌鼻大嘴,黝黑发亮的肤色带有些许兽性的刚毅。

他从小就有一股坚韧的蛮横。据他自己介绍,从小学入学那天起,他就一边读书一边打零工,不光养活了自己还贴补了学费。明治维新后日本逐渐走上军国主义道路,民间尚武之风盛行,对他来说更是生而逢时,如鱼得水。他小学没毕业就报考了少年军校,以后又考上了陆军大学,以体能、技能拔尖的成绩毕业后,到部队当上了军官,彻底改变了河边家族祖祖辈辈靠挑担拉纤摆渡为生的命运,谋上了时人都羡慕的军人职业。这一职业很适合他的性格特点,坚韧勇猛,吃苦耐劳,再加上与生俱来的冒险精神,作战思路狂放精细,使他比同期陆大毕业的学生提拔得更早更快。特别是冈村宁次上任并提出蚕食政策后,他进而主张把平时的蚕食绞杀与集中优势兵力进行定点定片"扫荡"相结合,最大限度地发挥现有兵力的机动作战潜力,一连组织发动了中条山、陵川、晋太等几次较大规模的作战,不仅为日军清除大片隐患,也为他本人赢得了不少荣誉,迅速成为华北方面军名冠一时的参谋人员。

"青天白日这么不懂礼节,我是念你平日公务繁忙,今天正好是星期天,特来看看你,出去消闲半日,如此粗俗无礼,我还是回去吧!"菊红用力挣脱河边,站起身整整仪容迈腿就要往外走。

"对不起,对不起。"河边也自觉有些唐突,两眼仍旧闪动着欲火难耐的贼光。

赵菊红趁机抛了个媚眼,换上撒娇的口气:"眼看就要喝你荣升将军的喜酒了,还这么毛手毛脚的,咱们何不先出去消闲玩耍一番,回来再……"

河边迟疑片刻,瞪圆了小眼,在菊红身上转悠了几圈,咬着牙点点头。

赵菊红趁他更衣之际,在一个书柜的顶层翻出了一摞标有中文"中共"、"冀鲁豫"、"杨·朱"字样的卷宗。她匆匆翻了几页,除了一些日文文件外还有不少密密麻麻的地图、表格,从制作日期看属于刚刚完成的计划方案,她心中一喜,小心翼翼地把卷宗放回原处,下意识地拿起那化妆的小包,摸到了胶卷,却掏出一面小镜盘算着下手的时机。

河边换上了一身咖啡色带宽白边的和服,笑嘻嘻地走到赵菊红面前,越发显得身体五短而手脚大得可笑,他那厚而肥硕的大嘴不时地散发着臭味,两个小而贼亮的眸子闪动着浅浅的绿光。

"好靓啊！人逢喜事精神爽，你这时候穿啥都好看，比全城的日本人都好看，咱们一定要出去转转，要带上相机多拍几张照片。"

河边被夸得原地蹦了好几下，龇牙咧嘴地嘿嘿直笑。他转身从里屋保险柜里拿出一架相机，装上一盒新胶卷，煞有介事地挂在了脖子上。

赵菊红笑望着，一阵阵恶心直往上涌。她慌忙掏出手绢捂在嘴上，挽着比自己矮半头的河边出了门。

一下午，河边都兴奋异常，半张的大嘴巴时不时会有些涎水落下来。他们转悠了相国寺又去了龙亭，每到一个地方他就拉着赵菊红合影，贼溜溜的眼神一直在她身上打转。

"呦西，上次你说宋朝名冠京师的妓女李师师，金兵攻下开封后去了哪里？"

赵菊红耳边吹拂着南风，站在龙亭上远远望去，满目苍凉，白崖崖的大地到处都很残破，只有视线的尽头才连接着块块新绿，那绿色是那么醒目，衬托着远处的蓝天白云，带给人太多的憧憬和联想。

"金兵两次南下，攻进开封城，金国少主金兀术仰慕李师师的美貌，但让人四处搜寻未得。一种说法是李师师随大批南下的难民逃到了湖湘江南，有人还在浙江一带见过她；另一种说法是金兵占领开封后抓到了李师师，李师师不忍受辱脱金簪自刺其喉，不死，又折而吞之乃死，烈烈有男儿侠士之风。"

河边瞪大小眼睛，剧烈地摇晃着宽宽的大脸，他的大脑袋就像直接安在肩膀上一样，根本看不到脖子，但十分灵活。

"不，不，不，李师师一定去了日本，从中国大唐开始就有很多人东渡日本，如唐朝的杨贵妃等，李师师难道没有听说过杨贵妃的故事吗？"

"李师师无论如何不会去日本，她色艺冠绝，媚柔无双，在中国受到中国皇帝的宠幸，还有自己的情人，即便这块土地再离乱艰辛，她也不可能从……"她差点把从文明到野蛮说出来，心想，当着秃子面千万别夸自己头发多。

"嗯哼——日本不好吗？支那的文明，唐宗以后已被蒙、满野蛮民族统治，进取担当的精神已经抽剥殆尽，东亚病夫精神上营养不良。亚洲唯有大日本臣民才是太阳神的子孙，从来没有被落后民族征服过。当今世界，英美如同野蛮民族一样，妄想征服亚洲，唯有我大日本领导亚洲建立东亚共荣圈，才能抵御西方的掠夺和殖民，大日本从来就是令人向往的地方。"

赵菊红有点绝望了,世界上还真有如此胡说八道的人。

"遗憾的是李师师只能出在中国的大宋王朝,日本历史上有李师师吗?"

"嗯哼?"河边眨巴眨巴圆圆的小眼,茫然良久。

汽车开到铁塔下,河边突然又来了情绪,用手指指铁塔上被日军炮火炸出的缺口,叉开双腿,特意把肚皮挺得凸出些,双手叉腰对司机喊道:"哟西——快快地,把上面那个标志照上!"

司机摇摇头,答道:"胶卷没有了!"

赵菊红接过相机,故意手忙脚乱地摆弄了一番,递给河边,略带遗憾地晃着头。

河边很熟练地从相机里取出胶卷,连同相机一起交给了赵菊红。

"一千多米,我大日本皇军的火炮能够击中不足两米宽的目标,这样的战绩只有我们大日本皇军才能做到,从弹着点看偏差最多四十公分。"河边翘起拇指比划一番,"这一定不是我们的战技能力问题,而是风向,或是炮位出了无法计算的偏差,知道为什么吗?"

赵菊红摇摇头,心想,人类本来没有末日,只是有了日本军队世界真的走到了终途。

"东乡平八郎,我们大日本军队的战神,提出宁要百发百中的炮一门,不要百发一中的炮百门。我们有世界无比强大的高超战技、战争理论、战争能力,征服、驯服这个世界是我们大日本皇军的使命。"

赵菊红淡淡地笑着。人类文明的进步却培养出了如此技能高超而又野蛮冷酷的杀手,着实令她吃惊,这真正是进化的悲哀。眼前的这位侃侃而谈的矮个儿的确是个聪明机警的人,但他又和一般概念中的人多少不一样,他没有人的情感,甚至感觉也与常人不一样,他信奉的东西类似原始宗教里的一些理念,人天生就要去征服别人,残杀是英勇的表现,别人痛苦一定会转化为他们的欢乐,他相信杀人应多多益善,那些被杀的人到了另一个世界也会给胜利者当奴隶,即使一时半会儿顾不上杀,也必须让他们臣服顺从,征服成了他人生的价值。他的文明礼貌在强势面前才有,是装装样子的工具,在比自己强壮的人面前暂时夹着尾巴,但并不妨碍背后算计他们。在这个过程中,什么道德、信念、爱、品行,这些概念对他来说全是多余的。

日本人知道,他们最大的优势就是善于学习,向最强者学习,在变得更强之前必须彬彬有礼,一旦强大马上可以变脸,迅速变成一头野兽。这一点赵菊红太清楚了,她与河边虽然只打过两三次交道,但对他瞬间从一个彬彬有礼的人,变成撕咬虐待人的疯狗,有着刻骨铭心的记忆。

河边第一次请赵菊红喝花酒时,甚至没有离开饭桌便将她全身扒光捆绑了起来,用他那宽宽的牛皮带狠抽了一顿。第二次见到河边的情景更是不忍去想,不但抽打还又咬又抓,至今赵菊红的胸前背后还留有许多牙印。河边自认变态地强暴女性是一种文化,是男人强壮的表现,是征服的能力,是人生价值的体现。想到这儿,赵菊红便一阵阵直打冷战,浑身起了一层密密麻麻的鸡皮疙瘩。

汽车重又回到日军第三十五师团师部,河边率先跳下车,摇晃着硕大的屁股很殷勤地给赵菊红打开了车门,甚至还摆出一副绅士模样怜香惜玉地搀着她下了车。

接下来就是那些恐怖的事了。

入夜,当警卫端上一盘很精美的日本菜肴后,赵菊红战战栗栗地帮河边温着酒,很惊恐地想着河边会不会失手真的把自己打死。不过,今天她还是设法要让他多喝些酒,最好不省人事,即便是……

两个小时后,赵菊红强忍着胸前和大腿两侧火辣辣的剧痛,望了一眼轰然倒下的河边,转身到了外屋。她忙脚乱地把自己带来的胶卷装进河边的相机里,取下已经看好的卷宗,打开写字台上的台灯,一张张把那些文件图表拍了下来,迅即又取出胶卷放进化妆包里,哆哆嗦嗦地用手绢把相机擦拭一遍,放回到原处。这些动作做完后,她几乎要瘫倒在地了,强忍着周身的疼痛又进到里屋。

河边大口大口喘着粗气,从那半张的嘴里发出奇怪的鼾声,每一声都以低音开始,直到变成刺耳的尖叫为止,涎水在他胸前湿了一大片。赵菊红看清河边已经烂醉后,匆匆补了一下妆,叫来门外的警卫把河边抬到了床上,步履蹒跚地出了日军三十五师团司令部的大门。

第二天一早,赵菊红小院的堂倌敲开了曾义群商店的门,交给他一卷胶卷。

"菊红先生呢?"

堂倌眼圈一红,差点哭了出来。

"她一时起不了床,看样子至少要躺十天半个月,托我代为致歉。"

曾义群未及多想，送走堂倌后，立即找到了一位懂日文的教师同事，连夜辗转赶回了冀鲁豫。

1943年8月21日至10月12日，日军调集第三十二、第三十五、第五十九师团及骑兵第四旅团，配备坦克、汽车八百多辆，在伪军孙良诚部的配合下，对八路军冀鲁豫根据地进行了合围扫荡。冀鲁豫八路军主力及领导机关提前一天跳出了合围圈，转向外线作战，并相继攻克东明、考城、濮阳、平阴四个县城，拔除据点碉堡74个，组织大小战斗35次，毙伤日伪军1374名，抓俘日军2名、伪军2744人，取得反"扫荡"战役的胜利。是役，冀鲁豫根据地不仅没有缩小，反而得到了扩大。这是冈村宁次出掌华北派遣军后遭遇的第一次徒劳无功的战役。

开封日伪监狱。

三天时间，日军狱医木村已经问过两次了，住在隔离病牢里的几个人怎么还没死？梁尚虎又把准备好的话絮叨了一遍。

他知道除了前两天已经死去一个外，仍有两人真的熬不过今晚了，可其他三个人怎么办？几天前他曾领着木村在隔离病牢房门外透着一个巴掌大的小窗向里面观望过一次，梁尚虎按照吴志翔交代的话，喋喋不休地唠叨着："几个人都发烧不退，忽冷忽热，神志不清，还有一个没完没了地说胡话，你就发发善心开些药吧。"

木村很吃惊地看了看梁尚虎，说："这几个人还开药？你是不是也被传染上了？"

从那天以后，木村再也没来过，就连狱警也躲得远远的，一切看病、送饭之类的事都交给了梁尚虎去做，反正他们也活不了几天了。从吴志翔他们被押进来后，死的死，剩下的人伤情还在加重。梁尚虎倒也费了一番心思，谋划着先把吴志翔一人给弄出去。

"怎说的是球！"吴志翔听完梁尚虎的打算，两眼一瞪，道，"俺们五个不管是死是活，要么一块走，要么一起留！"

梁尚虎斜了一眼牢房一角的那四个人，很显然伤重的那两个人已经进入昏迷状态，能活着出去的最多三个人。三人一起出门，还要过两道岗，显然不是件容易的事,想法弄出去一个就已经冒很大风险了,怎么吴志翔不知好歹呀!现在这种处境还能义字当头吗!

"你说得轻巧,五个人一块儿出去,不管死活,宪兵队长都办不成,你多亏是遇上了俺……"

"恁以为俺想遇上恁,恁爷爷看监狱,恁爹看监狱,恁还看监狱,清朝恁家守监狱,民国恁家守监狱,日本人来了恁还守监狱,俺民国坐监狱遇到恁,俺抗日坐监狱还遇到恁,俺不遇上恁又能遇上谁?!有能耐就把俺们弄出去,没能耐也别来卖好了!"

"要没俺你们早就没命了!"梁尚虎有点火了。

整个牢房都被梁尚虎这么一吼吓了一跳。

吴志翔淡然一笑,说:"恁吆喝个球呀!实话告诉恁,进来以前俺给自己卜了一卦,俺命硬,没有过不去的坎!"说着他双脚一跳,"哗啦啦"一阵脚链响,跳上出门的台阶,冲着那门上的小窗大喊道,"枪毙俺吧,七孙们,俺早早在地狱里等着恁们……"

梁尚虎扑上去把吴志翔推倒在地,两人扭打成一团,门口小窗晃动几下人影,又"咔嚓咔嚓"踩着节奏慢慢远去了。

吴志翔吃力地坐起身,原先头上缠的绷带早已缠到了战友的腿上,半边头脸留下块吓人的血痂。他那仿照八路军军服的灰粗布衣服已经烂得无法遮体了,连原来的灰色也看不出了。他用戴镣铐的手揉了揉膝盖,狠狠地吐了一口。

"这些七孙们,俺死倒没啥,可眼瞅着弟兄们慢慢断气……"

"俺不是不帮你,可总得……"

"是呀,现在是能活一个算一个。"一个战俘从旁边爬了过来,对吴志翔悄声道,"总比咱们弟兄几个都耗在一起等死强。"

"这位梁大哥也帮忙了,可眼下这局面……俺看谁出去能给大家报仇就让谁先走。"

牢房里谁也不说了,再说也是多余。

吴志翔试着活动一下身子,缓缓站起身示意梁尚虎打开牢门,做了个送客的动作。

梁尚虎出门,逐个将吴志翔他们从门上小窗伸出的手打开镣铐。最后,吴志翔隔着小窗对梁尚武道:"不中,俺还是刚才的主意,要走五个人一起走!"他顿了顿,接着道,"俺招兵买马一百多人,闹到最后俺一个活人没带出来,就俺独个儿活着回去了,以后江湖上俺是啥名声?恁帮不上俺俺不怨恁,就当俺是求仁得仁吧。"

入夜。

开封庙后巷。

皓月当空,秋风习习,两边相对的门面房多数都已经上了门板,偶尔会有一两家半开的门面里摇曳着昏暗的灯光,坑坑洼洼的街道上隔上三五步就有个水面的反光。

这片酒家里只剩下了梁尚虎一人,四周空落落的一片昏暗,桌上一盏豆大灯头的油灯,慢悠悠地摇晃着朦胧、暧昧的灯火。他独自喝了三壶酒,酒家送了一盘花生米,要搁在平时早就醉了,一壶都难喝完,今儿三壶头都不晕,他心想,是不是老板往酒里兑水了?

"店家!"

他看见老板赔着笑脸跑了过来。这是家不小的酒馆,临街的门面房里放了十几张桌子,后院还有七八个包间,这么大的场面还卖假酒?

"打酒!"刚才想到什么了?他使劲想了想,不由自主地笑了,他什么也没想起来,只见店老板又哭丧着脸,转身打酒去了。他发现只要一喊老板,老板就笑,一说打酒老板立马变成吊死鬼的表情,他是不是搞反了?他又顾自笑了起来。

他模模糊糊看到一个衣衫褴褛的壮汉神色鬼祟地进了饭庄。他揉了揉双眼仔细端详,的确是一个壮汉,穿一身黑色粗布短衣裤,腰间扎着白色粗布腰带,脚穿圆口黑布鞋,分别露着两个大拇脚指头!那人瘦是瘦,可肚皮上分别隆起几块排列有序的肉疙瘩,肉疙瘩上还有一团菱形的黑毛,黑毛连着那人的络腮胡,络腮胡上接着一头浓郁的黑发。撞上鬼了?壮汉从腰间翻腾出一把外圆内方的古钱,"哗"的一声撒在柜台上,店家老板头也不抬,一五一十地数着,另一只手还"噼噼啪啪"地打着算盘,片刻,伸出三个指头。

壮汉仰头看了看酒柜旁那块画满欠账人的黑板,犹豫着伸出两个指头。

店老板打了两壶酒,转身在一个叫声二的名字后抹掉一条白杠。

只见那壮汉把两壶酒倒到一只大海碗里,用三个指头夹起那碗,像喝水一样"咕咚咕咚"一口气倒进了肚里,顺手在柜台边碗里捏个盐疙瘩丢在嘴里,转身出了门。

"等等,好汉。"梁尚虎起身走到柜台前,溜了一眼那堆从墓地里挖出的大钱,说:"再给你打两壶,俺结账如何?"他学着壮汉的样子伸出两个指头。

壮汉深揖后,同样用三个指头夹起满满一碗酒一饮而尽,这回连盐疙瘩都省了,抱拳拱手跳出了酒馆。梁尚虎慌忙还礼,抬头见那壮汉已经闪出了巷口。

想起什么了?梁尚虎付完酒钱,一摇三晃地走出那爿店门,望着弯弯曲曲的小巷。亮是水,黑是泥,不明不暗是好地。小时候是谁给俺说的,已经记不住了。他抬起头望着那清净又凄美的月亮,无论它多么皎洁,都免不了悲凉。你说它挂恁高弄啥?那上面的苍松悬崖、峰峦沟壑让俺瞅不清楚,还有月亮后面,怎么连个星星都没有,只留下一轮孤寂的月亮。

他深一脚浅一脚地向家走去,其实那个家也就他一个人,想到这儿他变得十分沮丧。

"看来日本人真的快不中了,连大宋朝的铜钱都在人间流通了……活人花死人的钱……活着还有啥意思,活着失去了意义,死亡自然就有点意义了。"他这么想着。

第二天下午,梁尚虎经过一番准备,在晚饭前五分钟来到狱医木村的医务室,把卖光所有家当从朝鲜人那儿换来的四瓶清酒放在他的药柜上,两眼直直地盯着木村身后的一副人体骨骼挂图。

木村正跷着二郎腿看一本日本色情画报,望了一眼梁尚虎,似乎也觉察出他今天的眼神有些异常,转身望望,又用双手在梁尚虎眼前划拉几下。

"呦西!"

梁尚虎这才回过神来,硬生生地挤出笑来。

"死了?"

梁尚虎点点头。

"几个?"

梁尚虎伸出两个手指。

木村收起二郎腿,从抽屉里拿出监狱出门证草草划了起来。

"你开几个人?"梁尚武问。

"四个,你去找俩人拉出城吧。"

"这恐怕不中,你必须开五个人的出门证。"

木村抬起头,用疑惑不解的眼光瞅了瞅梁尚虎,见他表情十分坚定。

"这种传染病俺得跟着。"梁尚武十分坚定地说。

"好吧,你找人,我去验尸……"

晚饭时间刚换过岗,梁尚虎打开牢门,丢下三身伪军穿的黄军服和几个麻袋,气喘吁吁地说了些语无伦次的话:"快吧……刚换过岗,你们三个扛上那俩弟兄赶快走吧,门口有辆马车,车费俺已经给过了,赶快走吧,还有还有,这是出门证。"

吴志翔手忙脚乱地换上了伪军的军服,把麻袋顶在头上扛起死去的战友,出门刚走出几步,猛然想起有点不对劲,转身又跑回了牢房。

"恁咋走?咱们一起走!"

"再迟你们就出不了城门了,快吧……俺要不留这儿,谁也走不了!"

第二天一天,梁尚虎都没露面,临近黄昏,日本狱医木村到隔离病号的牢房查看,见梁尚虎穿着吴志翔他们换下来的破衣烂衫,正冲着木村吃吃笑着,木村一个寒战差点没坐地上,转身就跑。

"疯了,疯了,疯子来了!"

凄厉的喊叫声震撼着整个监狱,报警声、喊叫声和纷乱的脚步声响成一片。一会儿,随着几声沉闷的枪声,喧嚣瞬间停止,一切又恢复了平静。

西安冰窑巷,军统西北看守所。

进门,看守所照壁墙上用隶书规规整整地写着:

"军统成立至今,凡是关进军统监狱的还没有一人脱逃出去,要活着出去只有一条路,那就是把你所知道的秘密全部说出来。"

军统豫站十七名嫌犯被关进西安冰窑巷军统西北看守所两个月了,上面好像忘了这码事一样,既不审又不问,一日三餐伙食改善不少,每天还有轮流放两个小时的风,像是养起来一样。

从郑州到洛阳再到西安,牛紫龙等人被关押转移换了四五个地方,押到的西安冰窑巷看守所是条件最好也是最宽松的。

军统西安看守所是座三进门的四合大院,深宅高墙,居闹市却非常僻静。不过,监管松了,被关押人的思想似乎正在悄悄变化,队友之间弥漫着相互猜疑和绝望的气氛。

"真的出不去了？上面是不是把咱们给忘了？"孙小六问完，不等牛紫龙回答，一脸无奈地仰望着天井。

"看来越宽松危险就越近。"牛紫龙心想，他欠了欠身子，让孙小六坐了下来。

其实这个问题根本无需回答，这分明是个没有答案的话题。牛紫龙把被捕前后以及被捕后每一次转运关押的情况反复回忆琢磨了几天，在被捕的十七个人中，无论如何编排住宿乘车的次序，不管牛紫龙身边人多人少，被捕人员中总是裴清明、张子乐和眼前这个孙小六，三人中必有一个在他身边。当然严刑逼供无法达到目的的情况下，采取放鸽的办法，安插卧底，套出所需情资是军统常用手法。牛紫龙想到了这一点，却没想到刘艺舟把这件事做得这么周密，现在要弄清他们是怎么发展这三个人的，已经没有多少意义了，他只想知道他们之间是怎么配合或者相互联系的，三人中间是否还有协调人。

牛紫龙艰难地站起身，把方凳移到了有阳光的地方。

"这不是秃子头上的虱子明摆着吗！"苏世杰也把凳子搬到阳光下面，"军统用人从来就是用着你就是人，用不着你啥都不是，只能是废品，而这个废品还可能是危险的废品，处置这些废品当然是填埋得越远越深越好。"

苏世杰外号是"炮捻子"，话说不了几句就骂人，是刚刚加入行动队的新手。在此之前一直搞外线情报，几次外派都没能扎下根，显然处事不够圆滑，一开口就知道没有多少城府。

"牛大哥是抗日英雄，军统豫站能夸出去的那点事全是牛大哥领着行动队干的，麦还没磨完，咋就卸磨杀驴了？！"

孙小六双眼骨碌碌地转悠了一番，斜溜了一眼闭目养神的牛紫龙，故意压低声音道："牛队长跟咱们不一样，牛队长是啥人上面最清楚，要是共党早跟前站长……再说了，以牛队长的性情，肯定不会让咱们弟兄一直待在这鬼地方，上面要的是共党，只要共党肯自个儿认了这顶帽子，弟兄们也都有个台阶好下，如果他本人不认，其他弟兄也该给他指点指点，我听说伍连三、刘辨……"

"呸！俺最看不惯恁这种踩着别人肩膀爬出去的人。"

"净是瞎扯淡，俺是啥人牛队长不知道？"孙小六一脸无辜。

"好了，好了，弟兄们都是为了抗日，不要在乎共产党和国民党你长我短，人都被抓了，苦也吃了不少，就别再说这说那了。搬弄是非必是是非人，说别人是共党者,准是自己长一身白毛,还说人家是妖怪。"牛紫龙说完搬起凳子又移到阳光下。

苏士杰瞪了一眼孙小六,一边搬凳子一边说:"牛队长说得对,我跟小六子抽空给大伙说说,今后谁也不能再在弟兄们之间搬弄是非。"

牛紫龙观察了多日,没有发现孙小六、裴清明、张子乐三人之间有什么横向联系,对自己的监控只是一种很简便的计算方法,即把三人分到各自小组,只要遵循"头一个进最后一个出"的原则,就能确保各种轮换方式都有人监控牛紫龙的格局,十分有效。

当然,他们不光负责监控牛紫龙的一举一动,还通过各种手段拉拢同号人犯,利用各种机会引诱套取牛紫龙的一些想法,把监控深入到对象的思想里。

"看来总部这帮家伙的手段还真有提高。"牛紫龙从鼻子里哼了一声,"思路很新,方法太旧,依旧是浑水摸鱼的老路数,把人心搅散,各个击破,达到目的。"他把这次被抓的每个人的情况都权衡一遍,感觉能做工作的对象的确没几个人。

再看看守所值警守卫的状态,更让人沮丧。看守所是三进大院,人犯被囚在中间,前面两道门岗,后院管理规范,制度十分完备,内外都很难找到破绽和疏忽。

牛紫龙病了,三天茶饭不思,感知错位,浑身发冷,满脸通红,失眠心悸,还盗汗不止,几天时间人就消瘦了一圈。到了第五天甚至出现了神志恍惚、胡言乱语的症状。张子乐将他的情况汇报上去后,看守所派人把他抬到前院医务室看了看,只说可能是旧伤复发引起的综合症,究竟是精神系统的疾病还是流行的感染,有待观察。

看守所把牛紫龙先行隔离开来,专门找一个小屋关押,并指派裴清明同屋照料。

这天,随着一声门响,一个黑胖的看守推门进到了小屋。

"张长安你认识不?"

牛紫龙慢慢扭过头去,望着那个问话的看守点了点头。

"你们啥关系?"

牛紫龙用余光看到裴清明双眼紧紧地盯着他。

"俺教过的一个学生。"

"他也这么说。"那看守似乎很满意地点点头,接着道,"他说从郑州来给你捎些东西。"

牛紫龙摇摇头："那可能不是一个人,他不会从郑州来,要来只能从郑县来。"

那看守哈哈笑道："可能俺听错了,俺就知道洛阳、郑州。"说着他把一个大包裹扔到了一个矮矮的四方桌上。

"打开看看有啥好东西。"裴清明没等牛紫龙同意,便把包裹里的东西一件件检视了一遍,"哎呀,想得真周到,棉袄、棉鞋、棉袜……还有一包点心,还有两本书。"

那胖看守弯下腰翻了翻："不行呀,书是不能留的。"说着一把就从裴清明手里夺了过去。

"你看你这人……"

那胖看守并不理睬,拿着书出了牢门。

"算了算了,书不看也罢。"牛紫龙表面上依然是麻木呆滞的模样,内心却一阵激动。张永保来了!很可能已经与看守所的人建立了联系或渠道,那两本书无非是试一下联系方法而已,他的意思很可能就在这些衣物和点心里。

想到此,他吃力地坐起身,对裴清明道:"来,扶俺起来试试新衣服。"

张永保离开郑县赶到郑州,听说牛紫龙等人已被押解到了洛阳,就连夜赶到洛阳,找了几个老关系,迟迟没有打听到具体的关押地点。恰在此时,又遇上了军统豫站的追杀抓捕,两次都差点掉进围捕他的陷阱,只得装扮成走村串巷的货郎,在城乡之间游走。

冬去春来,待他终于打听到牛紫龙等人已经转运到西安后,马上收拾起货郎担,避开洛潼大道,一路翻山越岭,挑卖着针头线脑、糖块红绳之类的货物,风餐露宿来到了西安。

到西安后,他很快就找到了冰窖巷军统西北看守所,扎下货郎摊,从早到晚,一连多日在门外观察、跟踪进出看守所的人员,对发现能够接近、有些价值的目标进行了排队分析,最后把工作目标选定在一个没有军衔的采买身上,跟了半个多月,苦于没找到搭腔的机会。

这天黄昏,张永保又尾随着那采买拐进了一个胡同,抬头一看,目标消失了!疑惑间,腰下就被一个硬邦邦的东西顶住了,他意识到或许这两天跟得太紧,那采买一定是不耐烦了,干脆挑明问个究竟。

"大哥,俺真是好人。"

"俺知道,你是好人坏人跟俺没关系,俺只想问你,老是跟着俺弄啥呀?"

"听大哥这口音,你也是……"

"是呀,河南人,民国三十六年黄河决堤逃荒到这儿的。"

张永保放下货郎担,憨憨一笑,说:"中中中,别说了,这一个月俺算没白忙,能不能借光找个地方说话?"

进到采买租住的小屋,张永保听那采买自我介绍知道他姓陈,名文胜,河南西华人,前几年黄河发水,一家辗转沦落到了陕西武功。第二年姐妹都嫁到了当地,他应征入伍来到了西安。开始在胡宗南的长官部当差,只因心思不够活泛,说话办事直来直去,落得个"三乎"的别名,即傻乎乎、胖乎乎、黑乎乎,好在长官司令部的人个个成精,反而显得陈文胜老实本分,与人无争倒也省心不少。

当然,扎堆成精的地方他是待不下去的。不久,便被下派到了军统冰窖巷看守所,所里进人的条件就是"没文化听使唤"。

张永保也按早已编排好的腹稿自我介绍了一番,隐去了自己的身份,直说自己初中毕业在家做小生意,现在关在看守所的牛紫龙是自己的老师,这回是专程代师母看老师的,完全是出于情谊。他把牛紫龙的事还如实介绍了一番。

"杀了好几个日本大官,真正是个抗日英雄,俺就想为老师做点啥,哪怕把俺换进去,把牛老师换出来都中。"

"怪不得他们近段时间一直神神道道,后院不让一般闲杂人员进了,说是危险分子恐怖得很,谁知道他们关的是同行。"

两人相对沉默良久,最后陈文胜站起身心一横,说:"俺先打听打听,如果真像你说的那样是打日本的豪杰,不管他是这党那派,也不管他是响马土匪,只要能打日本,俺愿意帮忙。"

在我们的时代里，除了通过战争，而且是依靠胆量进行的战争以外，几乎再没有其他途径可以培养一个民族的大胆精神了。只有依靠胆量进行的战争才能抵制住懦弱和贪图安逸的倾向，这种倾向会使一个日益繁荣和交往频繁的民族堕落下去。

一个民族，只有它的民族性格和战争锻炼在不断地相互促进，才能指望在世界政治舞台上占有巩固地位。

——〔德〕克劳塞维茨《战争论》

第二十八章

1944年,世界反法西斯战争转守为攻,太平洋战场以排山倒海之势由南向北压了过来。侵华日军为了本土防卫和确保中国东南沿海防线,于2月3日在南京召开各方面军参谋长会议,确定分阶段打通大陆交通线,并具体部署了"河南会战"作战方案。

从2月开始,日军秘密在豫北、豫东集结了七个步兵师团、两个混成旅团、一个战车师团和一个独立坦克联队兵力,频繁派出军机袭扰,侦察中国驻军。

4月18日晨,日军第十二军、第一军第六十九师团以第三坦克师团和骑兵第四旅团为先导,在第五航空军的配合下,从中牟和郑州黄河铁桥向中国守军进攻,当天便渡过新老黄河,分别占领了中牟白沙渡口和郑州邙山,20日,两路合击攻占郑州城,接着兵分多路,进行奔袭包抄。

这时,冈村宁次才把他的战略目的和战术特色翻了出来。从战略设想上他打算打下洛阳后,发兵西安,夺取宝鸡,沿川陕公路南下直攻陪都重庆,彻底拔除中国的抵抗。战术上采用了坦克劈入的闪电战,一路沿平汉铁路南下,陷长葛攻许昌,进陷漯河、郾城、西平、遂平,与信阳北上的日军第十一军独立步兵第十一旅团会合于确山;一路以坦克第三师团为主,掉头向西,攻陷郏县、襄县、临汝等地,迂回到汤恩伯部主力的侧背,同时分出一路出密县、登封、禹县,配合南下日军,对汤恩伯部主力第三十一集团军形成合围。

5月5日,日军围歼汤恩伯部,连下鲁山、宝丰、舞阳等地,汤部全面崩溃,损失惨重。

5月6日,日军坦克第三师团和骑兵第四旅团丢下四处逃散的汤恩伯部队,再次急速掉头向西,迂回攻占了洛阳南郊的龙门高地,与从山西垣曲渡过黄河的日军第一军第六十九师团和从郑州一路向西的菊兵团,完成了对洛阳的合围。

此时,国民党第一战区蒋鼎文部和汤恩伯部一样,蜂拥逃窜进了豫西伏牛山区,只留下杂牌第十五军和第十四军的九十四师孤守洛阳。

逃进豫西山区的国民党部队漫山遍野涌向豫陕交界西出通道,而背后日军第三十七、第六十二、第一一零师团,以机械化部队为主,分头沿着宜阳——洛宁——卢氏一线的洛河河谷和伊川——嵩县——潭头一线的伊河河谷,合围包剿溃不成军的国民革命军第四、第十四、第三十六、第三十九四个集团军,一直西犯到郏县——卢氏——灵宝一线,与中国第八战区胡宗南部接上了火,才抽出一部分兵力回师围攻洛阳。

中原会战,日本人称河南会战,从4月18日开始到5月25日晨攻陷洛阳为止,一共37天。国民党军丢失城市县城38座,沦丧国土四万多平方公里,损失兵力二十余万。

在世界反法西斯各个战场节节胜利的局面中,唯独中国战场出现了令人瞠目结舌的大败仗,就连蒋介石国民党也知道是件很不光彩的事,故将这次会战定性为中原溃败。

战后,国民政府撤换了河南省主席李培基,改由刘茂恩担任;撤换了第一战区司令蒋鼎文,改用陈诚担任。对这次溃败负直接责任的汤恩伯,被迫交出了第三十一集团军和第一战区副司令长官的职务,受到撤职留用的处分。

中原会战失败的原因很多,深层次的原因包括国民党政治军事体制,以及由此产生的理论政策偏差,使国民党军队和政权在抗战相持阶段暂时没有战事的情况下,迅速沦落成为了自利的军事权贵集团,丧失了对日抗战的意志和能力。如果单从军事层面分析,最惨痛的教训则是情报缺失和情报判断失误,军事指挥失当,整个统帅机构麻木轻敌、相互扯皮,敌我双方武器装备差距过大,战技术水平有相当差距等,以上因素的综合作用造成了中原会战创深痛剧的溃败。

日军攻占河南是蓄谋已久的战略。1941年10月,日军第二次会击郑州,虽然受到梯次的强烈抵抗,不得已撤回新老黄河,但在老黄河的邙山霸王城和中牟县安下两个过河的楔子。

1944年,随着战事发展,从东南亚到中国东南沿海乃至日本本土全部进入了盟军航空兵的打击范围,海上运输补给陷入瘫痪。日军参谋部为保证华南和东南亚驻军供应,策划了打通中国大陆南北交通线的"一号作战方案",交由心机深沉的冈村宁次具体策划实施。

冈村宁次借助于中原地势平坦开阔的特点,几乎照搬了德国隆美尔闪电战钳形攻击的战法,并从东北、蒙古调来了日军仅有的三个现代化坦克师团中的第三坦克师团,又称"虎兵团",并将华北方面军配属的独立坦克旅团和骑兵旅团一起作为打开中国军队队防线的楔子,这种战法攻势是日军在华战场上第一次的大规模运用。在此之前,冈村曾经运用过坦克劈入的战法,但无论从规模还是战术运用层面上,都无法与中原会战相比。

遗憾的是,对于这样的新战法,不仅国民党军没有任何深层次可靠的情报收集,而且在出现诸多可疑现象后,国民党第一战区司令部和汤恩伯集团总部都没有进行认真的研判和分析。如果说日军"一号作战"是侵华日军总部策划实施的话,国民党军统总部自然有情报失误的责任,随着日军战备的推进,军统省级各站以及一战区情报部门也有失判之责。

1944年1月24日,日军大本营下达了"攻占湘桂、粤汉及京汉铁路南部沿线主要地域"的命令后,日军便从关东军调动铁路联队和器材,冒着黄河南岸邙山汉王城中国军队的炮火,抢救郑州北黄河大桥,即便是夜里也是灯火通明,驻郑州国民党军情部门甚至获取到日军无论如何要在3月25日前修通铁桥的计划,并且修桥所用的全是"特殊材料非常难破坏",但情报上报后并无下文。

与此同时,日军飞机频繁侵扰,侦察整个一战区的布防情况。到3月份,各种情报已经显示豫北、豫东日军数量猛增,还在开封的湖面上进行了架设舟桥的训练,这些都足以证明日军"河南会战"方案势必要使用不同于以往的重型装备,且进入一线攻击部队多是从内蒙古、东北调来的,可惜这一切又没有引起战区一级指挥机关的重视,一战区和汤兵团的参谋、情报部门把获取情报的全部希望寄托在美国的航空侦察上,对如此明显、重大的情报竟充耳不闻!

让人费解的是,偏偏这时美第十四航空队司令陈纳德与美中国战区参谋长史迪威竟因一些鸡毛蒜皮的小事闹起了矛盾,掌握着物质分配大权的史参谋长减少了第十四航空队的汽油供应,搭载着中国军方厚望的美国飞机根本没有到西安和汉中机场,更谈不上对日军动向的侦察预警了。盟军不光战前没有侦得日军秘密集结大批装甲部队的情报,在大战打响后,史迪威仍在重庆国际情报处发布"日军在河南的攻势不过是春季攻势,日军很快便可预料地退回原防区",断言在华日军已经失去了大规模进攻的能力云云。

由于中国守军从军统总部到省站,再到战区三级情报部门的失误失判,特别是对敌闪电战的情报缺失,没有任何预警,中国绝大多数参战部队直到战斗打响,仍然沿用分散守点、处处设防的老办法,这一办法是蒋介石"手启寅铣令一元①及寅铣令甲两电所指示的作战部署",谁也不敢稍作变动,结果被分隔包围就在所难免了。

致使这次会战溃败还有一个重要因素,中国军队对日军行动毫不知情尚在其次,而日军破译我军的无线电密码,对我军行动了如指掌,更是令人痛心疾首。

日军第三坦克师团包括第五、第六两个旅团,由多个战车联队、战车搜索联队、机动炮兵联队和机动步兵联队组成,全部采用新式编制,装备了九五、九七和改良九七新型坦克。冈村宁次将日军坦克师团与骑兵旅团、机动步兵联队合成编制了四个装甲集群,展开后,同时攻击四个地域目标,滚动前进。在向南挺进时,第四波装甲集群还在禹县时,第一波已经到达了临汝,靠速度和火力形成了大跨度攻击势态,在战役部署上采取钳形大迂回路线,划定了两大合围陷阱,对一战区和汤兵团的部队进行剿杀。

冈村宁次的这种全新的战法,一开始就打乱了第一战区和汤兵团的防御部署。对付这种钳形攻势,闪击作战在当时最有效的遏制办法就是使用空中力量进行打击,而美国第十四航空队远在云贵,鞭长莫及。如果空中力量无法到位,地面的梯层防御也不失为有效手段。痛心的是,无论汤恩伯还是蒋鼎文,此时早已成了惊弓之鸟,面对四方告急眼花缭乱的战局,既没有一个整体作战计划,也不召开作战会议,甚至还以总部名义转发一些自我安慰类的"敌情通报",说这次日寇进攻只是"骚扰"和"捣乱",各部尽可放心大胆去打,全无应对之策。两人最拿手的办法就是逃跑。

会战开始没几天,蒋鼎文丢下洛阳顾自西逃,汤恩伯更是胆怯,借故到战区开会便一去不见了踪影,连随身所带的电台也在洛宁被地方团队缴获,自己都说不清跑到哪儿了。

战斗打响后,整个战区群龙无首,联络中断,四面告急,烽火连天,中国守军一片混乱,左右不明,前后失据,众多部队望风而逃。天上日机寻找着目标,地上坦克围追堵截,狼奔豕突,不分昼夜。枪炮声、呼喊声以及飞机俯冲的尖利声音响成一片,山沟河汊到处丢弃的都是国民革命军的枪械、装备、马匹、通讯器材等,被炸毁的各种车辆、残缺不全的尸体遍地盈野,大多数士兵根本找不到自己的部队,被日军驱赶着翻山越岭、四处逃散。

---

① 寅铣,即三月十六日;令一元,即军委军令部第一处。

此时,汤恩伯把自己的特务团都跑丢了,身边只剩下了一个连,不知道这种失魂落魄的局面触动了他哪根神经,在山道上走还勉强能行,只要一遇见河流便号啕大哭,不管是涉河还是过桥,汤副总司令皆捶胸顿足痛哭一番,究竟是哭部队损失惨重,还是哭自己前途难卜,这就不得而知了。

战后,一战区和汤兵团都有报告,说国民革命军进入豫西后,被豫西民众缴械之事。中原会战期间,进入豫西山区的国民革命军大多是自己丢弃了武器装备,整建制缴械的不多,有被缴械的部队也是旧习不改,在逃跑途中仍旧变本加厉地祸害百姓,引起民怨造成的。这些部队平时吃拿抢要惯了,走一路拿一路,还打了一路白条,再加上平时作威作福名声不好,激起不少地方民变。平时吃粮要款,抓丁拉夫,真到日本人来竟不战自溃,哪有这么便宜的事!出来混总是要还的,你们不战那就留下买路钱吧!当地百姓也不客气,缴了汤恩伯集团一些部队的枪,后来枪缴完了,只好留下姨太太才能放行。如此狼狈的败仗在古今中外军事史上都是罕见的。

中原会战以惨败告终,给所有中国参战部队和河南人民带来了无比剧烈的心灵创痛,尤其是战后,受到了中外人士众口一词的讥讽,被指为无能胆怯、不战而逃、一触即溃等。这些指责如果专指这场会战的决策人物还勉强说得过去,对中国军队参战的中下级军官和广大士兵则有失公允了,既没有给予因参与此次会战而忠勇殉国的将士应有的尊重,更缺失了对此次会战客观形势、双方实力、战技能条件以及中日军事机制、决策体系的对比分析,一味地指责作战不力是没有意义的。会战虽然溃败了,并不能掩盖中国一些部队的英勇和声威。

日军进犯之初,守卫在新、老黄河一线防区的中国部队打得都很英勇,所有部队几乎都是死伤过半。对豫北防御的汉王城守军连续打退日军多次进攻,日军出动二十多架飞机把不大的山冈炸成一片火海,日军再次进攻时仍被残余守军打得遗尸累累,最后日军施放毒气弹,致使中国守军王鑫昌营长及下属三百多人全部殉国。在这种情况下丢掉了阵地,汤恩伯仍下令枪毙了团长王翰,实为丧心病狂求名保己之举,赏罚不公,可谓造成了战场一触即溃局面的原因之一。

暂编十五军梯次防御,整建制地五次跳出日军的合围圈,打得也不错。

坚守许昌的新编二十九师,师长吕公良是日本士官学校毕业,原是汤恩伯长官部的参谋处长。开战之初,汤恩伯就给吕公良下了死命令:许昌在你就在,许昌完了你也别来见我。吕公良明明知道死守许昌根本没有希望,所以战前就给夫人写下遗书:……当与城皆亡,将来与卿黄泉相见。

只可惜直到此时,汤恩伯对上海、西安、新乡、开封等各地来的情报一概认为不可靠,弄不清此次日军进攻不同于以往的规模和战法,一味坚持已定的打法,甚至还两次构想了反攻的腹案。这些方案不顾日军的空中优势和机械化战力,依旧采用大面积布防、不断增兵、正面迎敌的做法,驱群羊入虎群,恰好是日军求之不得的事。

而日军自开战以来,一直隐藏自己的实际战力,"能而示之不能,用而示之不用",摆出一副西进的架子,引诱汤兵团主力北上,成功地把汤兵团三个主力军、五分之四的兵力吸引到了许昌以北地区。待全面摸准汤兵团的老底和战法后,日军倾其全力向南疾进,绕到汤兵团主力背后又突然向西合围,打到了洛阳,接着封闭了洛叶公路。日军装甲车三五辆一组日夜巡梭,夜晚还分段发射照明弹,防止日军钳形合围圈内的中国军队突围。可笑的是,汤恩伯到此时还给蒋总统上报了一个"鉴于敌寇之流窜,拟于禹县附近集中有力部队予以打击"的反攻计划,当即得到了军委主席蒋介石的批准。这种一厢情愿的纸上谈兵的方案根本无法执行,匆匆赶到许昌以北的各部队看清了日军的真实目的,早已失去了招架之势,只能纷纷夺路西窜,这就是被后人讥为"不战自溃"的真相,这才有了许昌不得不死守的局面。

汤恩伯一向善用部下以最英勇的牺牲去干最痛心的事,战役规划不是看能不能打,值不值打,而是要打败仗,赢赞誉,用死守孤城掩盖谋划的失当。许昌保卫战之所以悲壮,在于汤兵团各路主力纷纷西逃之时,许昌成了注定要牺牲的一座孤城,而且是日军在华首次大规模使用坦克师团劈入战,滚动合围的态势下打响的,结果当然十分清楚。天上有飞机,地上有坦克,日军第三十七、第六十二两个师团加上独立第七旅团,配备坦克百余辆、重炮二十余门、飞机数十架,围着两个多点装备差的中国步兵团打,不足两天,把这座无险可守的平原孤城——许昌,摧毁成了一片瓦砾。

新编二十九师师长吕公良、副师长黄永淮,八十五团团长杨尚武,八十七团团长李培芹等三个团长、四个营长,以及师部团部及绝大多数将士英勇殉国,只有少数人冲出重围。在中国抗战史上,如许昌城守军各级指挥官般牺牲得如此惨烈者,尚无二者。

许昌保卫战该不该打,能不能打是个军事常识问题。中国的抗战最令人难忘的是国民革命军高官的顽愚无知和广大中下层官兵的英勇牺牲,往往因为一个高官蠢笨的猜想,就会丢掉成千上万年轻人的生命,每每想起那些一腔热血的年轻人的无谓牺牲,都不免让人气愤得想吐血!

以惨烈悲壮名垂青史的洛阳之战完全可以认为是德军机械化师与波兰骑兵血肉之躯遭遇战的再版,但打得比中国任何一座城市防御战都要好,都要精彩。

日军五月初完成了对洛阳的合围,共动用了第三十五师团、一二六二部队、野战补充大队、第八混成旅团,配备战车第二十五联队和第十四大队,以及太原航空基地数十架飞机,共四万多人。

防守洛阳的是刚从山西中条山退到新安县休整的第十五军两个师和第十四军九十四师,兵员补充均未完备,新兵较多,只有一门山炮,无战车重炮和空军助战,总计不足两万人。

十五军是镇嵩军的班底,镇嵩军是清末革命党为反清组织的绿林武装。民国以后,在军阀混战整编中随波逐流,只是每次远征参战总要回到豫西一带补充休养。十五军军长武庭麟原籍就是洛阳本地,自洛阳高小毕业便投奔了镇嵩军,除短时间上过军事学校外,始终没有离开过这支队伍。其间,他当过工兵营长、炮兵团长、步兵旅长,1939年在山西抗战期间升任十五军军长。武庭麟小的时候其父被仇家所杀,家庭变故养成了他争狠斗勇的扭曲性格,使他能在弱肉强食、吊诡险恶的环境里混得风生水起、有模有样。他早早就懂得抓权的要领,当营长时就办了个体操班培养培植个人势力,当炮兵团长时成立了技术连,当旅长时又成立了学兵连,升任军长仍然保留着这两个编外的私人训练机构,培养的人都是他从士兵中挑选的,训练目的就是忠于武庭麟本人,毕业后全部充实进他所带的队伍,确保这支队伍能够成为他自己升官发财的封建武装团体。虽然十五军是出了名的杂牌军,不管武器装备还是经费保障,跟中央军嫡系根本没法比,遇到大仗、恶仗却比中央军打得强太多了。不管打多苦,只要有这两个连再加个十五军番号,他很快就能重新拉起队伍来,所谓拖不垮打不烂自有一番带兵的道道在里面。

洛阳保卫战自5月8日打响后,十五军将3个师分派到西工、北邙、城关三个守备区。一战区司令部开始说,只需守7天,以后蒋介石又亲自下令改为守15天,守城的官兵知道这些都是忽悠人的话,并没有当回事,反正有没有这些命令这仗都得打。前10天日军又是重炮轰,又是飞机炸,又是坦克碾压,还施放了几回毒气,守军血肉横飞,死伤枕藉,愣是守住了外围阵地。绿林传统重要的一条就是耐挨打,十五军各级长官下二级深入一线,有的师长干脆下到了连队。

你有你的打法,我有我的守法。5月11日,六十四师西工防线前日军采用坦克填壕沟的办法,后继坦克压着前面坦克上面冲进了我方阵地,一下子上来三十多辆。我守军战士冲上去二三十人,身上绑着手榴弹、炸药包,扑到坦克车下与之同归于尽,无一人生还,无一人退却,爆炸声后,战士瞬间变成了一团血雾,力战之英勇,牺牲之惨烈,就连日军都为之感叹。

战前,十五军军部传下命令,凡炸毁日军坦克者奖大洋一万元,然而这二十多名壮烈成仁的士兵只留下了自己的姓名,没人领取任何奖赏。日军满以为上来几十辆坦克碾压一番便可拿下我方阵地,谁知上来的坦克一会儿工夫便被炸毁一半,剩下的纷纷落荒而逃,如此感天地泣鬼神的壮举在现代战争史上还是罕见的。

5月23日,日军空投传单对我守城部队诱降,十五军军长武庭麟为表明作战决心,将仅有的炮弹全部向龙泉沟日军司令部打了过去,这下可惹恼了日军十二军司令部。从当天午后开始,日军又从新安、宜阳方向增兵万余,与原有的攻城部队一起倾巢而出,计有上百门大炮、三百余辆坦克,在22架飞机的轮番轰炸掩护下,从四面八方围攻洛阳孤城,双方混战成一团,战况空前惨烈,火光冲天,杀声盈野,尸首重叠相枕,直打得天昏地暗日月无光。

24日午后,洛阳西北角守城部队弹药耗尽,日军战车相继冲入城内,逐房逐户与守军拼杀肉搏,又打到天黑。十五军再次显示了能打善溜的长处,有条不紊地冲出了包围圈,断尾求生,成建制地返回了上级指定的卢氏县。

洛阳之战历时18天,我守城部队阵亡一万三千人,拖滞住了日军第三坦克师团的大部和整个战役参战日军的近一半部队,使之未能及时完成对我后方的迂回包抄,为我军安全转移赢得了时间,并歼灭日军数千人。保卫战期间,守城的中国军队还不失时机地利用混战局面和有利地形,打了两次漂亮的伏击战,虎口拔牙,成为了主动出击歼敌的范例,真正打出了中国军队前赴后继视死如归的血性。

5月25日,日军攻占洛阳的当天,国民革命军中央陆军军官学校西安第七分校秘密抽调了22名学员,在第八战区司令长官部学习操作一种当时还没命名的专打坦克的新式武器,美国教官暂称为"反坦克穿甲火箭"。学员们从搜寻目标、地形选择、米位目测距离要领,到角度调整、发射及故障排除等课目没日没夜地学习了十几天。6月11日,22个军士携带8具火箭筒乘上一辆帆布篷的卡车,悄悄来到了洛潼公路虢略镇,下车便进入一个面对斜坡的预设阵地。

次日晨,这二十多名学员远远地望见日军装甲集群见首不见尾的长蛇队隆隆而来,气势汹汹,如入无人之境。这时的日军已经在西安市的地图上标注了各部队驻扎的位置,那急迫的心情自不待说。

渐渐地,日军坦克车队进入了射程范围,突然一声巨响,先头的日军坦克在高温高压高速破甲弹击中的一瞬间,发出了一道刺眼的白光,白光过后,日军坦克成了一团光彩夺目的火焰。第一发火箭弹射出后,同样把中国士兵也吓了一跳,那火箭筒后面喷出的长长火焰把整个阵地暴露了。这种从大洋彼岸运来的破甲弹太珍贵了,上战场之前,他们根本没舍得进行实弹射击!

日军坦克车队开始还不知道怎么回事,依旧争先恐后地一边射击一边冲了上来,这可乐坏了这二十几个中国军人,来一辆打一辆,一连击毁二十辆日军坦克,日军这才迷糊过来,失魂落魄地拔腿就跑。

日军对战场上技术兵器变化动向十分敏感,自此以后,冈村宁次再也没吹过要入潼关下西安,迂回川陕再入川的所谓战略构想。

中原会战中,日军实行"三光"政策,刻意制造恐怖气氛,把法西斯军队的残忍发挥到了极致。大规模强奸杀戮在世界各国包括军队都被认为是可耻的事,但只有日本军队没有道德障碍。从开战第一天起,日军飞机、坦克便对疏散的百姓、车辆进行无甄别的轰炸、扫射,对围困在一定地域的群众不加区别地大开杀戒,从当时国民政府调查的几个样本看,往往是整村整镇的百姓不论男女老少全部被杀光灭口。

据当时史料记载,中原之战日军所到之处,无一幸免地都发生了强奸、杀人、放火的劣迹,其罪行罄竹难书,仅举一个实事,足以证明日军所为:凡日军作战所过的城镇村庄,无一口水井没有塞满中国人的尸体,以至于幸存下来的人在很长一段时间都难找到水源。

特别是此次会战中,日军残杀奸淫妇女成了普遍、经常性的作战行动的一部分,卢氏县城集体奸淫虐杀事件完全可以称为是南京大屠杀的升级版。

日军第三十七师团攻陷卢氏县城后,将未及逃出城的河南大学、洛阳职校等学校的男、女学生集中抓获后,男生一律枪杀,剩下的近千名女生和当地妇女一起被赶到河滩、体育场等几个地点,日军令她们全部脱去下衣,供日军官兵昼夜淫乐,然后采用割乳、剖腹、刀劈下体等极其残忍的手段全部杀害,一个未留!惨烈的场景让山河不寒而栗。现场尸首残肢累累枕藉,血流涓涓竟汇成河,浮尸断流,山河尽赤。第二天,中国军队再次回到卢氏县城时,仅体育场一地就发现收殓没有穿下衣的女尸近六百具,其状无一不是惨不忍睹、令人发指,数十年后,当事人回忆这段痛史仍旧哽咽不止。

世界上唯一把残害女人上升到集体精神和荣耀的就是日本军队。

强奸杀人,大约自有人类以来,人们都知道是件耻辱的事,相信日本人民也不例外,毕竟谁也不是从石头缝里蹦出来的,都有父母姐妹和女儿。然而日本军队搞出了一套制度,把这种动物本能的暴力犯罪培育成了一种集体精神和荣誉。古往今来,即便有些军队干了些杀人强奸的坏事,至少还要把它限制在个别范围之内,罪犯也只是隐蔽进行。而日军却把它搞成了集体可以观摩的比赛,在众目睽睽之下实施,有些部队还设有豺狼虎豹奖,把强奸杀人视为一种荣誉和骄傲,是成功和征服的标志!强奸残杀你们的女人,不光可以证明你们的男人和政府军队是多么的无用无能,更重要的是羞辱了这个民族几千年的历史。

日军情报部门的一位军官,曾经对日军的这种犯罪行为进行过评估,认为强奸杀人在平时可以起到麻醉作用,转移不满,发泄暴力,是一种补偿和安慰;胜利时强奸杀人,是鼓舞和培育士兵必胜信心,激励官兵征服雄心的奖品,与掠夺财富有着同等重要的作用;失败时强奸杀人,是治疗和复原矫正士兵沮丧心理,消除恐怖的必要手段。

日军不仅搞了慰安妇制度,还把战场上纵容强奸杀人作为一种奖励制度加以提倡和鼓励。在一线作战的官兵也把强奸杀人作为勇猛的表现,以至于各种惨无人道的方式层出不穷,花样翻新,形成了风潮。无论是一般侵华士兵,还是侵华日军的最高司令冈村宁次,都承认强奸杀害中国女人是日军普遍的行为。

1944年5月2日,日军第三坦克师团长山路率部一路追杀,赶到了郏县。国军八十一师和二十师一部进行抵抗后,转退到三苏坟一带,日军遂于当晚占领郏县县城。日军占据县城后开始纵兵四掠,一夜之间全县便沦为了人间地狱。

此时的日军上上下下弥漫着末日疯狂的情绪,或许他们早已意识到失败的宿命,把人类能够想象到的残忍、丑陋、无耻和罪恶发挥到了极致。

　　日军每占一处,屙到老百姓锅里,尿到老百姓井里,活生生地从猪和牛屁股上挖下块肉烤着吃,那些受到伤害的牲畜和动物在凄厉的惨叫声中满街疯跑。更恐怖的是,日军官兵酒足饭饱之后,竟在光天化日之下,赤身裸体只着一个状如尿不湿样的腰兜,端着长枪刺刀到处找女人。他们找女人可不是强奸,强奸仅仅是一种无良的行为,是人发泄生理欲望的表现。这时的日军专门摧残祸害女性,强奸、割乳、剖腹,一连串熟练的动作,老幼均不放过,怀孕的妇女更是不能幸免,完全发展出了一门专门残害女人的文化!

　　第一支进攻月桂镇的日军是三十多人的步兵小队,这支自吹"战功赫赫"的日军小队刚刚捕杀了几个手无寸铁的中国百姓,日军士兵的军服都染成了红色。乘着这股"胜利"的冲动,日军小队沿着那条尘土飞扬的土路,"砰砰啪啪"地放着枪,来到了月桂镇的寨门外,奇怪的是古镇寨门大开静得出奇。日军小队长河上根本没有把这个小镇看在眼里,只说了一句,今天晚上就在这儿宿营。他甚至还把手里掂着的刀插进了刀鞘里,挥手做了个进攻的动作,带头向寨门冲了过来……

　　不曾想,日军临近寨门外之际,只听得一声炸响,寨门里腾起一股黑烟,一尊土炮喷出一片铁砂、秤砣之类的弹子,当场打倒七八个日军。随着炮声,寨墙上又伸出不少鸟枪、土冲、单打一,劈头盖脸又是一番狠揍。这下日军慌神了,纷纷拖着伤残之躯退后了几百米,三个人一组,脚对脚呈丁字形趴在了地上。

　　黄昏时分,日军调来坦克、重炮和大批骑兵,对月桂镇进行了炮轰和合围,在一片火光之中,日军冲进了镇子,发现全镇连个人影都没有,就连猪羊鸡鸭之类家畜也没剩一只。日军恼羞成怒,放火爆炸,把整个镇子几乎摧毁成一片废墟。

　　1944年6月,日军河南会战基本结束后,相继开始了第二阶段的长衡会战和第三阶段的桂柳战役,在河南战场做局部撤退,集中兵力修复平汉线,以确保"一号作战"战略目标的完成。6月13日,日军任命张岚峰为伪开封绥靖主任,并从南京汪伪政府派出一名伪河南省长,在日军的协助下进行新占领区的伪政权建设。

　　从5月下旬开始,国民党张轸部开始局部反攻,逐次收复了遂平、驻马店、西平、确山、鲁山、长葛、洧川、上蔡、汝南、商水等地,形成豫南十三县的孤撑局面,与退至南阳和豫西灵宝、卢氏一带的省政府管辖区一起形成了为数不多的国民政府统治区。同时,国民党省政府开始恢复沦陷区的地方政权组织,严令各地地方官不得撤离辖区,就地重新组建县级政府,并令在重庆中训团受训的河南地方官员提前返豫主持原任属地政要。

早在中原会战开始不久,中共冀鲁豫分局便提出了向南发展的建议。中央为"避免刺激国民党,使之安心作战",做出了"暂时不宜向新黄河以西发展"的指示。6月,中原会战暂告一段落后,中央做出了"缩毂中原"向河南发展,使"华中、华北、陕北呵成一气,解决我党我军颠扑不破的战略地位"的决策。7月,中央正式做出了进军河南的指示,从太岳军区抽调八路军两个团进入登封、临汝、鲁山等地开辟豫西抗日根据地;冀鲁豫军区派出部队扩大水东地区;华中局抽调新四军四师五个团兵力西进,恢复豫皖苏根据地,并相继控制新黄河以东地区。中共中央同时提出敌后工作的方针,包括发展空隙地区,注重政治宣传,争取同情,安定人心;减租减息,发动群众;严肃纪律,不筹饷,不乱打汉奸,不捉人,不罚款,不杀一人,即便是坚决的反共分子、特务分子,也要采取宽大政策资送出境;搞好与绅民的合作,办好与人民福利有关的实事;政权建设应容纳和吸收当地专门技术人才和知识分子,使之为民主政权服务等五项原则。

郏县县城丁二家宅院。

丁二拿起一份新成立的国民政府郏县县政府任职人员名单,揉了揉凸出的肿眼,借着油灯直跳的灯光,琢磨了良久,长长地叹了口气,斜睨着面前的杀手支一枪,揶揄道:"恁弟兄俩演的是哪一出呀?哥哥在国民党县政府任抗敌司令部副总指挥,恁天天到俺家劝俺投靠日本人,到底是身在曹营心在汉,还是身在汉营心在曹呀?"

丁二在国民党县政府名单上看到了赵振山的名字,而赵振山和支一枪是一条船的拐弯弟兄,所以故意指出这一点敲打敲打他。

支一枪自从行刺牛紫龙失手后,曾经长期在颜府谋事,赶大车,当保镖,以后又渐渐参与了鸦片的种植贩运买卖,抗战爆发,这项生意货源吃紧,他便利用积累下来的人脉资源到郑州等地谋生。至于干啥谁也说不清楚,反正发了不少财,每次回来都能带不少洋货送人。

1944年春节,支一枪回到县城,突然就把家里的房产、田地卖了,利用到手的钱上下打点,跟不少有头有脸的人物套近乎。4月中旬中原会战打响,他挨门挨户拍胸脯担保只要听他的保证啥事没有,家人生命可以无忧,财产可以保全,条件只有一个:事后必须拿出三分之一的房产田籍作酬劳。

　　县里不少大户开始将信将疑,思来想去日本人一旦真的来了,与其撂下这些抬不动搬不走的房产田地,倒不如姑且听支一枪的,于是乎不少人便强忍着割肉的剧痛与他签订了契约。谁曾想他给大家保全家产的"秘方"竟是一面日本太阳旗,不知道他是从哪儿鼓捣来的,上面还盖有日军特务机关的公章。日本人进城后,插旗的人家果然少了不少麻烦,虽说抢劫强奸的事还时有发生,房屋、田产总算保留在自己名下。不费一枪一弹,支一枪狠狠捞了一笔,顺理成章地当上了县临时维持会的干事长。

　　"风水轮流转,不定到谁家。"支一枪当上干事长后,很快召集县里几个出了名的流痞,又弄出几身日本军队的黄军服,迅速装扮起来,胳膊上还戴个白洋布袖筒,上面印有一个红圆圈,个个嘴里很销魂地叼根洋烟卷。你还别说,离远看这帮人真能鱼目混珠冒充一下日本人。

　　更神似日本人的地方是,干起坏事比日本人毫不逊色,刁钻诡异,敲诈骗色、杀人掠财样样都是行家里手,同时还会对着被害者作出一副深表同情的样子,说几句中国安慰话。只是支一枪这帮人名声实在太臭,根底又浅,全县大人小孩都知道他们是从哪里冒出来的,很是看不起他们。

　　此时的支一枪长得瘦高细长,探头钩鼻,贼眼大耳,举止诡秘,蹑手蹑脚,就连说话都悄声细语,一副偷鸡摸狗的模样,弄得日本人也不满意。

　　于是,日军驻军勒令支一枪务必在全县找一两个有影响的绅士为日本撑点门面,否则干事长也不让干了。这才有了支一枪天天往丁二家跑,像苍蝇见到臭肉一般叮着不放的事。

　　不过,给日本人办事可是人生大节的选择,丁二心里很清楚,尽管他没文化,却有长期混迹官商之间的阅历,这点道理还是懂的。所以每次支一枪来,他既不敢得罪,又不能答应,塞给他一把银元,好吃好喝打发走了事。

　　这回支一枪到丁二家,是专门给他交底的。

　　支一枪见丁二一脸狐疑,便起身从耳朵上摘下一根洋烟卷,凑近那盏油灯点燃了,深深地吸了一口,两眼向上翻了翻,一副爹死娘不愁嫁人的样子,悄声道:"恁看恁问的,是哪辈子的事啊!现在天下大势,如同进了无形之阵,既没有对错,也没人能说清个是非,一切皆决于强弱,胜者王侯败者贼,日本人只要不有意跟咱们过不去,咱何必跟洋人较真呢?"

"恁兄弟俩原来是脚踩两只船,不管哪一方得胜恁们总有一个能爬上岸,可俺家不同,出去混事只能站一边。"

"话也不能这么说,贤侄俺这次跳火坑,还不都是为了大叔恁这样的有家有产的大户吗?没有俺,别说日本人给恁穿小鞋,只要稍微给恁紧紧鞋带,恁能受得了吗?!日本人多厉害呀?这回看清了吧,人家日本人打咱机关炮一扫死一片,咱打人家日本人那枪子炮子打到战车上只留一个小白点。打不过人家就得学会低低头,低头才不会碰到门楣上不是?再说咱不就是为了祖宗留下的这点产业不是?能保住这田产房产替日本人干点事有啥不可呢?"

丁二眯缝着双眼摇摇头,说:"田产房产搬不动运不走,可这时局就像小孩的脸,哭笑变脸可是一瞬间的事。"说着他站起身打算送客。

支一枪看此招不灵,又生一计,道:"恁别着急呀,俺在国民党那边说了,恁这身份特别,恁参加日本人的维持会可以算作县政府的卧底,给恁发潜伏证,咋样?"

"球!俺既不是官也不是僚,让俺到日本人刺刀底下去卧底,他们怎么不来?!给恁发潜伏证了吗?恁把潜伏证拿出来给俺看看!这帮人啥时候也改不了吃里爬外,只顾自己升官发财,生法想点把别人推进火坑的德性。"

支一枪不由自主地长出一口气,做出一副深表同情的模样,吹出几个烟圈,叹道:"这倒也是,打不过日本情有可原,可丢下百姓就跑太信球,还不如俺们维持会的人,说是为日本人办事,办的还不是咱中国老百姓的事!"

丁二重重地从鼻子里出了口粗气,挑起眼皮乜了支一枪一眼,心里暗自骂道:"当了婊子还立牌坊,真是连婊子都不如呀!"

支一枪明白,表面上丁二对自己客客气气,好吃好喝,背后一定恨之入骨。不过灯不挑不明,话不说不透,他不得不翻出最后一张牌让他开开窍:"国民党也好,日本人也罢,虽说都不地道,也只是干些让恁破财消灾的事,若共产党来了,恁那搬不动带不走的房产田产就不会姓丁了。早些年,八路没长成那会儿就是这么干的,分田分房分女人,到头来还得要了恁的小命,不知道吧?!西边的八路下了山,北边的八路过了河,弄不好就这么一眨眼,八路就能到恁跟前,到那时……"

支一枪举手用拇指和食指比划个眨眼动作,然后在自己脖子上一抹,话说了半句便打住了。

"不论共产党、国民党,还有日本人,俺谁家边儿都不沾。"

"恁说得倒轻巧,恁不沾人家的边,人家可都惦着恁呢。这两天谁回来了知道吧?吴志翔!听说还带了不少人马。"

"吴志翔?!他不是跟牛紫龙都参加了国民党吗?"

"说不清呀,反正是他杀了恁儿子,三岁看老,他们该是啥人终归还是啥人。"

丁二睁大眼睛盯着支一枪,双眸阴鸷,时不时地眨巴几下,一股凉气顺着他的脊梁骨冒了上来。

"早两年俺可是支持过他们抗日,他们总不至于……"

"嘘——"支一枪故作紧张地朝四下看看,恐吓道,"打皇军的这个词千万别说了,日本人是谁都不相信,收买了几拨地面上的混混,整天溜墙根、爬窗台,听到谁说这个词就咔嚓!"

说着,他用手掌在自己脖子上又比划个砍头的动作,吐掉嘴里的烟头,"这年月死几个人还不跟死几个兔子差不多。"

他突然咧嘴一笑,道:"恁的仇人就是国民党县政府的仇人,也是日本人的对头,上俩月在月桂镇打死几个日本人的事已经查明是牛紫龙他娘的主使,还有牛惠师他们几个谋划的陷阱,给日本人打个措手不及……"

"日本人能咽下这口气吗?"丁二打断支一枪的话匆忙问道。

"俺看日本人个个自私残忍,争功抢胜好面子,看样子他们是非要干上一仗。这不,两天前城里的日军又增加了一个中队,已经派出几拨探子进山了,听说……"

说到这儿,支一枪故意卖个关子,戛然而止,双眼在丁二那张油腻腻的胖脸上扫了一番,那张脸从鼻子到两腮堆满了疙瘩和肉坑,短短的脖子打了几层肉褶。

支一枪见丁二没吭声,又道:"咋样?只有皇军能帮恁们解除心头之恨吧!恁不帮皇军办几件事?"

丁二轻轻地点了几下头,眯缝着眼,究竟是啥态度谁也猜不透。

当晚,丁二灌了支一枪等人不少酒,几个人晕头晕脑地跑到大街上学狗叫,被巡逻的日军分队打了两枪,造成一死一重伤。要不是支一枪大声喊了几声"沙扬娜拉",很有可能被日军当成一群疯狗全部报销了。

1944年5月26日。
路上。
无名村庄。

吴志翔等三人从开封越狱后,刚刚走到襄县,便遇上了搅起半天尘埃的日军战车联队,在"乒乒乓乓"的枪声中随着难民转上了进山的小道。

"哎呀!怪不得阎王爷又放俺一马,原来让俺回来打这帮七孙。这回好了,俺也不用过河了,咱就在这儿拉队伍,俺先当团长,恁俩都当团副,咋样?"

跟吴志翔一起逃出监狱的一个叫马有膘,一个叫钱二顺,两人都是刚刚二十出头,听到吴志翔任命团副的话,急忙双腿并拢,收腹挺胸,大喊一声:"是!"

三人每人找了一个大篮子,沿着国民党撤退的路线,半天工夫便捡了七八条枪和两大筐地雷、手榴弹、炮弹之类的玩意儿。

捡完,吴志翔等人刚走到一个村庄的村口,听得前面"乒乒乓乓"一阵枪声,他向两个"团副"招了招手,迎着枪声跑了过去。

"站住!"吴志翔站在街中央,冲着一大群乱糟糟的队伍大喝了一声:"恁们是哪一部分的?"

"李大牙,不,李司令的队伍。"

"胡扯啥!俺们是抗日别动总队第三联队第五大队……"一兵丁纠正道。

吴志翔顺手从一个散兵手里夺过一挺机枪,大声问道:"李大牙呢?"

众人面面相觑,又相互寻找一番,都摇摇头。

"既然他临阵脱逃,恁们就归俺指挥了。"他伸手在散兵队伍中划拉一下,道,"这边的跟马团副上左边的房顶,这边跟钱团副上右边房顶。"他又在人群中间比划了一圈,"中间的人就跟俺守在当街,快!分头找家伙,在这儿挖壕沟,谁要再敢退一步——"他指了指庄街边一棵槐树上挂的大钟,掏出手枪,"乒"地一枪,打断了挽钟的粗绳。"别怪俺的枪子不认人!"

众人见状,呼啸几声,瞬间四散埋伏了下来。

不到一袋烟工夫,村口便出现了一支有百十人的日伪军队,走在前面的十一二个日本兵还有些战斗队形,放出三个尖兵,一边搜索,一边在村口停了下来,后边的伪军个个都扛着大包小包,还牵着成群的猪牛羊。

"都不要开枪,等俺放倒前面那三个鬼子恁们再打!"吴志翔冲着街两旁喊道。"原来就这几个打野食的,就把这帮乌合之众吓成这熊样。"吴志翔心想,"看来以后得好好整顿整顿。"

大概是日伪军猜到了中国军队可能藏在村里,集合队伍后在村口架起机枪一阵乱扫,摆出架势呜哩哇啦地怪叫一阵。他们已经习惯中国军队望风而逃的局面,这次也不例。原以为怪叫几声,挺着刺刀一冲,中国军队瞬间便会土崩瓦解,连起码的战斗队形都省了,沿着进村的大路就冲了过来。

吴志翔躲在一截矮墙后面,不停地用手势让大伙儿保持镇静,一直把日军放进到只有三十米的地方,他这才突然抱起机关枪,对着那群耀武扬威的日伪军扫了过去。刹那间周围的空气都战栗了,喧嚣也戛然而止,只听得"哒哒哒"地一阵枪声,他打完满满一匣子弹,丢下机枪又连丢了两颗手榴弹。这时双方才意识到眼前发生的一切,霎时枪声大作,间或还传来几声手榴弹的爆炸声,炸弹扬起的尘埃顿时遮住了半个街面,接着便是人喊猪叫,牛羊乱窜。伪军后队自觉变成了前队,连滚带爬地撤出了村子,剩下两三个日军也气急败坏地跟着逃了出去。

当天傍晚,大队日军赶到了这个无名的村庄,却没见一个活人的身影,就连周围村庄的人都跑光了,只留下当街横七竖八的十几具日伪军尸体。没想到的是,日伪军在搬运这些尸体时又拉响了事先设计埋藏在周围的地雷、手榴弹,又炸死日伪军三人,炸伤十余人。日军大为光火,将整个村庄连同那些士兵的尸体一起放火焚烧,大火整整烧了一夜,第二天上午才渐渐熄灭。

这一仗,吴志翔不仅毫发未损,还净赚了一支170多人的队伍和150多杆长短枪,遂于7月1日回到家乡郏县吴村。

吴志翔率部驻扎下来后,一面整训队伍,四处筹款购枪买弹;一面动员周围乡亲和族亲参军,扩充实力。两个月后正式打出了"豫西抗日剿匪军"的旗号,大张旗鼓地招兵买马,很快成为当地声震一时的抗日队伍。

初秋,清晨。

小峪沟。

一缕薄雾轻轻缭绕在半山腰,入秋时节,山下一派葱郁,山上已染出了片片的黄红。

突然,山下传来一声短促而又凄厉的狗叫,惨叫声后,四野瞬间恢复了平静。

牛陈氏猛地坐起身,听到自家的狗正惊恐地抓挠着房门。

"还是来了!"她心想,急忙穿上衣服,叫起儿媳董秀凤,拉开后门,让儿媳领着那条浑身黑毛、只有胸前一块白色的大狗向后山跑去。

她跳上石磨盘向外望去,山下隐隐约约布满了日军的身影。日军借着清晨的薄雾,正在悄悄地向小峪沟压过来。

一定是日本人带来专门对付狗的狗,不然不会把大黑吓成这个样子。她开始为儿媳和大黑担心起来,从日伪不慌不忙的动作看,他们一定封锁了小峪沟的出口,不过大黑知道一条陡峭的小道可直通大峪沟。不知它能不能叫醒镇里的人?自己是不是应该把声响弄得再大点?

想到这儿,她边整理衣装,边思量着对付这些日伪军的办法。

两天前,小峪沟周围就出现了异常情况,不明不白地出现了两个补锅聚碗的手艺人,乡亲们把家里的破锅破碗拿出来修,那俩人鼓捣了半天也没修好一只碗。昨天住在山下的程三父子又莫名其妙地失踪了,大伙找了一天,也没有结果。傍晚,牛陈氏和镇里人商议做了些准备,规划了撤退路线,安排了哨位,还打算在交通路口埋些地雷,只因有人嫌麻烦,认为这些地雷晚上埋白天起,弄不好炸住自己人,所以昨晚便把埋雷的事搁了下来,只是把地雷炸药分到了各家各户。自家分的炸药和地雷还藏在储藏间的面缸里,看来这回不用埋就派上用场了。

她回头看看沿着山道上来的日伪军,匆忙进到储藏室,掀掉面缸盖,扯出地雷的拉火索拴在一张凳子腿上,转身把木凳搬到了灶火间门口。进屋,挑起炉膛里的火灰,塞进几把柴火,用力拉起了风箱,大火"呼呼"地烧了起来。

现在就走?是不是有些突兀?唉,人早晚有这么一天。

人何时能来到这个世界上,谁也说不清,何时离开则可以自主选择。对这一天,她早有思想准备,从日军打过黄河那天起,她仿佛有了某种预感。在月桂镇跑反之前,很多人劝她不要打那一仗,她表态说自愿留下来的就跟她打,家里负担重的可以先走。

那一仗月桂镇牺牲了三个人,大家都说值。从那以后,她就没有太多的想头了,她知道日军迟早要找上门的。表面上她依旧是那么沉毅乐观,每天都到山上山下走一圈,私下里她悄悄地为这一天的到来做了准备。说是准备,其实只是她一个人的精神准备,烽火连天,兵荒马乱,再多牵挂也无济于事。

自从上次张永保来,她知道牛紫龙出事后,就有了一种生不如死的感受,越是得不到儿子明确的消息,她就越是忧心,她相信儿子一定会活下去的。蕴含着对诸佛菩萨的紫念,相信善有善报,恶有恶报,反倒使她有了视死如归的信念。除此之外,似乎就没有什么牵挂了,自从丈夫去世后,她也不在乎自己的生死了,剩下唯一的愿望就是死后能埋在丈夫身边。她脑海里时时会出现丈夫牛惠群那座长满青草的墓地,她思量着应当埋在丈夫左边,左边有一块相对宽敞的地方。确定了灵魂的安息之地,她产生了一种想要去见丈夫的愿望,反倒期待着这一天的到来。

她把这个想法给牛姓宗族几个晚辈都说过。想到这儿,她下意识地理了理衣饰,把垂到脸旁的长发挽到了耳后⋯⋯

"咚"的一声,院子大门被重重地撞开了,支一枪带着几个日伪军蹑手蹑脚地跨进门来。

牛陈氏起身从锅里舀了碗水,坐在了灶火间门口的木凳上,重重地咳了一声。

"好勤快呀!这么早就来串门了。"

支一枪四下里瞅瞅,又凑近牛陈氏端详一番,扯着嗓门大笑一声,冲着门外喊道:

"就是她!牛陈氏!俺早些年见过,哈哈哈。"说着便指挥日伪军上前抓人。

"慢点!"牛陈氏起身,端起那碗水,借着反光端详了一番自己的容貌,抬脚踢翻了那张木凳⋯⋯

那声巨响,几里外都能听见,滚滚的烟雾遮住了清晨湛蓝的天际,把储藏室灶火间炸出了一个大坑,地面上所有的东西都炸飞了,就连小院里的两棵陈年枣树也被猛烈的爆炸冲击得连根拔起,飞出了几十米远。

日伪军这次偷袭小峪沟出动了上千人,事先进行了周密的部署,封锁了多条通向外面的出路,最后还是让这里的群众逃出了生天。日军在这次行动中打死群众36人,妇女被逼迫跳崖12人,日伪军死伤人数一直没有公布。

1945年1月。

郏县吴村。

偷袭吴村是日军占领郏县期间组织的又一次规模较大的围剿行动。

日军这次行动仍然采取了偷袭合围的战术，扮作来历不明的部队绕过国民政府武装的防区，天黑前到达了进攻出发位置。为了打掉村四周的岗位，日军还专门做了几个可移动的伪装草垛树木等，分成几个小组，天黑后，便一点一点地向前挪动，利用夜晚哨兵容易模糊物体方位和哨兵换岗的时机，逐渐接近村四周的哨兵。五更时分，终于接近了哨位。一番悄无声息的搏杀还是引起了村里的狗吠和流动哨的反击，大队的日伪军变偷袭为强攻，一时枪声大作，日伪军冲进了村子，战斗一开始就形成了逐房逐院的争夺。

"其他地方可以打到村口，留出东头放这帮王孙们进来，让出几个院子让他们占着，如果都把他们赶出去，龟孙们就用重武器了。"

此时，天已大亮。吴志翔在一堵砖墙边取下砖块，利用这个小孔向东街望着。根据日军出动的数量推算，日军应当携带有一定数量的火炮，如果不粘着日伪军，势必遭受火炮袭击，不光辛辛苦苦积攒起来的这点老本要受损失，更重要的是，众多百姓平生之积盖起的房屋也会毁于战火。他琢磨着如何把队伍和乡亲带出去，吴村守不住是个常识问题，虽然出村不远就是丘陵连绵的浅山区，但吴村是个无险可守的平原村。这次在家门口打的仗让他特别心痛也十分费神。

从当时情形看，日军完成"一号作战"大部分动作后，面对雨后春笋般冒出来的各式武装力量，做了必要的收缩，规划占据了各个交通要道和县城，在占领区保留一定数量的机动打击能力，采取的主要策略是谁打日军便打击谁，突出"七分政治"，拉拢利诱，以华治华，基本任务就是制造伪军。

进入八九月，国民党各地的政权也纷纷恢复运行，奉行生存第一、静待时变的策略，主要任务目标就是昭示自己的存在，贴出去的布告通常都是空无一字，只在下边盖个县政府的公章，目的不是让人们看到什么内容，而是显示告示背后的信念。当时国民政府所做的工作除了保护自己，就是做些瓦解伪军的家属工作。

共产党八路军自七月底进入河南后，成立了以戴季英为书记的中共河南区党委和以王树声为司令员的省军区，分派皮定均、徐子英支队到临郏、禹、封交界处的大峪沟建立了抗日根据地。

吴志翔拉起的武装占据着日军沦陷区和八路军大峪沟根据地之间的潜山

丘陵地带,吴村就在这片丘陵的边缘,左右还毗邻着国民党的国统游击区。

1944年10月,中共河南省军区司令员王树声、政委戴季英写信给吴志翔,希望他能率部接受改编,共同抗日,并派人前去谈判。而此时的吴志翔东奔西走,闯荡江湖,早就忘了党内的规矩。他先是提出自己和几位头头的党籍问题,以后干脆提出让他的入党介绍人王永祥来谈判的要求,致使谈判无果而终。

至于地面上的各色抗日武装或是打着抗日旗号的自卫武装,更入不了吴志翔的法眼,他总觉得这些武装里面水分太大,猫腻太多,舞枪弄棍糊弄老百姓还行,见日军就望风而逃,太丢中国人的面子。吴志翔给自己的队伍定了个原则:专打日本人。11月初,伏击了一个日军运输队,打死日军11人,俘获大量的粮食弹药;不久前,见日军进攻另一路抗日武装,吴志翔竟率队进攻了县城,放了一阵枪炮,还真把日军吓了一跳,慌忙回军,急如星火地赶到城下时,吴志翔部早已没了踪影。吴志翔围魏救赵大获成功。这么一来,吴志翔成了隔着窗户吹喇叭——名声在外的大人物了。

也许正是他的做派和名气才招致了日军这次蓄谋已久的偷袭。

"这帮七孙真没成色,还皇军呢,净干偷偷摸摸的事,事先说一声双方拉到漫野地里比划几下也能称得上人物,这算球呀!"他一边通过墙上的方孔望着外面,一边嘟囔道。

突然他眼前出现了一线反光,急忙一斜头,一颗子弹正好穿过墙上的方孔打在对面墙上,留下个深深的弹坑。

"快走,换个地方透透气。"

吴志翔领着几个指挥人员撤出了这栋房子。

吴志翔拉起队伍后,自己发明了一套手势暗语用作传达命令、汇报情况的通联办法,这套方法在近战、夜战和巷战中特别有用。他们穿过一个个打通的房屋和院墙,边跑边比划着召开个小会。他对突围出去倒不怎么担心,毕竟对周围的沟沟坎坎了如指掌,他担心的是村里乡亲和伤员,好在吴志翔手里有个秘密武器——他抓了两个俘虏,关键时候一定能派上用场。

他望了望天色,预计天黑前日伪军还要发动进攻,计划着再让出一些区域,督促部下抓紧埋设地雷炸弹,尽量把日伪军放进来,以减少天黑后突围的阻力。

他召集各分队的队长开了个短会,布置五路突围的计划,要求各分队突围出去后掌握好队伍,不要远离,等到各单位都出去后看信号行事。

会议刚一结束,吴志翔、马有膘和钱二顺穿过一座空荡荡的小院,向村头走去。

"是不是派人给最近的颜氏兄弟通下气,让他们策应咱们一下,远远地放几枪就行。"钱二顺试探着问了一句。

吴志翔两眼一瞪,狠声道:"那有球用!求颜府的事俺不干!"

吴志翔说完大步出了院,刚刚走到门楼下,只听得一声尖厉的呼啸,一颗迫击炮弹重重地砸在门楼上,"轰隆"一声巨响,整个门楼塌了下来,把吴志翔等三人全都埋了进去……

慈母像大地,严父配于天。
覆载恩同等,父娘恩亦然。
不憎无怒目,不嫌手足挛。
诞腹亲生子,终日惜兼怜。
——《佛说父母恩重难报经》

第二十九章

西安冰窑巷军统西北看守所。

一连几天,牛紫龙听到裴清明辗转难眠的翻身声。裴清明住在靠近门的一张床上,通风通气,还有两个小时能照到阳光,比室内其他人阴暗潮湿的环境强多了。

目前牢房里的几个人都是一个星期前换进来的,除了裴清明,其他人都与牛紫龙共过事。牛紫龙对其一个个进行了分析,认为这次调换应是说出自己想法的最佳时机。

去年夏天以来,西安一直笼罩着一片惊恐的气氛。部队向东调动,不少机关和富人纷纷进行撤退的准备,从张永保传进来的报纸上看,日军已占领了河南大部分地区,打通了京汉线。更揪心的是家乡也被占领,母亲生死不明。他想不通的是,日军在太平洋战场节节败退的情况下,竟还能集中兵力完成打通大陆交通线的战略目标,相比中国军队的决策人物而言,日本人对战争本质理解得更透彻,若无攻势的反攻则任何守势都是没有意义的。同时把汤恩伯兵团打得这般凄惨,也着实出乎预料,想必日军一定使用了全新的战术或装备,那么情报搜集和研究的疏漏势必成为败局的主要原因。想到此,他便有一种莫名的悲愤,尤其是在亲人毫无音讯的情况下,更让人有种追悔莫及的痛感。

他开始认真考虑越狱的各种方法。军统西北看守所只有前面一个门,从大门到监牢有两道岗,正常情况下每时每刻至少有五个看守分别在大门二门值守。从观察的情况看,星期一到星期六,无论前院后院,监管人员保持人数恒定,只有周日,前院办公区只留有很少值班人员,可利用的机会是周日中、晚两顿饭的时间,前院值班军官或有不愿意吃监警队士兵灶而外出吃饭的情况;后院警队大致推测有三十多人外出,周日应该是唯一选定的时机。

根据张永保分几次传进来了西安平面地图,监所似距西安城南含光门和城西安定门最近,市区以及城防的守卫情况暂时不得而知。

监狱生活中,痛苦和无奈早已是其中的一部分,不过,只要不死心、不放弃,大概总能找到希望。牛紫龙开列了一个任务清单,把能够想到的因素都列了进去,当然这些都是在沉思中进行的。他思谋越狱的所有条件中,张永保打入监狱和把安插在身边的卧底争取过来是至关重要的两步棋,走好这两步棋,其他如跳马将军、架炮抽车等全盘皆活。

其实,裴清明彻夜难眠的倒不是国民党丢掉河南的消息,而是牛紫龙母亲的牺牲。

中原会战结束不久,河南籍的参议会议员便集体上书,呼吁检讨惩治此次战役中渎职失守的官员,一致认为情报的失误失判是会战失利的主要因素之一,继重庆先后撤换了汤恩伯、蒋鼎文和省长李培基后,对下面渎职失职军政干员的调整最早就是从军统豫站开始的,首先免去了军统豫站站长刘艺舟和随从第一战区军统华北区区长张毅夫等人的职务,将在重庆军统监狱关押的前豫站站长刘暨释出重新启用。为此,戴笠破格召见了刘暨,一番嘉慰之后,委以了重任。不但恢复了他军统豫站站长职务,还让他兼任省政府调查室主任一职,给予整合豫省各种情报资源的重权,期以能团结包括汉奸在内的各方势力,发展军统实力。

戴笠这一招果然厉害,一般用人都是论功行赏,鲜有用有过之人,尤其是在国难危急关头,而戴笠因人制宜,敢用有过之人,确有不同凡响的胸襟。

刘暨自然喜出望外,叩首谢恩,束装就道,日夜兼程回到了河南,按照省政府分配的指令,很快在西峡重新建立了军统豫站。

这次调整牛紫龙监牢人员之前,监狱当局受军统豫站的委托,向派出的卧底人员通报了中原会战以及军统豫站主要领导的调整情况,重新指定了联系人和联系方式,要求加快获取牛紫龙等人掌握的情报资源线索,务必在短期内见到成效。此外,监狱方还介绍了在押人犯家属在这次战役中的变故情况,其中就有牛紫龙的母亲阵亡的情况,监狱方要求裴清明把握最有利的时机和方式去解释这件事。

此时,裴清明已深深陷入了自我的矛盾之中,虽说自己是身不由己陷入军统内部纷争的,他一直用"军人以服从为天职"、"党纪如铁,军令如山"的信条来说服自己,认为自己的所作所为应该是符合军统要求的,把自己亲眼所见的事情密报总部本身并不错,可结果却是那么多人被秘密杀害。从道义上他开始有些忐忑不安,这次军统内部大逮捕,他亲眼所见仅仅是换了不同的站长,便有人令人发指地作践自己,哪怕一天前还点头哈腰赔笑脸的同事,转脸就用从未见过的残酷手法拷问往日的上司,而这一切都不涉及抗日问题,只是内斗!想想自己是满怀深仇大恨才参加军统的,这一切让他渐渐产生了莫名的恶斥心理,有种说不清的愧疚感。

他奉命到以往同事中当卧底也并非己愿,也许是他们找不出更可靠的人的缘故,也许由于他上次揭发同事的勇敢表现,当时站里点名指派他来了。安插之前站里给他加薪升职,并许诺完成任务后另行重赏。面对这些,他只是心里暗自高兴了几天,眼前利益的确很有诱惑力,可想想江山黯然失色的局面,这些诱惑又失去了它的价值。他发现,在其他同事眼里他就是一个嗜杀寡恩的形象。

在他的意识里,牛紫龙是一个值得敬重的人,那些真刀真枪与日军交手的事传得也神乎其神,不少同事私下里引以为自豪。他也见识过军统那些训练有素的打手,出手之重转眼间人便血肉横飞,这不能不让任何一个在场的人都目瞪口呆,即便自己没有受过刑罚,仅仅看过如此行刑过程的人,无不魂飞魄散、不寒而栗。即便如此,他们仍旧没有得到口供,他恐惧地感到,自己在这么个人身边卧底好像不是对手,他实在想不通人怎么能忍受如此惨烈的痛苦,也许遭受过刻骨铭心的痛,才能忍受眼前的一切,而忍受这一切仍能乐观,或许这才叫勇气。平淡的日子,牛紫龙一直沉默寡言,他甚至没有听到牛紫龙大声说过话,但他依然是这批囚犯的主心骨,他们曾经策划了一个又一个引起内部纷争的方案,最后都以不了了之告终。现在上面要求加快速度,这几乎是个令人绝望的任务。

他知道自己所干的事逃不脱牛紫龙他们的眼睛,从他们的眼神里就能看出些异样,这绝不是敏感,但他没有发现牛紫龙他们要采取什么举动,他们不是没有机会和勇气,也不能说没有这个必要,只是有一次听牛紫龙说,在他的信念里,使用暴力只能用来终止暴力,除此之外,暴力毫无意义。这让他更加坐卧不安,有一种说不出来的恐慌,哪怕掐死他,总比这么装神弄鬼,非要扮演一个连自己都瞧不起的角色强。

"睡不着觉?"

放风时,牛紫龙搬着矮凳坐在了装清明身边,他俩仰望着那片长方形的天空,一群鸽子拖着"呜呜"的哨声,飞过蓝蓝的天空。他一脸忧郁地望了牛紫龙一眼,多少凄情撞进心头,不禁两眼一热扭头又向天空望去。

天穹无际,只有缕缕碎云嵌在天际。

"年轻人博闻强记是他们的长处,年长的人健忘善忘也是一种境界,拿得起放得下是人生必经的一段路,千万不要因为思虑过度折磨自己。"

裴清明收回目光,渐渐从迷惘中清晰起来,勉强挤出些笑容。

"我真的没有伤害别人的意思,我应当也是个好人,我只是报告了我亲眼见到的事实……"

"这俺都知道,俺也碰到过恁眼前这样的困顿处境,真假难分,是非莫辩,思来想去难觅答案,诸多问题无法选择,不知道咋办好。"

"无形则深,间不能窥,细想来又说不清因为啥,你有过这种情况吗?你是怎么走过来的?"

牛紫龙惨然一笑,道:"问心,世事无常,只能随缘慈悲,自然本真,要相信自己本性无善无恶,不可用后天的道理,或人云亦云去猜人处世。只是这些道理好讲,做到就难了,入世如入戏,演戏的似疯子,看戏信戏的就蠢了……俺要能走出去,只有一个抗日的目的,如果没有这个目的俺也活不到今天。"

裴清明尽量想弄清他话里的含义,每个人都能在自己的生活里品味出活着的滋味,每个人的经历是形成他特殊爱恨情仇的决定因素,他想不到自己的感受和牛紫龙是那么相像。他望着天空,天际轻轻飘过"呜呜"的哨声,却看不到鸽群的身影。初春的阳光格外靓丽,望上一会儿竟有些眩目晃眼了,他不再想刚才的问题,一阵浓浓的睡意袭了上来,他索性靠在墙上睡着了……

清晨。

颜府大院。

颜学礼昼伏夜出,整整走了四天,才从南阳回到了家乡,敲开颜府的大门后,兄弟相见抱头痛哭。

"恁咋现在才回来呀?!这老天真跟咱颜家过不去啦!"颜学林浑身战栗着,一把鼻涕一把泪哀怨道。

颜学林显得消瘦了许多,头上拧着几撮脏兮兮的毛发,两眼茫然无神,一脸萎靡不振的苦相,鼻子和嘴角大块大块地溃烂着,青红肿胀,整个脸都变了形。

他穿了一身宽大邋遢的黄军装,脚上奀拉一双女人的拖鞋。

"哎呀,恁咋成这样了?!"

颜学礼满脸疑惑,退后一步上下打量着弟弟。两年前他到兰州上大学时,弟弟还是一副意气风发的样子,短短两年多点时间他就似乎老了十岁,整个人都变了样。

"一定是吸老海了!"颜学礼心想。自从颜潜修被处决后,兄弟两人对颜府的经营就产生了分歧,颜学礼认为适逢国难当头之际,最应当心的是树大招风、财多惹祸,最好逐步变卖家产,兑现后搬到后方去住,边求学边谋生,以后做一个与世无争的普通人;弟弟颜学林却不同意哥哥的主张,执意继承父辈志愿,保持家业,扩大经营,坚持走兼并土地、发家致富的老路,理由是在家千日好,出门一时难,金窝银窝不如老家的草窝,财可以不发,学可以不上,坚决不能离家一步。

兄弟两人争执不下,颜学礼抬腿登上了西去的列车,到兰州就读于一所工业大学,学习找矿探矿专业。去年他本想回家一趟,恰逢日军实施"一号作战"计划打入河南,一时交通阻隔音讯全无,一直等到新年春节,潼关一线仍然无法通行,只得绕道南阳辗转回到了老家。

这时候的颜学礼完全脱去了过去的少爷模样,不光皮肤晒得黑黝黝的,而且神智也显得果敢沉稳。他个儿高健硕,留着寸头,前额宽阔,眼大有神,穿一身黑色平布学生中山装和黑色胶底鞋,透着青春干练而又自信的气质。

他见弟弟始终一副惊恐不安的样子,用力摇摇他的双肩,大声问道:"恁这是怎么啦?家里究竟发生啥事啦?"

日军打下郏县后,一个多年前曾经与颜府有生意往来的日本人山中松原找上了门,答应保护颜府家产并以委任颜学林出任伪县政府科长为条件,换取颜府捐助日军大批军粮和银元,双方约定,三天后由日军驻郏分队长亲自带队验收起运并颁发委任证书。谁知那天日军出县城来颜府的路上,不知撞上了哪个刚睡醒的民团司令,望见大路上来了一支队伍,便集合部下乱放了一阵枪,看清是日本人后,迅速溜得无影无踪,放那几枪偏偏还打伤了两个日本兵。

日军驻郏分队田野队长没有找到打伏击的人,一口咬定是颜家老二设下的圈套,不但亲手打了颜学林一二十个"东洋鬈",拉走了颜府所有的粮草牲畜,还让颜府上上下下 17 个女人陪他们玩了一天,上至五十多岁的老妈辈,下至十二三岁的孙女辈,包括侍女佣人无一幸免。日军第二天撤回县城,颜府当天就有一人跳井,两人上吊,还有几个疯疯癫癫的。就在两天前,颜学林找的一个小妾用菜刀切开了自个儿的肚皮。

"哎呀——没脸活人了呀!还有恁……俺嫂子也……放下来还是怒目而视,双手握拳,死不瞑目呀!这十里八乡都知道俺投降了日本人,还招待……"

说着颜学林左右开弓照自己脸上"噼噼啪啪"地扇起了耳光,嘴里鼻里的鲜血四溅。

颜学礼心一软,急忙上前拦住,兄弟两人重又抱在一起痛哭起来。

颜学礼提着灯笼到各个女眷屋里看望一遍,听了她们的哭诉,他也不免陪着掉了不少眼泪,回到前厅正堂已是日升一竿了。他望了一眼从烟榻上坐起身的弟弟,哈欠连连,睡眼惺忪,刚刚放下烟枪又点上了纸烟。

"恁知道日本人为啥到处卖红丸烟土吗?"

颜学林摇摇头,嘟嘟囔囔道:"挣钱!咱爹不是也鼓捣过这档事吗?!"

"日本人可不是为了挣那几个臭钱!"颜学礼重重地拍了一下桌面,震得一桌茶杯、茶壶都跳了起来。"咱爹鼓捣这些老海为了挣钱不假,可他是害人又害己,家里后代子孙染上了烟瘾,就是挣钱的报应。日本人可不一样,他们虽然卖红丸,可一旦发现自己人吸上这玩意儿,是一律要处死的!他们不吸,只卖给中国人吸,这说明啥?说明他们不是为了挣钱,是要击垮中国人的抗日意志!染上了大烟瘾,抽光的不仅是家族的祖产,更重要的是恁的体力和意志,它能让恁注意力无法集中,记忆力下降,自制力减弱,最终使恁行动能力丧失,恁看看恁现在这样子,恁说抽它何益?!"

颜老二"呜呜"地又哭了起来。

"日本人当着恁的面欺淫妻女家人,这比杀了恁还屈辱,如此深仇大恨恁不思雪耻,反倒天天云里雾里苟活人世,恁还是人吗?!"

颜老二"扑通"一声跪倒在地,号啕道:"俺对不住地下的祖宗,对不住家眷,对不住……"

颜学礼抬腿一脚将他踢翻在地。

"没出息!恁不配说对不起,等恁戒掉烟瘾再说对不起吧!来人!把这个没出息的扔到后院库房里,从今天起让咱颜府被日本人糟蹋过的女人看牢他,啥时候把大烟戒了,啥时候再让他出来,戒不掉就一辈子待在那儿吧!"

颜学礼话音未落,颜府上下十几个女眷不由分说把颜学林捆绑了起来,哭着骂着把他抬出了门。

　　颜学礼大步走到烟榻前,双手端起弟弟刚刚用过的烟具,哆嗦着愣怔良久,猛然举过头顶重重地摔在了地上。

　　上午。

　　郏县吴村。

　　吴志翔埋在倒塌的门楼下后,被乡亲们扒出来抬着突出了重围,昏迷了整整一天。

　　吴村一仗打得非常精巧,吴村被日伪军四面包围,四方闻讯赶来救援的各路武装又在外面把日伪军给围了起来,双方"乒乒乓乓"地混战成了一团。天刚擦黑,吴志翔部大部分人员利用熟悉的地形冲出包围圈。日军顾此失彼,忙乎了一夜,才把蜂拥而来的各路武装驱散,占领了村庄。天亮后,日军逐门逐户进行搜查,一共找出来37个人,大多数是老人和伤残的士兵。一个日军小队长在正街的一面山墙上发现了一封"换俘建议",如是写道:

　　日军七孙:本司令原本搁不住给恁们这些癞瓜们写告示,想想恁们干的那些伤天害理的磕碜①事,是个人都不齿。夜儿,恁们还偷偷摸摸地袭击俺们,尽干些没成色事,有种咱们一个对一个比试比试!用刀用枪让恁们龟孙选,挑个最大的官先跟本司令过招,没胆子自认鸭子屎吧!废话少说,本司令给恁们下个告示,恁们掰着脚趾头数数少了几个人,少的人都在俺们手里,活的死的都有,本司令念那两个日军七孙也是种田出身,年纪尚小,还一个劲地斜色②,本司令相信众生平等,救人一命胜造七级浮屠,最瞧不起恃强凌弱、滥杀无辜的行为。所以暂且不杀他们,条件是把恁们抓的中国人放完,房子也不准烧一间,两天后喝了汤③,俺自会放人,那几具日军尸体俺也告诉恁们藏哪儿了。如若恁们执意杀人放火,日恁娘,本司令都给恁们记上账,早晚要摆置④恁们,说啥也不能让恁们活着离开中国!还有,如果这次再发现恁们屙到老百姓锅里,尿到群众

---

① 地方方言,恶心、愤恨的意思。
② 地方方言,发抖的意思。
③ 地方方言,时间用词,指天黑后。
④ 地方方言,收拾的意思。

家面缸里,俺们一定能教会那俩日本人吃屎,恁信不信?咱骑驴看唱本——走着瞧!

田野队长听完翻译含含糊糊的解释,良久才弄懂这封不伦不类的告示的内容,沉思片刻后问左右:"这个吴司令是不是华北方面军公示的二号通缉犯吴志翔?"

一个日军军官跨前一步,狠狠地点了下头说:"是。"

田野牙根咬得咯吱咯吱直响,黑瘦的脸不住地抽搐着,他重重地挥了下手,领着几位小队长到村里转了一圈,看到横七竖八的日军、伪军尸体,实在咽不下这口气。他"叽里呱啦"地乱喊几声,让日军把所有的俘虏和群众集中押到村口的打麦场上,架好机枪,抽调了几个拼刺刀标兵,杀气腾腾地将这几十个中国人团团围住。

奇怪的是这些中国人十分沉静,既没一个人哭,也没一个人喊叫,就连伤员也无一人大声呻吟,那种淡定反倒使周围的日军士兵惊恐起来。田野冲到人群面前,看到的只有冷冷的眼光和骨瘦如柴的身躯,他高高地举起了右手。他十分清楚,只要挥下手,三分钟之内,站在他面前的这些人就会流尽最后一滴血,过去他曾多次这么干过,从没有一次犹豫过,日军的同事给他起了个绰号,叫"剃刀队长"。这次他有些胆怯了,他倒不在乎那两个俘虏,被俘本身就是耻辱,死不足惜。他想到了自己,战争的结局已经明朗了,自己能不能活到那一天还是未知数,即使活到那一天,中国人将如何对待自己?一想到那些被自己杀害的男人女人,他双腿不由自主颤抖着,头上和后背还出了不少汗。

这是怎么了,难道这些人与过去屠杀的人有什么不同吗?!他领悟到过去杀人,要么趁人不备,要么蒙上人的眼睛,即便有一两个人敢直面屠刀,也难免会流露出惊恐失措的神色。可今天这群人个个怒目圆睁,一副生死置之度外的样子,他们真的相信有人会替他们复仇吗?怎么还非要骑着驴子看唱本呢?坐下来认真看不行吗?他隐隐地感到这帮人不是好惹的。他信奉大欺小、强凌弱,征服对手不择手段那一套,在这群不怕死的人面前失去了威力。

想到此,他有气无力地放下右手,说:"把军人带走,换回我们大日本皇军的士兵,撤军回城。"

吴村一仗,吴志翔部受了一定的损失,死伤百余人,日军也有不小的损失。

更重要的是,仗打了一天两夜,最后吴志翔部还能分头冲出重围,也算是打了个平手,也让人们看到了,只要真刀真枪跟日本人干,日本人也厉害不到哪儿去。这对在铁蹄践踏下每天跑反,满眼尽是望风而逃的百姓而言,无疑如大旱之日望到了云霓,给了不少人活下去的希望。

吴志翔部撤至郏、汝交界处后,队伍得到意想不到的快速发展,四方百姓和各路武装纷纷来投,队伍很快就达到了数千人之众。更出乎意料的是,此后,日军多次突袭进攻其他抗日武装,始终没有再敢攻打吴志翔部,即便吴志翔主动出击,日军也是采取避战的办法,不再正面交手,一直到抗战胜利。

周日。

西安冰窑巷,军统西北看守所。

牛紫龙望着窗外,一如往昔,就连落日残影也和他无数次观察计算的一样,接下来是以分钟为计算单位实施的方案。他对监管人员每次的进出都默记在心,对看守所几乎每个看守人员都进行过分析,从中归纳出这次行动的条件,必须在同时或尽可能短的间隔时间内解决掉两道门岗五个看守人员,整个过程要在不惊动后院看守队的前提下进行。任何环节出一点差错,就会全盘皆输,后果不堪设想。

两个多月来,牛紫龙与狱友商量了几个方案,详细进行了分工,在监所内还进行过模拟打斗,测试看守的反应,利用放风时间与其他几个牢房的狱友沟通协作方案。表面上看,囚犯关押时间长,产生焦虑狂躁情绪,打得头破血流,也属正常现象,但仍然没有达到效果,无法把二进门岗上的三个看守全部调动。

与监所模拟测试的同时,监外张永保的准备工作进行得非常顺利。他当上了看守所的炊事员,与送饭的伙夫还拉上了关系。

两个月后,裴清明再次调进了牛紫龙的监室。正在牛紫龙他们为如何调动门岗一筹莫展之时,裴清明透露了一个能同时调动三个看守的方法,牛紫龙等人这才最终敲定了暴动越狱的方案。

临近黄昏时,隔壁房间已经按计划争吵多时,二进门的三个守卫尽管没有出动,但神经已经绷紧。

落日余晖在房廊下剩下一线辉煌,牛紫龙又反复掂量了一遍越狱方案步骤,几个月来,他已经想不出更好的方法了,希望只能寄托在运气上了。

他回身向同室的狱友点点头,裴清明起身深吸口气,闭上了双眼,一狱友迎面给了他一拳。裴清明大叫一声,把口鼻喷出来的鲜血抹了一脸,他扭头望了一眼牛紫龙,大步走到房门前,猛力地摇晃了几下那扇沉重的铁门,大喊道:"杀人啦!"

这是狱管方与卧底人员约定的紧急情况解救暗语,在此之前还没有使用过。

随着一阵纷乱的跑步声,那扇铁门被打开了。裴清明满脸血污地斜坐在门旁,门外传来一阵忙乱,开门进来两个看守,门外张永保和另一个看守从外面锁了门,牛紫龙见状长长地松了口气。

"谁干的?"

两个看守双手举枪对屋内的囚犯大声问道。

监牢里寂静异常,裴清明呜哩哇啦说了句只有他自己才能听懂的话。两个狱警蹲下身察看一番,收起手枪正欲抬他出屋,只听得牛紫龙轻轻地咳了一声,几乎与这一暗号落地的同时,门外张永保左手卡住那狱警的脖子,右手利刃已经插进了他的胸膛;裴清明紧紧地抱住两个狱警,监室内几个囚犯一拥而上,将门里的两个狱警压倒在地,其中一个只喊出了半个字,再没了声音。门里门外只剩下一阵短暂有力的喘息声。

片刻后,张永保和两名囚犯换上了狱警的服装,神不知鬼不觉地来到前院门卫室,三下五除二就把另外两个门卫解决了。

这边牛紫龙他们分别打开了另外两个监室门,囚室内众囚犯早已将卧底的人捆绑结实,还尽可能多地在他们嘴里塞满了破袜旧布,所有人员鱼贯而出来到了前院门卫室。

按计划只差砸开门卫侧后的武器柜,换上狱警的服装,拿上他们的武器,就可整队出城了。可恰巧在这千钧一发之际,监狱值班军官哼着小曲出现在了大门口。他听见门卫室内一片嘈杂的砸门声,先是一愣,探头一看,见室内众多囚犯正忙着换上狱警的服装。

"你们这是弄什……来人哪——"

他喊着便掏出了枪,正不知往哪儿射击,张永保冲上前去就是一刀,只是瞬间的事,那枪还是打响了……

暮色苍苍,西边天际尚余下一带残阳,枪响过后,一切顿时笼罩在了一种不祥的昏暗之中。

牛紫龙上身穿着黄色军服,指挥众人逃出大门,正忙乱不知去向时,张永保用力推了推他,说:"快!西边安定门准能出去,俺在这儿顶着。"

这时,后院传来一连串的枪声,几个黑影跳出二门,边跑边朝前门放着枪。

牛紫龙给张永保打了个手势,带人向西门快步跑去。

"快追!快追!"

牛紫龙一行人装扮成军警,裹挟在混乱的人群中间,"乒乒乓乓"漫无目标地朝天放着枪,冲出了城门,身后枪声响成了一片,还夹杂着一两声炸弹的爆炸声。

随着城门慢慢地关上,最后一缕余晖落下,枪声也渐渐稀落下来,天地只剩下一片昏暗。

1945年6月27日,牛紫龙率狱友在西安军统西北看守所暴动,成功出逃,国民政府和军统总部随即向全国发出了通缉令,要求陕西、河南两省军警部门务必将牛紫龙等人缉拿归案。

三天后,傍晚。

西安郊外山村。

一处半潜式窑洞的屋顶上,牛紫龙穿件前后搭的背心,头上扎着羊肚白毛巾,久久地盯着前方,眼前岗塬跌宕一片雾帐,一条弯弯曲曲的小路,忽隐忽现起伏在岗坡之间。目力所及的远方,渐渐出现两个细细的身影,一前一后逶迤而来。牛紫龙望着那蠕动的身躯,从走路身形上看不像张永保,他内心猛地一沉,手足无措地坐了下来,继之就是一阵心悸。

张永保是个做事有心、会用眼睛说话的人,一些看似不可能完成的任务,只要他答应下来,基本没有落过空,把不可能变成现实是张永保最大的特点。更让人放心的是他从不惹事,为人低调,尤其擅长揣摩人的心理,接近目标人物,需要当什么角色就能进入什么角色,这在与牛紫龙共事的人中间,尚无人可以比肩。想到此,他一阵心痛,呼出的气竟带出一股血腥的气味,眼前渐渐地模糊了起来。

待裴清明走近,牛紫龙仍旧望着凄迷雾重的远方。已经连续派人四处打听消息,等来的全是失望,这次牛紫龙再也不愿听到任何消息。

他扬手示意不需要再说啥。

裴清明放下一份西安当天的报纸,牛紫龙扫了一眼,见一标题很是醒目:

第二十九章

"军统监所杀出血路,牛紫龙率众大闹西京。"另一角上还有一认领尸体的启事,用粗粗的黑框括着。

牛紫龙不愿意相信这些,有些事无法忘却,如同有些人无法替代一样,失去了也许此生再也找不回来了。

"恁们抓紧准备吧,今晚就走,俺再留几天想想办法。"

裴清明大声道:"这是个陷阱,那上面连穿什么衣服都没写……"

"可总不能把永保留在这儿!"

裴清明突然哽咽道:"真对不起,你母亲去世的消息俺一直没敢告诉你……"

牛紫龙惊悚地望着裴清明,他想到了裴清明有些东西没有告诉自己,谁知道竟是如此一个晴天霹雳的噩耗。

牛紫龙紧闭双眼,眼前摇晃着细细密密的金星,一股巨大无形的悲怆掩住了无尽的思绪,血腥味弥漫着整个身心,凄清的泪禁不住流了下来……

一周后。

小峪沟某山村。

"恁看清了是侦缉队的于师于队长?"

吴志翔盯着"咕咚咕咚"将一瓢冷水一饮而尽的张剩,见他伸了伸脖子,重重地"嗝"了一声。

"这还能错!烧成灰俺也能把他的骨头拣出来,他只是比过去胖了点,脑满肠肥,头发全下放到耳朵根了,现在打的牌子是军统豫站中原大队的队长,看架势来头不小,带多少人不清楚,但来的人都是清一色美式装备,拐弯抹角打听牛队长的事。"

"肯定是牛老师暴动出狱了。"吴志翔起身在房间里踱起了方步,"他能从军统监狱里出来,军统一定吃亏不小,不然不会启用潜逃的于师追杀他,依照军统的脾性,他们无论如何咽不下这口气。"

吴志翔又伏身问张剩:"恁怎么回答?"

"木见!只说听人讲牛队长被押到西安了。"

"好!"

三天前，原郑州侦缉队长于师带十几个人找到了藏在方城拐河一带的张剩住处，打个手势让几个人将张剩扑倒在地，把他的住地里里外外搜了个遍，结果一无所获，见状，于师这才上场。

　　"哎呀呀，这不是大水冲了龙王庙吗?！张剩可是咱军统的前辈，快放开快放开！"

　　于师笑嘻嘻地赔着笑脸，亲自给他松了绑，狠吹了一番行动队能耐了得，后故作恼怒状教训一番身边的特务有眼无珠，接着又跟他套起了近乎，绕了几圈，才转入正题问起了牛紫龙和吴志翔的下落。

　　最后见实在问不出个名堂，给张剩丢下几个钱就走了。

　　"俺是越想越不对劲，这才跑来告诉恁，今后得多长个心眼。"

　　"球！问俺恐怕只是打个马虎眼。"吴志翔吩咐手下弄几个菜来，又对张剩道，"俺在这儿快一年了，难道他们现在才想起来拾掇俺？俺看他是冲着牛队长来的，果真如此的话，说明牛队长真从监狱脱身了。"

　　吴志翔望着对面岗坡上郁郁葱葱的山林，这是一座只有十几户人家的小村子，稀稀拉拉的泥糊石砌房屋散落在一条清溪两岸，隐藏在两山的夹缝之间。

　　吴志翔思量着，军统派人追杀，牛紫龙肯定早有预料，如若一般对手采取围追堵截、张网以待的老办法，对常年处于被追杀境地的牛紫龙而言，相信不会有太多风险，只是这次军统启用失踪多年的于师却出乎预料。此人闯荡江湖多年，长期担任侦缉队长，机敏异常，尤其擅长顺藤摸瓜、布局捕人。还派出一支全副美式装备的队伍专司此事，足见军统是势在必得，稍微掉以轻心真要吃亏。

　　从吴志翔眼前的处境看，他也迫切希望找到牛紫龙。自中原会战后，各种势力在汝、鲁、宝、郑一带蜂拥而起，战事无日不燃，百姓流离失所。吴志翔部虽说连打几仗，名声在外，但终究是夹在国民政府、共产党八路军和日本人三方势力之间类似散兵游勇式的武装。他拒绝中共代表合并的要求，主要是因1939年中共临汝地委成立后，王永祥组建郏县工委，领导关系一度由新四军留守处代理，发展党员及干部培训也多送到确山竹沟进行。有人建议吴志翔，既然由于种种原因无法与八路军统一整编，不妨将队伍拉到豫南一带与新四军合并，早几年河南撤干的人员大多分配到了新四军，比较容易对吴志翔部进行改编改造。可吴志翔对离开家乡改编改造队伍的做法始终顾虑重重，迟迟拿不定主意。

牛紫龙能越狱回来无疑是件雪中送炭的事,让他看到了希望。

"咱们不能让熊货把牛队长给办了。"

"这容易,"张剩蹲在桌边的太师椅上,把卷好的烟放在嘴上一捻,顺手掐掉了多余的纸头,点上火猛地吸了一口,"咱先派人把于师办了不就行了。"

"恁说的倒简单,于师当了那么多年的侦缉队长,一向诡谲莫测,善施巧计连环套,用常人的手段除不了他。"

"恁有啥高招?"

"都说这人透钻精明,胆大心狠,不过,有透钻的长处,就有信球的地方,吃喝嫖赌这几项,他样样都占,依他那董将①劲根本在乡下待不住。再说了,他远道而来,人生地不熟,断定他一时半会儿搭不起来情报网络,使用情报要么就用国民党的,要么就得搭上日本人的。咱们从这两个网络入手,不愁揪不住他。"吴志翔说。

某日。

山路上。

"如果俺在,俺娘就死不了!"

牛紫龙一直在找理由说服自己放弃这个念头,可这个念头始终萦绕不去,悔恨的悲情让他无法冷静思考眼前的处境。

从小峪沟出来他就发现好像让人给盯上了,悲愤使身边弥漫着浓烈的血腥味。他看过母亲去世的地方和乡亲们收殓的母亲遗物遗骸,其实啥也没有,只有一个玉石烟嘴,妻子说,母亲每天都要放在嘴里抽巴几下。二伯牛惠师和几个宗亲很详细地向他讲述了那天早上的情况,尽管许多细节谁也说不清,但仍然能够感受到当时那动人心魄的惨烈。妻子甚至不忍回忆当时的过程,只是泪流不止。

他多年未与母亲谋面,母亲最后一次送他出镇时的眼神还一直在眼前摇晃,过去不论他走多远,不论他离家多久,想到母亲,身心就有一种宽广和宁静。

母亲就是苦难生活的抚慰,有种善良的美,顾长玉立,秀颜隆眉,人们都说

---

① 地方方言,意指挥霍享乐。

相由心生,母亲生就一副坦荡沉静的容颜,淡定从容,从来都把人往好处想,事从善处做。叔叔说过,父亲把母亲娶进门,给牛家竖起了根定海神针,不光牛家上上下下的事由她做主,就是近邻远亲谁家碰到大事小事也都找她拿主意,特别是她那担当大义的风尚在十里八乡都传为佳话。早年,叔叔曾为此写了一副对联贴在当门:处事待人显诗书,胸有灵秀气自华。

死亡是生命的最后形式,母亲的死如同她的一生一样是那么惨烈,留下了无法消失、悲凉入骨的痛,对牛紫龙来说,母亲特有的性格,大爱的担当,甚至一举一动都成了无法复制、再现的往事,每每忆起,那种痛彻心扉的感受是任何人无法想象、无法感同身受的。不管乡亲们怎么劝,牛紫龙仍旧忍受不下母子天人永隔的至痛,伤心似潮水般吞没了他,他感到透不过气来,但又欲哭无泪,总有一股子欲养而亲不在的悔恨。

人生没有永恒,能够永恒的只有无尽的思念。

他不顾别人的劝阻,决定抬棺迁葬,让母亲入土为安。

扶棺回月桂镇的路上,二伯几次提醒他有陌生人尾随,他只当没听见,最后二伯干脆以母亲的名义责令他离开迁葬的队伍,他这才跟在人群的后面,远远地看着他们把母亲安葬在牛家的祖坟。

山下,月桂镇笼罩在一片落日金黄之中,那片盛满他儿时欢乐的地方恍如隔世,面目全非,只有微风吹送来的旧时气息,让他寻觅到曾经的岁月。原先挺拔的寨墙被炸成了几段,沿河那些纳凉休闲的大树也不见了踪影,熟悉的石板街道和一溜溜青砖小瓦房被烧成残痕,对着一弯泛着金光的河流,月桂镇看上去就像是失去了灵魂,在暮霭中凋敝着……

这么多年的漂泊,其实不是在大地上,而是在母亲的目光里,在对家乡和往事无数次的追忆中。无论时局和命运多么糟糕,母亲都以她那难以想象的勇气去面对,凭着她的爱和胸怀化解了艰难和不公,如同黑暗中的火,不光给了人们温暖,更多的则是信念,留下来太多感奋和恩情。

牛紫龙感到从未有过的孤寂。他望着扶棺的人群汇入了夕阳的辉煌,化作了眼前一片泪光……

众人抬棺下山之际,牛紫龙交给妻子一纸祭文,转身消失在了山路上。

安埋下母亲后,董秀凤跪在墓前,展开见那祭文写道:

请你回来，我撕心裂肺地
呼喊你，不要离我而去
天上散落下无名的小草
欢乐地铺满坚硬的土地
你用生命点缀出一段小路
攀援到山巅
与白云一起
守望着这块大地
只为不再有悲伤的未来
让我怎能不爱你

请你回来，我刻骨铭心地
爱着你，如同儿时你牵我手
细雨霏霏，飘洒在青石路上
汇入门前蓝色的小河
漂泊荡漾流向天际
你用身躯化作大地，拉扯着
腥风血雨的岁月
与银河星辰一起
照耀着这块土地
我何时才能再见你

我多想再次拥抱你
请你回来——来生我也不会离开你
如同你一针一线，帮我穿上棉衣
江山开满了思念的白花
争艳斗奇，绵延着四季
你用梦想鼓荡起勇气
只要明天还会再来，你就不会远去
无论岁月如何蹉跎，多灾多难终将过去

无论光明如何流逝,生命还会孕育
牵挂着今世的因缘
只为天下不再哭泣
让我如何回报你
……

第二十九章

罗斯福总统、蒋委员长、丘吉尔首相，偕同各国军事与外交顾问人员，在北非举行会议，业已完毕，兹发表概括之声明如下：

　　三国军事方面人员，对于今后对日作战计划，已获得一致意见。我三大盟国决心以不松弛之压力，从海陆空各方面加诸残暴之敌人，此项压力已经在增长之中。我三大盟国此次进行战争之目的，在于制止及惩罚日本之侵略，三国决不为自己图利，亦无拓展疆土之意思。三国之宗旨，在剥夺日本自从1914年第一次世界大战开始后，在太平洋上所夺得或占领之一切岛屿，及使日本所窃取于中国之领土，例如东北四省、台湾澎湖群岛等，归还中华民国；其他日本以武力或贪欲所攫取之土地，亦务将日本驱逐出境；我三大盟国稔知朝鲜人民所受之奴隶待遇，决定在相当时期使朝鲜自由与独立。根据以上所认定之各项目标，并与其他对日作战之联合国目标相一致，我三大盟国将坚忍进行其重大而长期之战争，以获得日本之无条件之投降。

　　　　　　　　　　　　　　　　——《开罗宣言》

第三十章

郏县任寨，民国郏县政府所在地。

县长王易知疑心重重地望着眼前这位穿一身灰色军服、稚气未脱的小战士，试着问道："你叫什么名字？不是本地人吧？"

小战士咧嘴一笑，头上的军帽直晃荡，一双很喜庆的细长眼，高高的鼻梁渗出细细密密的汗珠，笑靥挤出脸颊两边的肉窝窝，看上去顶多十四五岁，瘦瘦的，个子比枪高不多少，腰间扎根宽宽的牛皮带。不论问啥，他都会笑着先点点头再回答。

"嗯，俺叫毛孩，不是本地人。"

"你真的是在牛紫龙手下吗？"

小战士又笑笑："嗯，真的。"

"你知道这信上写的啥吗？"

"不知道，首长说认识恁，写信跟恁商量借路的事。"

王易知提笔写了封回信交给毛孩，再三叮嘱一定要把信交到牛紫龙手里，出现意外情况可以酌情处置。

毛孩又眯起眼笑笑，大声喊了声："是。嗯，有人在村口等着俺呢，木事。"说完，礼毕，扭身跑出了屋。

王易知听到院子里战马一声嘶叫，接着传来一阵轻盈又有节奏的"哒哒"声，渐行渐远，不禁长叹口气，自言自语道："看出民意才有成事之象。"

中原会战后，日军占领县城及交通线，山区则被南下的八路军占着，国民政府勉强立足于两者之间的地区，其中还充满了山头林立的各色武装。这些势力打着抗日的旗号，实际办的是割据一方的事，天马行空，独来独往，谁的话也不听，全是占地为王。

面对如此局面，王易知开始也是不甘碌碌无为，决定先从拉拢人心入手，大刀阔斧地对县政府各部门进行了精简调整，除留下几个必不可少保管公章档案的文秘人员外,其余全部充实到县政府直属武装里面。以原警察局、保安团为基础成立了郏县抗日总队,还在各村镇恢复保甲政权组织,工作重点放在了做好伪职人员亲属工作、瓦解伪军、反对奴化教育方面。

尽管他相当温和,明哲保身,处处谦让,但还是在不少方面触动了地方武装的利益,一些有头有脸的人物采用阳奉阴违、脚踩两只船,甚至脚踏几只船的办法来对付他,不断挤占他的地盘。

共产党八路军利用日军占领线长面宽的被动局面大举挺进河南后,建立了多个根据地,在建立地方政权方面采取了一系列得民心的政策。特别是倒地运动,采取政策将农民在1941年到1943年底因灾荒出卖的土地,规定可按原价赎回来。由于此时法币贬值,许多地方农民卖只鸡就能赎回原来的土地,很快赢得了无地或少地农户的拥护,政权的实际控制能力和效能远远超过了国民政府地方政权组织。

王易知很清楚地方势力不过是手足之疾,成不了气候,真正的对手肯定是共产党八路军。与其他人不同的是,他认为眼下局面毕竟外寇入侵大敌当前,隐忍当放在第一位,在赶走日本人之前,应允许抗日的各种势力存在,只要他们不向国民政府开枪,都应按友军原则处理。

半月前,军统豫站中原大队来郏县,虽然他们始终没有说明此行的目的,但王易知拐弯抹角地还是打听出他们是专门追杀牛紫龙的。他一怒之下行电省政府,提出抗议,指出如此一来势必引发各种势力的混战,使日本人坐收渔翁之利,希望省政府责令有关方收回成令,撤走行动人员。当然,电报发出后,投石落水,没有任何回音。

王易知思量着刚才收到的牛紫龙的信,牛紫龙是否加入了八路军不得而知,只是此次下山借道,还是礼尽义到,提出三天之内,有一支小部队分别由南北两个方向穿过郏县国民政府的防区进入沦陷区,借道时不驻扎不征粮,希望不要误会云云。商道函上没提借道的是什么人,哪个部队,但信是牛紫龙写的。虽说几天前县政府已经收到了牛紫龙的通缉令,不过他可不希望牛紫龙在郏县出事,不管借道部队有没有牛紫龙,他都决定放行,礼送出境。

他站起身走到房中间地图前沉默片刻,喊来警卫吩咐道:"去,让总队的几个司令来一下。"

傍晚。

上马镇,军统豫站中原大队驻地。

天刚黑,家家户户早早地闭门熄灯,周围一片静谧。

吴志翔看到县抗日总队副司令赵振山将自行车推进一座高大的门楼后,转身对身边的张剩说:"看样子,鱼儿就要咬钩了,待会儿恁先回去找牛队长,就说他们今晚可能要行动,然后再赶到咱们设伏的地方会合。"

几天前,吴志翔派人找到牛紫龙,二人商量决定把队伍拉出去找新四军,但走前要除掉中原大队这个尾巴,不然迟早成祸害。

在此之前,吴志翔派出的人已经找到了于师及中原大队落脚的地方——下马镇。找到他其实很简单,吴志翔根据于师嘴馋好喝,且喝酒时特别喜欢用卤肉杂碎当小菜的特点,派人到县城卖卤肉杂碎的肉铺守候,果然发现有人每天都来,于是跟踪到下马镇,发现不少院都住上了军统中原大队的官兵。虽说戒备不严,可镇子位于国民政府防区与日本人占领区交界处,真要打起来,容易招来两边军队的合击。

跟踪发现,于师的中原大队依靠的是县国民政府和驻郏日军两个情报系统,具体联系人就是县政府抗日总队的副司令赵振山。鉴于此,牛紫龙、吴志翔他们才拟定了将中原大队调出上马镇,将日军调出县城,诱歼中原大队和打县粮站同时进行的计划。

吴志翔等人证实了赵振山已进到于师住的院子后,悄悄地撤出了镇子。

屋内,一盏窜上窜下的油灯摇晃着两个巨大的黑影,于师肥胖的脸上忽明忽暗,泛着一层油光,他两眼紧紧地盯着赵振山。

赵振山用手在汝、郏交界到郏、禹交界处划了一道线,斜盯着于师说:"八路军借道不可能再走其他路,南北都有日本人的驻军,县政府的防区内只有回龙沟一条路,向南是日军防区,北边是县政府的民团把守,后帮儿①俺已经通知民团撤走让路,也通知了南边的日本人。所以恁要打就到沟底磨盘石设伏,俺已跟日本人说好了,这边就是打翻天,日本人绝不插手,过了磨盘石就交给了日本

---

① 地方方言,指下午。

人。"

赵振山四十多岁，长相猥琐，满脸皱纹，十分老相，小个儿小脸儿，凸眼钩鼻，长脖巨身短腿，偏偏头上有三四块大疤癞，生出的毛发很少，他只得把毛发比较茂盛的部分调剂一部分盘到疤癞上，就像戴了一顶别致的圆帽，油晃晃的。他能说会道，表情还十分生动，不论说什么瞎话都跟真的似的，其实大部分都是他信口胡溜。

于师听完赵振山的介绍，两眼紧紧盯着地图上那条模模糊糊的粗线，沉思良久，他关心的是借路队伍里有没有牛紫龙。军统总部对牛紫龙从西安冰窑巷暴动越狱火冒三丈，严令豫、陕两省军统工作站追杀截击，务必生要见人、死要见尸，还拨出专门经费奖金和新式武器供两省使用。新任豫站站长刘暨当然知道这是露脸邀功的机会，只是军统豫站经过内部恶斗，死的死，逃的逃，实在挑不出能与牛紫龙一斗的人选，只好拐子里面挑将军，请于师出山承担此任，条件是要人给人，要枪给枪，打死抓住牛紫龙就可将功折罪，升职晋级。责令他率队到牛紫龙的家乡蹲守，还严令周围各县全力配合，可以说给足了他面子。来到这儿二十天了，牛紫龙行踪信息总是断断续续晚那么一两天，实在找不到下手的机会，前几天得到牛紫龙葬母移棺的消息，派出多路人枪埋伏到墓地，最后也未发现牛紫龙的身影。昨天得到八路军借道的消息，于师已经下令大队做好了准备，让赵振山来是为最后核实一下消息的来源。

"牛紫龙可能在借道的队伍中间是王易知说的吗？"

"这还有假？他说以前与牛紫龙打过交道，这次是牛紫龙亲自写信借道，咱们应当以大局为重，礼送出境。还说此事千万不能走漏消息，不然中国人自己打起来，只能让日本人看笑话。"

于师对牛紫龙投向八路早有预感，这也符合他的猜想。

他穿上件黑色丝绸大褂，袖口绑腿都扎成了黑色。从墙上摘下两把手枪，猛地一摇"呼啦"一声顶上了火，问：

"日本人那边有动静吗？"

"按双方议定的计划，今儿喝了汤日军就会出发。"

于师最后借着"扑扑"直跳的油灯审视了一番赵振山，轻轻地吹灭了油灯。

是夜。

回龙沟。

于师的中原大队原想打牛紫龙部的伏击,结果反倒被吴志翔率部将中原大队围在了回龙沟。战斗从半夜打响,中原大队46个人大摇大摆地进到伏击圈,"乒乒乓乓"一阵枪响,不明不白就被撂倒七八个人,其余的人被挤压在一片乱石嶙峋的溪沟边,藏无处藏,躲无处躲,只好各自钻进了大大小小的石缝里,头都不敢抬。而四面岗坡黑咕隆咚到处是隐藏的枪手,不过,看样子他们并不急于全歼这支队伍,枪声不紧不慢地打在乱石堆里,溅出一道道火花。直到天将亮时,两面山上才喊话道:"军统伙计们,放下武器吧,和尚不亲帽亲,过去俺们也干恁们这一行,以后发现当官的不是真心抗日,整天琢磨争权夺利,俺们改邪归正啦。现在恁们是插翅难逃,俺们不忍心让恁们就这么去球啦!留恁一条小命打日本人吧,出来吧!"

一番喊话过后,被围的中原大队队员陆续爬出石缝,缴械投降。于师见状,羞愧难当,开枪自杀了。

此役俘虏军统军官13人、士兵20人,缴获美式卡宾枪等新式武器40件、手枪7把。

当天夜里,牛紫龙率一部百余人的队伍袭击了郏县城关,利用城内日军空虚之机,攻打了日军粮库,打溃粮库守备队,击毙日军7名,缴获武器一批,并缴获运走大批粮食。

牛紫龙、吴志翔分头出击攻打了驻郏日军后,进一步扩大了影响,各路武装纷纷来投,到1945年7月底,牛、吴部人数猛增到两万余人。

颜府。

颜府大院的扒拆速度之快让五里三乡的百姓都吃了一惊,花十几年时间修建的、占地近百亩的颜府在短短一个月时间内便扒拆一光,仅留下颜学林一个小妾居住的一座小院。

颜府扒拆的动因是一个月前日军驻郏分队长田野造访引起的。

1945年中国的抗战力量对比已经发生了根本变化。日军自1944年发动一号作战,占领河南大部分地区后,国民革命军在豫南和豫西遏制住了日军的疯狂势头,共产党八路军多路挺进河南,在政权建设方面采取插柳树的办法,插到哪儿活到哪儿,几乎把整个河南变成了游击区。

1945年初,日军为了解除老河口中美空军基地对日军平汉线的威胁,发动了豫西鄂北战役,日军出动了坦克第三师团,骑兵第四旅团,第一一〇、一一五师团和一一七师一部,战役虽然达到了日军的部分作战目的,占领了南阳盆地多数县城,但投入的部队在伏牛、武当和秦岭一线山区陷入了拉锯苦战状态,而在河南其他地区,无论是国民党还是共产党均开始进行了局部反攻。

1945年5月8日,德国被迫宣布无条件投降。日军眼看大势已去,战败已成定局,开始通过各种渠道与中国国民政府沟通谈判。

7月9日,国民政府第十战区副司令长官何柱国与日本中国派遣军副总参谋长今井武夫,在河南淮阳新站集会谈,中日双方亮出了结束战争的底牌。今井武夫表示以维护日本天皇体制、保全国土为绝对条件,至于"满洲国"、"南京政府"只要做到不违反道义即可,希望中方能够与日本直接进行和平谈判。何柱国代表蒋介石对继续保留天皇制表示善意,同意向各国转达日方意向,至于其他条件均未答应。

自7月开始,日军悄悄地进行撤军准备,最重要的任务只剩下制造汉奸,加紧扶植伪政权。他们采用的方法也很简单,选好目标就去利诱,如同到集市买卖东西,讨价还价,封官许愿,实施以华治华。1945年3月29日,日军把河南新沦陷地区划定为"平原省",在郑州设立伪省公署,以后又通告各县将日伪军建立的"维持会"改为"地方自治会",限令各地务必在9月以前完成转制工作。

日军侵占郏县后,建立"维持会",吸收的全是清一色的无赖和地痞,换来换去竟换不出一个识字的人,如此,很是让驻郏日军分队长田野难堪,在上级的严责之下,他决心找一个有头有脸、至少是识字的人出来,使"维持会"能稍微像样地过渡到"自治会"。于是,思来想去,决定把颜氏兄弟作为首选聘任的目标。

这天,田野率多名军官来到颜府,通报后,顾自进了会客厅。

颜学礼原本抱定"不说、不笑、不点头、不表态"四不原则,没曾想田野不请自来进了门,只好硬着头皮迎了出去。

田野也不客气,开门见山说明了来意,希望颜学礼出任郏县维持会长一职,并规规矩矩地鞠了躬双手把聘书递了过来。

颜学礼一愣,同样规规矩矩地还过礼。心想,俺要答应这件事,如同苍蝇钻进玻璃瓶,看着是一片光明,可真真正正是死定了。他一手拉过翻译,正色道:"请怎准确地、一字不漏地把俺的话如实翻译给田野君,我,颜学礼,生在中国,长在中国,乃中国人中一员,拥护中国国民政府领导,只要国民政府存在一天,我,绝不会在异族所建政权里担任任何职务,对不起了。"

翻译将这段话转告田野后,两人都用诧异的眼光望着对方。

在颜学礼眼里,田野中等个儿,四十啷当岁,黑瘦长脸,长着一双大而圆的黄眼睛,看人的时候甚至还留有些诚恳天真的模样,穿着整洁,皮靴也擦得净亮,偶尔流露出的凶残也被他彬彬有礼的动作刻意隐藏了起来。他的习惯动作就是一刻不停地拔着自己的胡子,致使整个腮帮都紫红烂青的。颜学礼明白,这一切文明的外表,并不说明他人性有了进步或者净化,他学会表演这套礼貌和掌握的先进作战技能,使他变成了一个更凶残、更有效、更野蛮的杀人野兽。知识和技能只在有良知的人身上才可能发挥提升文明的作用,对于眼前这个没有人性的东西而言,其作用或许恰恰相反。

田野望着颜学礼,发现他并没有多少上过大学的样子,在他的印象中,中国有知识的人都很敏感、懦弱、胆小、自私和好面子,眼前这位却干脆利落地拒绝了他的请求,有礼貌,还很自信和勇敢。面前的人高个儿,二十多岁,短发略带自来卷,长方脸,丹凤眼,有角有棱的嘴巴显示他坚忍的个性。田野把目光落在了他那略显粗壮的脖子上,双手发热起来,他来中国后,挥刀砍向过许多中国人的脖子,以至于他看到人的脖子就有一阵冲动,他很清晰地记得从举刀、挥下到发力抽刀这一连串动作的要领,以及做完这些动作后的快感。他曾一个接一个连续砍了一队俘虏,具体杀了多少人,他也记不清了,反正直到他那把刀被血沾黏后,他再也无力劈下去为止。以后随着战争的进程,他发现中国人好像杀不完了,于是,有那么一段时间,他比过去更疯狂地进入一个残忍杀戮的状态。不可思议的是,他越是这样,中国人反而越不买账。

二人相互审视后,田野首先闭上眼睛,冷静片刻,不得不把左手提起的军刀又轻轻地放了下来。

"本人敬重你守忠爱国的气节,想告诉先生的是,我们大日本皇军建立东亚共荣圈的理想,也是符合中国国家和民族利益的。我们大日本国和贵国一样,自上世纪以来遭受过西方人侵略,开设租界、驻军、传教以及签订各种不平等条约,只是我们大日本民族是天照大神创造的神的国家,日本国土是神的化身,所以仅仅用了三十多年时间就在东亚率先打败了西洋白种人。我们大日本倡导建立东亚人的共荣圈就是要让东亚各国一起沐浴天皇的神恩,和我大日本一样走上维新自强之路,搬掉西方人的压迫,这难道不符合中国的利益吗?"

"这熊货还真是厚脸皮,把烧杀奸淫无恶不作的事,说成见义勇为、救危扶弱的英雄事迹了!这还值得回答吗?"

颜学礼如是想,他目不转睛地盯着田野,突然发现只有把坏事描述成好事的人,是什么坏事都能做出来的,说得越好越生动,其所干的事有可能越无耻越残暴。

田野见颜学礼始终一言不发,不得已自己给自己找个台阶下。

"那好吧,希望先生能慎重考虑一下,我大日本皇军愿意与你这样有个性的人合作。"说罢,立正后退一步,深深地再鞠一躬。

颜学礼则上前一步,再次郑重道:"对不起,本人重申最终和不可动摇的决定是,只要中国国民政府还存在,我颜学礼绝无担任与之对立政权任何职务之可能。"

田野转身出了客厅门,顾左右而言他,用一种威胁的口气说:"颜府真可称为坚固的堡垒,在战争年代最适合驻军,嗯?"

颜学礼仍旧一言未发。从那时起,他就下定决心扒掉这座高墙厚壁的深宅大院。

田野回县城的第二天,颜府大门口贴出一张告示,曰:"凡需要砖瓦、石板、木料、家具、粮食者,自即日起皆可到颜府来拆拉。"告示贴出后,他亲自带着几个家丁先把大门给拆了。

消息传开,五里三乡的百姓纷纷手推肩挑,揭瓦掀石,很快把颜府变成了一个拆迁大工地。一月时间,就连院子里的花木奇石也搬迁一空。

1945年8月1日,牛紫龙、吴志翔宣布成立第三集团军,并在驻地召开了挺进豫东抗日誓师大会。当晚,牛紫龙率部分北上的部队围着郏县县城"乒乒乓乓"放了一阵乱枪,本想引诱日军出城,可整个县城如同缩头乌龟一样,没有一点动静。

1945年8月2日。

郏县丁二家宅院。

一大早,田野便率几个日军军官来到丁二家。

田野抬头看了看丁二家高高的门楼，向跟在身后的日军军官挥了下手，两名日军军官大步上前，重重地拍打着门上那副金黄色的门铛。

"大日本皇军……大大的司令长官，光临寒舍……俺是不胜荣幸。"

丁二拉开大门后，先是一愣，后忙不迭地哈着腰，用本地话夹着新学不久、带点日本调的中国话致着欢迎辞。

他穿了一身白色丝绸衣裤，拖拉一双织花黑辫拖鞋，更显得身材横宽，面色黄黑，安在肩上的脑袋也十分灵活，此时他头上已经谢出一个圆溜溜的圈，留下的头发松松散散地披在肩上。他不住地眨巴着小眼，肉肉的眼泡和下垂的眼袋几乎占去了脸面的一半，肉鼻子和宽厚的嘴巴都明晃晃的，两边丰满的腮帮上疙疙瘩瘩堆着肌肉，显示他的咀嚼功能依然十分强大。

田野不由自主地望了一眼丁二那油腻腻的脖颈，左手提刀深深鞠了一躬。

来之前，他曾同翻译一起对丁二做过分析，得出的结论是，丁二与目前维持会里的地痞流氓没有什么区别，唯一不同的地方是丁二属于大一号的地痞流氓，比一般地痞流氓还要地痞流氓，或者说是资格更老、手段更辣的地痞流氓。田野知道日军进城后曾经强奸过他家的女眷，按正常人分析，他应当仇恨日本人才对，至少要自责自己没有尽到保护家人之职。可这老家伙却把仇恨记在了女眷身上，把被强奸过的女眷统统卖到了窑子里，拨拉一通算盘，还为落个"不赔钱"而沾沾自喜。

田野十分不解地抬头扫了一眼面前这位矮胖的男人，用一种毫无商量余地的口气大声道："大日本皇军驻郯部队最高长官任命您为郯县地方自治会会长，特颁发任命书给您，请收好。"说着，双手把聘书重重地推到他那突出的肚皮上。

丁二双手接过聘书后，眨巴眨巴眼没弄明白咋回事，在此之前一些人动员他出任维持会长一职，他知道这维持会实质就是汉奸组织，在局势不明朗的情况下，当汉奸肯定是步险棋，可今儿田野突然冒出来个地方自治会会长，这还真是个新鲜玩意儿！

"嘻嘻嘻，皇军真会开玩笑，县城里哪来地方自治会？地方自治早些年俺们搞过，大日本皇军咋知道俺搞过？"

"您出任的地方自治会是维持会升级改制而成的组织，维持会是临时性机构，地方自治会是永久性行使政府职能的组织，您出任会长就等于当上了县长。"

"哎哟——奶奶呀！这不是想让俺由暂时性汉奸上升为永久性汉奸嘛！"

他"啊"地大叫一声，手里的聘任书仿佛像烧红的烙铁一样刺痛了他，双手一扬把那聘书又扔还给了田野。

田野猝不及防还以为丁二扔过来一个炸弹呢，手忙脚乱地退了两步，双手紧紧握住挂在腰间的军刀，正待趴下，定神一看，还是那张委任书，这才从神经质的战斗状态中回过神来。

丁二"哎呀"一声哭诉开来。

"去球啦——俺是去球啦——恁们把牛牵走了，莫合墩儿①递给俺一根拴牛绳呀。谁知道恁们这些信球还能绑张②几天哪——"说着他竟一把鼻涕一把泪地号啕起来。

翻译见状，也只好对田野摊开双手摇摇头，大概他也没有完全听明白丁二嘟嚷些啥。

"什么？"田野上前狠狠地踹了丁二一脚，怒目圆睁，厉声道，"牛紫龙、吴志翔……共产党、国民党都要杀掉你！你就是垃圾！日本的大烟红丸让你发了大财，你必须跟我们大日本皇军在一起！十天以后选定黄道吉日，你必须隆重地走马上任！"

"拾起来！顶在头上！"田野身后的几个日军军官也纷纷吼道。

丁二一怔，从袖筒里抽出一个黑黢黢的手巾，"扑哧"一声，把鼻涕眼泪都抹在了手巾里，接着又用那手巾横七竖八地在脸上擦了几下，狠狠地抽泣了几下，颤抖着举起那张聘书顶在了头顶。

田野移开了拇指，"哗啦"一声合上了出鞘的军刀，规规矩矩地给丁二深鞠一躬，如释重负地挤出一脸笑容，悄声道："拜托了！"说完带领着几个军官离开了丁府。

1945年8月14日上午。

郏县老县衙广场。

天还没亮，全城的人就被锣鼓鞭炮声吵醒了。这天，日伪召开地方自治会

---

① 地方方言，最后的意思。
② 地方方言，意为排场、有面子。

成立大会,日军把四乡进城的农民和县城里的商户,不分男女老少统统赶到了老县衙门前的小广场上。吉时鸣炮,特意从许昌请来了西洋乐队,演奏了几曲日本小调。田野队长代表大日本皇军宣抚班宣读了致辞和聘任书,笑嘻嘻地把一张烫金边印有日本和南京伪政府旗子的聘书恭恭敬敬地递给了丁二。

丁二这天穿得尤其喜庆,戴着天蓝色的丝绸瓜皮帽,圆胖脸上还搁着一副茶色石头镜,红铜眼镜腿在阳光下闪着亮光,使丁二平添了些许深沉和威严。他上身穿大红暗花缎子褂,下身的裤子则是当时最流行的日本黄色军马裤,很正式地蹬着一双乌黑贼亮的高筒马靴。

尤其抢眼的是他身后站着一群原来维持会的人,个个披红挂绿,头上抹了不少香油,有头发的黑亮、没头发的闪亮。为了能争上主席台的位置,这帮人把维持会几乎办成了演武厅,明争暗斗了好几天,最终选中七个人跟在丁二身后。不知是谁的主意,这七个人都在自己脑袋右边太阳穴处贴了块圆圆的红色膏药,甚是夺目靓丽,把主席台晃悠得活像阎王殿。

丁二见田野将聘书递了过来,双手接着,愣怔间,又见田野伸出右手,猛然悟到这是人家日本人文明的握手之礼,慌忙把聘书叼在嘴里,双手在胸前红绸褂上蹭了蹭,紧紧地握住田野的右手摇了起来。

"咦——恁看俺这渣皮①样,差点演日龙了!"

礼毕,丁二把聘书举过头顶,喜滋滋地走到台前,在百姓面前显显脸,接着又向四周做了一个很销魂的手势,瞬间锣鼓喧天,鞭炮齐鸣,西洋乐队也争先恐后奏起了喜洋洋的中国婚庆乐调,一会儿工夫,广场便笼罩在了浓浓的硝烟中。

会后,丁二在众多地痞的簇拥下,为彰显勤政爱民形象,骑着租借来的东洋马,在乐队的先导下,围着县城主要街道转了两三圈,一直到黄昏时分才和众人一起上了繁楼酒店大宴宾朋。

人生撞上官运的机会不多,丁二自然是人逢喜事精神爽,还没开喝就被一帮地痞吹晕乎了。私下里几个小流氓还急切塞给他几个偷来的金镯子,"哎呀,当官的感觉就是不一样嘛!"他马上有了进入自家二亩三分地的状态,领着众人吆五喝六灌开了,一直闹腾到第二天天大亮。

次日午后,丁二渐渐地苏醒过来,想到自己已经是相当于县长的身份了,猛

---

① 地方方言,意为土气、不时髦。

地有股扯着自己头发驾雾腾云、飘飘欲仙的感觉,顿时睡意全无,没睁眼便哈哈地大笑几声。笑完揉了揉眼,首先发现他掏高价买的那双日军马靴不见了。他推开桌子很认真地在自己脚上寻找一番,脚上果然没有穿那双锃亮的高筒皮靴!他强忍着胃里泛起的一阵阵恶心,努力把昨天开会巡视就餐、最后发布号令的过程回顾了一遍,自己是始终穿着那双皮靴的呀!怎么会没有了呢?他又眩晕了,当然也很兴奋,想起了自己会长的身份,日本人说相当于"县长",那么俺现在就应当等于县长啰。昨天开会时的一幕又回到了他眼前,他奋力大喊一声:"来人!"

怎么周围连个人影都没有呢?这帮下人真没眼色。他正欲发作时,却看见繁楼的掌柜领着几个横眉竖眼的打手上了楼。

"俺是县长!这这这人都出绿①到哪儿啦?"

"俺知道恁是县长,可日本人投降了,恁这县长还管使不管使?"

"瞎球猫②!田野队长昨天还亲口给俺说,大日本皇军至少还能坚持五年,恁竟敢说已经投降了,投降给恁了?大日本皇军还治住事呢,恁以为打不死恁是吧?"

丁二得意洋洋地站起身,很轻盈地走到掌柜面前,用力在他脸上拧了一把。

"今天一早日本人就接到撤退的命令,已经向许昌集中了,恁听这县城里到处是鞭炮声,恁这出戏恐怕该收场了。"

丁二摇了摇头,瞪大小眼,侧头听了片刻,果真是炮声起伏,喧哗一片。他推开窗子向外望去,县衙门口那面日本太阳旗真的不见了!他用力揉了揉浑浊的眸子,还是没看见!一股寒澈入骨的凉气从脚跟直窜了上来,耻辱、悔恨、愤怒,夹杂着恐惧,五味杂陈,翻江倒海地涌上腹腔。这帮日军七孙竟敢把俺当猴耍,他原地蹦将起来,怒喊道:"这些鸭子屎!这些骗子!这些熊货……"

他万万没有想到,自己混迹官商几十年,在县里也算是个有头有脸的人物,呼风唤雨,一直在看别人演戏,最后一幕自己竟成了一个大笑柄,一夜之间从喜剧演员变成了一个地地道道的悲剧人物,瞬间吓出一身冷汗。

他夺路冲下楼,发疯般地向原来驻有日军的县衙跑去,只听得身后掌柜的

---

① 地方方言,跑的意思。
② 地方方言,骗人、胡说的意思。

喊道:"恁跑不了。恁已经被押到这儿顶账了,日本人、维持会欠的账都顶着恁的名呢!"

丁二疯了,他在日军驻地转悠了几圈,啥也没找到,只捡了几本印有不少日本女人彩色照片的画报。他像是发现了什么宝贝似的,疯了一般跑回家,和那张自治会会长的聘书一起工工整整地粘在了一起,整天揣在怀里,无论见谁都眉开眼笑地向人介绍这些画报上的女人多么妖艳迷人,都是他新填的偏房,聘书相当于日本国的证婚书,不久他就要背井离乡去幽会这些痴心不改又风情万种的女人了云云。

1945年8月,中华民族浴血奋战打败了日本法西斯,取得了近代史上反侵略战争的胜利。它的意义在于,中国由一个积贫积弱的落后国家,一跃而成为了推动世界文明进步、和平发展、维护正义的重要力量。

战争拼的是钢铁、教育、科技和制度,但主要还是正义。长期以来,无论学术界还是民间,人们对这场伟大战争总有些枝节的常识问题纠缠不休,诸如抗战期间国共两党谁贡献大,游击战与正面战场哪种作战方式更有效以及二战中哪个国家的作用更大等。第二次世界大战,世界人民面对的是种族主义、国家至上、领袖意志至上等一整套法西斯理论武装,信奉暴力征服的邪恶轴心,无论是军事实力、超常的作战技术水平,还是独创的战争理论、作战能力都是世界一流的,显然单靠哪几个国家,或某个国家的思想去战胜这股逆流是不可能的。幸运的是,人们找到以"四大自由"为主要内容,为世界多数贫弱或小国接受的价值理念,真理正义终于站在了弱小国家一边,改变了流行于世的弱肉强食的逻辑,这在人类历史上是开天辟地头一回。用贡献多少、作用大小、哪种作战方法更有效去评价国家、政党、集团在二战中的表现肯定有所偏颇,二战既是弱小战胜强大,又是多助战胜寡头的战争,应该说,所有站在正义一方的力量都发挥了自己独特的、不可替代的作用,对战争的贡献和所发挥的作用也不能用简单的数字去衡量,尤其是忽略牺牲和损失、片面计算出来的贡献,显然是对二战本质的误解。

中国的抗战是靠全国人民流血牺牲和坚忍不拔赢得的,国共合作以及两党在战争中各自发挥了不可替代的作用,是取得这场战争胜利的重要条件。二战前中日力量对比,无论是制度、体制、国家工业、教育潜力、经济实力、军队装备水平、实战能力、战略战术谋划技能等诸多方面，中国与日本都有数十年的距离，仅从实力对比层面上看，中国要打败日本几乎是不可能的。但最迟到武汉会战之后，中日双方稍有些头脑的人都看到了日本要完全征服中国同样也是没有任何希望的。中国军队在不可能取胜的条件下仍旧一往无前，侵华日军在没有希望的战争中疯狂屠杀，这是中国抗战尤为惨烈、悲壮的主要原因，良知和勇气是中国人民抗战的主要武器。

中国抗战胜利条件的形成，至少可以追溯到辛亥革命、五四时期，中国普罗大众民族意识的觉醒，以及国共两党成功地动员了人民，各自发挥了独特的作用，作出了不可磨灭的贡献。

抗日战争中，中国主要战区几乎家家户户都曾丧失亲人，经历颠沛流离的入骨之痛，不仅是直接参加战斗的中国人，每一个从那热血四溅、国脉如缕的岁月里走过来的人都是值得敬重的。

据国民政府的统计，河南省战前有人口34439947人，战后，1946年7月统计人口数是18220808人，如此大的落差，在全国各个省的统计数中尚没有第二家，河南一个省人口减员的数量几乎占去全国减员总数的一半。

正确对待历史是一个国家走向世界、走向文明进步的国际责任，尽管日本找出种种理由不向中国人民道歉，仅仅在技术层面上承认他们败在了美英等国手里，而不是败在中国人民手里，这只能说明他们还没有辨别是非、选择对错的能力和勇气，他们可以继续抱着东亚共荣的春梦一直做下去，甚至把这个长梦做得轰轰烈烈、有滋有味，但是历史的长河绝不会再有一次倒流山巅的机会。

第二次世界大战教会了中国人民追求更美好、更公正生活的能力，使中国选择正义一方的几率大大提高，如果您还相信公正终将战胜邪恶的话，那么请您相信中国人民一定会笑到最后。

9月某日。

许昌某学校。

"知道为什么先让你们接受日本人的武器吗？"

先期到达的国民政府第五战区司令部主任参谋刘呈五一边自我介绍，一边挥手向王易知、赵振山等一行人做了一个请的手势，引领着众人进到一间教室里，两位日军军官敬礼后退到了一边。

"我检查过所有枪支,全部擦拭得一尘不染,刺刀、子弹、手雷与日军提供的清单一点不差。"

王易知扭头看看站在一旁的日军军官,两人目光呆滞,一脸狠相。他顺手操起一把步枪,掏出手绢在枪身上抹了一把,白手绢仍旧洁白无痕,接着又抽出枪条,把白手绢卷在枪条前面从枪膛里通了过去,取出后仍旧洁白如初。王易知放下手中的枪,仔细数了一遍按日军编制摆放的武器,点了点头。

他转身走到两位日军军官面前,接过清单签下了自己的名字。

"武器我们接收了,但是还有比武器更重要的东西贵军必须交出来,我指的是贵军的各类文书,特别是扫荡日志、特情名册以及留存的档案,请把我的要求转告联队长。"

两名日军军官点头称是。

"这帮鬼子倒挺认真。"王易知扭头问刘呈五,"是啊,为什么单独让我们先来接收日军武器呢?"

"按照国民政府军委划分的受降范围,郑、许一带归一战区接收,可目前在许昌附近人数最多的是一支所谓第三集团军的队伍,人数上万,从哪儿来,归谁管,目前都不清楚。据了解是一个月前从贵县开过来的,驻扎在五女店,领头的是一个叫吴志翔的人……"

"不不不,您搞错了,这支队伍誓师北上时的所谓司令是牛紫龙。"赵振山打断刘参谋的话补充了一句。

王易知摆了下手,道:"刘参谋说得对,这支队伍现在挑头的肯定不是牛紫龙,通缉牛紫龙的密电已经发遍了全国,任何一级政府、任何一支部队都有缉拿他之责任,他很可能已经退到了幕后,只是实际指挥权应当还在他手里。"

"对!正因为此,战区司令长官部特别把你们请来协助处理这件事情,确定的原则是解除武装,尽快遣散回原籍,不得以任何借口保留建制和组织。"

王易知望了一眼随行人员,叹了口气说:"牛紫龙、吴志翔抗战之前就坐过大牢,叛过死刑,抗战期间枪林弹雨屡建奇功,两人先后被日本人和军统抓进监狱,最后双双奇迹生还。这么多年来,日本人和国民政府天天都在追杀他们,可回回失手。本县建议,对这支队伍解除武装的问题还是提交战区一级讨论处置意见,万万不可掉以轻心。"

刘参谋愕然片刻,问:"有必要吗?我会尽快把你的意见转报上面研究。"

操场一侧,高高的杨树摇曳下一片绿阴,三五成群的日军士兵围坐在一起,窃窃私语着。战争结束了,大多数日军士兵充满了迷离和惶惑,更多的则是希望和放心,他们至少可以平安回家了。

赵振山悄悄地拉了一下刘参谋,将一张纸条塞进他的口袋里,又递上一张名单,道:"我们需要见见这两个人。"

教室里,一条由几张桌子拼接而成的长条桌正对着东、西两个门,一队日军士兵双手捧碗,排列整齐地走了过来,逐次在门前把双手捧的面条高高举过头顶,深鞠一躬,接着大步来到预先分配好的中国官员面前,再次把面条举过头顶,鞠躬后,将碗规规矩矩地放在中国人面前,鞠躬转身,走到门口时再次转身鞠躬,最后退出房间。

十几个中国官员用餐,日军用二十多个士兵服务,每盛一碗面条就要一丝不苟地重复着以上的动作,且无一人马虎或是动作做得不到位,用餐虽然简单,仪式却搞得十分规范和隆重。

"把这种仪式做得这么精细,其志当远矣。"

王易知想着,放下饭碗,转身示意左右抓紧时间,起身向临时安排的审讯室走去。

田野进门时脱下了军帽,鞠躬后顾自走到长桌对面坐了下来,与王易知默默地对视着。

"知道为什么把你叫来吗?"

田野向翻译摇摇手,郑重地点点头。

"鉴于你在战争中犯下的罪行,我们有权提请战俘遣返委员会把你留在当地接受司法审判。"

田野望着翻译讲完后,同样用点头表示认同,脸上没有丝毫不安。

"你得到宽恕的条件是必须坦白在战争中犯下的罪行,并协助中国方面把犯罪同伙揭发或指认出来,交出你在战争期间发展的所有特情人员名册,提供所有的人证物证。"

翻译完这几句话后,室内出现了令人不安的静寂。

田野已经料定眼前的中国官员不会有勇气让他在中国受审,他虽然没有见过王易知,但对他已经了如指掌。更让他放心的是,站在县长身旁的赵振山就是这位官员要找的人,几次偷袭扫荡都由此人通风报信或者带路,这些人不可能把自己送进监狱吧?只是他一时弄不明白,在目前各派纷争的情况下,王县长究竟要的是哪方面的情报关系呢?他听到"咚咚"的敲桌声,用眼睛余光看到了赵振山那只拿着自来水笔的手伸出一只手指不停地晃动着,他猜测目前还没有提出让他在当地受审的要求,疑惑还有让他尽量洗脱掉罪行的暗示。

"我是一个军人,我在贵县所有的行动都符合国际通行的战争法则,任何一次行动都有事先搜集确认的证据,任务目标仅限于有武器的分子……"

"砰"的一声,王易知重重地拍了一下桌子,打断田野的胡搅蛮缠,大声道:"提醒你注意,承认不承认在战争中犯下的罪行不是由侵略者一方说了算的,你所说的战争法则也是没有根据的。战争结束了,你们打败了,给了真相一次大白于天下的机会,强者再也不能指鹿为马了,这就是你们战败的含义。"

"日本是战败了,但是败在强者手下,而没有败在中国战场,你们不配当胜利者,这是……我们的耻辱!"

"你的意思我明白,我要郑重申明,道歉是有良心的表示,我不指望像你这样的人会道歉,但你必须明白,这场战争不是哪个国家、哪个政党、哪个集团的战争,而是全世界人民正义的战争。无论你败给谁,事实是你们必须在中国这块土地上投降!你现在有两条路可以选择,一是你可以不投降,二是投降就必须接受公平正义的审判。"说着,王易知站起来等待翻译讲完这段话。

田野绝望地望了一眼赵振山,见他勾动着大拇指,突然悟出了其中的表示,"扑"的一声跪倒在地,用结结巴巴的汉语喊道:"投降……无条件投降……你们要什么?……我一定协助。"

王易知也知道,像田野这样在中国犯下大罪的人,不承认失败的目的是为了掩盖罪恶,他们完全清楚自己所犯下的反人类罪是多么丑恶和无耻,所以千方百计地去掩盖和文饰。如若不把这些罪恶揭露出来,他们是不会承认失败的。

他思谋着要尽快组织力量,对日军在郏县这一年多时间所犯下的罪恶和证据进行调查和保全,他隐隐约约感到如此举动可能会引起某些人的不满。同时,从近期一系列电文看,上面的主要意图是抓紧国内外军队的遣散和遣返,尽快恢复秩序。

赵振山此时突然插话道:"田野君,王县长刚才说了,只要恁愿意立功赎罪,提供俺们需要的东西,俺们就不再坚持让恁在当地接受司法审判,可以遣返回国。"他犹豫片刻,又强调道,"恁就好好思量吧。"

田野当然知道"俺们"的范围,站起身,郑重道:"我将尽量提供国民政府所需要的东西。"

王易知心里咯噔一下,赵振山怎么把中国需要的东西改成了政府需要的东西?!真是无知!只是当着外人的面没有发作。

"特别是你安插到政府和抗日队伍里的特情名单和活动情况,必须如实交代清楚,如果发现你有隐瞒的情况,我方绝不会轻易放过你。"

王易知用手狠狠地敲着桌,没等翻译说完便收起桌上的公文包,大步走出了房间。

某夜。

许昌五女店。

夏夜燥热,没有一丝风,更增加了人们的烦闷的心情。

五女店是中原千百个村庄中最不起眼的一座,砖砌的高墙把不大的村庄分隔成了一个个狭街小院,土路、青砖瓦房、枣树、木棱窗,凝固着流失的岁月。

这些天,五女店格外热闹。家家户户都驻扎着牛紫龙带出来的"第三集团军"士兵,下一步何去何从成了大伙们争论的焦点。

吴志翔光着膀子,黑瘦,浑身横七竖八布满了伤痕,特别是背后,谁见了都会吓一跳。他手里摇着破旧的芭蕉扇,透过木格窗向屋内望了一眼,见牛紫龙正在伏案阅读各类文稿,故意重重地咳了几声,推门进到了矮矮的厢房里。

这个小院的主人跑反还没回来,堂屋和所有窗子都用石板砖块垒砌死了,只有一边的厢房留下两个用作仓库的小屋没有堵。牛紫龙和警卫连的几个人便住了进来。

牛紫龙住的屋内除了一张床和一张临时搭成的办公桌外,就是堆满一角的各式农具,包括锄、铲、犁、耧、箩、锹等,还有一台笨重的木制风机。

牛紫龙见吴志翔进门,欠欠身子示意他坐下来。

"恁都关着门琢磨两天了,倒是拿个主意呀,这全军上下都等恁开口说话呢。"

"人的一生总要有几次改变命运的选择,这次选择对所有人来说也许是最重要的。"

"再重要也得有个方向呀!"

"是呀,目前的局势俺也琢磨不透,国共两党都讲民主、自由。国民党说要发展西方式的资本主义,反对苏俄式的专制独裁。共产党讲中国也要发展民主和资本主义,这可是毛泽东主席在中共七大政治报告讨论结论中提的,这个资本主义是新民主主义,它的性质是帮助社会主义的,反对蒋介石搞的半法西斯半封建的资本主义,这其中一些新的概念俺还没弄懂,反正国民党现在是不好,咱们还是抓紧找共产党。"

"这文章谁都会做,关键是这两方面能不能打起来,谁家有大度包容之象。"

"大度包容也没球用了。"随着话音,马有臕、钱二顺等队伍里十几个核心人物陆续进到了这间小小的厢房。

"对牛老师的通缉令已经下发到了各县政府和各战区团级单位,汝、鲁、郏、宝一带同时接到了遣散缴械咱们的命令。"

第三十章

8月,牛紫龙、吴志翔率部北上,走到许昌五女店便传来了日本投降的消息,部队原地驻扎了下来。牛紫龙派出多个小组到各地联络策划下一步去向,摆在面前的选择其实很有限。一战区已经下达了一切部队均需在原地待命的命令,无论是投降的日军还是各种抗日武装,均不得以各种借口擅自行动,接下来肯定是原地遣散或送回原籍遣散。对于这一点,队伍里一部分人抵触情绪很大,已有多股投靠来的地方武装已悄悄带着原班人马离开了。不愿意遣返的人,最大担忧是回去后无法保证人身安全。如果继续按原定方案北上寻找八路军、新四军,显然已经很困难了,周围已被先行到来的国民党部队控制了交通线,并且随着北上的国军越来越多,队伍实际已无法动弹了,留在原地又非长远之计,剩下唯一的出路就是找一支国民党部队暂时收留这支队伍。

"恁看这抗战胜利后,国共到底能不能打起来?"

这个话题已经在部队里争论多次,牛紫龙始终没有说出自己的观点,只因这支队伍成分复杂,来投奔这支队伍的人又多种多样,过去在抗日的旗号下尚能勉强维系,如今日本人投降,怀有不同目的的势力肯定会有不同的诉求,要维系如此庞大的队伍已经不可能了。

"整天吵吵,这事球意思没有,去翻翻中国历史,细读一番古往今来历朝历代的存亡兴衰,再看看咱们今天这局势,俺们看国共两党谁也说不服谁,迟早要打起来。指望现在就回家弄二十亩地两头牛，寻个媳妇生俩孩儿，都是瞎球美梦。"吴志翔用破蒲扇狠劲在自己背上拍了几下，不耐烦地说。

众人纷纷把目光投向牛紫龙，吴志翔这番话当然有道理，只是选择的时机不对。

牛紫龙未置可否地岔开了话题。

"咱们在此久留只能是夜长梦多，正好大家都来了，咱们就开个神仙会，大伙儿说说自己的真实想法。"

众人一时面面相觑，谁也不愿先开口，摆在大伙儿面前的出路就那么两条，要么顶住，要么散伙，类似这样的议论也不止一次两次了。

其实牛紫龙本人也没有最后拿定主意，派出的三个联络小组两个尚未回来；派回原籍的小组回来反馈的消息是，原伪军"爱国自卫团"的王明礼部实际控制了县城的防务，王明礼在日军投降之前就已经与国民党郏县政府建立了联系，并与前去接收的六十八军刘汝明部拉上了关系，王明礼部接受了刘汝明提出的改编方案，已经打出了六十八军"先遣团"的旗号，并获得刘部赠送的万余发子弹，还两次托人捎信要和吴志翔或牛紫龙谈判。

没有回来的两个小组，一个是去寻找王永祥的；另一个是岳本斋，到豫北寻找八路军的小组。

去豫北寻找八路军是岳本斋提出来的。岳本斋是王永祥介绍来的，原本主要任务是传递信息联络交通，后被安排到总部特务连任连长，派他去豫北已经有十几天了，迟迟没有消息。前两天，牛紫龙又派毛孩带人去许昌找他们，至今还是没有回来。

"国共打不打起来，不是咱们弟兄操心的事。"牛紫龙知道队伍里多数人同意接受政府整编，不同意遣散，要求政府给个抗日军人的名誉。毕竟经过了八年抗战，人们希望过上一个平静安宁的生活。

"弟兄们让俺拿主意，俺只能按哪条路可能对，哪条路可能会错，跟大家摆摆清楚，不过人在江湖漂，谁没挨过刀?!恩恩怨怨，是是非非，弟兄们都愿意选择一条最有利于自己的路走，这也是人之常情。从今天开始，各部凡是能给弟兄们好出路的，可以到总部来开三个月的饷，今天就可以开拔。不愿意离开队伍的都留给俺，俺不能保证给大伙领一条升官发财路，至少能把大伙领上正道。"

他没有把继续北上投靠八路军的意图讲出来。

屋内仍旧没人说话,不过,谁走谁留,经过这些天的讨论,多数都已经拿定了主意。

吴志翔见状,感到也没有继续讨论的必要,站起身用扇子"呼呼啦啦"地扇了几下,说:"各位,不管咋说,咱们也算是今生有缘,历尽风雨见彩虹,大家都活过来了,是走是留今后都是一家人,无论今后谁有难处,别忘了告诉俺一声。"

说罢,他率先出了门,丢下一句话:"走!到村口送送弟兄。"

翌日晨,牛紫龙被一阵急促的敲门声叫醒了,他慌忙下床,点灯,拉开门。

"恁是——哎呀,王永祥!"

牛紫龙揉揉眼,望着面前这位又黑又瘦披一头灰白长发的人,用力把他抱在了怀里。

王永祥老了许多,满脸皱纹纵横,刻下了岁月的痕路,唯有那双眼睛依稀还保留着青春年华的样子。他穿一身灰布长衫,大补丁摞着小补丁,脚下竟还穿着草鞋,气定神闲,两眼熠熠生辉。

牛紫龙朝门外喊了声:"来人,快去弄几个菜,买只鸡,哎呀——恁咋瘦成这模样了。"

"不用了,"王永祥用力挥挥手,"赶快吹号集合部队,咱们还是边走边说吧。"

"去哪儿?"牛紫龙后退一步端详着王永祥,"恁总得给俺一个说话的机会吧,咋来这儿屁股还没落座就走呢?"

"眼下,多路北上的部队都收到了将恁们缴械遣散的命令,他们已经占据了各个交通要道,反而对投降日军和各地实力派采取收编的政策,唯独对恁们这支部队下了遣散的命令,还对恁下达了通缉令,任何一支部队都可以抓人请赏。"

"这俺知道,所以才……"

王永祥不等牛紫龙说完,急切道:"咱们党一直在高树勋部做统战工作,经与高树勋协商,他同意暂时收编恁们这支部队,单独编成一个支队。高树勋已经接到命令,马上北上到京津一带接防,恁们务必马上起身追上高树勋部,平安渡过黄河,至于下步如何行动,等过了河再说。"

牛紫龙重重地照王永祥肩上拍了一下:"俺昨天一夜没睡好,右眼皮一个劲跳,还真是把恁这个福星给等来了。"

他望了一眼王永祥身后站着的吴志翔、岳本斋等人,说:"还等什么?! 快吹号集合队伍,去追高树勋!"

高树勋在当时可是个传奇人物。

高树勋,河北盐山人,早年在家读书,十五岁到北京刻字铺当学徒,十七岁入伍,到冯玉祥部当兵,历任班、排、连长,冯玉祥组建国民联军后,高树勋又任旅、师长,中原大战后,改任国民革命军二十六路军十七师师长,因不愿与红军作战毅然弃官在家闲居。"九一八"日军侵占东北后,高树勋与吉鸿昌等人一起组织察哈尔抗日同盟军,在与日军的作战中屡建战功。1938年参加台儿庄会战,任国民革命军第十军团暂一军军长,尤其是1940年11月高树勋调虎离山,智谋精至,抓获处决了大汉奸石友三。1944年中原会战后,中共派王定南到郏县宝丰一带组织"河南人民自卫军"进行抗日活动,被汤恩伯部缴械,在押送王定南等人西去的路上,路过高树勋部,高树勋出面保释了王定南等人,自此与中共建立了停战关系。

抗战胜利后,根据中央"尽一切可能争取国民党将领站到中共一方"的指示精神,中共地下党组织加强高树勋部的工作,同时尽可能地扩大高部兵源,利用部队北上之机,将一些过去与中共有联系的队伍,整编制地补充到高树勋的第三十九集团军,牛紫龙部就是在这种情况被收编的。

当天傍晚,牛紫龙部在许昌东与高树勋部会合,编为冀察战区挺进第九纵队,随高部从广武渡过了黄河,进驻汲县山彪镇。

废除封建性及半封建性剥削的土地制度,实行耕者有其田的土地制度。

废除一切地主的土地所有权。

废除一切祠堂、庙宇、寺院、学校、机关及团体的土地所有权。

废除一切乡村中在土地制度改革以前的债务。

……

——《中国土地法大纲》(1947年)

第三十一章

牛紫龙部编成冀察战区第九纵队到达汲县后,军统豫站站长刘暨才从总部得到这一情报。紧接着第二封电报就是大加斥责,要求豫站必须拿出切实可行的方案,尽快处置牛紫龙等人,否则……后面两句威胁话讲得很重,这让正在人生高峰的刘暨如兜头泼了一盆冷水。

抗战胜利对国民党而言,真可谓福兮祸所伏。八年抗战对中国人民来说无疑是一份伟大和荣耀。自近代以来,一直灾难深重、屡战屡败的中国,破天荒地取得了第一次抵抗外族入侵战争的胜利,国民党显然也做出了巨大的牺牲,走到了它最辉煌的顶点,中国成为联合国五大常任理事国之一,开天辟地第一次走进了世界政治舞台的中心。也许国民党太缺少处理胜利的经验和心理准备,在自由世界一片喝彩声中,国民党本应志存高远,乘势进行各项改革,没想到国民党迅速把胜利变成了一个掠夺、抢劫过程,闹得鸡飞狗跳、民不聊生,既伤害了民众,也重伤了自己。国民党随之腐败堕落,为它在大陆统治的覆灭埋下了祸根。

日本刚一投降,国民党在宣布拥有全国权限的同时,心急火燎地把部队调往全国各地接管日占区。这本属计划中的事,让人弄不明白的是,这个接收过程既没有妥善的计划,又没有完善的实施方案,就连颁布的政策也是随心所欲,以独自占有为目的,很少顾及当地民生,甚至缺少合理性。有些政策连接管范围、接管单位都含糊其辞,基本上是谁先抢到就归谁,或是谁家衙门头高就归谁家,你争我夺,搅成了一锅粥。很快接收变成了抢劫,接管成了掠夺,凡是日本人所属的机构、部门,包括企业、医院、仓库、建筑物等,以及日本人、汉奸的各种财产,均可认定为非法所有。情理上说,这样规定倒也说得过去,然而,粗漏的是,对汉奸的认定在不少地方和不同情况下始终模棱两可,漏洞百出,汉奸的帽子没了标准,为滥用职权开了方便之门,能不能让接收人员"五子登科①"成了

---

① 是当时群众称呼国民党接收大员的流行说法,五子指金条、票子、房子、车子、日本女子。

戴不戴汉奸帽子的主要依据,这为从西南匆匆赶来的接收大员们提供了一个快速致富的门路。

各路的接收人员你争我夺,见啥捞啥,许多接收都是趁火打劫,逼良为娼。一时整个社会乌烟瘴气,国民政府内部首先失了体统,没收的房屋不是为了发还原主,而是留着自用;没收的商店不是为了经营,而是用于敲诈;没收的工厂也不考虑恢复生产,干脆把它拆了卖钱,或是折价兑现。更要命的是,对于战争导致的物价上涨、政府财政亏空,国民政府的上上下下既无心也无力去解决这一致命的课题,反而采取了类似日本人的做法,简单地用多印票子敷衍了事,本以为多印多发可以平息民众的不满情绪,不曾想引起了工资、物价螺旋式上升的局面,一发而不可收。

从抗战胜利到当年年底,国民党接收的广大区域实际已经陷入了生产萎缩、需求下滑、百业萧条、大量失业、物价飞涨的局面,不满和怨恨悄悄地弥漫开来。偏偏在这一节骨眼上,国民党当局又采取了对沦陷区教师、学生实行再教育和重新考试,对日伪时期所有发证的产权进行重新登记等一系列唯恐局面不乱的政策,考虑到国民政府实际操作人员普遍贪腐的状况,根本无法指望任何政策能达到它的初衷。腐败深深刺痛了有良知人的心,造成了各个阶层民众的不满,人们充满了变革现实的期待。实际上从国民党接管日占区起,就已经拉开了失去大陆、败逃台湾的大幕,尽管它只是一个开端,但导致国民党失败的所有因素此时已经发酵,发挥作用只是时间早晚的问题。

国民党的失败,无论是政治、经济上,还是民生、内政上,甚或军事上的一连串失利,都可以纠正或是再战,唯有一个失误无法改正,那就是因用人不当引起的整个机体大面积溃烂。政治失败的标志就是体制助长了贪官小人,反过来又用这些贪官小人去约束好人。在这个大染缸里,好人可以变坏,坏人绝无变好的可能。更让人束手无策的是,这不是一两个人的事,而是一个结构体制问题,就连蒋介石都私下认定这个体制里的人"无信仰、无廉耻、无责任、无知识、无生命、无气节",军队也是"无主义、无纪律、无组织、无训练、无灵魂、无根底的军队"。体制抽去了政权的合理、合法性,抽去了理想和灵魂,能把任何执政理念变得天怒人怨,这才是国民党丢失大陆的根源。

抗战胜利,刘暨带着军统豫站夜以继日地赶到了开封,一连抢到了几顶帽子,包括军统豫站站长、省政府调查室主任、汉奸案件处理委员会开封分会主任委员、开封军警联合稽查处长,握有拘捕汉奸、接收敌伪财产的大权,成了开封城乃至全省权倾一方、财源滚滚的大人物,每天忙得不可开交,早就把自己是干啥的忘得一干二净。直到总部追问通缉牛紫龙一事,严令限期拿出方案,上报实施,他才想起来自己分内的职责。

刘暨与牛紫龙共事多年,深知采用追踪暗杀、设套挖坑之类的伎俩很难奏效,只有找到牛紫龙亲友故交打入贴近,采用放长线经营的办法,或许才有成功的可能。他一边打报告让以军统总部的名义向高树勋部派出监军小组,相机除掉牛紫龙、吴志翔等人;一边欺上瞒下,夸下海口,在还没采取行动的情况下,上报说已派出多批特务打入牛紫龙部,声称要拉牛紫龙重新归队,为我所用。如实在达不到目的,再行第二套方案,尽快除掉牛紫龙,不留任何后患云云。

报告上报了,但具体的行动还无从下手,从上次"中原大队"失手追查的情况看,主要是由于当时县政府一个叫赵振山的人提供假情报造成的。刘暨决定从调查此事入手,找到可以接近牛紫龙的人,相机行事。于是,刘暨便以检查接收为名,率众多干员乘坐数辆汽车前呼后拥开到了郏县。

中午。

郏县旧县衙县政府大院。

此时,郏县县城满街都是国民党六十八军的士兵,手里拿着一摞摞纸票,沿街的店铺里家家都空空荡荡的,只要有一个商店开门,立即就会围满大批军人哄抢,见啥买啥,跟抢劫差不了多少。

刘暨等人乘坐的汽车一路鸣笛,好不容易才挤过熙熙攘攘的人群。

国民党河南省政府总参议兼汝、鲁、郏、宝行政区宣抚使梁立雄,六十八军副军长郭儒林,县长王易知,原郏县伪军总团长、现"国军"十五军补充团上校团长王明礼,偕地方军政要员十余人在县衙前恭迎刘暨的到来。

刘暨阴着脸跳下车,逐个与恭待在门外的人见面、握手,每个人他都揣摩了一番。来之前他看过一份资料,知道这群人多数与日本人有过联系。

"刘兄气色不错,人逢喜事精神爽呀!"梁参议多年以前就跟刘暨打过交道,见刘逐个握手一句话没说,想试着摆脱尴尬的场面,故意说了一句。

"爽个球!"刘暨小声嘟囔了一句。

梁参议碰了一鼻子灰，愣怔片刻，又问："怎么安排？是先安顿下来还是……"

"不用安排，按这个名单给我叫人谈话，我看就在你办公室吧！"刘暨直勾勾地望着县长王易知说，不等王易知答复，顾自大步进了县衙大门。

赵振山一进门便摘下军帽，深深地鞠了一躬，接着笑嘻嘻地凑上前说："三生有幸，三生有幸，俺早就听说过您的大名，如雷贯耳，今儿得见，俺还真没想到您这么年轻，有为有为……"

"好了好了，我问你，我是日本人，还是中国人哪？"

赵振山有些犯迷了，这穿着国军服装的人还能是太君？"当然是中国人呀！"

"那你怎么用忽悠日本人那一套来哄我呀？！"

赵振山突然从头到脚透了股凉气，莫非他知道了？

"知道我这次来干什么吗？"

赵振山望了一眼刘暨身后两个凶神恶煞的卫兵，恭敬道："知道知道，哪能不知道呢？！您来是摸底汉奸情况，检查接管工作，俺早就盼着您来啊，您看俺这……"

他趋前两步，不知从哪儿翻出一个金灿灿的古镜来，小心翼翼地放在了刘暨面前。

"去去去，看到没？"刘暨抬手指了指背后墙上挂着的蒋介石戎装半身像，"他老人家盯着你呢，少给我来这一套。说吧，出卖中原大队的是不是你？"

刘暨看着赵振山猥琐鼠样，心里一阵恶心。

"哎呀！天地良心哪，这事王县长可以作证，他开会说牛紫龙要借道去禹县找八路，让俺通知县民团让道，俺就悄悄把这事告诉中原大队于队长了。于队长打算设伏打掉这股杆匪，没想到的是，不知谁事先通知了吴志翔，于队长反被打个措手不及，俺也在追查这事……"

"你就通知日本人了？！"

赵振山愕然良久，两眼吃惊地望着刘暨，低头想：神了！这事只有自己与自杀的于队长知道，他咋会知道呢？

"这事您是咋知道的？"赵振山脱口而出，话没落音就开始后悔了，浑身冒汗，两眼在地面上晃悠，像是寻找什么答案。

这个诱导问话是刘暨推猜出来的。从了解的情况看,当天晚上牛紫龙带队袭击了日军粮库,说明在此之前一定有个调虎离山的小计谋,这对深知牛紫龙谋略的刘暨来讲是太容易猜到了。

"啪"的一声,刘暨重重地在桌上拍了一掌,说:"你自以为做事诡秘就没人知道了,告诉你吧,你不说日本人也会说。现在你怎么赎罪?自己老实交代吧!"

赵振山顿时一身冷汗,哆哆嗦嗦抬头看了一眼,刘暨摆出一副不耐烦的样子,身子往后一仰,大腿跷到了桌上。

"那俺是从头交代,还是单说于队长那档子事呢?"

"这还用问,从头交代!"

"是是,俺从头说起,俺有个一条船的拐弯亲戚,早年认识个日本人,经那人介绍,结识了日军驻郏分队的田野队长,俺是明知山有虎偏向虎山行,抱着孙悟空钻进牛魔王肚子的目的,去结交日本人的。"

"放屁!谁派你去的?"

"……这还用派?……这是俺自觉的爱国行动……俺真是想进去卧底的,谁知日本人识破了俺这一套,俺只好将计就计跟日本人建立了联系。这可要说明白,跟日本人建立联系,俺也是身在曹营心在汉,想的还是蜀汉联军的事,思谋着如何对付共产党,没有一丁点对不起国民政府的地方,还暗中为抗战做出了显赫的贡献……"

刘暨看着面前这个一头疤痢、凸眼小鼻、唾沫星乱喷、满嘴跑火车的人,开的全是国际大玩笑,面部表情一会儿一个样,恨不得上前给他两巴掌。

"放屁!你的贡献在哪儿?"

赵振山嘻嘻笑着,从上衣口袋里拿出一摞纸说:"俺跟日本人一起调查郏县共党地下组织的情况,现已查明牛紫龙、吴志翔早年都曾加入过共党组织,受一个叫王永祥的人领导,这里还有王永祥经常落脚的详细地址。"

他上前两步把那份日军提供的文件工工整整地放在桌上。

刘暨扫了一眼,故意装作不感兴趣的样子,接问道:"现在翻出老底已经没有意义,关键是如何抓住他们,如果你能在这方面有所建树,汉奸罪责自当减轻处罚。"

赵振山两眼一骨碌,凑近刘暨嘀咕了一番。

"嗯,抓他老婆?"刘暨沉思良久,"你帮我看好了,先不要动手,等我通知吧。今天交代的事,我可以先放你一马,以后看你的表现了。"

赵振山犹豫着望了一眼放在桌子一角的古金镜,咬了咬牙,双脚一并,两肩一耸,敬了个不知道哪一国的军礼,转身出了门。

刘暨在门外接着县长王易知,拱手道:"王县长大名我是早有耳闻,能够坚持抗战,在全省也没有几个呀!如今得识,幸会幸会!"

王易知抱了抱拳:"彼此彼此,刘主任能到偏远小县来,蓬荜生辉呀!"

"好吧,那我就开门见山了。"刘暨将王县长让座入位,接着道,"兄弟我这次来主要任务有两项:一是查清抗战期间县政府有无勾结日本人的叛徒汉奸;二是请兄弟指教指教,找几个牛紫龙的亲朋故交。"

"还真是无事不登三宝殿,原来还是不忘捕杀牛紫龙啊。"王易知在心里骂了一句,面上还是笑笑,道,"这两件事都是为了地方安宁,造福百姓,兄弟配合责无旁贷。"

说罢他长叹口气,接着道:"牛紫龙家就在这儿,要说亲朋故交不会太少,可能做工作的实在难找,抗战期间贵站中原大队曾专门来调查过,大致划定了三五个人的范围,还没来得及做工作就……"

王易知双手一摊做了个无可奈何的表示,没再说下去,不过他从口袋里翻出了个硬皮小本,翻出几页后撕下一张递给刘暨。

"怎么,张剩他们也在这一片?"

"这是中原大队于队长查找到的,地址都在上面。不过我很纳闷,前几天听说牛紫龙、吴志翔他们不是参加'国军'了吗,怎么你还要到这儿来找呢?"

刘暨按捺不住兴奋的心情,猛地站起身在房间里踱起了方步,冲着王易知摇了摇手。这张名单里有几个都是牛紫龙第一批招进军统豫站行动队的队员,如果能拉过来就不愁打不进去,既然是人,他总会有需有求,只要有需求就有办法让他们上钩,何况这份名单提供了这些人的详细地址,不愁没人上钩。

他心里激动,表面仍旧装作阴沉沉的,可以说此行的主要目的已经达到,赵振山、王易知提供了多条线索,剩下来就是搭线的事了,当然就不需要他亲自到场了。

"听梁总参议讲……"他停下脚步,很家常地坐在了王易知一旁,显得十分关心地问道。

"噢,我已经打过辞职报告,准备回南方老家教书谋生,之所以至今还没动身,就是想等到水落石出那一天,看清楚在战争期间日本人安插在县政府的眼线究竟是谁。我的手下死了几十号人,我也是两次死里逃生,其中一次还摔断我四根肋骨,至今还没完全伤愈。更可恨的是汉奸造成我们多次情报误判,几次都险些跟八路军和地方武装打起来。日本人特别善用反间计,国共之间是小仇,中日之间才是大恨,大恨不消就去报小仇,这道理上说不过去。"

"那是,那是。"刘暨一直在抚摸着自己腮边的那几根没刮干净的胡茬,心想,赵振山是暂时不能动了,留着他可以对付牛紫龙等人,这位县长大人也太书生气了,此一时彼一时,固执地抱着抗日的旧宗旨,真该回乡休息了。他重重地在脸上搓了两把,说:"贵县抗战期间有没有人与日本人勾结,我们也在查,只是没有什么有价值的线索。这样吧,我这儿给你留几张空白拘捕证,以后你查到直接抓人就行了。"

汲县,山彪镇。

高树勋部第九纵队司令部。

马有膘临出门还在犹豫,本来是场误会,却弄得他很没面子,自己的司令身份在参谋长牛紫龙眼里根本没当回事,还当众训斥了一顿,想想实在咽不下这口气,今天忍下这口气,明天发号命令谁人听?!

牛紫龙、吴志翔率部合编到高树勋部后,表面上没有打乱原有的建制,单独成立了第九纵队,吴志翔调进军部任特务团长,马有膘作为副司令暂时代理司令职务。牛紫龙改名牛润五,仍然隐身在参谋长位置上,私下里仍负全责。内部管理上各连都派进了高树勋部的人员,就连纵队司令部的参谋、勤务也是从高树勋各部抽调来的,这主意是谁出的不知道,反正人员调进之前都经过驻集团军军统小组当面谈话。

给马有膘配备的警卫一共四人,都是年初刚入伍的湖南小兵,一个比一个机灵。马有膘挑了一个叫阿诚的人做贴身侍卫,专门负责个人生活之类的琐碎事。谁知前两天还好好的,这两天阿诚天天泪汪汪的,好像受多大委屈似的,问他,不吭气,这让马有膘很是生气。

今天下午,牛紫龙"打猎"回来,向几个纵队干部透露要把队伍拉进山投靠八路的打算，介绍了他此次进山与原八路军太行军区谈判改编的具体方案，打算明天上午召开连级干部会，最后敲定起义计划，晚饭后派人分头将通知发了出去。

马有膘对此事一直提不起劲头，抗战胜利后，国共双方虽说都在争抢地盘，私下里准备打仗，但力量对比显然国民党更强，国统区从国土面积到人口数量上都占总数的四分之三，军队人数也比共军多出一倍。

中国历史上的统一战争大多是从北向南开展的，目前的局面同历史上无数次上演的进程一样，双方争夺的焦点都放在了东北和华北。然而东北背靠苏联、蒙古，从这一战略背景上看对国军不利，不过苏联会不会脚踩两只船，美国会不会出手支持国民党，还都是个未知数。牛紫龙他们没有必要非要这时候选择一方站边。

在下午的高层碰头会上，牛紫龙分析了国共两党谈判不会成功的原因，核心问题是政权和军队，共产党主张先实行政治民主化，再搞军队国家化，而国民党则是先让共产党缴枪，军队首先国家化，然后再行政治民主化。当前的局势是国共一边谈判，一边扩大着分歧，不光是国共两党分歧扩大，整个社会与国民政府的矛盾也在扩大。国民党所用各级官吏以恋栈权位为首要目的，不顾及百姓的真实感受，一味谋私揽权，很少做于国于民有益的事，如此下去非败不可。

马有膘斜着眼一直在听，心里想，不管咋说国民党还是打了那么多大仗恶仗，日本人那么厉害，国民党不照样挺过来了。可能是因为会场鸦雀无声的气氛，也许是看到马有膘流露出的不屑表情，牛紫龙话题一转，说："有些人说，怎再说国民党如何不好，中国的抗日不还是在国民党领导下胜利了吗？不假，我们是胜利了，但胜利要当失败来反思，这样才有意义，全局的胜利不能掩盖局部的失败。"

他环视了一下周围，说："抗战之前，正是由于军阀连年混战，国家四分五裂，才给日本人提供了侵占我们的机会。抗战中，国民党坚持抗战也确实发挥了巨大的作用，但由于自身军政体制机制的腐败和弊端，使中国付出了比任何国家都大的代价和牺牲。现在胜利了，国民党外表看一派风光，内则已是腐朽不堪，丝毫没有反思自我的精神和态度。正常情况下，人们惯于从失败中汲取教训，可现在世界反法西斯战争的胜利掩盖了国民党的一些败绩，使本应总结教训的战局，变成了妄自尊大的欢呼，如此下去就很难汲取教训了。"

牛紫龙还介绍了这次"打猎"进山的所见所闻，说八路军有成事之象，上上下下办事认真，态度诚恳，少有摆架子、虚于应酬的现象，军队内部三大民主比国民党内部管理有效，至少能看出军队面貌比国民党有精神、有素养，士气盛，逃兵、吃空饷的少，更没有见到上司打骂士兵的现象。说着牛紫龙还特意转向马有膘看了一眼，那眼神分明是有意敲打他的，这让马有膘很下不了台。他猜想准是那个阿诚背后告了黑状。

当天晚饭后，马有膘闷坐一会儿，又让警卫员端来一盆热水洗脚，完毕，喊了一声："阿诚，把水豁喽！"

站在门外的阿诚又听成"把水喝喽"，端出门后一边哭一边喝，老大一盆洗脚水，实在喝不下去，一怒之下连水带瓦盆扔进院里摔个粉碎，哭声和摔盆声惊动了里屋的马有膘。

马有膘出门见状，还以为阿诚有意跟他作对，不问青红皂白挥手打了阿诚两个耳光，喊道："滚！"

吵闹的场面引起了多名警卫人员的不满，几个人纷纷卷起铺盖要走，一人急忙找来牛紫龙评理。牛紫龙听罢众人介绍情况后，当场表态，这是一场误会，因南北方口音不同引发的误会，主要责任在马有膘司令，以后类似倒洗脚水的事，一律不能再交给警卫人员办，"自己不想倒就别洗"。他还代表马有膘向被打的阿诚道了歉。

马有膘也知道此事不对，不过这面子掉地上可就没有对错之分了，毕竟俺还是名义上的代司令，这么在众人面前表态，根本没把我这个司令放眼里嘛！如果跟他上山当了八路，司令不但当不成，还准没自己的好果子吃！想到这儿，他打定主意不跟牛紫龙走了。

他束紧腰带，拎着手枪出了房门，扫了一眼在门旁的阿诚，一股无名火又升腾上来，不过今晚他格外冷静，压抑着心中的不快，笑着对阿诚点了点头，说："到后门等着俺，俺去查查岗，转一圈从后门回来，恁去那儿等着吧。"

说着挎好枪，悄悄地出了前门。

凌晨，天格外黑。

一阵急促的敲门声把牛紫龙惊醒了，他下意识地看了一下表，还不到四点。

他拉开门见岳本斋、毛孩、阿诚等人提着灯站在门口，额头上滚着豆大的汗珠。

"牛老师，马有膘勾结军统小组要破坏咱们的大事……昨晚半夜马有膘出司令部大院，说是去查岗，让阿诚到后门等他，没想到这小子溜到军统小组去了。约有一个时辰军统小组的仨人全跑了，马有膘一直把他们送出镇外流动哨警戒线，俺去查哨听说此事，追了几里地也没追上军统小组的人。"

"马有膘人呢？"

"马有膘回屋收拾了几件衣物到一营营部去了。"阿诚上前答道。

一营是马有膘一手带出来的老班底，成分复杂，豫南人较多，希望队伍向南发展，不愿意进山投八路。

牛紫龙转身倒了几杯水分别递给岳本斋等人。

高树勋部跟中共党组织联系后，党组织向高树勋部派驻了工作小组，引起了军统的注意，在蒋介石的严令下，由第十一战区孙连仲部派两个军将高树勋部押送到河北。牛紫龙有意把第九纵队留在汲县，目的就是要脱离十一战区押送部队的监督，并与太行山区八路军取得联系，准备起义把队伍拉进山。现在由于马有膘告密惊动了军统监军小组，很可能会招来周边部队解除九纵队的武装，战机也许瞬间，也许一两天就会消失，失去就很难再来，就像人生，其实改变命运只有关键的几步。

"阿诚，你带几个人去通知吴志翔，就说行动提前到今天早晨，让他们急行军赶过来；毛孩，你去岳楼镇八路军联络站，让他们今天上午提前接应，越早越好；岳连长，你马上去集合军官教导队，不准吹号，不准弄出声响，乘着天没亮占领进山路边的高地，重点警戒新乡方向，发现有部队合围山彪镇，无论打什么旗号，立即组织反击；至于一营，俺自己去一趟，能带出来多少算多少吧。"

"恁去一营会不会有危险？马有膘心胸狭窄，头脑简单，遇事好冲动，自制力差，在这节骨眼上他搞了这一手，显然是王八吃秤砣——铁了心要这么干，要不然让俺去？"岳本斋上前一步劝道。

"正是因为他搞这一手俺才要去，这说明他还没有一个很周全完善的主意，只想把队伍拉回家找点山大王的感觉，现在是该让他找回点责任了。恁们占领阵地后打两颗信号弹告诉俺一声。"他望了一眼窗外，对众人说，"都出发吧！"

"是。"众人纷纷转身离去。

清晨，稀疏的薄雾静静地飘荡在田野和山峦之间，小镇半隐在雾霭之中，只留下报晓的鸡鸣此起彼伏。

牛紫龙只带两名警卫来到一营营部所在的一家大户院子,进门见院内一片忙乱,大部分人的行装已经收拾停当,不少人正坐在自己的背包上吸烟嬉闹,只听到"立正"一声口令,院子顿时安静了下来。

"恁们这是去哪儿呀?"

众士兵面面相觑。

"哎呀,牛参谋长,不,牛老师来了。"马有膘领着十几个军官从二门里大步走了出来。他穿了一身新式国军深黄色军装,皮鞋、领带都是崭新的,只是脸色有些惨白。马有膘高个儿,身材魁梧,一脸络腮胡,充满血丝的双眼透着冷光。走近后他并不敬礼,而是用传统的礼仪拱手抱拳道:

"这事俺正想去跟恁说说。恁也知道,俺带的这帮弟兄没啥文化,对当前国共之争不感兴趣,谁对谁错,俺们也懒得管它,争斗的结局更是心里没数,虽说恁给俺们上过几次课,可俺们还是跟坠入五里迷雾差不多。当然,谁也不是马王爷长一对前后眼,把这世道前三十年、后五十年看个透亮清楚。所以俺们几个老弟兄合计了一夜,决定退出内战,开回老家!"

"这就走吗?"

众军官点点头。

牛紫龙瞪大双眼,问:"退出内战?退到哪儿?告诉恁们,就是国共两党都不管恁们,天下也容不下恁们这样逍遥自在的武装力量,恁们能叫啥?"

"俺们想好了,叫自治自卫军。"一军官在旁边答道。

"自治自卫军?知道别人会叫恁们啥吗?只能叫土匪!国共两家无论谁上台,能让土匪存在吗?做梦吧!《双十协定》签过第二天,蒋介石已经下达了剿匪密令,要求各地按《剿匪手册》督励所属,努力进剿,凡拒不交出武装,不听从整编的武装力量统统按土匪查办。如恁们这般,即便放下武器也要被查办!想退出内战,有地方退吗?!"

众人无言,都把目光转向马有膘。

马有膘涨红着脸,整了整军帽,向前跨两步,道:"牛老师,不,牛参谋长,恁带俺们从许昌一路过来,都说强扭的瓜不甜,大路朝天各走半边,还有人各有志不能强勉,不忘上恩谓之忠,言而有信谓之义,今天,是投八路还是跟国军,咱让弟兄们自己选,谁也不要包办,是这个理吧?"

牛紫龙知道人心不是几句话就能说动的,叹道:"好吧,恁集合队伍让俺讲几句,也算给大家送个行。"

或许是因为紧张的缘故,司号员紧急集合号吹了两遍都跑了调。不过,片刻工夫,大院门口的十字街上整整齐齐站满了整装待发的士兵。

牛紫龙不等值班军官发出号令,顾自走到大门台阶上望着一个个军容整洁、归心似箭的士兵,突然失去了讲话的意愿。他们每一个人身后都有许许多多盼望的眼睛,向北向南,只能让他们自己去选择了。

"弟兄们,稍息。"

他知道,讲清楚选择的道理实在太难了,尤其分开以后,再次见面恐怕只能在战场上,这真是不容易说明白的问题。前面路没有人能看清楚,疑惑前面根本没有路,果真如此的话,无论你如何努力,本质上都是很可笑的。

"俺和恁们一样也想回家过平静的生活,可时局不允许,眼前的路都很崎岖,俺之所以坚持去投八路军,就是在这儿俺们感觉不到正直向上的气氛,别说像咱们这样暂时收编的杂牌军,就是正宗的杂牌军最终的结局也好不到哪儿去,不管恁们在抗日战争中贡献多大,迟早逃脱不了被整肃的下场。现在有两条路任恁们选择:一条是继续向北参加八路军,一条是向南留在国军里。无论恁们选择哪条路,俺只希望每个人都能平安,任何时候也不要兵戈相见。"

牛紫龙讲完扭头望了一眼马有膘,转身向西走去,马有膘也走下台阶给默默站立的队伍敬了个礼,带着随从向东走去。

街道上留下整齐划一排列的队伍,像是陷入了长久的沉思,寂静无声,没有一个人离开。

突然,镇外山冈上两发信号弹飞上天空,四周枪声响成了一片,队伍中纷纷传来口令,分头向东西跑去……

片刻间,长长的街道又恢复了空旷和宁静。

1945年10月20日,牛紫龙率第九纵队军官教导队和一营三连共三百二十余人在汲县山彪镇起义。牛紫龙部的起义是解放战争期间国民党军队发生的首次起义,《解放日报》以《革命是历史发展的火车头》为题发表了社论,对不久后整个高树勋部起义产生了巨大的影响。

吴志翔部当天未能及时脱身,随高树勋部继续北上,二十天后在河北邯郸马头镇起义,加入了中国人民解放军。

许昌郊外葫芦巷。

他把草帽帽檐撕开一个小口扣在脸上,两眼正好可以从那条缝中看清王永祥家的院子。

今天,他化装成一个略带"残疾"的叫花子,这个"目标"用行话说他已经经营三个月了,在这期间他变换过算卦的、修碗补锅的、修鞋钉掌的、拉车的、卖糖葫芦的等十几种角色了,或近或远,但两眼始终没有离开过这个小院。

"呸",他扭头狠狠朝街角吐了一口,又像睡着一般,蜷缩在那棵弯腰槐树下。这条胡同原本住户就不多,又赶上兵荒马乱的岁月,常常是形单影只,什么角色都不能长久,这让他很是费了一番苦心。

他早年就在江湖爆得大名,被人称为"董哲学",其实那只是他众多绰号中的一个,名号之多至今连他都记不清有多少了。他曾帮助不同派别、不同时期的政府抓办过许多江洋大盗、连环杀手之类的人物,事成之后,他拿钱就走,退隐山林。军统找到他时,给出的第一个目标就是牛紫龙,听后,他默默起身,他从不对失过手的目标再干第二次,他有些迷信,认为那人命不该绝。

去年底,军统豫站的人又找到他,给了他第二个目标,他答应了,但提个条件,只拿钱办事,不入编坐班,在这行当里称"外协人员"。军统豫站的人员都知道有个化装卧底的头牌老手,他"出演"的角色连军统同行都很难分辨出来,多数人都不知道他的本来面目,只知道有个"三号"扮啥像啥,派他出去盯"目标",口口相传的是如同苍鹰追兔,十有八九没得跑,因此背后人又称他"三眼鹰"。

对于他扮演各种角色的窍门,军统上司和同事多次追着他请教,他再三推脱不掉时,就把他们领到车站集市,让他们观察各色人等,回来讨论时他只说了一句话,凡是大家没有印象,或是相互之间识别出入较大的人物角色,就是你们的模特,把角色扮到毫无察觉就算成功了。

其实,他很看不起这些同行,干这一行哪有教出来的?如同办军校培养军人一样,一定要把学员个个培养成胜利者,军校就没法办了。所以干事全靠悟性,运用之妙存乎于心,教是教不出来的。

初夏的阳光照在身上暖暖的,背靠的这棵弯腰槐树或许备受人们摧残,枝疏叶稀,上上下下留有不少断杆残枝。他摇了摇身子,索性半躺了下来,靠在树旁成大字状,从这个角度望去,狭街小巷及青瓦高墙尽收眼底。

他打了个哈欠,一阵困意袭上头来,两眼沉沉,模糊了前面的一切,真想吸根烟呀!其实那包烟就在头顶草帽里,今天的角色实在不宜叼根烟卷,如果是个捡破烂的角色,捡几个烟头抽还说得过去,要饭的再有点残疾,楞叼根烟就太"起眼"了,明天势必改成捡破烂的。

他如是想着,把头用力向树干撞了几下,驱走一阵阵烦心的睡意。突然,一个身影迅速闪进了王永祥家,从那人的动作看一定是个"新手",怎么能把动作搞得慌慌张张呢?他琢磨着这人是否见过。在他盯住这个"目标"三个多月里,一共出现过六个人,为了便于记忆,他根据这些人的个头高低、体态胖瘦和行动举止特征,用六个简单图形表示,这几个图形他早已熟记于胸,刚才一闪而过的应当在他那图形谱里排在第三位,一共出现过两次,并且此人的出现往往意味着这个"目标"有一个聚会的机会。

他心中一惊,难道说今天就可以交差了?!他把扣在脸上的草帽又向下拉了拉,使眼前的缝能看得更真切。

果真,一……二……三……四……他屏住呼吸数到了那几个身影,为此,他曾一度陷入了绝望。几天前,军统许昌站站长钱宗昌专门跑到他租住的小屋威胁利诱一番,说这是军统总部,现在已改为保密局总部挂号侦办的案件,省局局长亲自监督的案子,线索来源十分可靠,不可能这么长时间没动静,再这么下去实在没法给上面交代了云云。痛责之后,又在许昌大戏院对门的聚味楼请他吃饭喝酒,自然又有一番勉励和许愿,席间还塞给他一摞法币,让人又恐又喜。

他长吐一口气,看来今天真要领赏了。

他掀去草帽,眯着眼斜睨着深蓝的天空,抖了抖破衣烂衫,故意露出赤裸肚皮脏兮兮的内裤,爬起身把那条"瘸"腿翘起来揉了揉,放下,划出一个半圆,让自己站起来。悻悻然有模有样地摔腿翘臂围着那槐树走了两圈,找准了一个攀爬的角度爬了上去,像是摘树上的槐花,脱下草帽呼呼地摇了起来。

片刻后,他不再对树上什么感兴趣了,又趴在一根树杈上歇息起来,一直到大批的国民党军警团团包围了王永祥家,他才像发现了什么不妙情况似的从树上跳了下来,一拐一拐离开了这条小巷。

晚上，他穿一身灰布长衫，戴顶咖啡色的礼帽，走进许昌城防司令部临时改建的拘留所，从簇拥过来的一名预审军官手里接过审讯记录，翻了几页，嘴里喃喃道："王永祥、邹敬海、刘世卿、张长水，怎么，郭五连呢？"

他猛然转身，狠狠地在专署侦缉队长和保密局许昌站行动小组组长两人脸上抽了一番耳光。

"再去搜查他家，如果没有挖地窖，房顶一定有夹层！"他骂完仍感到不解气，又狠狠地踢了两人几脚。

当天晚上，专署侦缉队和保密局行动组几十个人又到王永祥家翻箱倒柜挖地三尺，掀了个底朝天，最后发现他家的房顶果真有个夹层，郭五连正是攀上夹层躲过了这一劫。

1946年9月3日。

许昌城北桃园。

1946年6月，国民党军队首先在豫鄂边界包围了中原解放军，第三次国内战争全面爆发。9月，国民党许昌专署侦缉队用尽酷刑，仍无法得到王永祥的真实口供，决定将王永祥、袁金贵等七名共产党嫌犯杀害。

那天半夜，天上的星星特别多，还特别亮，嵌挂在墨蓝色的天空中。王永祥等七人被五花大绑蒙眼塞嘴，用卡车运到了许昌北关桃园里。刽子手扯下囚犯的眼罩后，他们面前已经挖出了一个大坑。许昌专署侦缉科科长陈三叼着烟一摇三晃地走到王永祥身后，凑着他耳边说："瞧瞧，这个世界好不好？银河璀璨，星斗满天，还是招了吧，不然你明天就见不到天亮了。"

王永祥深吸几口清新的空气，抬头望着星空，银河的确闪耀着清澈晶莹的星光，如绣镶在黑绸之上光带，演绎出七彩梦幻般的色彩，让人思高望远，忘却了人世间的纷争。

他自言自语道：

"俺就是一只早起报晓的公鸡，所做的只是让天下人知道光明，明明知道奋力一鸣不尽讨天下人喜欢，可仍旧这么做了。你们即便今晚杀了俺，明天照样会按时到来。"面对生命的最后时刻，他仍不忘嘲讽一下对手。

"呸！"陈三吐掉叼在嘴上的烟头，抬腿一脚把王永祥踢入大坑，周围行刑队的士兵纷纷上前把其余六人也推了下去，接着开始填泥土。只听得四周"呼呼"

的喘气声,被埋的人则寂静无声,也许他们为这一天的到来准备得太久了,牺牲在天亮前固然有些许遗憾,可毕竟他们知道天亮是不可避免的。

侦缉队的人把人犯活埋以后,又在上面放了些枯枝杂草才离开。当天夜里还出了件事,"三眼鹰"先生自此不见了踪影,至于他去哪儿了,谁也说不清,反正再也没了下落。

颜学林家小院。

"恁要这么多财、这么多地、这么多女人有什么用?树大招风,财大欺人,这不是福而是祸!"

颜学礼吹灭了房里的灯,出门向外瞅瞅,隔着茶几用手揪住弟弟颜学林的胸襟,用压抑愤怒的语气说。

颜学林用力掰开哥哥的手,大声道:"咋啦?祖上留下来的土地,恁凭啥让俺分给那些穷人们?院子拆了恁说是抗日需要,现在又让俺分地是啥需要?财有来路,地有地契,恁不要也就罢了,可恁不能当颜家的败家子!"

颜学礼慌忙又到门外瞅了一番,转身回屋,盯着弟弟说:"恁傻了?恁知道现在是啥时代吗?翻天覆地了!中国五千年才遇上这一回!过去土地在私人手里,怎么来的没人过问,谁也抬不走搬不动,指望着辈辈相传,坐吃江山。现在,共产党打土豪分田地,要把富人手里的土地没收分给穷人,还要清算一下地富对穷人的剥削,戴上一顶恶霸的帽子,还让恁永世不得翻身!恁知道为啥吗?就是要动员穷人去推翻蒋介石的政权!"

"那恁说这几千年老理都不算数了?他们凭啥白拿人家的土地,分人家的财产?"

"哎呀!恁这红薯脑袋,咋就不开窍呢!"颜学礼长叹一口气,本不想再说下去了,可转念一想又不能不说明白。弟弟颜学林自上次被迫戒烟以后,确也令人刮目相看,把大烟戒了,毛病改掉不少,也真正收心许多,尽心照料颜家方方面面的关系,一心打理家业,周围的人都说颜学林变了,变得本分许多。

颜学礼自抗日战争胜利后,先是在开封谋得一份教书的职业,谁知不足一年国共两党全面开战,学校里的中共地下组织动员一些同情中共的教员投奔解放区,颜学礼在同事的动员下一起投向了晋冀鲁豫解放区。到解放区后组织并没有按他的意愿分配个教师工作,而是分配到农工部搞土改了。在学习完土改的方针政策后,他悄悄地返回老家,下决心说服弟弟颜学林在共产党到来之前,把家产、田地全部处理掉,这不光关系到弟弟的生命安全,也直接关系到自己的前途。他知道弟弟颜学林能不能躲过这一劫,关联着自己今后的命运。正因为如此,他才冒着生命危险,从解放区连夜赶回国统区的家中。

颜学林气色恢复许多,人也胖了不少,中分的长发油光发亮,脸上也显出不少光彩,着一身宽大的黑色丝绸衣裤,扎着白色绑腿,脚下是白袜黑平布鞋,脖梗后还插着一把搔痒用的竹把手。

他乜了一眼兄长,说实在的,他从内心里对这位哥哥还是挺佩服的,兄长有文化,心思也活络,平时在家时间不多,但总能在关键时刻使全家免于大灾大难。不过这次哥哥匆匆回来,神神秘秘地进门就让他马上处理掉财产田地,如此重大的事还不容商量!

"咋啦?天下没理讲了?"他拧着脖子端起茶水一饮而尽。

"中国改朝换代多少次了?这土地该是谁还是谁的,只要俺还活着,地契拿在手,还怕他们来抢不成?共产党俺不反对,国民党俺也不支持,他们有啥道理分俺的地,分俺的财?!"

"咱家的地怎么来的恁知道吗?少数人占有土地本身就是不公平不合理的,是封建土地制度造成的。平均地权是国共两党的主张,是迟早要办的事,不过是在如何平均的方法上有所不同罢了。共产党的办法更彻底些,实话跟恁说,俺去解放区被派到工作组,下去搞土改,恁知道是怎么搞的吗?"

抗日战争后,从1946年中共中央发出"五四"指示到1947年颁布《中国土地法大纲》,首先在各根据地,将战争时期实行的减租减息政策改变为没收地主土地分配给农民的土地改革,这场为多数贫雇农争取公平利益的运动,从历史发展的角度看,有着正当合理性。

当时中国的主要政治派别也都认为应当进行土地改革。国民党主张平均地权,也认为少数地富阶层占有大部分土地,阻碍了中国由传统社会向现代社会的转型,应当用适当的方法,在适当的时候进行一场平均地产运动。

以各民主党派为代表,信仰自由主义的派别,虽然同情贫弱的多数农民,倾向于支持平均地权,实现社会公平,但对通过运动方式,采取国家没收地主土地再分配给缺地农民的方法持反对态度。自由主义者连国民党主张赎买的办法都不赞成,认为失之偏颇,主张通过自由竞争、市场调节,逐步消除土地占有的不平等,从程序上也须坚持公平公正的原则,反对用剥夺的办法剥夺剥削者。

当然,还有一些传统文化派从根本上就不同意在农村划分阶级,认为农村虽然有土地占有的多寡,并不能就认定农村有阶级分化的产生。中国传统农村土地占有是一个不断分家变化的过程,独特的儒家伦理往往使富者不过三代,且这一传统治理使得农村非常和谐,推倒封建制度实现农村社会的公平公正,没有必要把这一套儒家伦理权威打倒。持这种意见的人大多数是从事新村运动的知识分子和农村开明绅士。

以上主张,反映了不同政治派别的意愿,只是不被生活在社会底层的民众所接受。早在第一、第二次国内革命时期,工农革命就把解决土地问题作为中国革命的最主要目标之一,"打土豪分田地"成为了中国革命的重要动力。当然,任何群众运动都不可避免地会出现一些幼稚和过火的现象,并在一定范围、一定时期内,伤害到工农运动自身,出现了与工农利益截然相反的百业萧条、厂商破产倒闭、工人失业的局面,只是这些倾向并没有被抗战胜利后的土地改革运动所汲取。

如果说,土地革命时期分田分地运动多数还是群众的自发行动的话,那么抗战胜利后的土改则是有目的推动的,更多的是为即将到来的战争做准备。土改作为准备战争的一种特殊手段,为解放战争提供了人力物力条件。在解放区,倒地运动使地主已经均分了一定数量的土地,能拿出来分的土地已经不多了,但这并不妨碍每个村庄都能找出可以斗争的地主、富农和恶霸,显然分地成了次要目标,进行阶级划分上升为主要目的,这对以后开展阶级斗争是必不可少的。

解放区的土地改革,还与普设参议会,实行党组织提名,民主直选县、区长以及精兵简政等项措施相结合,使共产党和人民解放军完成了应付内战的动员。

1947年5月,继"五四"指示后,中央再次下发了《关于深化土地改革群众运动的指示》,这次指示明确要求"要把贫农意见作为复查的主要方向",地方取消保甲制度,改革、调整群众负担,实行"五等比例加分"负担法。军队开展"三查三整"运动(即查阶级、查工作、查斗志、整思想、整组织、整作风),实现了解放战争由战略防御向战略进攻的转变。

颜学礼就是在这个关口突然返乡的。

"恁知道土改咋开展的吗?"颜学礼盯着弟弟道,"每个村都要派工作组,工作组下去第一个任务就是摸清情况,作为斗争目标、对象,有地主定地主,没地主定富农,真要是连富农都摸不出来,也得定几个恶霸,作为斗争目标。"

"这有个球用,就是确定俺为目标,他们能咋地?"

"定下来就扎根串联,发动群众,访苦、引苦、诉苦、算账,找领头人。恁想呀,像咱们家这样每年收那么多地租,这不都是剥削来的?!"

"啥剥削? 俺出地他出力,打下来粮食两家分,不是天经地义?!"

"球! 这就是剥削! 恁收的是人家劳动的剩余价值,剩余价值恁懂吗? 是一个德国人的发明,叫马克思。"他看着弟弟渐渐能听进去了,又和颜悦色道,"动员物色的土改领头人,都是最穷、最恨有钱老财的人,一辈子没抬起过头,工作组要帮助他们挖苦根,帮他们算账,教他们诉苦技巧。俺还帮他们找了几样道具,如破碗、破篮、要饭棍,还有红薯秧、玉米芯之类的东西……"

"恁弄这些破玩意弄啥?"

"咦——这才叫生动呀! 用的、使的、吃的,拿上去让村民瞧瞧,能赢不少同情。领头人找好后,就让他们去串联,比苦攀穷,拉帮结派,准备好就开全村的批斗会。这地主、富农,过去要么是长辈,要么有些名望,平时还好端个架子,诉苦会一开头一定要打掉他们的威风,头一个发言的一定要登台给他们每人一耳光,先杀杀他们的兴头。再把准备好的词念一遍,如果下面没人哭,就找几个小孩拧两把让他们先哭,这事俺都干过,诉苦会几天下来地主富农不心惊肉跳才怪呢! 最后就表决枪毙,说是往他们身后碗里丢黑豆、黄豆,一数黑豆多就得正法,一个村不死上个把人,土改就不会完成!"

"这就枪毙人了?!"颜学林半张着嘴说不出话。

"斗罢地主接下来就划成分,方法是排队划分,'自报'、'公议'相结合,最终拍板的还是工作组。"

"划成分顶啥用?"

"哎哟——老地主富农枪毙了,下次兴许还有斗争的需要,划了成分就等于给他们排上号,有要求时就拉出去使,这叫斗争哲学。"说到这儿,他狠狠地瞪了弟弟一眼。

"恁都去解放区了,在家守着祖业的是俺,就是俺一不小心当了地主,与恁有球关系呀！恁瞎操啥心呀？"

"呀嗨！"颜学礼起身一把揪住弟弟，愤怒道，"划成分是一家一家划，不是一个一个定。恁要是划成了地主，俺也少不了地主成分，咱们是兄弟，在外人眼里是砸断骨头连着筋。啥叫阶级论，就是类似的血统论，挖一个坑就能埋咱们两个人！"

兄弟两人你看我、我看你，谁也不愿再说下去。

共产党在老区搞土改，分地斗地主的事早就传到了国统区，颜学林多少也有耳闻，开始他并不相信。如今，哥哥说他亲见亲闻，想来不由得让人恐慌起来。

他抬头望着哥哥颜学礼问道："那恁说咋弄？"

"从明儿开始，恁把所有的地都送给原来的佃户和家丁，家财都散给妻妾，让她们都回娘家。恁呀，留十几亩山冈薄地就行了，搬到山边去住，能隐姓埋名最好，即便有人问起来，就说颜府在抗战末年散财救国败落了，彻底衰落了。"

颜学林张大嘴望着哥哥，良久才点点头。

……在1948年内,我们的观察人员报告说,国军在具有决定性的所有战役中,没有一次是因为缺乏武器或弹药失败的,重庆所发生的腐败现象已经使国民党抗拒力受到致命削弱,他们的领袖已经证明无力应对,他们的部队已经失去了人民支持。历史一再证明,一个对自己失去信心的政权和一个丧失了士气的军队是经不起战斗考验的。

　　　　　　　　　　——艾奇逊致杜鲁门总统的信

第三十二章

牛紫龙率部起义后,历任太行军区挺进第九纵队司令员、太行军区民主建国军豫北支队司令员、太行军区九纵二十七旅八十团团长等职,先后在汤阴、鹤壁、崇山、辉县、淇县、嵩县组织了同敌的诸多硬仗。

1947年,经太行军区民主建国军豫北支队政委陈国礼和政治部主任张继同介绍,牛紫龙第二次加入了中国共产党。不久,随陈谢兵团南下开辟豫西根据地,陈赓司令员特令牛紫龙调回汝、宝、鲁、郏一带组建豫陕鄂边的第五分区,担任分区副司令一职。

宝丰县城,豫陕鄂边区第五分区司令部。

牛紫龙翻阅着土改工作简报,在他的印象中,县里几个有名的大财主在这份土改简报汇总名单里只出现两三个,包括自己家乡月桂镇划定的地富人员成分也出乎他的预料。他拨了个电话到郏县,土改办公室的工作人员把他提到的几个人的情况一一作了介绍,大部分都在抗战后期中原会战前把土地转让出去了,有些转手倒卖了,总之现在已经不是地主了。新的名单是根据土改文件规定和查实的人口数、土地数、房屋数、经济地位以及收入来源情况划定的。

他放下电话,犹豫着是否先见来访的二伯牛惠师。二伯是搞新村运动时才落户到月桂镇的,除了经营挂在他名下的二十亩地外,主要生活来源还是教书,在农村算得上是有头有脸、生活富裕的人家。按说不能作为划分成分的依据,可这次土改给他划成了中农,兴许他就是因为此事才来找自己的。

这事显然超出了自己任职的职责范围,见也解决不了问题。他心神不宁地看了下表,见离开会时间只剩几分钟,便直着嗓子喊声:"毛孩,恁去把二伯接到俺住的地方,先弄些吃的。告诉他,俺开完会就回去。"

说着,他收拾完桌上的文件夹,抬头见毛孩一脸不情愿的样子,未及多想便补充了一句:"还不快去!"

毛孩转身出了门。牛紫龙三步并作两步向小会议室走去。

新组建的陕鄂第五地委、专署和第五军分区,在职的领导只有三人,除一个专员外,军分区、地委分别由牛紫龙、张诚主持工作,张诚兼任军分区的副政委。

张诚穷苦人出身,早年在鄂豫皖苏区参加红军,文化程度不高,对工作实情和政策本质有着准确的悟性和周全的把握,性情豁达乐观,诚实正直,原则性强,尤其勇于担当,公道正派,给人一种可以信赖的感觉,在剿匪斗争的许多问题看法上和牛紫龙不谋而合。

今天的会议是全区剿匪工作扩大会议,主要议题是讨论牛紫龙、张诚经过三个多月的调研提出的剿匪工作方案。他俩的腹案与上面的要求多少有些不同,把以剿办为主改为分化瓦解、争取为我所用为先。在具体实施中,则是把首恶与胁从、查实证据与群众揭发区别开来,惩办首恶,重在证据,通过转化教育的方式削掉主要山头,分化瓦解多数一般人员,完成剿匪任务。

想到此,牛紫龙不免有些忐忑不安。对于剿匪工作对象他是再了解不过了,按上级要求完成剿匪任务,也不算是太难的工作。只是剿匪与当前土改中出现的一些倾向性问题,又与党的一贯主张不相符,哪儿出了问题呢?他思绪纷乱地走进了会场。

"土匪"一词是历朝官方对民间异己力量,特别是武装组织的称谓,是一个内涵宽泛、标准各异、定义不太准确的词。

这些地方武装无论以什么形式维系组织,其首要目的是为了生存和利益,一旦他们获得了生存条件,绝大多数人就会丧失为匪的动力。牛紫龙决定以政治瓦解为主,区别对待,避免他们成为政治上的反对派。

中国共产党对待各类民间武装的政策,大致可以分为几个阶段。国内革命战争时期,中共"四大"对农民问题有了肯定结论后,1925年春夏,李大钊让中共北方区委对安徽六安民间武装大刀会暴动一事进行过专门调研;南方中共组织也对各地农民自卫组织进行了调查。李大钊等人先后发表文章,认为农民这些武装组织不同于土匪,是旧时农民的自卫组织,应鼓励有为青年帮助他们改善这些组织,"如引导得法,可变为一种革命力量"。并于翌年7月在中央第三次扩大执委会议上通过了《关于红枪会运动的决议案》,主要目的是"努力引导这个力量",使之有利于革命发展,否则就会分化,成为匪化红枪会。党对这类民间武装力量的工作,"不必积极去反对红枪会的迷信教条,因为这正是他们所能团结奋斗的要素"。

1927年,中共为北伐入豫创造条件,任命毛泽东同志为红枪会调查训练委员会主任委员,在武汉召开了河南武装农民代表大会,成立了"河南农民自卫军总指挥部"。在这次会议的激励下,河南确山红枪会在杨靖宇等人的领导下,建立了全国第一个农民县级政权,取得了一定的成效。

但由于对农民武装的两面性认识不足,对当时这些民间武装政治上的盲目性、组织上的封建落后性、思想上的顽固性以及整个工作的复杂性、多样性没有深刻认识,致使不少这类武装最后成为农会组织的对立面。

土地革命时期,中共"六大"决议案中提出继续做好各类民间组织的工作,在策略上作了较大调整改变,指出要重点做好下层群众工作,"以便在这些组织中夺取领导权"。接着又在《苏维埃政权的组织问题决议案》中,把这一策略概括为"夺取其群众,孤立其首领,并乘机改变之",实行分化瓦解为主的方针。这期间,党内曾数度出现了"左"的偏差,也提出了一些反对党内土匪路线的口号,但总的看并没有改变"六大"提出的策略。

抗日战争期间,杨靖宇首先在东北采取了收编各种民间组织、上下并用的策略,口号是"豺狼入门,外患为重,要联合起来反对日本"。以后各地党组织也开始重视联合民间武装的工作,多是采用巧妙进去、长期隐蔽、积蓄力量、等待时机的办法,尽力拉拢改造各类农民武装。

同一时期,日本人、国民党对各类民间组织和武装也都采取了收买拉拢、操纵利用的手段,争人争枪争地盘,争取为其所用。日本人甚至还对每个组织派出所谓"老师"加以指导,配合"强化治安运动"。正是由于抗战期间各派力量的拉拢利诱策略,才出现了少量有政治色彩的土匪。

目前,从大局上看国民党已经失败,但它在这些民间组织中留下的"与共结仇"的影响并未清除。

分区会议室原来只是一个大户的库房,改成会议室后只在库房一头放了一排桌子,算作主席台,其余地方摆上一排排凳子。这天开会,里里外外挤满了参加会议的各县政军负责人。

会议由张政委主持,牛紫龙先把三个月来对土匪的调研情况进行了简要汇报,指出对这些武装组织的摸底阶段已经结束,有些是通过派人打入这些组织内部;有些则调查清楚了该组织方方面面的表现,尤其是历史渊源情况;有些还主动找上了门,要求解放军给予整编。通过调查澄清了全区各类民间武装的情况,区内各种武装组织大大小小一共二十四杆,从总体上看处于国共双方争夺的状态。因此,牛紫龙的报告里建议采取攻心为上、分化策反的办法,能攻心则反侧自消,不审势即宽严皆误。从政策上讲,首先要结合土改给参加各类民间武装的农民分配土地,放一条活路,瓦解他们的组织;其次对不愿返乡,或因种种原因不能返乡的人进行缴械整编,如有不愿缴械又拒绝整编的,应做好军事部署,武力解除武装,对少数顽固分子应依法惩办。

牛紫龙作完报告后,用眼光征询张政委的意见。张诚脱下军帽往桌上一摔,起身双手撑着桌边说:"这个计划,也可以叫方案,是我跟牛副司令反复调研、多次商量定下来的,现在听到两种不同的意见:一种意见认为这些民间武装里的人已经有了匪性,就像狼已经学会了吃羊,还能指望他们改吃素吗?还有一种意见认为,对付这些人根本没必要下恁大工夫,大军一到,四面包围,缴枪不杀,顽抗到底死路一条,管他恁些干啥?这些人根本听不懂枪子儿之外的话。持这两种看法的同志,前者把这些'杆子'想得太简单,后者把咱们的任务简单化了。今天把大家叫来,是要分配这个任务清单,这里面有两百多个大小杆匪头目的姓名、原籍、家庭主要成员的状况,以及主要亲朋的通讯方式。各县领受任务后,要成立专门小组负责做工作,啥时候你们说亲属的工作做得差不多了,我和牛司令就出面与这些人面谈,做本人的工作,你们工作做好做不好,可就直接关系到我和牛司令的生命安全了……"

会议一结束,牛紫龙便匆匆赶到后院。
"人呢?"
"走了,走了快有两个小时了!"毛孩一脸为难,吭哧半天才说,"是土改工作队派人派车把他押回去了。"
"快,去备马!"
牛紫龙心一沉,隐隐感到事态的严重。二伯牛惠师是个旧式文人,重尊严好面子,不碰到实在绕不过去的事,决不会来找自己的。他自幼折节向学,内心同情贫弱,总在为无权无势的人奔走,这么多年一直追求进步不遗余力。牛紫龙对二伯的印象,大多还停留在他到月桂镇搞新村运动的时候,记得他常年穿身灰布长衫,戴着新式无框眼镜,一副乐观自信、进取向上的样子。无论碰到什么事总是未开口人先笑,通宵达旦地学了不少经济学、政治学、社会学方面的知识,期望着用不同方法分析中国农村问题,做了无数次努力,花了许多心血,但收效甚微,甚至连一个像样可行的方案也没拿出来,只是那份热情和追求着实令人难忘。

牛紫龙带着毛孩追出三十多里才赶上了押运二伯的牛车,相见后牛紫龙愕然良久才跳下马。

微风吹拂着二伯满头的灰白长发,他宽宽的额头还是那么洁净,只是两眉之间如刀割般刻下了两道皱纹,两眼瞪得很大,原本就显得略高的鼻子此时更加隆起突出,脸色蜡黄,脸庞瘦削,清晰地透视出骨骼的模样。他不断地咬动着嘴唇,显得倔强而清高。他穿着与胡子头发同样灰白的夹衣长衫,心高气傲地仰着头,见牛紫龙赶来,只是透过那略显昏黄的眼镜片望了一眼,并没有说什么。

牛紫龙跳下马,见二伯下身裹着一床花面粗布的棉被,伸手一摸感到他正一阵阵地打寒战。

"哎呀!怎么烧成这样?!"牛紫龙拉住二伯瘦骨嶙峋的手,"今天非要他回去吗?"

"对不起呀牛司令。"一个上身穿军装,下身穿着灯笼裤,扎着绑腿,方脸短脖,小眼单眼皮,两眼相隔宽得有点不成比例,斜背着短枪的小伙子,举手在额头上摸索一番帽檐的位置,算是敬了个礼。"俺们跟恁差着两三级,轮不着俺们听恁的。让俺们把牛惠师带回去是联庄工作组的命令,他的错误是赞成土改,反对划成分和扎根串联,倚老卖老,跟工作组唱对台戏,必须押回去批斗,不然群众发动不起来,总不能因为他有病就不开批斗会了吧?!"

牛紫龙正要发作,二伯慌忙拉了拉他的手,摇了几下头。

"开批斗会可以,总要有点革命人道主义吧!人都病成这样了,不能不看吧!走,先进城抓几服药,吃完饭再走。"牛紫龙把马缰绳扔给了毛孩,跳上牛车挨着二伯坐了下来。

清风吹过,路边杨柳摇碎了一地残阳。

此时,解放战争已进入反攻阶段,国民党部队纷纷向重点城市和交通线附近集结,河南大部分地区已获得解放,战争正以摧枯拉朽之势向前发展。

通往县城的大路上不时可见喜气洋洋的人群,不远处的村庄也传来阵阵鞭炮声和枪声。这场战争不光让多数农民获得了土地,给人们精神和观念带来的影响同样深刻和令人难忘。在让过一队兴奋得脸发红眼放光的运粮队伍后,二伯摘下那副镜片磨损有些发黄的眼镜,双眼紧闭,自怜道:"记得吗？有首诗曰,形格势变局自流,一样追索别喜忧,轮回六道无一物,满身尘埃何处愁。这就是俺现在的心境。"

"恁可不要多想,恁一向追求真理,向往光明,强国富民更是恁多年的理想,恁应当看到这场伟大的土地改革正是为了救国富民,实现社会的公平正义……"

二伯坐直身子,带上那副眼镜,很认真地对着牛紫龙端详一番,随着牛车的摇晃重重地咳了一阵后,正色道:"俺承认恁们共产党搞土改的目的有一定的合理性、进步性,中山先生也主张平均地权,把平均地权作为民生主义的主要内容。农村农民贫穷的原因,首先应从历史的逻辑中去寻找,摆脱贫穷是革命的夙愿,可任何理想不能脱离实际,中共主张平等不错,但不能把平等搞成平均。政治上、法律上平等俺都赞成,可非要搞物质上平等、人格上不平等就是一个悖论了。指望着把富人消灭了,穷人会自然而然地富起来有可能吗？！这么均贫富只能均贫,根本不会有富,消灭富人不光剥夺了他们的自由和生命,还毁灭了他们的生产资料和技能,这都是现实生产力的要素啊。再说,把土地分给农户,土地细化,小农更没有致富的可能,只顾眼前的平等却影响了长远的进步。小农经济农民生产的目的就是希望自己富起来,有朝一日能够成为地主富农,现在贵党通过土改使他们失去了追求的目标,生产积极性一定会受影响。这些虽说是理论推理的前景,俺不便多说,但就眼前情景,俺对这种形式和方法也看不过去。平均地权非要用划分阶级,采取暴力手段、批斗的形式,没收土地再分配的办法吗？"

二伯又咳了一阵,把棉被向上裹了裹,接着道:"这个世界只要有人群之分,就有人群之间的利益之争,解决利益之争有许多方法,不能简单地分成好坏两部分。如果用这种简单的方法分是非,那么就会没完没了地斗下去,咱们国家就会一直动荡难安。"

他向四周看了看,压低声音道:"诉苦的办法问题太多,发动一些人诉苦,也不管这些苦的成因有多复杂,硬是把自己的苦日子与斗争对象的好日子相比较,不论啥情况一概套上剥削的理论,实际忽略了农民贫困的真正原因。这么多年来农民当牛做马,也确实可怜,可这不是农村地主富农造成的,而是官府造成的,历朝历代的那么多农民起义没几个是因地主收租造成的,反而都是官府。明朝末年皇上朱家在河南封王占地占去全省可耕地的一半,无论地主富农,还是贫农佃户一样都给皇家打长工。眼下这土改的方法表面看得到多数人的拥护,伤害的是历史进程。煽动起民粹主义容易,但克服它就难了。"

他摘下眼镜放在嘴上哈了口气,又从袖筒掏出一块旧手绢擦拭一番,重新戴上,接着道:"贵党不是主张平等自由,赞成用民主取代专制吗?不是同意用民主的方法推进文明进步吗?怎么在处理具体问题上用这么武断的方法呢?"

牛紫龙更加担忧起来,他知道现在说什么都没用,二伯的见解不是从哪儿学来的,而是他自己的生活经历感受,能说服他的只有事实,可他能撑得下去吗?二伯已经病得不轻了,一直在打哆嗦,只有那坚毅的眼神透过镜片望着苍茫的大地。

牛紫龙帮他披了披被子,附在他耳边说:"天塌下来正好砸着恁了吗?恁能不能不说话?"

"怎么,连话都不让说了?有这么恐怖吗?"

"病好以后再说……"

"佛教缘起说衍生'四谛',其中之一就是灭,提倡回归到涅槃的境界,生者必灭,会者必离,只是俺已经无能为力了。俺的病也好不了了,不会再有说话的机会了。"

牛紫龙一时竟弄不清楚二伯的意思,只是把二伯紧紧地抱在怀里。两人相互审视着,谁也没再说啥。

牛车"吱吱呀呀"地走进了县城大门。

当天傍晚,牛紫龙领着二伯看了中医、西医两个诊所,两个诊所的大夫察看过病情后,都摇头不愿收治,分别包了不少药送出门。二伯和负责押解的区队民兵都坚持要回家,牛紫龙只得再次把他们送出城,眼望着牛车"吱吱呀呀"地消失在一片黑暗中……

刚刚送走二伯,还没赶到分区就听说妻子董秀凤被国民党抓走的消息,牛紫龙感到一阵眩晕,闻到的气息又充满了血腥的味道。

在此之前,他托人带信要把妻子接到分区来住,隐隐约约感到一种威胁,想到军统不会就此善罢甘休。可此时国民党军队均已收缩到了几个重点城市,怎么会如此准确、千里奔袭把人掳走呢?他又想到妻子的倔强性格,突然两眼一黑栽倒在地上……

命运真是闷棍,他怎么也想不明白,这辈子怎么会碰上这么多的决绝和残忍。

时局仓促,他与妻子聚少离多,这种天各一方的日子,如同寂寥无声而又没有尽头的黑夜,能侵蚀掉最坚强的爱情,然而妻子却把那份淡淡的情感坚守了下来。牛紫龙无论走到哪里,都可以枕着妻子的思念入眠,而妻子却要多一份提心吊胆,承受比他更多的负担,这种亏欠始终让他坐立不安。

他笨拙地把她带进自己的世界,一直在寻找一种她喜欢的生活方式,好不容易盼来了时局稍有好转,聊补歉疚尚未实现,妻子就横遭劫难,怎不让人肝肠寸断!

妻子说过,他是突然闯入了她的世界,也就点亮一盏油灯的工夫,便又匆匆离去。终身的托付变成了一种念想,孤守着漫漫长夜,品味着重重的哀愁,切切地盼着重逢的那一瞬间,多少年华都在思念中飘逝了。

牛紫龙知道,妻子是这一辈子上苍给他的最好的礼物,他不会再有第二次幸运,妻子的恩情是他心底深处的希望,曾经相守的时光也是他生命的动力所在。然而这份珍重出人意料地走到了尽头,由此带来的心疼让他坐立不安,难道他的爱真的成为了对妻子的一种伤害?!

牛紫龙精神恍惚了一天,直到第二天才想起来一条追查的线索,二话没说便又匆匆赶往了郏县。

当晚。

郏县县城县衙后院。

通报的士兵话还没落音,牛紫龙已经跨进了正堂大门,与刚想起身的张剩碰个正着。

"牛队……不,牛司令,恁吃了木有?"

牛紫龙扭头望了一下跪在正堂两边的十几个农民打扮的青年人,问:"为什么抓他们?"

"勾结国军,私藏武器,挟私报复,还拒不……"

"让他们自己说。"牛紫龙挥手打断张剩,转身问那些青年。"起来！恁们说,为什么被抓？"

众青年相互看着,其中一人道："去年国民党新编十五师败退后,俺跟着他们捡了一筐武器,就是拾粪的箩筐,捡回家后俺就挂在牲口间屋顶下。不知道咋就叫张大队长发现了,把俺兄弟俩抓来了,就恁多事,俺也不知道犯了啥罪。"

"是不是这回事？"

另一青年用力点点头。

"你呢？"牛紫龙指指另一个胖胖的青年,问道。

那青年犹犹豫豫地乜了张剩一眼,说："俺嫂子这段时间老是心神不宁,说经常看到有人拿望远镜朝俺家瞅,晚上还能听到翻墙撬门的声音。"

"还有其他情况吗？"

"……"

"俺是想着,"张剩走到牛紫龙身边,凑近他道,"他们抓走董……还没问出个名堂……"

"放人！"牛紫龙转身对张剩说,"收缴的枪支弹药呢？数完打个收条。"

张剩愣怔良久,答应了声,捻亮油灯,趴在桌上画了张收条,又在腰里摸索了一番,掏出一个章盖在了上面。

牛紫龙接过一看,上面画有大大小小的手榴弹三十四个、长枪七支、短枪两支,最下面还画了两个筐。

牛紫龙皱着眉头数了一遍,把纸条递给一个青年,示意警卫把他们送出门。

屋内摇曳着牛紫龙来回踱步的巨大身影,妻子被突然抓走,肯定是对手谋划已久的事,可怎么会没有任何信息和苗头？

张剩担任新生红色政权的县大队队长是牛紫龙提的名,当时陈谢兵团刚刚下山,张剩就找上了门,并且在部队打襄县、郏县中确也立了大功,两次都是事先混入敌方县城弄到了敌人兵力部署图。特别是攻打郏县的时候,当时守城的是抗战期间中原会战守洛阳的武庭麟新编十五师,能攻善守更会溜。武庭麟率部守郏县一共修了四道工事：城外,先布设三米高、一米五宽的滚筒铁丝网；网外是加宽加深的护城壕,宽约一丈二,深达一丈,壕底插竹签,灌满水；壕沟外又设了丈余宽的鹿寨；同时在城墙底部修了高高低低的机枪眼。

县城驻有一个旅的兵力和新编十五师师部,攻城战斗打响后,部队开始还真吃了不少亏,最终还是采用张剩传出来的地图和建议,集中火力用炮火摧毁了全城大大小小十九口水井,瓦解了守城部队的意志,两天后,再发动总攻,很快拿下了县城。

九纵转移后,张剩作为留守人员被任命为县大队队长,只是他那流皮劲儿让牛紫龙很不放心。

牛紫龙犹豫着是否把张剩带走,送到分区干部培训班学习一段时间。转念一想他大字不识几个,就是参加学习班恐怕也听不懂上课讲的是啥,不带走又隐约感到有些事蹊跷得很。

"恁去把缴获的所有档案都给俺拿来,包括日伪时期的所有文档。"

张剩愣怔片刻,答应道:"那纸堆里能看出个球呀?中,俺这就去找人开门。"说着他犹犹豫豫出了县衙正堂。

张剩走出堂屋,便犹豫着是不是下手把牛紫龙扣起来,再不能放弃这次机会了,那么什么时间下手呢?

抗战胜利后,张剩匆匆赶到开封,本意是想会会在军统豫站行动队时结识的一个相好。说是相好也只是张剩的单相思,那次他被派往开封执行任务,隔壁住着一个少妇,闲来无事看着她进进出出,当晚就失眠了,梦里是一会儿哭一会儿笑。跟他睡一头的姚三很是纳闷,认定他得了精神病,还把他的反常表现汇报给了牛紫龙,郑重要求换个人。牛紫龙以为队员执行任务压力太大,出现点反常举动可以理解,也就没当回事。

谁知没过两天,张剩竟在放哨时尾随那少妇出了门。那妇人到井边洗衣服,他磨磨蹭蹭坐在了旁边,反复冲着人家笑,直笑得那少妇脸一会儿红一会儿白,只得掂着棒槌问了句:"这位大哥好面生,新搬来的?"

张剩慌忙点点头。

"来开封做生意还是……"

张剩依旧是不停地点着头。

"全家都搬来了?"

"咦——恁瞅着俺像成家的人么?俺有恁大么?"张剩有种突然掉进冰窟窿的感觉。

"没成家?那一定对上相了吧?"

张剩急忙点点头,心跳得让他有一股蹦起来的冲动。

"你那个她长得可俊？能不能让俺瞧瞧？"

"哎呀——恁咋能猜透俺的心思呢？俺带着她的相片呢！"说着,张剩从口袋里摸了面镜子捂着送到那妇人面前。那妇人低头一看,镜子里竟是自己！又好气又可笑,抬手给了张剩一巴掌,收拾起未洗完的衣服,起身跺两脚说声"想得美",扭着身子走了。

张剩摸着被扇的脸,自言自语道:"哎呀——看来有点意思了,恁温柔！咋不多给几巴掌呀！"

执行完任务,全队撤出开封,张剩再没遇上那妇人。一连几年时间,张剩都没进城的机会,但他坚持认为这一巴掌就是初恋定亲的表示,不然为什么会不偏不斜正打在嘴上呢？意义深远去了！他从小挨打,只有这一巴掌挨得有价值,虽然几年见不上人,灯火阑珊的诗意愈发浓重,好在那妇人轻盈的身影和一笑就会出现的勾魂眼,夜夜都会飘进他的梦里,真正成了他挥之不去的梦中情人。

日本宣布投降不久,张剩自然有了男大当婚的使命感,急如星火地从鲁山赶到了开封,找到了几年前潜伏的住处,转悠彷徨多日也没见到梦中情人,反倒被军统豫站的人给盯上了。

这天半晌,张剩一边搓着脸,一边踱出小旅馆的门楼。他眯起双眼,歪着头看看耀眼的太阳,摸摸口袋里的钱,估摸着得把早饭和午饭合在一起吃。刚刚走下台阶,见七、八个身穿黑色短衣灯笼裤的打手一哄而上,拧着他的胳膊,将他按倒在地。

"呀嗨——不认识爷爷是谁啦？这大白天竟敢在省城绑票呀！"

那帮打手并不搭话,呼呼喘着粗气干自己的活。

他再次提高嗓门问道:"奶奶的,恁们到底是哪一部分的？也不问问大爷俺的身份,不想活啦?!"

几个黑衣人三下五除二把他捆绑停当,架着掂了起来,痛得张剩"哎哟"直骂。

一黑衣人嘿嘿干笑几声,拱手抱拳道:"老大在上,别怨俺弟兄几个无礼,俺们只是奉命来请您见见长官,决无加害您的意思。"

"恁们长官是球呀！他咋想出这么个缺德办法请俺,恁们知道俺是谁吗？"

"不瞒老大说,俺们已经盯您好几天了,知道您是个不好请的主,所以才用这个法子来请您。俺的长官也是您的长官,现任军统豫站刘站长。"

张剩就怕遇上军统的人,知道这帮家伙是黄鼠狼给鸡拜年,不会安啥好心。牛队长送他们离开行动队时,曾经反复告诫他们以后决不允许再跟军统打交道,结果还是让这帮家伙给盯上了。

　　不过接下来几天,军统豫站的人也真给足了张剩面子。刘暨不光亲自出面请张剩到第一楼吃饭,饭后还特意安排到剧院看了场豫剧《五丈原》。第二天又跟豫西组的几个人喝了一天花酒,席间张剩还大包大揽填了几张表,领了不少经费和枪支弹药,最后豫西组的人还给配了两个电讯员和一部电台。张剩激动得合不拢嘴,拍着胸脯表态说:"既然是对俺们牛大哥有好处的事,请俺大哥回来就包在俺身上。回来大哥当少将,俺至少能戴少校的肩章,恁们就给俺提前任命算了!这事就这么定了!"

　　豫西组的几个人不知从哪儿打听到,张剩来开封是专门寻访初恋情人的,一致赞叹他有情有义,还为没有寻到那人深感痛惜。当晚,趁着他喝得头昏脑涨,很是热情地给他找了一个女子。

　　那女子从背后看倒也婀娜多姿,穿着晃晃悠悠的丝绒旗袍,正面一瞧,张剩立马酒劲全消,但见她小鼻子小眼小嘴巴,悲摧的是,安在了如同锅盖般的大脸上,稍微换个角度就看不见鼻子眼了。一团毛茸茸的卷发竖在头顶,据说是当时最时髦的发型——戴顶烫发,越发显得整个脸面呈现出下大上小标准的三角形。更为严重的是,那女人还摆出一副风情万种的神态,搔首弄姿地朝张剩眨了眨迷人小眼,撩起一个手帕遮住半边下巴,不断地向张剩挪动着身子。

　　"哎呀——老天爷呀!"张剩猛地惊出一身冷汗,私下暗忖道,"怪不得三十六计百试不爽的杀手锏是美人计呢,原来人世间还真有能吓死人的狐狸精呀!"

　　他突然双膝一软跪了下来,抱拳向几个军统干员捣蒜般磕了几个头,哆嗦着行了几个大礼。

　　"各位弟兄,各位弟兄,恁们可不能下手太狠呀!恁这哪叫美人计,这分明是个狐狸精呀!俺也没那金箍棒,恁们还是自个儿留着使吧,俺只想找一个会烧锅能说话的女人过日子,恁洋的妞俺可舞抓不住呀!你们还是给带走吧!"

　　说着,张剩竟至哽咽连声,泣泪乞饶起来了。

　　几个军统干员顿时哄堂大笑。

　　如此,张剩虽然没见到初恋情人,却把国民党军统少校的委任状领回来了。

找到牛紫龙后,突然悟到这事恐怕是队长最忌讳的事,思前想后,一直没敢把那边的事说出来,望一眼牛队长的眼神,他就知道这事无论如何不能再提了。这么一拖就是一年多,在这期间不光原军统豫站的人,包括新被任命的所谓豫西剿匪司令部的赵振山也登门来联系过两次,这说明经营他的关系已经转成了双层领导体制。

最后一次那边来人联系是在半月之前,来的就是所谓豫西剿匪司令部的赵振山。他把张剩约到一家不起眼的小酒馆,那是一家一门一窗的小酒馆,黑乎乎的,大白天还点着油灯。

张剩进门,见赵振山那凸眼钩嘴挤出来一副惨不忍睹的笑样,就像撞见了癞蛤蟆,恶心得差点把昨天的饭吐出来。

"有话快说,有屁快放!"张剩一落座便说。

赵振山用凸眼向周围划拉了一圈,说:"张少校,除掉牛紫龙的事恁可是答应过的……上面主意已定,拉过来拉不过来都不能再等了,现在就要做个了断。"

"咋了断?人家是分区司令,俺现在连面都见不到,啥事也说不成了。"

"嘻嘻,俺有办法让他回来。"

"咦——恁个信球别再吹了,再吹咱县明年没法春耕了。"

"咋啦?"

"牛让恁吹死完了!恁真能让他回来,俺就能让他回心转意。"

赵振山忽地站起身,盘在头顶的长发飘落到了两边,露出疤疤癞癞的光头顶,说:"咱君子一言驷马难追……"

张剩望着他油光发亮的秃顶,心想着用力甩他一巴掌,再照面门上狠狠给他一拳,最好打在他的哨牙上,让他爬着满地找牙。想到此,他不由笑了起来,至于赵振山说了些啥,他一句也没听清。

"恁个信球胡咧咧啥呀?"

赵振山凸眼一瞪,很熟练地把散落下来的长发搓成两个小辫拧在了头顶。"这次恁再说不动他,干脆就……"他伸出拇指和食指比划了一个枪毙人的动作,很销魂地向后仰了仰身子,补充道,"恁要是能办成这事,恁就能晋升为少将,牛紫龙的少将军衔就是恁的了。"

"去球吧!俺要办了如此不义之事,下辈子也会落个骂名。劝说牛大哥当官归顺政府俺就已经没法张口了,还想让俺做那种事,看来国民党真快去球了!"

他连饭都没吃,站起来走了。

翌日晨。
县衙寅宾馆。
牛紫龙冲着外面喊了一声:"毛孩,备马。"
他转过身对张剩道:"看来恁干这活太吃力,回去俺尽快把老岳给恁派来,恁当队长,他当政委,有事俩人多商量。再一个,以后碰到抓人审人的事,一律交由政府部门去办,县大队的任务是打仗、训练,给大部队补充兵源,配合部队保卫地方,治安的事不要再管了。最后一个是个人问题,不能再胡瞅八瞅了,恁以为给恁配个望远镜是让恁解决终身大事的?找对象首先得分清人家出嫁没出嫁,连这都看不明白那不成了剃头挑子一头热了吗?俺看这事恁也不用瞎忙乎,等老岳到任后,让他跟附近村里妇委会商量商量,让人家想想办法,恁只管在家等着就行了。"

张剩不住地点着头:"中中中,中中中。"
牛紫龙看见张剩穿着一身显然有些小的军装,敞着怀,里面啥都没穿,露着黑亮的肚皮,裤腿一条翻挽着,一条膝盖处还破了个洞。圆胖脸上滚动着汗珠,两眼始终注视着地面,像个知错的大孩子,便伸手帮他一粒粒系好上衣衣扣。

"俺说的啥听清没有?"
"听清了,听清了,一是让老岳来看住俺;二是让俺管好分内事;三是找对象不需要俺出去胡瞅八瞅了,只管在家等人家来瞅俺就行了。"

牛紫龙点点头,突然问道:"县里有个叫赵振山的,恁认识吗?"
张剩低着头装着没听见,背后渐渐渗出不少冷汗。
"解铃还须系铃人,只有找到他才能查到董秀凤的下落,才能……"
张剩几天都没想清楚的事,突然想明白了,吃惊地瞪着眼睛,是他……怪不得这七孙大言不惭地说能让牛紫龙回来呢,原来是他把董秀凤抓走了。
"这种下三滥的事只有军统那帮人能干出来,具体到县里恐怕就是他,上次军统刘暨来县见过几个人,其中就有赵振山。你帮俺查查,一有消息马上告诉俺,过几天俺再来。"说着牛紫龙跨出门槛,接过毛孩递过来的缰绳,翻身上马,抖开缰绳,那马在原地转了一圈,认准北门,扬蹄朝城门跑去。

"哎,牛司令,恁还没吃饭呢!"

望着渐行渐远的牛紫龙,张剩抹了一把头上的汗,照自己脸上狠抽了一耳光。

第三次国内革命战争又称为解放战争。力量变化之快、时局进展之速超出了许多中外观察家的预料。不论当时人还是后来人,大多从国民党方面寻找失败原因,指出国民党政权党政军各个层次的腐败,造成政治无能,无法处理抗战期间遗留的财政负担,又在有限的时间内进行了两次"背水一战"式的财政金融经济改革,试图稳定经济,恢复人们对政府的信心,皆因自身原因和各种因素而失败。所以经济上的破产是国民党政权崩溃的根本原因,政治上的腐败又提供了催化条件,军事上的失败是政权垮台的直接因素。

1937年6月到1945年8月,由于战争影响,国民党统治区的物价增长了两千倍,无论中间阶层还是下层群众,人们收入的实际购买力只有战前的6%~12%。国民党面对这种局面,开始只是漫不经心地采取了一些隔靴搔痒的措施,各种方案都是官僚药膏,敷衍了事,根本不能解决任何问题,既不紧缩财政支出,也不发展生产平抑物价,使社会各阶层利益都受到了影响。让人百思不得其解的是,明明有些措施本身就是造成混乱的祸根,国民党当局还是不顾一切地加以实施,如简单地用印钞票的办法解决财政危机,这基本等同于自杀。

接下来国民政府又信誓旦旦地进行了两次仓促的货币改革,不管是冻结工资、市场限价,还是改换金圆券,都无法抚平国民政府滥发钞票所引起的后果,实际上国民政府什么事都做不了。通货膨胀导致工商业萎缩、大量工人失业,军队中下级军官发过薪饷还没汇到家就已经成了一堆废纸。成群的失业人员和军队官兵在城乡四处游荡,偷盗抢掠,罢工示威,酿成了此起彼伏、风起云涌的各种抗议运动。而国民政府的应对之策更是火上浇油,越发把局面推到了无法收拾的地步。当然,国民党的拿手好戏就是把这千疮百孔的局面,一律指为共产党的阴谋和破坏,不管青红皂白,对众多原本想劝和的中间派也大打出手,惯用的还是特务手段,把更多的人推到了反内战反饥饿运动中。

埋葬国民党政权的不是别的,而是国民党自掘坟墓,还帮助别人在一定程度上发展壮大了力量,推了他人一把。

中国共产党从1943年开始,在各个根据地进行清算式土改,称为"清算斗争",通过斗争收缴地富家财土地,依据平均分配的原则,按人口重新分配土地。这一政策维系和巩固了中共在农村与占人口多数群众的关系,新政权有了"基本群众",扎下了根,成为各根据地土生土长的政权组织。

抗战胜利后,中共把土改运动推向全国,成为赢得战争胜利的主要条件。如山东、河南交界的十二个县,经过1946年半年的土改,到1947年初就完成了征兵五万人的任务,建起了战争的支持系统,包括民兵地方武装和村社农会妇联等组织,大大提高了中共的动员能力和物质支援能力,完善了对国民党军队进行"人民战争"的基本条件,极大地推进了战争进程。

抗战胜利后,与国民党实行的官僚资本主义做法相反,中国共产党提出了一系列的新民主主义主张,广泛开展土改的同时,在社会各个领域支持工人运动、文化改革,以及各地广泛开展反内战、反饥饿运动,在政治上被视为是一支推动国家民族文明进步的力量。

战争从1946年7月中共军队改名为人民解放军开始,一年时间内,国民党全面进攻,占领了包括延安在内的解放区大部分县城,打通了主要交通干线。然而国民党就是在这节节胜利的遮盖下,在战略上犯了致命的错误,对战争本质的认识出现了偏差。国民党忙于攻城略地,共产党则大进大退,消灭国民党的有生力量,人民解放军主力基本保存了下来,而国民党军队却被消灭了九十个旅。

从体系上看,共产党及人民解放军形成了党政军一体化的军事体系,带有强烈的、超凡脱俗的理想信念,从政从军人员几乎不发饷,也没有私人财产。而国民党的军队则上无权威,下无信念,是个世俗化倾向明显的军队,双方军事体制比较出现了不利于国民党军的倾斜。

1947年夏季开始,国民党军队由全面进攻转入重点进攻。河南全境无论新区还是老区,随着土地改革的开展,人民解放军开始了大规模的征兵运动,为反攻做准备。6月30日,刘邓大军从鲁西南渡过黄河,挺进大别山,陈赓兵团又从晋南越过黄河南进到了豫鄂陕边区,陈毅率华东野战军回师到了豫皖苏边区,从战略上形成了一个相互依托的势态。1948年6月,国共两军力量对比发生了逆转,国民党军数量比开战初期减少了三分之一,只剩下218万人,其中作战部队只有98万人,这一数字还包括不少军队上报吃空饷的水分;而共产党已有正规部队156万人,地方部队70万人,以及数量众多的民兵。重武器数量对比,共产党军队也以2.28万件对比国民党军队2.1万件占了优势。

1948年下半年,豫鄂边五分区接到做好反攻准备,进一步扩大征兵工作的指示。张诚、牛紫龙对汝、鲁、宝、郏一带二十四支较大的地方武装、杆匪组织逐一开展了政治攻势,有针对性地进行了分化、转化工作,决定用和平方式解除民间武装,改造收编为我所用。为达到预期效果,分区还提出了分步实施的方案,把其中政治色彩不明显的十六支队伍,共两千多人集中到宝丰、鲁山交界处漫流村进行集训,其余的民间武装交由各县进行集训改造,视情整编到地方民兵队伍。

漫流村集训队由岳本斋任总队长,具体负责集训工作。集训采用"三讲"即讲形势、讲政策、讲纪律的办法,把基础制式训练与学习讨论、自我教育相结合,启发他们"四谈",即谈身世、谈经历、谈认识、谈选择,最后达到"五个转变",即转变立场、转变作风、转变行为、转变形象、转变方向。

集训开展十几天,参加的不少人感到了压力,他们长期闯荡江湖,无拘无束惯了,乍一听中共军队实行"三大纪律八项注意",不禁哄堂大笑,纷纷提出疑问:

"去球吧,当兵打仗不拿百姓一针一线,光腚上战场啊?!"

"部队自己不筹饷,谁帮咱们筹?过谁的手不得揭层皮?!"

"不调戏妇女好办,调戏大姑娘总不违反纪律吧?"

岳本斋开始听到这些议论气得七窍生烟,本想严惩几个,后来发现有类似糊涂认识的人还不少,便请张诚政委专门到集训队作了场报告,算是暂时把一些人的匪性压下去了。谁知不久又发生了集训人员冒充人民解放军"大部队",到周围村庄吃喝嫖赌、抢粮索枪的事件。这下把岳本斋、牛紫龙气坏了,决定先把为首的抓起来,送地方处理,其余的全部禁闭在漫流村,不得外出,加快整训进度。

恰在这时,陈赓兵团九纵八十、八十一团从豫东战场转战到五分区,急需补充兵源,牛紫龙与张诚合计了大半夜,决定提前结束集训,把收编改造这些人的工作分散到各个部队。收编本着自愿的原则,来去自由,不愿意入伍的必须收缴武器。

某日上午。

漫流村,打麦场。

"立正!"岳本斋很严厉地望了一眼排列整齐的两千多人的队伍,转身跑步到牛紫龙、张诚面前,敬了个礼,大声道,"报告!五分区集训队集合完毕,请首长指示。"

牛紫龙、张诚分别还过礼后,交换了一下眼神。

"稍息。"牛紫龙上前几步,跳上一张长条凳,大声道,"同志们,朋友们,俺了解恁们,恁们多是被迫拿起武器,为了生存,更重要的是为了自由和尊严,争取恁们应有的社会地位和权利才走上这条道的,不论怎样,有合理正当的一面。恁们经历过荡气回肠的岁月,有过抗日的光荣资本,也有欺压百姓、胡作非为的不光彩历史。今天,是恁们幡然悔悟的日子,从今天开始恁们将走上自己人生新的起点,也是恁们重新认识自己的开始,恁们愿意参加人民解放军吗?"

"愿意!"广场上两千人排山倒海般地大声回答道。

"那好,恁们参加解放军就要客随主便,遵守解放军的规矩,服从解放军的纪律,听从解放军的指挥。从老百姓到军人有一个过程,有一个痛苦的适应过程,对恁们来讲这个过程更难。集训期间,恁们中间仍有少数人恶习不改,利用监管疏忽的机会外出欺压百姓、吃喝玩乐,虽然这是极少数人所为,但严重败坏了咱们人民解放军的名誉!恁们也都是穷苦人出身,尝过受冻挨饿的滋味,也有被人抢被人欺的感受,不能因为今天恁们手里有枪,就反过来欺压别人,要想公道,打个颠倒,想想当初恁们受欺压的感受,恁们还能去干那些事吗?!"

"不能!"众人再次大声喊道。

牛紫龙顿了顿,接着道:"俺小的时候就饱受别人欺凌之苦,正是有了这段经历,俺才从内心里同情穷人弱者,对他们被欺压、受屈辱的痛苦感同身受,参加了为穷人翻身求解放的队伍。相信恁们和俺一样明白这个道理,为建设一个更公平更人道的社会,流血牺牲在所不惜,恁们愿意吗?"

"愿意!"

"好吧,下面请岳队长宣布各小队分配报到的地点和接头人名单。"

第五分区通过剿匪斗争、收编集训,给九纵队二十七旅补充了一千余人的兵源,接着又赶在淮海战役前组建了三个支队,征兵近万人,组织了大批民兵支前队伍开赴豫东和皖北战场,出色地完成了阻击李弥、黄维兵团的任务。

淮海战役结束后,华东野战军陈毅司令员亲自召见了牛紫龙等各支队领导,通报嘉奖了牛紫龙等人的工作。第五分区参战部队有两千多人升级为野战军,随部队南下作战。

牛紫龙也奉命加入到了南下大军。

正当五分区主力分赴淮海战场参战之际,众多土改期间逃离家乡的地富恶霸组成的还乡团,经过国民党军的培训后,纷纷回到了汝、鲁、宝、郏,赵振山便是其中的一股。

清晨。

郏县二十里铺,一军粮转运站。

张剩进门见三四个年轻人围在桌上一张地图前,正在议论着什么,便冲他们喊了一声:"恁们团长呢?"

其中一个二十七八岁的年轻人,穿一身粗布军装,上前两步,打量着张剩问:"请问你是——"

"这是俺们郏县县大队的张大队长。"文书从张剩身后闪出,慌忙介绍道。说着从挎包里摸出了一张介绍信,递了过去。

那年轻的军人扫了一眼,笑道:"你们是来保护军粮转运,可现在军粮已经……"

张剩不耐烦地说了一句:"俺们找你们团长有要事商量,其他你就不要多问了。"说着一把抓下略显小的军帽,扇动了几下。他上身穿件黑色大褂,下身穿件日本式的马裤,戴的却是解放军的帽子,一头大汗,狠狠地瞪面前的年轻人一眼。

那年轻人上下打量一番张剩,笑道:"你找的团长应当是我吧,我就是团长,姓赵,有什么事?"

张剩愣怔了良久,心想:哎呀,这帮七孙连这毛孩都对付不了,咋在江湖上混呢? 他忙把眼前的年轻人拉到一边,压低声音问:"听说昨天晚上有人袭击了咱们的运输队?"

"是呀,打死咱们几个战士,人我们已经抓了,正准备……"

"哎呀——误会误会,抓的那几个人是俺们县大队的,让他们为运输队探路的,谁知这几个不懂事的孩子……"

两天前,参加国民党军统郑州培训班的赵振山尽管挂着豫西剿匪总指挥的头衔,实际手下并没几个人,接到返乡的命令后,没有地方可去,只好又回到了郏县一带。此时形势环境已经大变,别说发展队伍了,就是立足都难,思来想去只得再次拉紧张剩这条线。于是,带上八九个人穿着解放军的军装,从许昌到郏县找张剩联系,敦促他反水,争取搞出点名堂,最好能组织一场暴动。

张剩当然知道国民党大势已去,见这些人找上门来,原本想全部缴械完事,可又害怕这帮人把自己参加国民党军情部门的事抖搂出来,只得虚与应付,答应尽快行动,连饭都没管就将他们送出了县城。

当时天色阴沉,只在西方落日的一边露出一抹红光。赵振山等人出城没走多远,便遇到了一支解放军的运粮小队,见前后左右似乎并没有解放军的队伍,也许他们诚心要拉张剩下水,也许真以为有便宜可占,不管怎样反正要给张剩添些乱子,于是,"乒乒乓乓"一阵乱枪,打死了几个解放军的战士,劫持几车粮食掉头朝北赶去。

谁知枪声引来了四周的民兵和解放军,把住了各个路口,反把赵振山等人围在了一片乱坟岗里。入夜之后,聚合的解放军越来越多,四周尽是火把,赵振山等人见突围无望,只得走出坟地举手投降,自报番号为郏县县大队特别行动小队,连称"误会误会",至于为何会造成这番误会,几个人支支吾吾说不出来。

当天晚上,张剩正在县衙前广场看戏,晚饭时还喝了点酒,听说有人找,匆忙挤出戏场,抬头见来人是几位解放军官兵,向他询问一番情况,弄得他一头雾水。

"啥?县大队特别行动小队,唬人吧?!俺咋没听说俺手下还有这么个小队呢?!"

"这就怪了,抓那九个人,异口同声都说是县大队的,队长叫张剩,穿着解放军的军装,还有你们开的路条,不知恁的手下咋昏了头了,突然向解放军运粮分队开了枪,打死了几个战士,抢走……"

张剩头上"轰"的一声,惊出一身冷汗,顿时酒劲全无。他昨天就隐约感到赵振山那几个人不会被轻易打发走,看来他们是非拉他下水呀!这叫什么?逼上梁山呀！

他支应走那几个解放军官兵,转身回到大队部,懊恼和悔恨让他坐立难安,突然有了种身心俱焚的念头,早知道出来混迟早要还,可不幸偏偏在这个节骨眼上找到自己头上！他又想起牛队长说过的一句话,宁跟好人吃糠咽菜,也不能跟坏人吃宴席,怎么自己就记不住呢？

他在屋里踱来踱去,想不出什么好办法,不去捞人吧,最多到明天晚上这几个人势必把他供出来,届时人就丢大了。去捞人吧,用什么理由呢？打死几个解放军战士,此罪非同小可,找什么理由都搪塞不过去呀！这分明是捅出个窟窿让俺去堵枪眼嘛！

想到此,他实在压不住心头之火,"噼里啪啦"在队部胡摔乱打一通,直到筋疲力尽,可依然想不出任何主意。他沮丧地跌坐下来,慢慢地环视着这间办公室,屋里除了一张桌子、一张床以外,就是被他踢得散了架的两把椅子。人刚明白点事就已经老了,岁月真不经用啊！

绝望让他平静了下来,他走近床边的箱子,翻出最好的衣服穿在了身上,又翻出两张委任状,折了几下,犹豫着分别装到上衣内兜里。他知道今天离开后,恐怕很难回来了,运气好能活下来的话,自己也必须离开这里,至于到哪儿去,他一时半会儿还没想明白,反正是离国共双方越远越好。

"来人！"

"到！"大队文书推门进来,见屋内散落了一地七零八落的家具残件,"这是——"

"废话！快,套车出城到二十里铺,"张剩没好气地说,"天亮前必须赶到。"

文书盯着张大队长点点头,见他一脸苍白,头上豆大的汗珠直往下滚,急切地问:"出什么事啦？带几个人？"

张剩叹了口气,说:"再多人去也没用,咱们去捞人,不是去抢人,咱俩去就中,能捞就捞,真要捞不出来也只好由它去了。"

至于说事态如何发展,他也懒得想了。

午夜时分,一轮黄黄的月亮孤寂地挂在夜空中,原野里充满了收割后浓浓的麦香。张剩坐在一挂大车的车边,他瞪大眼睛望着梦幻般的夜空,那壮阔深沉的美让他留恋起了生命,日子虽然凄苦,可世界却如此多彩,一颗浑浊的泪慢慢地滚落下来。文书斜靠在他腿边,打着阵阵的鼾声。

听张剩这么说，那年轻的团长很认真地端详一番，这不可能是误会！双方交火时相距不过五十米，当时天色还没黑下来，都穿着解放军的黄军装，连一句话都没问，上来几个人就齐射，这边枪都没卸肩，人就毙命了，怎么会是误会呢？从那几个人的作案手法上看，几个战士都是一枪毙命，他们掠走粮食车后，还能交替掩护着转移，如此娴熟的伏击，要么受过专门的训练，要么就是惯匪。要不是周围大部队及时赶到，没准这几个人真能溜走。被俘后这几个人一口咬定是郏县县大队特别行动小队，但对解放军实行的"三大民主"、"三大纪律八项注意"以及十六字方针、"四快一慢"战术等一些基本常识都答不出来，怎么会是解放军呢？肯定都是冒牌货。

　　"你们真是县大队……"

　　"咦——这能有假！"张剩抹了把头上的汗，顺手从内衣口袋里掏出份委任状递了过去。

　　那年轻团长转身展开看了一眼，迅速向旁边几个军人使了个眼色，把那份委任状又合起压在了桌上。

　　"你确认他就是县大队队长吗？"那年轻军人踱步到文书面前，问。

　　"千真万确，是俺们军分区开大会任命的……"

　　文书的话还没说完，只见那年轻军人重重地挥了下手，屋内屋外突然冲上来十几个军人把张剩和文书拧住了。

　　"不许动！"

　　"哎哎哎，大水冲了龙王庙，都是弟兄咋动起手了？！"张剩被五花大绑捆作一团，大喊道，"恁们凭啥？"

　　那年轻军人把委任状展开举到张剩眼前问："你叫啥？"

　　"张剩。"张剩理直气壮地回答道。

　　这下轮到那团长糊涂了，他疑惑不解地看看委任状，又仔细打量一番张剩。心想："对呀！这委任状上写的就是张剩，委任为国民革命军少校军衔，还是豫西特派专员，这人咋自己送上门了？"

　　"呀嗨——你这是演的哪一出呀？你不知道你是干什么的吗？你认字吧？"

　　"不认字，但俺认人！"

　　"这明明是国民政府军委会任命你为少校特派员的委任状，你还敢冒充县大队队长,你是见了棺材也不掉泪呀!"

张剩这才想到自己情急之下把委任状掏错了,跺了跺脚说:"弄差球了,俺还有张委任状,在这边兜里呢——"

他示意一位解放军战士从右边口袋里掏出豫鄂五分区的委任状。

片刻,他拧着脖子说:"俺认栽了,要杀要剐就在这儿办吧,俺脸都没处搁了,就别叫俺再丢人了。不过说清楚一点,俺收了国民党的委任状可没给他们办啥事。"

他的要求并没有被解放军运粮部队接受,当天下午,张剩等人被押往分区。途中,他突然抬脚踹倒身边的一位解放军战士,大喊着冲向一条恬静的小河,没跑几步便被击毙在了那条他梦中向往的河边。

赵振山等人被押到五分区驻地后,供认了受原军统豫站豫西组的指使绑架牛紫龙妻子董秀凤一事,在将董秀凤押送到开封后,下落不明。

一个月后,赵振山等人在宝丰被正法。

辽沈、平津、淮海三大战役标志着国民党在军事上已经彻底失败。此时,国共两党无论从军队数量、质量,还是军队的士气、斗志等方面相比,共产党军队均占压倒性的优势。中共取得解放战争的胜利,首先是把握时局的眼光和军事战略高过国民党,对战争本质有着更深刻的认识,不以一城一地得失为重,集中优势兵力歼灭对手的有生力量;其次是土改为战争提供了兵员和后勤保障;再者是优待俘虏的政策使解放军取得了比打仗消灭敌军更大的成效;最后是军事情报工作抢占了战场的先机。以上各种因素的综合作用,使得人民解放军在短期内扭转了战局。

对国民党而言,雪上加霜的是,此时美国对国共双方的态度也变得越来越暧昧,这一方面由于共产党方面的确说了美国人不少的好话,表示今后中国政治上宜学美国之民主,显示了一种不同于苏联的立场;另一方面,蒋介石政权孤注一掷,在美国大选时把宝押在共和党候选人杜威一边,使当选的杜鲁门一肚子火。当蒋介石再次使用夫人外交,派宋美龄赴美游说时,杜鲁门拒绝相见,当众宣称不再与蒋介石的政权签订新的援助协议,即使执行原有的援助计划,也必须在美国顾问的监督下使用。美国国务卿艾奇逊公开讲对华援助有害无益,还忍不住对蒋介石政权的腐败无能大加调侃,说如国民党军队这样腐败无能给多少钱都没用,套句中国的话说全都会打水漂,反而会转手赞助中共军队使其壮大,弄得美国政府里外不是人,这仗是没法再打了。

得出这一结论的不光是美国,国民党政府和国会也得出了同样的结果,只是在对造成这种局面原因的分析上,国民党要深刻得多。

这期间国民党政府和国会虽被追打得到处乱跑,却突然对共产党实行的土地改革产生了兴趣,开始从中共的土改分析入手,解释了国民党败失大陆的原因。认为中共利用农村的贫困和城市工人的困难,提出了一套消灭剥削,实现均田均富理想,以及阶级斗争等诸多"造乱"政策,用富人之钱、地主之地变现成了造反的经费,再用斗争等手段动员了穷人,成就共产党"以水覆舟"的战略,使国民党"守面不能守线,守线不能守点,不能说不努力,结果大小几百个点全归于失败,等于乘汽车渡海,入海百辆沉百辆,入海千辆沉千辆,若不在渡海工具上求改造,继以汽车渡海,入海万辆仍将沉没万辆,终难图济"。同时还不忘抱怨国民党以汽车渡海,美国就援助汽车,同样也应负有连带责任。

至于如何改造渡海工具呢？国民党和当时国会里不少人不约而同地找到了当时刚刚流行的铁幕理论。这一理论把世界分为东西两个方面,认为东西方的竞争不仅是军事斗争,更重要的是意识形态的对立,东方将出现一个社会主义阵营,因此西方在力量和信念上应联合在一起,与东方展开竞争。现在横跨东西方之间的铁幕已经降下,铁幕的划界,基本上是根据雅尔塔三巨头划分的势力范围,即美国占三分之二,苏联占三分之一。丘吉尔强调,东西方之间的竞争,是除了直接武装进攻之外的一切手段和领域的竞争,实际上宣布了一场冷战的开始。

国民党把这场即将到来的冷战,视为时来运转的大门,自然会把自己装扮成受共产党迫害的角色,一口咬定当前国共之间的战争不是"中国内战",而是世界无产阶级革命夺取各国权力的一部分,是苏联策动的结果。现在国民政府已经抛弃了汽车渡海的观念,认识到渡海需要轮船了,希望美国等也相应地援助轮船。

这些没完没了的辩论大多数观点都是马后炮式的研究,得出唯一一个有点用的结论就是放弃大陆,转而集中人力物力经营台湾。

中国国民党中央委员会：

惊悉中国国民党主席蒋经国先生不幸逝世，深表哀悼，并向蒋经国先生的亲属表示诚挚的慰问。

中国共产党中央委员会
1988 年 1 月 14 日

第三十三章

1948年7月,蒋介石免去了刘茂恩河南省主席职务,此时,刘茂恩赖以起家立身的老本十五军也被解放军歼灭,军长武庭麟被俘,河南大多数地方已为解放区,任命身兼多职的张轸为河南省政府主席。

张轸,河南罗山人,早年入保定军校,继东渡就学于日本士官学校,抗战期间曾任国民革命军第十一集团军副司令兼六十六军军长,远赴缅甸与日军作战。后调回河南任豫南抗日挺进军总指挥,还挂着郑州绥靖公署副主任等多个头衔。表面上看张轸手下有不少军师级部队归他指挥,实际都是过路财神,关键时候根本不会听他的。于是,张轸到信阳后便开始组建自己的武装,先后在豫南各县招兵买马成立了五个保安旅,宣布张轸为国民政府河南省主席时,这五个保安旅尚未最终组建完毕。

张轸接任省主席后,即令开封的省府机关和残余部队南迁信阳,而此时南下的铁路已被解放军占领,由开封南迁的人只得乘车到徐州,转浦口,再乘船到武汉,多数人尚未赶到信阳,张轸部已经逃到了汉口。于是合兵一处,在武昌南的贺胜桥暂住了下来。

1949年3月,张轸部被扩编为第十九兵团,下辖一二七、一二八两个军,号称有十万之众,然而,此时扩充的部队大多已被共军遣返的战俘渗透,上上下下都在酝酿起义的事。

解放战争期间,人民解放军瓦解敌军的政策已经上升到了一个炉火纯青的境界,大量放回被俘的国民党军各级军官,让他们重新回到国民党军队,带兵起义,身份自然转变成了起义投诚人员,带回一个连就当连长,带回一个团就当团长,职级待遇不变。这些无孔不入的被俘军人通过老乡、同学、熟人、同事等各种关系,追着溃退的国民党军队策动了一个又一个的起义,成了三大战役以后国民党军队溃不成军的最重要的因素。

张轸部于1949年4月,在贺胜桥举办中下级军官训练班,作起义前的思想动员。5月15日通电宣布起义,省政府大部分部门和人员也都随同参加了起义。狗尾续貂的是在张轸兵团所辖的两个军中,现任一二七军军长赵子立不同意起义,再被国民党任命为国民政府河南省主席,兼省军管区司令。

赵子立,河南永城人,十八岁参加西北军,后入南京中央陆军军官学校六期工兵科。抗战期间曾参加过武汉会战、赣北战役,1939年后在第九战区从事参谋作战策划,升任为参谋长,襄赞策划了四次长沙会战,因1944年长沙失守被追究战败责任。解放战争期间,赵子立曾任豫东行署主任,第十九兵团一二七军军长。

张轸率部金口起义后,赵子立率一二七军向南撤退,正赶上程潜、陈明仁长沙起义,只得拐回鄂西巴东一线,这时部队已断绝了供应,只能以野菜充饥,或者干脆以抢劫为继。不久,部队行至巴中,宣布起义。

至此,国民党及国民政府在河南的政权组织彻底消失了。

1949年8月,牛紫龙收到南下命令后,又得到了二伯牛惠师去世的消息,至于怎么死的,来人也支支吾吾说不清。牛紫龙打算回去一趟,可上级一再催促南下,只得匆匆束装上路,悲痛让他自己的病也加重了。

牛紫龙马不停蹄地南下湖南,一路风餐露宿,日夜摇晃在马背上,正好赶在湖南军区成立湘南剿匪指挥部之际赶到了衡阳。牛紫龙被任命为衡阳军分区副司令,主抓区内剿匪斗争。

他到任后,马上率领划归分区指挥的四野四十六军一六二师四八四团投入了剿匪斗争。

湖南地方土匪与中原一带的土匪有所不同,成员骨干多是抗战结束后从国民党军队退役的中下级军官,此时被国民党重新启用,政治色彩浓厚,在当地多多少少有一定影响,与当地豪强结合,一时间竟有了不小的势力。

湘南地形山高林密,峰回路转,沟壑纵横,有山就有洞,很适合游击作战。湖南与周边省份相接壤线长面广,相互之间联系密切,易跨省活动,有纵横回旋的地理特点。

从湘南的匪情上看,当时已经发现有较大影响的土匪武装十余股,三千余人。牛紫龙根据上级要求,首先开展政治攻势,"标语上山,传单入洞",分化瓦解,使不少匪众放下武器,投诚政府。同时咬定最大的七股土匪穷追猛打,六战六捷,声名鹊起。

接下来的战斗几乎没太多悬念了。恰在此时,牛紫龙收到了返回衡阳的通知。

山镇，一临水的阁楼前。

"这电话还没人跑得快，接通了吗？"牛紫龙跑上阁楼，大声问。

"通了，通了。"

他急忙抓过话筒："俺是牛紫龙……最后这一仗是不是……暂缓三五天就行……"

他话没说完，话筒里就传来了"嘟嘟嘟"的声音，他对着话机愣怔良久，那一头显然有些不耐烦，只简单撂了句："马上动身，这是命令。"就把电话挂了。

他看了下表，已是下午四点，估摸着再不动身，明天早上就赶不到了。他让参谋长通知各营长到临时指挥所开个交接会，强调各单位战前必须组织一支精干的小分队，枪声一响，专门负责抓捕土匪头子。只要抓住土匪头子，下面的乌合之众不打自垮，头子抓不住，就会落地生芽，这是由土匪组织的结构特点决定的。

短会结束后，他连饭都没顾上吃，骑马返回衡阳。

衡阳军分区大院。

牛紫龙跳下马找了个水池，用冷水抹了把脸，匆匆走进小会议室，抬头见主席台上并没有留出自己的位置，便自己找了个前排的座位坐了下来。

会议室里静得出奇，他扭头看了一眼司令部作训、炮兵等单位的几位科长，几个人都像没看见他似的，直直地望着前台。他心想，会议结束马上开个碰头会，留出下午的时间赶回部队……

"现在开会，会议只一个议程，请省军区政治部谭副主任宣布一项决定。"

牛紫龙这才看清，主席台上所有首长都有位置，独独自己没有。"既然知道俺在外打仗，连台上的位置都没留，还非叫俺回来开会干啥？！"他心想。

"根据四野政治部干部审查的有关规定，经省军区政治部研究决定，取消牛紫龙预备党员资格，调离现任职务……"

"什么？他说谁呀？"牛紫龙转身问旁边的一位副参谋长，谁知那人竟站起来走了。

牛紫龙这才真切地知道了这项决定就是针对自己的！……取消牛紫龙预备党员资格……怎么连"同志"俩字都省了？！牛紫龙早就是党员了，怎么又取消预备党员资格呢？他脑子乱哄哄的，跳出来一连串的问题，他努力使自己冷静下来,抬头向主席台望去,听到的却是"散会"二字。

主席台上,分区的司令、政委们相互谦让一番,簇拥着谭副主任向会议室门外走去,根本没人向他这边望上一眼。

谭副主任看样子还是那么年轻,牛紫龙记得南下路过长沙时他们还见过一面。不过,那时候他还是一个科长,左手拿着名单,右手依序和每一个南下报到的干部握手。他喊过牛紫龙的名字后,慌忙把那份名单咬在嘴上,双手狠狠地握着牛紫龙的手,兴奋地说:"哎哟,真是你呀,你可是有口皆碑的人物呀!现在湖南正需要你这样的人物。"想来这一幕还不到一年,怎么今天就像不认识似的?

所有人都走了,只有他一人独自呆呆地坐在会议室里,望着一屋的桌椅板凳,感到周围的空气都冷飕飕的。

取消党员资格?可自己入党完全是一种追求,并没有把入党的形式看得过重。自己一直虔诚地相信,人应当听从内心良知的指引,从来没有动过打江山坐江山的念头,两次入党都是党组织主动找上门的,自己只是看到国民党对共产党人追杀而不平,才有了勇气加入了党组织。在自己的信念里,自己早已是个党员了,现在却被取消了党员资格,难道做了哪些对不起组织的事吗?

多少年来,自己在腥风血雨搏杀中一路走了过来,隐隐感到为之奋斗的前景越来越模糊了,他努力去想那些给他无数次启迪的概念,真的想不清楚其中确切的含义了。这是怎么了?难道是昨天一夜劳顿出现的幻觉?他不由出了一身虚汗,背上的烙伤透出一股股凉气。

他咳嗽起来,一阵比一阵猛烈,脑子变得一片空白,下意识里他双手试着扶着桌子站起身,却重重地摔倒在了地上……

1950年国庆节。

天安门广场鲜花簇拥,红旗招展,人头攒动。

吴志翔站在天安门国庆观礼台上四处瞭望,打听湖南观礼团代表的位置。

他半年多没接到牛紫龙的来信,自己写去的信还有一封被退了回来,奇了怪了,老师再忙也得应一声啊。

他终于找到湖南观礼团的牌子,急忙跑了过去,在人群中,见到一个跟自己年龄相仿的军人,便跑近前指指自己胸前的观礼牌,问:"哎——伙计……对不起,同志,同志,恁是哪部分的?"

"四野四十六军的。"

"哎哟嘿,太巧了!打听个人,俺老师,南下到衡阳军分区任副司令,叫牛紫龙,恁听说过吧?"

"听说过这么个人,省军区的,干审没过,被清除出党调离原岗位了。"

"啥?清除出党?瞎球扯吧?!"

"军中无戏言,这还能假?据说是因为他历史复杂,公开讲是取消党员资格,其实就是清除出党。咋的,他是你老师?"

"噢——恁那儿领导一定信球了,连牛老师都取消党员资格,恁那儿还能有党员吗?"

"呀哈——这位同志可不能这么说,你是哪部分的?这是组织定的事,组织还会有错?"

吴志翔经他这么一反问,似乎也感到自己的想法危险了起来,组织不就是党吗?党那么英明,不可能犯错误呀!

他回忆起1946年在延安受毛主席、朱总司令接见的情景,吴志翔被安排到了第一排,毛主席专门讲了革命大家庭的团结和干部是革命宝贵财富的问题,虽然主席讲的湖南话他听不太真切,但握手时主席那厚重温暖的感觉还是让他几个晚上没睡好。

是呀,党组织不可能犯错呀!不过,反过来想,牛老师那才是真真正正的共产党呀,头次入党是在白色恐怖最浓重的时候,别人都避之唯恐不及,他偏偏站到了党员队伍里;以后又在国共两党力量悬殊的情况下,在全国第一个起义参加解放军,咋能说取消党员资格就取消呢?难道这里面有人捣鬼?这才胜利几天,咋就学会内部恶斗了?

吴志翔用手指指胸前河北省观礼团的标志,用同样的眼神回敬了那人一眼。在整个广场排山倒海般的"万岁"声中,转身向自己的座位走去。

过了大半年,吴志翔终于收到了牛紫龙的来信,大意是说自己已经转业到地方工作,任湖南湘潭专区副专员,工作学习一切尚好。并再三嘱咐吴志翔一定要学会"做人","记住该记住的,忘掉该忘掉的,改变能办到的,接受办不到的",千万要弄明白"有些事情非个人可以控制,只能控制好自己"。

吴志翔拿到信后,对其中欲言又止的意思揣摩了好几天,这才弄明白老师是怕自己捅出啥篓子,提醒自己夹着尾巴做人,也是一番好意。他展开纸回信写了一个字"中",想想又在信纸的右下角写了一句话:"他们这样对待恁,俺心痛得慌。"

自此以后,吴志翔还真改了不少,一连几年变得越来越谨小慎微。说也巧,新中国建立初期抗美援朝,镇反、三反五反,一直到1955年批胡风,接二连三的运动都没涉及军队,这让吴志翔省了不少心。

紧接着在批胡风集团以后,全国开展了"肃反"运动,不动声色地波及了所有机关、学校、团体、军队、企业等单位。

河北某地军营。

军营三面环山,一排排平房高低错落地分别掩映在山冈之间,中间是一大片开阔地,辟做成训练场。

一辆吉普车从山道驰来,停在了训练场边缘。吴志翔跳下吉普车,大步向训练场走去。

训练场上喊声震天,部队正在进行刺杀训练,一排排整齐划一的士兵队伍,一连串有秩序有节奏的动作,每到突刺动作前总要奋力大喊一声:"杀!"

"这帮小子倒挺会玩花架子。"吴志翔边走边想。

"立正!"六连连长杨书明喊停了操场上的练兵队伍,立正,转身,提拳,挺着很标准的跑步姿势来到吴志翔面前。

"报告首长,二营正在进行刺杀训练,六连连长杨书明报告,请指示!"

吴志翔还过礼,大步朝队列前走去。

"恁们这么练刺杀可不行啊,刺杀训练要以单兵教练为主,不要整天比划那木头玩意儿,还是用真枪练习好呀。俗话说,炮兵站操场,步兵爬山冈,双方交战不可能选这么平整的场地让恁们拼刺刀,这个科目要多拉到河滩上、山冈上训练,学会利用地形地物,这是刺杀科目的基本功,明白没有?"

"明白!"众士兵异口同声大声喊了一句。

吴志翔顺手从队列中一个士兵手里接过一把步骑枪,"哗啦"拉开了枪栓,察看一番枪膛和弹匣,嘟囔道:"哎呀,苏联老大哥的武器傻大笨粗,还真没日本人的三八大盖好使,顶多跟咱们的汉阳造一球样。"他顾自笑了笑,环视一番周围,大声道,"这玩意确实笨了点,但挺结实,拼刺刀还行,射击可要掌握好要领,后坐力大,弄不好就会出事故。俺看,下次实弹射击前先让每人打两枪,不算成绩,然后再正式进行实弹射击,好不好?"

"好!"众多士兵兴奋地大喊一声。

六连长杨书明趁机转身大声喊道:"请首长教咱们两招好不好呀?"

众士兵齐声大喊:"好!"

吴志翔笑笑,说:"俺能活到今天就那么几招,给恁们讲得差不多了,也好,今天就讲讲拼刺刀吧。过去咱们军队跟日本人打仗的时候,两三人围着一个日本人拼刺刀还不一定能撂倒人家,知道为什么吗?"

队伍里你看我,我看你,都摇摇头。

"恁们说拼刺刀要取胜靠什么?"

"革命的英雄主义!"众人高声回答道。

"哎呀!这就瞎扯得太远了,上战场就已经革命英雄主义了,不能再英雄一回,拼刺刀赢不了人家能说没革命英雄主义?!拼刺刀是你死我活的决斗,一定要有置之死地而后生的决心,不是他死就是你亡,这时候最需要什么?"

众士兵回答道:"勇气!"

"错了,又错了!最需要的是恁们的机灵劲,胆大是其一,重要的还是心细。眼睛要紧紧地盯着对手的眼睛,用刀子捅人眼神一定有表示,往哪儿刺眼里都会显露出来,这时候比的是沉毅,沉毅才能勇猛,先扰乱对方的神经。"

说着,他不停地用枪托在自己的胯骨上拍打出"哗啦啦"的响声。

"制造出枪的假象,找到对手的漏洞,暴露他的软肋后你再出枪,力求首刺必中,也可以用肢体语言迷惑对手;二要有强壮的体魄,拼刺刀是高强度对抗,突刺、防守、劈杀要刚劲有力,不用气力是杀不死对手的;最后一条是利用地形地物,记住,无论什么地形,只要占领制高点,恁就赢了一半,拼刺刀尤其如此,站住有利地势恁就省劲多了。接下来是勇猛,老虎讲究猛三扑,扑不住就给了对手反杀之机,听明白了吗?"

"明白!"

"拼刺刀的招数就那么几下子,运用之妙存乎于心,千万不能把这几下子当程序,没完没了地在那儿比划,真要比划习惯还不好改呢!"他顿了顿,又道,"怎么样?拉到河滩、山冈上去训练好吗?"

"好！"

吴志翔摆了摆手，望着各连集合队伍跑步离开了操场，他转身喊住六连长杨书明："人都弄啥去啦？各连的干部怎么来这么少？训练都不想参加，以后打仗咋弄呀！"

"报告，根据团政治部通知，各连除留下两名连排干部外，一律到团部参加学习，不得请假。"

"嗯？这事怎么没人跟俺说。"吴志翔心想，接着问："学习啥？这训练不是学习打仗本事吗？几天了？年初都把训练大纲发下来了，怎么不按工作计划走？"

六连长杨书明挺胸答道："报告，已经四天了……"

下面的问题如何回答他突然犹豫了起来，涨红着脸，双眼在吴志翔脚前绕了几圈，还是没吐出一个字。

吴志翔转眼向六连长身后望去，部队排着整齐的步伐向远方跑去，身影渐渐笼罩在了荡起的尘埃之中。

他心里一阵烦躁，挥手示意让六连长也去追赶部队，留下自己环顾着刚才还热火朝天，突然变得一片孤寂的训练场。他悻悻地沿着操场走了几圈，一种不祥的预感悄悄地袭了上来，可他实在想不起来自己有什么错，怎么会有这种感觉呢？

去年年底，团里调整班子，新中国建立前就与自己搭档的团政委上调走了，吴志翔知道自己是起义过来的，成分不好，本也没想再有啥进步，但仍然有种空落落的感觉。

老政委临走前一天晚上，吴志翔让警卫员到县城买了几个猪脚，用两人的茶缸煮了一下午，又打了半斤老白干给老搭档送行。

那天，就在吴志翔的宿舍，两人搬来张小方桌和两个炮弹箱，面对面坐着，说了些依依不舍的话。酒酣耳热之际，吴志翔突然有种想离开部队的念头，不禁伤感道："哎嘿，老伙计，恁这一走俺咋就觉得这背后冷飕飕的，有种摸不着组织的感觉。"

老政委是学生出身，参加革命后一直做干部工作，1947年被派到高树勋部特务团任政委，跟吴志翔磨合了一年半才摸准了对方的牛脾气。自此以后，就像牵住了牛鼻子一样,俩人配合得天衣无缝,每天早晚都要在一起唠叨几句,当然是提醒吴志翔的次数多。尽管吴志翔每次都会抓耳挠腮一番,但不知不觉也确实发生了很大变化。

老政委讥讽一样地笑笑,问:"啥感觉?"

"就像突然没人管了,俺是被人管惯了,这猛然没人管,还真不适应,只觉得头顶蓝天,脚脖梗飘起云彩了。恁要天天不数落俺几句,俺还真是寂寞难耐呀!"

老政委苦笑一番,道:"俺不放心的就是这一点,没人敲打你,你就由着性子来,没有害人之念,也没有防人之心,这就危险了。咱们关起门说,只要有人群,就会有江湖,只要有江湖就会有恩怨,人心隔肚皮,虎心隔毛衣,凡事不能不小心哪……俺再三推托不愿意调走,可上面不答应,得,那就去吧。不过,这两年俺看你有变化,俺也跟你跑不动了。"

"去球吧,恁还是想法把俺也弄走吧,像俺这投诚出身的早晚有一天得卷铺盖滚蛋。恁一定得帮俺瞅个机会,让俺回老家算了。"

老政委叹口气,两眼直直地望着一茶缸肉,没吭。

"听说新来的是个年轻人,还是从大机关下来的,会耍这个,跟过大官当过秘书。"吴志翔比划了个握笔的手势摇了摇。

老政委点点头,正色道:"俺正要说这事。人家来了你一定要配合好,说话千万要注意,办事一定要商量,早晚主动给人家多汇报汇报。这团长政委虽说是平级,不分大小,各司其职,可总有一个被信任的问题,上级信任谁,谁就是一把手,谁就说了算,这一点你千万要记住。"

吴志翔咂口酒,叹道:"人改其常,不病亦亡。俺知道,说白了就是谁上面有人,谁就说了算,让他说了算不就行了。"

吴志翔望着老政委一副欲言又止的样子,只觉好笑,问:"听说他很有两下子,很会进步,很会调干部,嗯?"

老政委忧心忡忡地挑起眼,很认真地审视着吴志翔,故意责怪道:"不许胡说,这是人家的长处,你……防着点就是了,他是大机关下来的,听说政治上很强,能说会道,表现积极,你千万不要……唉,人品与职务、能力和供职单位其实没什么关系。"

老政委吞吞吐吐,说了一半就打住了,片刻,两人不约而同地端起酒碗重重地碰了一下。

那天晚上两人都喝得有些多,最后抱在一起竟像小孩一般哭了起来。

新来的政委姓魏,不足四十岁的年龄,长发红脸浓眉,面目清秀,就是颧骨略高,眼神阴鸷,不论见谁早早就眯缝起眼,摆出一副笑的样子,让谁都看不清他究竟是啥眼神。他细长悬鼻略微左偏,加上嘴角始终有两条向上的纹路,给人一副哭笑莫名的印象。不过,新政委举止说话很有教养,个头不高,身体偏瘦,显得十分老成沉稳。

当然,政委到任之前就已经先声夺人了,他给某某大领导当过秘书的小道消息,更给这位新上任的政委增添了不少神秘色彩。某某大领导又是某某更大领导的老部下,某某更大领导又连着……说出来都能让你吓一跳,这预示着新政委的来头的确非同一般。

第一次打交道是欢迎会后,魏政委主动上门到吴志翔的办公室,进门就说:"我初来乍到,两眼一片黑,跟谁都不熟,啥情况都不了解。老人家说没有调查就没有发言权,我的任务是先搞调查研究,队伍里的事还是按你和老政委定的计划办,我主要是了解情况,跟大伙多聊聊,你正常行使团长权力就行。"

吴志翔一听,说得在理,就把年初上级下达的工作部署、团里定的工作方案、去年工作总结、今年的训练大纲以及团、营、连干部花名册等一应资料找齐递给了新政委。

临出门,新来的政委还是笑眯眯地说:"你可是老资格的团长,听说还有不少传奇的故事,今后还请多关照哟!"

果真,这位新上任的政委作风和工作方法就是不一样,谈心、家访、生活会、座谈会、学习会、实事求是精神报告会,大会套小会,小会加交心,从团领导到各连各排的干部他轮着谈了几回。有些吴志翔只记得那人的小名,人家魏政委就能说清那人结没结婚;吴志翔能叫出姓名的一些老兵,魏政委能说出他家分几亩地,有没有孩子。

"哎嘿——搞政治工作的就是不一样。"吴志翔看到魏政委事无巨细,一个人一个人、一件事一件事都记在随身带的小本本上,有事没事都掏出来琢磨一番,总觉得类似这样的工作,似乎不应该在部队,倒是调有关部门挺适合。当然,这只是他想想而已,并没给谁说过。

半年多来,团长、政委各司其职,确也相安无事。只是近段时间政委那边一连开了两三次学习会、形势报告会,把军政干部都集中去了,连个招呼都不打,搞得神神叨叨,这让吴志翔摸不到大小头了。

这天,吴志翔从训练场回到团部,实在忍不住了,乘着晚饭的机会,见魏政委也在用餐,便用筷子串上两个馍,端着菜碟来到魏政委对面,拉了张板凳坐了下来。

"哎嘿——魏政委,这几天恁弄啥呢?把全团的军政干部都集中起来,神神叨叨的,学习啥呢?"

"噢,我正想通知你呢,明天上午开团党委扩大会,请你参加,前几天只是预备会。"

吴志翔望着搭档一张笑眯眯的脸,苦于找不着他眸子里的表情,便又问了一句:"啥议程?准备解决啥事?"

"明天开会你就知道了,七点五十准时到场呀!"

吴志翔在那张笑脸上瞅了良久,也没猜出所以然来,咬了一口馍站起身回到了自己原来的座位上。

第二天,团党委扩大会在部队驻地附近临时租用的一所学校的大教室里召开。吴志翔进门一看,各连的连长、指导员都来了,这可是从来没有过的事,团党委扩大会咋就扩大到连一级了呢?他正想发火问个究竟,只听得身后传来一声冰冷的声调说:"现在开会!"

吴志翔转身见魏政委一脸冰霜,两眼也没了笑意,露出白多黑少的阴森神色,不住地扫着台下。

吴志翔强压下心头的火,勉强坐了下来。

"根据中央肃反工作要求,今天开党委扩大会议,按照中央《关于开展肃清暗藏的反革命分子的指示》的要求,今天开会就是要把'大约有百分之五左右暗藏的反革命分子和坏分子'揪出来,不达到这个规模就不能说我们卓有成效地开展了肃反斗争。现在宣布经团党委研究决定的'肃反'工作五人领导小组组成人员名单,龚副政委、沈副团长、政治部刘主任、孙参谋长和我……"

"哎——这团党委啥时候研究过这五人小组?这个指示怎么没给俺传达?"

吴志翔实在忍不住了,打断政委的话问了一句。

对吴志翔的问话,魏政委假装没听见,像没事人一样,继续讲道:"现在请五人小组到主席台就座,请吴团长配合一下,暂时坐下去吧!"

吴志翔顿时十分恼火,抬头望见台下众多羞与为伍的眼光,一时倒拿不定主意,显然这已不是他和政委之间的事,如若两人在台上顶上了牛,贯彻中央文件就成了问题。

他不愿意被这么多老战友视为异类,弄个自讨没趣,只得重重地叹了口气,走下了主席台。

接下来的会议马上演变成了斗争会,发言都是事先安排好的,矛头所向就是吴志翔和一个姓宋的副参谋长,及团部司政后各部门每个部门一个人,都是跟随吴志翔起义过来的人。

会议揭发批判的调子也是越来越高,气氛也越来越紧张,帽子也是越来越大。发言到第四个人是位营教导员,显然有些义愤填膺了,把批判对象定性为"历史反革命分子"。

"哎嘿,这小子倒挺会发动群众整人。"吴志翔此时反倒心境淡然,知道自己在劫难逃,对于台上前几位吞吞吐吐的发言,他知道多是出于自保,是受人指使进入组织"指派的角色",或许也想千方百计地表现自己,把整人作为晋升的资本;或是也包括对自身处境的不满,转化成了摧残害人的动力,借以补偿心中的不平。

再看看新来的魏政委,他无疑对自己所拥有的某种组织的资源和信任运用娴熟,说话办事恰到好处。他似乎并没有对这场批判定下框框,文件是上面下的,揭发是大家开展的,五人小组也没人从中定调,这些的确是他那个年龄段的人所望尘莫及的,真才也堪济其谋,设立十面埋伏,真可谓滴水不漏。他这一套是从哪儿学的呢?

吴志翔摇摇头,站起身朝那个发言的营教导员摆摆手,说:"好了,好了,扯球太远了!俺要是历史反革命,毛主席、朱总司令还接见过俺,给俺的历史划过句号,是恁说了算,还是毛主席、朱总司令说了算?"

吴志翔话音未落,会场一片哄乱,坐在主席台上的几个人也慌了手脚,相互之间窃窃私语,一时竟没了主意。

吴志翔转身对着教室内众多部下,点点手指头,大声道:"俺还以为恁们整天学习能长本事呢,原来就学这些落井下石、背后拍砖整人的玩意儿,早晚有一天恁们就把人心整球散、家业整球垮了。"

他转身对着主席台,接着道:"既然上级文件要求一定要揪出百分之五,恁们也谋划多时了,把俺划进去俺也认了,俺个大,一个人顶百分之五就行了,丢车保马,其他人就别勉强往里塞了。至于整哪些材料,魏政委是行家里手,看着办就行,整几条现行,别翻老账,日本人的监狱、国民党的监狱俺都坐过,俺的老账都在那儿,想整就到他们那儿查查就清楚了,还用恁们在这儿挖空心思整?!走,让警卫班把俺的枪缴了。"

说完他缓慢地扫视了一圈,整个教室静得出奇,众人愕然地望着他,有些人连大气都不敢出。他知道他此时的样子一定很吓人,便努力挤出一些苦笑,扭头向门外走去。临出门他再次转过身,指着魏政委大声道:"别把单位弄得太先进了,惹毛俺谁进百分之五还说不定呢!"

吴志翔昂头远去,教室里所有人沉默了。

良久,魏政委才宣布:"下面的发言就按现行反革命性质讲吧。"

远山秀丽,湘江滔滔,大地升腾着雾障,缭绕在山山水水之间,轻轻地抚掩着辽阔的江山,一直奔涌到苍茫的天际。

牛紫龙望着不远处的山顶,差几十步就能登上山顶了,怎么就上不去了?一阵气促引起的头晕,让他不得不停下脚步。

山风拂过,四周啸啸之声时急时缓。他转身望去,阳光穿过重重叠叠的云块,在大地山峦之间铺下斑斑斓斓的图案,映照着一望无际的青山绿水和金黄色的稻田。

"不能停到这儿。"他提醒自己,如同他上学时无数次参加童子军比赛,只有坚持才能看到不同的风光。他向山巅望去,见山顶有几株竞生的老树,枝干遒劲,恣意纵横,傲视着天地的冷暖。他真有了些老树的感受,虽然惨淡,毕竟有过峥嵘。

年轻时总以为自己就是潮流,浪潮所向淘尽风流,待到被摔打得遍体鳞伤,才知道自己不过是一粒大浪淘尽的沙子,在历史的长河中随波逐流。时光恍惚而过,人还没成熟似乎已经老去,生命真不经用。待到看清眼前的一切,身心已被冲到了一个陌生的角落,时间磨砺,岁月侵蚀,爱过痛过,错过失过,回首时已被时代裹挟这么久,也许离梦越来越远,最后沉寂的只剩下了自己。

他目测一下山顶的距离,最多也就百十米高,怎么就一口气上不去了呢?他深吸一口气,弯下身,用几根稻草把裤腿扎起来,刚做一半,又引来一阵咳嗽,咳出几口暗红的痰来。他不禁心想,难道真有病了?

从衡阳转业到湘潭地方工作后,接二连三的运动他都是首选的审查对象,渐渐地,地方工作也不让干了,干脆调到政协去专职学习改造。好在只是受到轻视、歧视、排斥的待遇,暂时没有被列入批判斗争对象的范围。

他曾经为党籍问题向组织反映过自己的要求,湖南军区答复是二野转来的材料不符合审干要求。

不久前,牛紫龙利用进京开会的机会,找到了原二野首长陈毅,把自己被取消党员资格的事原原本本汇报了一番,陈老总脸一沉,瞪着眼说:"哪个说你不是党员,让他们来问我好喽!"

有了陈老总这句话他宽心不少,至于组织是否承认他是党员真的无能为力了。

他奋力向山巅攀去,刚走十几步就又气短促急起来,汗水从头上背上滚滚而下。

"呦——儿,呦——儿!"

他突然听到母亲喊自己的名字,慌忙反身向山下望去,见山间弯曲盘绕的山道上,一前一后走着一对老夫妻,慢悠悠地转过山峦,一头水牛悠闲自得地跟在他们身后,刚才显然是他们在喊那头散漫的老牛。牛紫龙陷入了一种时空错乱的幻觉之中,突然弄不明白自己身在何方。他紧紧地盯着那对渐行渐远的老夫妻,努力寻找错乱中的幻影,一种无法割舍的乡愁和愧疚重又涌上了心头。

他仿佛看见母亲和妻子站在月桂镇寨门外送自己的容颜,妻子两眼含泪,母亲被晨风吹动起一头灰白的长发;他也仿佛看见二伯牛惠师坐在牛车上瑟瑟发抖,两眼盯着自己的情景,又仿佛看到父亲蹲在地上回头望着自己,再次看到二叔被血污的长发遮住半边脸吃惊地面对自己的一幕,亲人交替从眼前掠过,又迅速隐没进了无限江山的苍茫之中,随着呼啸的山风一次次撞击着他的心扉,又一次次深陷于无尽的思绪中,化作一阵心痛,搅出满眼的泪花,模糊了眼前的山山水水。

解放战争把一弯海峡相隔的国共两党分别划进了东西两大阵营,历史的逻辑使国共双方分别作出了选择,海峡两岸虽然虎视眈眈,摆出一副厮杀的样子。然而,第二次世界大战后,对抗转入竞争的理论,使人类社会学会用竞争代替暴力,中止了用战争解决争端的历史,转而采用了一种超限战的全新竞争模式,即包括政治、经济、文化等全方位的对抗竞争,东方人称之为"和平演变",西方人称之为"冷战"。这一势态,其实也就是丘吉尔铁幕理论的发展,西方在这场竞争中占据着制度、环境条件以及民主传统、经济基础等多方面的优势,并通过操纵联合国等国际组织寻找新的对抗方法,带动整个世界进入了两大体系的对抗之中。牛紫龙隐隐感到整个势态正在倾斜,出现的一些问题似乎用现有的理论方法已无法解决,他不敢把这些疑问告诉任何人。

主动进入西方阵营的台湾国民党当局逐渐熟悉了私有制、市场经济、议会民主等西方的那一套,利用两大阵营对垒的时机,用和平购买等手段完成了资产阶级革命遗留的任务。蒋介石依然还掌握着政权,只是按照西方要求改造的社会前景似乎渐渐开朗了。

新中国成立后,大陆选择"一边倒"的总政策,按照苏联模式,必先进行镇反肃反、集体化等程序,这一过程被称之为"社会主义改造运动"。冷战的对抗,以及与台湾背后整个资本主义体系的竞争,使大陆过于急切地制定出公有制、计划经济、富国强兵的目标,忽略了诸多现实条件,更重要的是分析解决问题的理论方法已经时过境迁,政治上过分强调阶级斗争为核心的"斗争哲学",经济领域又片面突出解放和发展生产力的标准,再加上领导体制僵化、制度不完善等,致使新中国建立后各种运动高潮迭起,把战争年代发动群众的权宜政策当成了进行建设的主要工具和方法,终致造成1959年到1961年波及全国的"三年自然灾害",究竟饿死多少人至今没个准确的说法。

这期间,牛紫龙两次回到部队,在连队忆苦思甜会上,听到一些新兵痛哭着诉说家乡灾情的情景,竟引来各地战士的一片哭声,着实让他吃惊不小。私下里,他还听说这次灾害河南又是重灾区,这把他的心又提了起来。现实与理想渐渐远离,更使他忧上加忧。

历史是个多棱镜,没有观察力的人根本看不懂。

他缓慢地向山巅攀爬,听着自己大口地喘着粗气,人生本来就是一条攀援登高的小路,无法登高难道……他一直在想,这怎么行,连这样的山头都爬不上去,难道真的没用了吗?打仗取胜的窍门首先就是占领制高点,占领制高点无论胜负起码这一仗可以不吃亏,可如今自己竟连这么个山头都爬不上去……

他望着山巅,忽又疑惑起来,爬上去看什么呢?他气喘吁吁地再次坐了下来,回头望着一路盘绕而上的小道,庆幸自己居然已经上到了如此的高度,并且来路是那么清晰、那么险峻,尽管挫折不断,不同样可以看到无边的翠绿吗?如同人的经历劫难,万苦千辛,不就是为了感受刻骨铭心的大爱和亮丽的心境吗?能活到知天命的年龄,也是上苍的厚爱,那么多人先己而去,每每忆起都有一股荡气回肠的豪气,自己仍能耐着性子活到今天,这难道不是个幸运吗?!

人生许多事,看清了自然会放下,看透了或许会伤心,还不如不去看,反过来想,不看又会怎样?糊里糊涂地过一生,又有什么意义呢?放下之前,伤心之余,不应该有所思索、有所感悟吗?磨难的一生唯一积累下来的财富就是患难本身,无论如何,人们都应该感谢自己的经历,感谢前人的经历,只有他们的经历才使后人能够从悲剧中走出来。成功的经验可能壮丽多彩,失败的教训同样也有丰富的哲理,甚至更能发人深省。

泪水洗过的眼睛,视野才会开阔。

当然,作为个人,生命短促,远不足以看清人生的目的和社会的面目,哪怕是一个阶段的发展方向,也有可能迷失。要避免上一代人已经遭受过的苦难,就不妨听听历史提供的有益的建议,上辈人的心思晚辈们能懂吗?有可能的话真想带着你们到我们经历过的历史中走上一遭,可惜时光不会倒流……

还有什么放不下呢?一直在后悔那天没有亲手安葬母亲,不知道母亲地下有知会不会怪俺,晚辈能够回报长辈的,往往不足长辈付出的百分之一,这真的是今生一大遗憾。记得小时候,自己每次出门,母亲总要在佛像前长跪不起,她感应到了什么呢?自己最后一次和母亲、妻子分别,明明看见了她们腮边那晶莹的泪花,可她们依然在脸上堆满了笑容,真的快要见面了吗?

这些天不知道什么原因,他心里有了一种心灵的默契,产生了去地下看望亲人的愿望,甚至睁着眼睛都能出现家人的音容,他说不清这是幻想还是灵异。只是一想到与亲人相见,便有了一种慰藉,淡化了对死亡的恐惧,他知道这一天是迟早要来的,岁月真的多余了吗?

牛紫龙急上两步,用手抚摸着一棵老树,辨别出向北的方向,那里有一抹浓浓的雾帐,如同无法割舍的情结,让梦牵魂绕。他下意识地把手伸进口袋去摸罗盘,却摸出了父亲母亲遗留下的玉石烟嘴。哆哆嗦嗦捧在手里,端详一会儿,又轻轻地把它咬在嘴里。抬头北望,在重峦叠嶂中,呼啸涌动着磅礴的风云。

良久,他慢慢地张开口,那玉石烟嘴飞快地滚落下山崖……

他带着无尽的求索走到了生命的尽头。

1964年夏,牛紫龙在慰问当地驻军时发现自己患上了肺癌,同年9月逝世,那一年他刚刚六十岁。

1983年春。

吴村吴志翔家小院。

吴志翔听见正堂屋里一阵窃窃的笑声,一个不熟悉的女人声音笑着道:"俺爹早就说大伯好人一定会有好报,听公社的干部说大伯这次平反,恢复了党籍,还要按正科级职务发工资呢。"

"只说是恢复原来的……"女儿悄声答道。

吴志翔重重地咳了一声,门外正堂屋的声音戛然而止。他穿着衣服,听见外面"吱"的一声门响,传来家人送客出门的声音。一阵谦让之后,似乎是客人出了门。

他颤颤巍巍掀起东屋卧室与正堂之间的布帘,看到正堂屋桌上放着一篮子瓜果蔬菜,最上边的是一条厚厚的五花肉,篮子旁边还有用麻绳捆扎的一束油条,足有三四十根。

吴志翔家正房是并排三间坐北朝南的青砖瓦房,正房两边是平顶厢房,厢房前面一边是牲口棚,一边是杂物间,围墙有齐人高,是砖跺土垒的厚墙,上面还放着干刺槐枝。正门是用青砖砌成的门楼。吴志翔住在正房东屋,屋内除了一个旧式两扇门的笨重柜子,就是一张摇摇晃晃的木床。堂屋正对着门的墙上贴着毛主席和朱德的合影照,画面上二人似乎在讨论着什么,两边是那位伟人的著名诗句:"为有牺牲多壮志,敢教日月换新天。"画像下放着一个方桌,桌两边各放一个条凳,客人送的礼物十分显眼地摆放在桌上。

"刚才是谁呀?"吴志翔坐下身时感到身后有人进屋,便随便问了句。

"她说她爹叫颜学林,听恁平反了,专门让她来家看看,走几十里路,挎来这些东西,恁在里屋咳了一声,她就慌忙走了。"女儿答道。

"噢。"吴志翔一愣,说,"改天也买些东西把人情还回去。"

女儿应了声,提着篮子出了屋,身影闪过门口铺下一块刺眼的阳光,阳光里萦绕着烟雾般的微尘……

显然,吴志翔当初低估了"现行反革命"这顶帽子的分量,总想着自己革命恁多年了,咋就能戴上个反革命帽子呢。谁知愣是生生地给戴上了。

之后,便开始了没完没了的审讯、交代、批斗、检讨、殴打、抄家、坦白、录口供、再批斗,上纲上线,最后是审判、定罪。经过了整整半年的折腾,最终落实的"罪行"就那么一条——反对苏联老大哥。根据是现行的言论,"攻击苏联老大哥的武器是傻大笨粗",再加上态度恶劣,拒不认罪,判二十年徒刑。

1956年的"肃反"运动,全国众多行业干部中按百分之五的比例,共打击140余万干部和知识分子,根据当时公布的数据,死亡人数合计超过了抓捕的三分之一。

判决下来后,吴志翔刚刚庆幸捡了条命,马上又后悔起来,经历证明他真的是高兴得太早了。自从他入狱,历次运动总要把他拿出来"典型"一番,他成了"活靶子",住牛棚、挨批斗、挂牌子、陪刑场,挨打受气成了家常便饭,无论是机关、学校,还是工厂、医院,只要进行形势教育、时事报告,或是学习班、讨论会之类的活动,都把他"借"来陪斗,以证明"阶级敌人人还在心不死",特别是1966年"文革"开始后,一般的批斗已经不过瘾了,戴高帽子、坐飞机,乃至拳脚相加,棍棒齐下,这些他都经历过。他也知道,打得狠,是人民群众阶级斗争觉悟高的表现;打得准,是人们学习掌握运用阶级斗争理论水平高的标志。一时间捆人用细绳,打人用钢管外套橡胶皮,把人打得内出血外面还看不出来。

每次拉去批斗,总是先猛地把他提上台面,摁头,再猛地揪着头发扳起脸亮亮相,这时就必须做出龇牙咧嘴的丑态,越丑陋越好,不然革命群众定会再来一次。

当然,上台批判发言的人不论给你戴什么帽子他都不需回答,自然会有台下群众山呼般的应答,等着你的都是"敌人不投降就让他灭亡"、"踏上一只脚让他永世不得翻身"之类的怒吼。

陪斗一般不需要被斗对象的姓名,只在每个人脸上写个字就行。多数情况都会写上牛、鬼、蛇、神、地、富、反、坏、右之类的字,其实每人脸上写的字并不代表他的真实身份,吴志翔发现这个规律后,回回都巧妙地挤到被批判行列的第四位,额头脸上自然便写下个"神"字,神能得罪谁呀?这样既可以省去许多解释,也能少挨许多棍棒。不过有一种情况吴志翔不去争那个"神"字,只要挨斗的队列里有女人,吴志翔总要想办法把那女人挤到"神"的位置,他知道,凡是台上有女人时,"革命群众"的兴奋点大多会在女人身上,自己的处境会略微改善,"革命群众"大批判热情越高涨,就越能花样翻新,出不少创意折腾女人,这让吴志翔有些气愤不过,可又没法出手,只能力所能及地帮助她们。

一次,不知什么单位,把吴志翔拉去陪斗,谁知上台一看就他一个人,原定的批判对象都被两派群众解救走了,各保三个人。吴志翔一想不妙,没等主持人宣布押上台来,便自觉飞快地跑到台子一角,低头,然后猛地仰起亮相——龇牙咧嘴,再低头——再仰起……如是再三,倒也减少了群众不少麻烦。可毕竟台上就他一个人,台下两派不知咋的言语不和,纷纷冲上台来比着看谁下手狠,打得吴志翔实在忍不住了,一恼,在几千人的大会上,突然把高帽和挂的牌子摔到了台下,振臂高呼:"毛主席语录——同志们好!"

台上台下的人一时都犯了愣,片刻后冲上来几个打手,厉声问道:

"毛主席在哪儿说的?你怎么知道的?"

"毛主席语录本里有没有?"

吴志翔穿一身补丁纵横色彩各异的黄色旧军装,光头驼背,黑瘦黑瘦,一脸深似沟壑般的皱纹,只有那双眼睛还有点活泛的神色。见上来的几个人又要动手,他挥动双手大喊道:"朱总司令语录——"

台上台下再次安静了下来。

"我也是旧军阀部队过来的,早革命晚革命只要革命就是好同志!"

"咦——朱总司令在哪儿说的?跟谁说的?"一个主持会议的人跳起来大声问道。

"跟俺说的!说俺是好同志!"

结果,台下两派群众争论开了,一派群众高喊:"造谣可耻,信谣可悲!"一派群众喊道:"要相信群众相信党。"接着展开了大辩论。监狱来的几个押送人员见势不妙,急忙押着吴志翔等人匆匆回到了监狱。

60年代开始,中苏关系急剧恶化,苏联反而成了中国最大的威胁。

如此一来,吴志翔似乎又看到了活下去的希望,曾经为摘掉"现行反革命"的帽子很是思考了一番。按理说,因反苏打成"现行反革命"的犯罪事实已经不存在了,即便退后一万步,也构不成"反革命"了,更不存在现行了。无论从哪个角度讲,再戴"反革命"的帽子如同马鞍子套牛背上一样,显然不合适了。

可是,吴志翔设身处地再一想,当年领导五人小组定他"现行反革命"的魏政委,如今是他监狱所在地区的革委会主任兼军分区政委,想摘自己的帽子自然要过他那一关,这又成了一个路线问题了。经过这么多年,他才看清楚,肃反的目的就是要抓捕百分之五的人,至于这些人反不反革命,其实没太大关系,要的是阶级斗争越来越激烈的效果。现在那魏政委又紧跟上了,这件事自然上升到了谁对谁错的高度。

吴志翔左思右想,决定比照右派摘帽的做法,提出摘帽的要求,摘帽不同于平反,平反说明搞错了,摘帽就不同了,现行反苏与革命不革命没关系,摘掉"反革命分子"帽子的要求不过分吧?!

吴志翔一个月之内连着写了三份申诉材料要求摘帽,信发出后如同石沉大海,两个月内没任何动静。他也由希望变得忐忑不安,时间一久又渐渐地淡忘了。

入冬。

某劳改农场。

这天,吴志翔正在劳改农场大田里搞冬季农田水利建设,一眼望去是无垠的苍黄,沟沟洼洼的背阳处还存留着脏兮兮的残雪,众多犯人在寒风中哆哆嗦嗦地用镐锹在沟渠边做着无用功。冰冻三尺,非一日之寒,这块土地已经冻几个月了,无论你用多大劲,镐锹落地后,只能在冰冻的土地上凿出个白点。尽管如此,众囚犯依然干劲十足,挥舞着铁镐在这黄土地上砸着火星。

不知是谁看到从农场大门开进来一部小车,没有去场部,直接开到了犯人们干活的工地。

"坏了,黄鼠狼要给鸡拜年了。"

窃窃私语的信息迅速在众囚犯中间传开了,吴志翔此时正在半人深的沟里向上培土,听到刹车声,抬头见一辆吉普车正好停在面前。

"156号。"

吴志翔身不由己地双腿一并,原地站直,收腹挺胸,大声应道:"到。"心想,咦,怎么场长来了?

农场场长杨书明,原是吴志翔团六连连长,也是跟随高树勋起义的老兵,曾经有一段时间对吴志翔早年那些传奇经历赞不绝口,前些年转业正好转到了吴志翔服刑的农场,从一般干部干起,一直到农场场长的位置。

杨书明没当场长之前,对吴志翔还是挺照顾的,偶尔还会送些红枣花生之类的东西给吴志翔"补补身子"。

有一次,杨书明押送吴志翔参加市里的批斗会,正值盛夏酷暑,吴志翔一会儿坐"飞机",一会儿站高凳,几个小时下来两眼直发黑,汗出得像从水里捞出来一般,晃晃悠悠地腿直抖。杨书明不仅用力帮他扶着那张摇晃不定的桌子,还给他买了几只三分钱的冰糕吃,总算让他没因脱水从高台上栽下来。这些事吴志翔嘴上没说,却一直记在心里。

昨天,地区革委会通知杨书明去开会,杨书明换了身干净衣服,匆忙赶到地区,发现来开会的就自己一个人。到办公室一问,便被一个年轻人直接领进了地区革委会分管政法口的副书记办公室。

副书记姓范,杨书明只在大会主席台上见过,平时工作中还真没见过这么大的干部。

范副书记听见门响,头也没抬,劈头就问:

"你们农场有一个叫吴志翔的犯人?"

杨书明进门,敬礼,手还没放下,听到问话,一时没反应过来,愣怔片刻后,慌忙答道:"报告首长,有个犯人叫吴志翔。"

"这人表现怎么样?"

"报告首长,表现很好!服从改造,努力干活,要求进步,正在积极努力当大组长……"

"砰"的一声,范副书记重重地把茶杯砸在了桌上,大声喝道:"鼻子底下的阶级斗争你看不到,敌人伪装进步,你还准备安排他当大组长。如此激烈的你死我活的阶级斗争,你难道一点味也闻不出来?!"

他抖落着一摞从北京转到省里,再由省里批转到地区的申诉信:"现在就闹着摘帽平反翻案,再过几年还不上房揭瓦呀!"

这下可把杨书明吓住了,他抽动几下鼻子,啥味没有啊,啥就已经你死我活了呢?怎么自己没有发现危险正在靠近呢?

接着,范书记口气一转,便是一番"语重心长"的训斥,天下没有无缘无故的爱,没有超阶级的爱,也没有共同的人性,爱恨情仇都是相对的。对吴志翔上书翻案无动于衷,说明你杨书明头脑里阶级斗争观念绷得不紧,没有典型意识,更缺乏前瞻思谋的筹划,再这么下去就会错失战机云云。

杨书明有些犯迷糊,吴志翔这些信跟战机有什么关系?

范书记见指示如此清楚了,这位场长怎么还不表态呢,忽地站起身,义愤填膺地放了句狠话:"突出政治是什么含义知道吗?就是听话!一切行动听指挥,你要学会抓典型,有了典型,阶级斗争才能一抓就灵。交给你的任务是改造犯人,而不是犯人改造你,如果你让犯人改造了,就脱下这身衣服进劳改队算了!嗯?!"

杨书明从范书记办公室出来,出了一身冷汗,厚厚的棉衣都快湿透了,衬衣湿漉漉地粘在身上,出门冷风一吹,又一个劲地哆嗦开了。他这才弄清楚范副书记指示的要点和深意,原来吴志翔在自己眼皮底下搞开"阶级斗争"了。他咬着牙心想,你不让俺过去,俺也不让你过去!

回农场的路上,他一句话也没有,进农场就让司机直接开到了劳改队的工地。

杨书明看着吴志翔跳上渠埂,仿佛不认识似的围着吴志翔转了一圈,叹道:"阶级斗争要年年讲,月月讲,天天讲,时时刻刻都要注意它的新苗头、新动向,这话讲得真好!哎呀,老吴呀!俺还真看不出来你,你说这阶级斗争新苗头、新动向会在哪儿?"

吴志翔望着穿一件崭新人字呢棉大衣、戴顶长毛绒棉帽、足蹬黄色翻毛大头鞋,人也高大白胖许多的杨书明,发现他确实变多了,变得比过去福态威武了。他生得就是白净脸,大眼双眼皮,厚嘴圆鼻,几乎看不见脖梗子,在众犯人面前有意做出收腹挺胸的"政府样",不知怎地有了一种恐惧感。

吴志翔一边穿衣服,一边想到狱友背后都叫杨书明"玻璃抓钩",说他自当上场长后,与前任场长公开整人不同,采取了更阴的整人办法。开口闭口一准用领袖人物的话开场,至少也得使上哪位副统帅的指示,没有领袖们的语录他绝不开口,最善于用语录表达他自己的意思,至于领袖的话在哪儿讲的,针对谁讲的,什么时间讲的他全然不顾,只管用语录绕来绕去,反正自己永远正确,还能不知不觉地把人带到他事先挖好的坑边,挖坑下套无影无踪,让人落入陷阱还找不出他推人进坑、落井下石的证据,他能坐到今天的位置,凭的全是那张嘴。

可吴志翔偏偏生性把人都看得很善良,不管别人说什么,一直认为杨书明不会整到自己头上。抬头见杨书明跟火烧屁股似的样子直感到好笑。

"咦——恁明显的'阶级斗争'恁都看不见?!阶级敌人不知道咋鼓捣的,整出恁冷的天气,天寒地冻让俺们干不成活,还把恁这革命干部冻得鼻青脸肿,这不是'阶级斗争'是啥?!"吴志翔很认真地指了指众囚犯干活的工地,接着便用双手搓着自己的双耳。

杨书明晃晃脑袋想想,这阶级斗争咋又跟老天爷联系上了。

"错!谁是我们的敌人,谁是我们的朋友,这是革命的首要问题。我们要最大限度地团结占人口百分之九十五的人,孤立和打击少数百分之五的人。你早就被划到百分之五的行列里了,今天不是你风光的过去,原来我还指望你能像个臭虫一样,趴到床缝里了却一生算了。嘿嘿,你偏要跳出来搞'阶级斗争',要求摘帽,他们人还在心不死……"

吴志翔当时犯了一个致命的错误,就是仍然没把人性看透。民粹主义本身没有价值,让他没想到的是这些人一旦有了"革命群众"的权力,便没了任何思想个性和对错观念,完全成了一条路线的追随者,整起人来丝毫不亚于真正的敌人。难道真像鲁迅说的那样,他们是羊,也是凶兽,遇到比他们更厉害的凶兽时,他们便做羊样;遇到比他们弱的羊时,他们就是凶兽,既让他痛恨,又令人同情。

他不耐烦地朝杨书明挥了挥手,又用小手指比划着"臭虫"的样子,说:"恁这孩儿,别张口闭口给我说毛主席说这说那,俺见过毛主席,还跟毛主席握过手,恁见过?包括你身后的啥球革委会主任,是骡子是马谁看不出来,别忘了自己几斤几两!"

杨书明瞪大双眼,涨红的脸一直红到了脖梗,他没想到吴志翔竟敢在众多囚犯面前数落自己,让革命干部没面子,这比"阶级斗争"还狠。他微张着嘴嚅动再三才发出声来:"反了反了,不是东风压倒西风,就是西风压倒东风……"

他跳将起来,指着吴志翔道:"你等着!你这辈子只有喝汤的份了,别想和我们一样吃馍了,回看守所吧!去那儿喝汤去吧!"话音未落就转身上了小车,"轰"的一声绝尘而去。

吴志翔想到杨书明会报复,没想到报复会立竿见影,没有任何理由和余地。

当天晚上,吴志翔便被重新押回了看守所,说是重新审查,实际根本没人管也没人问了。

在一间狭长的房间里,靠墙用砖砌成的一张大床,人挨人地挤着二三十个囚犯,床前有一个勉强能过两个人的过道,过道的尽头是个留有小窗的笨重铁门,门旁放着两个专盛粪便的大木桶,二十多个人吃喝拉睡就在这间小黑屋内。

刚进号里头两天,狱友们便开始打吴志翔的主意,谋划着乘其不备,"修理"他一顿,杀杀他的气势。于是众人经过一番手势和窃窃私语,串联停当,开始实施。入夜后,巡夜的刚走,便上去三个人,一阵沉闷的肉搏后,结果两个被踹到了床下,一个被吴志翔拧着手腕坐在了屁股下面。

几天后,众人才听说吴志翔先后坐过国民党、日本人和共产党的监狱,国民党、日本人还判过他死刑,不知天上有颗啥星护着他,愣是让他活到了今天。众人诧异之余,再也没人敢动他的心思。

监狱里不断有人走,也不断有人来,从陌生到熟悉,再从熟悉到陌生,有人相见恨晚,还有人不如不见。狱友换了一茬又一茬,永远不换的就是一日三餐,白菜萝卜、萝卜白菜,面汤窝窝、窝窝面汤。吴志翔被关进拘留所,半年下来开始双腿溃烂,牙龈出血,浑身充盈着腐臭的气味。

"原来他们采用的是绞杀战,是想让俺自生自灭呀!看来这一仗要拼体力,生存第一,翻案只能第二吧。"吴志翔如是想着,倒也天天闭目养神,吃得不香,睡得倒还踏实。

1968年5月以后,全国开展了"清理阶级队伍"运动,这次运动针对的重点是在文化革命运动中"混进党内的阶级异己分子、反革命分子、右派分子、变节分子"等,查清各色人等的真实身份便成了"清理"的重点。于是,全国各地各单位的专案组集中进行外调活动,把所有可疑人员的老底翻了一遍。

吴志翔一连接待了几拨专案组,几乎包括了他不同时期认识的人,在回答他们问题的同时也了解了不少老人的下落和处境。

老军统行动队的人大多都去世了,只有姚三活了下来。抗战结束后,姚三所在的民团组织又合编进了国民党的正规军,还当上了连长。解放战争期间,随军一路南逃到了四川,实在没处跑了,就地投降,也算是起义投诚人员。以后被遣散回家务农,每次运动都要拎出来审查批斗一番,但也平安活了下来。

最让他惊异的是颜氏兄弟,老大颜学礼新中国建立前参加工作,以后被分配到东北一所大学教书,"文革"中被查出家庭成分不对头,被重新定性为"漏网地主",归入黑五类范围,上吊自杀了;颜家老二颜学林隐姓埋名在家务农,倒也平安无事。"文革"开始后,不知咋的,他实在按捺不住呼风唤雨的豪情,竟又造起反来,还神乎其神地瞎掰了一段造反起义、围攻国民党县衙的光荣历史,俨然一副苦大仇深的形象。趁着一片大好的革命形势,他还真夺了生产大队的权。以后风向突变,另一派群众成了路线正确的代表。他匆忙把抢来的公章藏在床下老鼠洞里,重新做起了农民。谁知翻身上台的一派穷追不舍,一定要查清他的光荣历史,请县里的专案组找到了吴志翔。吴志翔琢磨了一夜,第二天写了证明材料,证明他虽有历史罪恶,他哥哥已被定为漏网地主,他应按土改时期划定的成分认定。

1970年春,吴志翔在看守所监号里已经度过了三年整时间。此时,他已经无法起床了。监狱方组成医务小组对他进行了会诊,检查过他的身体后,皆面面相觑,束手无策,病情似已不可逆转,几个大夫一致确认他将不久于人世,签字画押同意保外就医,就这样,他被抬着离开了监狱。

临出门,他奋力扬起一只拳头,声嘶力竭地大声喊道:"俺一定要活到能吃馍的那一天!"

吴志翔创造的最后一个奇迹就是他真的活到了平反的那一天。1982年,河北省军区撤销了1956年"肃反"运动中给吴志翔定性"现行反革命分子"的决定,恢复原先的职级待遇,恢复吴志翔中共党员的党籍。

事后,有人根据1957年7月18日《人民日报》提供的数字推算,1955年至1956年的肃反运动,一共打击株连了一百四十多万干部、知识分子,错案率超过了百分之九十四。

不过此时,吴志翔经历中认识的人,包括整他的人在内,大多已先他而去了另外一个世界,没完没了的运动也销声匿迹了,战场上已是一片静寂,没有朋友,也没有了对手,他成了一个真正的孤寂老人。

集市,熙熙攘攘。

一家照相馆门外的过道上,吴志翔理完发,站起身摸了摸下巴,又拍了拍刚刚剃光的头,掏出一块钱递给正在收拾工具的理发师。

"不够,剃光、刮脸、洗头三项加起来已经涨到一块二了。"理发师不愉快地看了吴志翔一眼,用围裙擦着手嘟囔道,"还差两毛。"

"咦——早知道恁涨价俺就不找恁理了。"吴志翔手忙脚乱地把身上所有兜翻了个遍,也没找出一分钱,怪呀——自己明明要了张十元大票出的门,咋就没了呢?吴志翔愣怔良久想不起钱放哪儿了。

"啧啧——俺说恁这老头,还说照相呢,连刮脸、洗头的钱都没带够……"

"咦——"吴志翔一脸犯愁,"理发涨价政府咋没通知呀?恁大的人办恁丢人的事,唉——放心!差两毛钱俺回家端两碗黄豆也不会赖恁的账。"

他努力在想,出门接过钱以后,就这么背到了身后……猛然醒悟到当时把钱挽在了宽大的衣袖了,当时还想,出门带恁大的票子,可别让小偷盯上了,就想着藏到一个小偷找不到的地方,差点让俺自己也找不着!

想到此,他顿时有了底气:"只怕是俺找出来的大票恁还找不开呢!"说着他从挽起的袖口里摸出一张十元的大票扬了扬。

这回轮到理发师愕然了,他寻思从昨天到现在一共理了七个光头,换了三盆水,兜里连整带零才六块多钱。

"傻眼了吧?等俺进去照完相给恁。"吴志翔背起双手转身进了照相馆。

"小老板,照相。"

进门,他对着镜子打量一番自己的模样,几十年历史和数不清的风险无不写在了脸上,使他看上去显得格外坦荡、豁达。生活被苦难推搡着走到了今天,艰辛和磨难差一点让他看不见彩虹,他想对着镜子笑笑,可一张嘴看到满口已经没几颗牙了,只好作罢。

他吃惊的不是自己满脸纵横着岁月的痕迹,而是这把年纪依旧有着对青葱岁月的依依不舍,经历磨难后依然相信世界上还有美好,这无疑是人生最大的勇气。属于他们那个造梦的时代已经轰轰烈烈地过去了,虚弱的身躯或许再也托不起精神的追求,经历过如此多的潮起潮落,当他终于看清迷雾隐蔽的前途时,才恍然大悟,可惜一切都为时已晚。生与死是人生永恒的命题,无论何人,生命总会有个尽头,只是它来得太匆忙,灵魂还没有找到安放之处,它就不期而遇了。成功失败,名利财富,早已成了过眼云烟,他总感到有些事还没办完,有许多话想留给后人。在他的一生中,经历过我们民族血泪凝结的历史,他多么希望这一切能让更多的人见证和流传,只是时光已经不允许了,一种难言的痛楚一直罩在他的心头。

"照相,正面一张,侧面一张。"他喊了一声。

"侧面照？那不是给犯人照的吗?！恁照那干啥？"照相馆的小老板摆弄着相机,惊奇地反问道。

"看看俺是不是头上长角,浑身是枪,脑有反骨。"不可言的痛苦让他选择了嬉闹的方式,吴志翔笑眯眯地面对着镜头坐了下来。一个民族、一个社会的文明进步大概只能通过内在的宽容理解,用爱心和公正才能实现,尊重每一个人就是社会进步的阶梯。

吴志翔终于等到了这一天,他带着这种温暖笑容,离开了人世。

1983年4月14日,吴志翔逝世,去世前,他说:俺先打个盹,以后有啥事恁们再叫俺吧。

1985年5月,经湖南省军区复查,广州军区政治部批准,恢复牛紫龙中共党员资格,党龄自1948年8月算起。

1987年11月2日,经蒋经国先后批准,台湾红十字会开始受理台湾老兵赴大陆探亲登记和信函转投事宜,当天红十字工作人员和义工就办妥了一千三百多人的申请手续。

大陆对台工作部门和红十字会迅速作出安排,在全国各地安排部署了协助去台人员寻亲访友的接待工作。

一个月后,去台老兵千里迢迢陆续踏上了返乡的路程。

1988年1月11日。

郏县,县政府招待所。

阴沉的天,舞动着细细密密的雪花,在无垠的田野上铺了一层晶莹的白色。雪花飘落到热气腾腾的城市上空,变成了微小而又模糊的水珠,洋洋洒洒,给人带来一股清爽的凉意。县城的大街小巷,熙熙攘攘,万家灯火,商户们越到近晚,越是卖力地叫喊,飞雪和人潮舞动着一街凄迷。

程县长站在县委县政府招待所大楼前厅里来回踱着步,他好像想起点什么,突然转身问常秘书:"台胞们这两天参观还满意吧？有没有愿意回来投资的？"

常秘书有些为难,吞吞吐吐道:"满意还满意,只是投资还没听谁说过。"

程县长是文化革命前毕业的大学生,学的还是俄语专业,不巧,学不逢时,毕业后只能在学校从事行政后勤工作。文革后期被抽调到机关,连续实现了三级跳,从科员到办公室主任,两年后直升到了县长,一干就是七八年。

程县长瘦高个儿,微微有些驼背,长发分头,长脸上架着一个宽边眼睛,其实他是老花,无论看谁总要低头,好让两眼越过镜框挑眼看着人。他高鼻梁,薄嘴唇,无论上班工作,还是平时待人接物,总要带点俄罗斯哲学家的深沉威严样,偶尔也会笑笑,做出些愕然或是释然的样子,口头禅是:"恁不了解,这里面的情况很复杂。"故而机关大院里的人背后给他起了个很洋气的名字——县长程斯基·复杂诺维奇。

常秘书是恢复高考后首届毕业的大学生,先是分配到公社,很快便显示出了他的过人之处,全县的信息简报他一个人独揽了将近一半,前年被抽调到县政府任办公室副主任兼做程县长的秘书。

常秘书刚刚三十岁,中等个儿,平头圆脸,皮肤白净,有着年轻人的自信和机敏,两眼无论见谁都笑眯眯的,待人热情,办事活络,尤其擅长领会领导意图,脑勤、眼勤、口勤,处处把工作想到前面,无论上面交办啥事都能办得让人放心。这次专门抽他到县对台办组织接待第一批回乡探亲访友的台胞,很大程度上也是考虑到他这方面的特长。

只是几天下来,虽然他与回乡的十几位台胞逐个进行了交谈,却没有发现谁有投资意向,他也分析过其中的原因:一是这批回乡台胞多是去台老兵或下级军政人员,去台后做生意的少,没有相关的专业技能,年龄又普遍偏大,经济条件都一般;二是首批台胞尽管对大陆有一定了解,可毕竟长期受台湾当局的宣传影响,对大陆改革开放的真实意图还将信将疑;三是回乡探亲是他们多年的夙愿和情结,真正回来后却发现两岸长期隔阂和生活条件差距还是比较大的,特别是人文环境不同,即便是有钱人也难下投资的决心。

常秘书把自己的分析给程县长简要地汇报一番,顺便也把这次接待没有促成投资的情况解释清楚了。

程县长点点头说:"恁不了解,这里面的情况很复杂,啊——很复杂,咱们县的对台工作有特殊性,也有普遍性。恁还是写个简报,每个观点都要用事例说明,明天上午送到俺办公室,以后还要研究有针对性的措施做好接待工作,争取早点出成效,啊?!"程县长环视了一番宾馆大堂,突然又问,"台胞里面那位国民党的县长叫什么?"

"王易知,八十多岁了,看样子精神还挺好……"

常秘书话没说完,见大堂门外驰上来一辆中巴车,急忙领着程县长迎了过去。

程县长与台胞探亲团的成员逐一握手后,领着大家一起进到了宴会厅。

宴会厅布置得富丽堂皇,大厅四面是金灿灿的壁纸墙面,黄色的台布,黄色的餐巾,桌上是一色金黄镶边的餐具,给人一种暖融融的感觉。

一番谦让后,宾主各落其位,常秘书主持,程县长致辞,一段热情洋溢的祝酒后,程县长坐在了王易知身边。

"哎呀,俺在恁来之前一直以为俺是羊群里的跑头驴,干县长七八年了,恁一来还真把俺比下去了,像恁这抗战中的县长恐怕全国都没几个了吧?!"

王易知身穿灰色大翻领呢绒短大衣,肩上搭了条咖啡色花格呢围巾,蓝色粗条绒裤,脚下穿双棕色皮鞋。此时,他已是白发稀疏,白皙的皮肤上布满了细密的皱纹,虽说失去了往日的干练和自信,却增添了不少谦和气质,唯剩那双眼睛依旧如往日那么专注和犀利,别有一番风采。

听到程县长问话,他慌忙点点头。

"纠正一下,我是抗战以前的县长,续延至抗战期间仍为县长。此一时彼一时呀!"

程县长饶有兴致地打量着王易知,一手举杯,一手做了个请的手势,见王易知仰头先喝了下去,先是一愣,慌忙也倒进了嘴里。

"恁那时候当县长天天都弄啥?"程县长问。

"县长三件事,教育、税收、审疑案。百分之五十的精力办教育,百分之三十的时间抓税收,那时候都是征实,难度大,贵党不是说国民党万税吗,征税的确做得有些过分呀!最后再拿出百分之二十的时间审理疑难官司。"

"就这些?"程县长两眼从眼镜框上面斜睨着王易知,又端起酒杯跟王易知碰了一下,"恁这县长好干呀!"

"贵党的县长有哪些职守?"王易知很认真地看着程县长。

程县长索性摘下眼镜,乜着王易知:"这里面情况很复杂。改革开放、发展经济、招商引资、上跑要钱、下跑信访、计划生育、分田到户、职工工资、农民负担、税费减免、稳定物价、卖粮难、卖棉难、卖烟难……俺现在是计生宣传领导小组、五四三二一小组①、统战政策落实小组、综合治理领导小组、信访领导小组、维护妇女儿童权益领导小组、森林防火、电大招生、地方病防治、防汛抗旱、纠正不正之风、整顿以工代干、评定职称、查处招工不正之风等领导小组的组长。"程县长扳着手指一口气说了十几项，叹道，"特别是临近年关，上面定这个月是解决白条月，教师的白条、农民的白条、干部的白条、商户的白条，账不敢细算，动动就是上百万，怎说愁人不愁人?!"

王易知哈哈笑道："不当家不知柴米贵，看来谁家都有难念的经呀！彼此彼此，台湾现在也很乱，民间诉求多，天天在游行呀。"

这时，常秘书走到程县长身后，俯在耳边嘀咕了几句。

程县长抚了抚眼镜，起身环视左右，说道："诸位，怎们不知道呀，这里面的情况很复杂。过去咱们家乡穷，有酒不舍得喝，有朋友自远方来，唯恐客人喝不好，这就有了给客人敬三杯的传承。今天咱们还按老规矩，俺给每位客人端三杯，如若哪位客人觉得俺敬意未到，俺就再陪他整三杯，略尽地主之谊如何？"

程县长从王易知开始，三张大桌子每人三杯，他自己也喝了不少，坐下来后已经有些微醺，他拉着王易知的手，说："还接着咱们刚才的话题。俺咋听说台湾这几年鼓捣得还不赖，挤进四小龙了，怎说说都办了哪些事？"

王易知谦和地笑笑说："败军之将不敢言勇。"他略一沉思接着道，"自国府去台以后，蒋先故总统，政治上仍坚持1947年直选国大代的自治宪章，实行市县自治，各市县政府首脑和民意代表自1951年开始直选，包括国府所在地台北市长都是直选。其他改良包括废除养女制，鼓吹妇女解放；实行九年义务教育，扩展高教和技能教育体系；实行市场经济，鼓励外资和私人资本投资；开展各项经济建设，扩大社会福利。当然这些举措都是在土地改革基础上进行的，台湾的土改自50年代初开始，国府的土地政策从三七五减租到公田放领，以后又用赎买的办法实现了耕者有其田，实行平均地权，促进农村人口和资本向城市工商业转移；60年代以后参与国际市场，经济政策先是采用进口替代，以后又鼓励出口，经济贸易改观不小，生活条件自然得到改善；民国75年又宣布'以党的革新带动全面革新'，对国民党进行改革。这不，一个月前又开放台湾老兵回大陆

---

① 政府机关临时机构名称，指"五讲四美三热爱"、"两个文明一起抓"、"只生一个好"办公室，简称五四三二一办公室。

探亲,还中止了……"

王易知借着酒劲把台湾的变化介绍了一番,不过看见程县长脸露愠色,端起面前的酒朝他扬了扬,把到嘴边的话又咽了回去。

其实,就在几个月前,蒋经国先生已经敲定并公布了全面革新的主要内容,包括:解除实行了38年的"戡乱戒严令";把直选范围扩大到中央民意机构和省市长一级;放弃一党专制,开放民间组党,促使国民党向现代民主政党转型,建立现代政党政治;以及放开报禁等。

王易知琢磨着面前这杯酒,盛情难却,他拿不定主意是否还能喝下去,喝下去会有什么反应,印象中他已经十几年没喝这么多酒了。虽然觉得有些天旋地转,不过思考问题还没受太大影响,说话语速好像还挺流畅。想到此,他端起那杯酒一饮而尽。

"唉——解严之后一下子冒出几十个政党,几百家出版社,天天有群众游行,一会儿炮轰,一会儿火烧,直闹着要赶国民党下台,称蒋现总统为老贼,非要讨之下台不可。国民党也是内外交困,一些元老立委、国大代表转眼就要下台,由民众直选,除了总统外各级官员都直选了,时局越来越不清晰……"

"这不是跟大陆文革差不多了么?台湾也想搞文革?"程县长瞪大眼睛又追问一句,"还是要坚持一个中心两个基本点吗!乱了就糟了。"

王易知愣怔片刻,摇摇头说:"与大陆文革不太一样,以忠恕致祥和,以理性化偏激,只有聚合全民的意志和智慧方为推进全面革新的动力,蒋总统这番讲话分明是要把台湾建设成现代民主……嗯?社会,与大陆……"

程县长没听清他的意思,又端起酒杯喝了下去,拉着王易知的手纠正道:"应当是一国两制的关系。"

王易知也端起杯酒喝了下去,坚持说:"现在是一国两治……治理的治,这是沈君山先生提出的……"

"不对,是一国两制!制度的制!"

王易知直勾勾地盯着程县长,程县长也摘下眼镜,揉了揉眼盯着王易知,片刻后,两人都笑了。

程县长问:"这个话题以后讨论。只要是一国,什么都好谈,咱们还是谈谈这次回家乡的印象,如何?"

"回来之前,俺听说大陆家家户户都不让安窗户,也不安门,还真以为……"

当晚王易知来到原来老县衙门前的广场,却怎么也找不到原来的模样,这里早已变成一个繁华的十字街口,尽管已经入夜,街上人来人往依旧十分热闹。道路两旁,商铺酒楼鳞次栉比,温州发廊、老城牛肉、张氏传统烧饼、顾家羊肉糊汤面……沿街人头攒动,装饰新颖的霓虹灯摇晃着七彩光芒。

岁月已逝,过去的一切已了无痕迹,留下的只有刻骨铭心的记忆。

他停下脚步,想从各种叫卖声中努力辨别那久远和熟悉的乡音,又突然感到了陌生和沮丧。一个三轮车改装成的流动食品售卖车,架着一个咕嘟咕嘟直冒热气的油锅,旁边放着一台录音机,反复高喊着:"快来买吧,台湾高科技食品——咕吱咕吱。"

这是回到台湾了吗?他知道这只是错觉,一种让他看到什么都倍感温暖的错觉。他宁愿这么错下去,期待着从错觉中找回已经逝去的岁月。

他轻轻仰起头,飞雪空灵,凉凉地飘落在脸上,点点滴滴都让他想到曾经的过去。

他就这么伫立着,很久很久……

第二天,王易知等人从郑州乘机经香港转赴台湾,次日傍晚,到达台北机场,听到了蒋总统经国先生中午去世的消息,那一天是 1988 年 1 月 13 日。